DANIELA WANDER

Die Nichte des Malers

DANIELA WANDER

Die Nichte des Malers

STEFAN LOCHNER-ROMAN

GMEINER

Immer informiert

Spannung pur – mit unserem Newsletter informieren wir Sie regelmäßig über Wissenswertes aus unserer Bücherwelt.

Gefällt mir!

Facebook: @Gmeiner.Verlag
Instagram: @gmeinerverlag
Twitter: @GmeinerVerlag

FSC www.fsc.org
MIX
Papier aus verantwortungsvollen Quellen
FSC® C083411

Besuchen Sie uns im Internet:
www.gmeiner-verlag.de

Im Ehnried 5, 88605 Meßkirch
Telefon 07575/2095-0
info@gmeiner-verlag.de

1. Auflage 2022

Lektorat: Daniel Abt
Herstellung: Mirjam Hecht
Umschlaggestaltung: U.O.R.G. Lutz Eberle, Stuttgart
unter Verwendung eines Bildes von: © https://commons.wikimedia.org/wiki/File:Stefan_Lochner_Madonna_im_Rosenhag.jpg
Druck: CPI books GmbH, Leck
Printed in Germany
ISBN 978-3-8392-0124-4

Für Anne. Die weder zu den illiterati
noch zu den simplices gehört.

Und für Bernd. Wie immer, für immer.

Prolog

Der Himmel war bleigrau, nur ein einzelner Sonnenstrahl fand den Weg durch das große Fenster auf der Nordseite der Werkstatt und fiel auf das Gesicht der Marienstatuette. Deren Antlitz war eigentlich ausgesprochen fade, nun aber leuchtete es und sah fast so aus, wie Reinhold sich das der leibhaftigen Muttergottes vorstellte. Er hatte oft darüber nachgesonnen, warum in der Werkstatt eines von Gott begnadeten Malers unbedingt eine *geschnitzte* Madonnenfigur stehen musste. Eine durchschnittliche noch dazu.

Die Tür flog auf und prallte an die Wand. Der Meister betrat seine Arbeitsstätte, wie immer mit Verve. Stefan Lochner war ein kultivierter Mann mit zarten Händen, die unendlich liebliche Gestalten hervorzuzaubern vermochten, doch Zurückhaltung war seine Sache nicht. Kühles, schattenloses Licht fiel auf seine schmale Gestalt, ließ das dunkelblonde Haar stumpf wirken. Reinhold achtete auf so etwas, er konnte nicht anders. Alles, was Farbe war, brannte sich ihm ein. Vielleicht mochte er deshalb die Statuette nicht. Sie war aus Lindenholz und nicht gefasst.

»Alle mal herhören!« Der Meister klatschte in die Hände, um die Aufmerksamkeit seiner Leute zu gewinnen. Dietbert ließ mit einem tiefen Seufzer die Arbeit ruhen, Mathias tupfte unbeeindruckt mit einem spinnwebfeinen Pinsel an seinem Wiesengrund herum, Hanß, der Neue, wusste wie gewöhnlich nicht, was er tun sollte, und ließ den Blick unsicher hin- und herwandern zwischen dem Hobel und dem Brett, das er damit bearbeitete. Timons Hand verharrte unentschlossen über der Tafel, auf die er zu Übungszwecken die Vorzeichnung einer Aposteldarstellung übertrug.

Reinhold zögerte kurz, aber wenn der Prozess der Farbherstellung einmal in Gang gekommen war, durfte man ihn nicht unterbrechen. Da zählte mitunter jeder Augenblick, damit das Gemenge nicht verdarb.

»Ich habe eine Ankündigung zu machen.« Meister Lochner sah gut gelaunt in die Runde. »Demnächst werde ich eine Reise antreten. Nach Brüssel zu dem großartigen Malerkollegen Rogier van der Weyden.« Er zog die Augenbrauen hoch und sah sie alle der Reihe nach an. »Für die Dauer meiner Abwesenheit wird Mathias die Oberaufsicht führen. Die anderen bekommen vor der Abreise genaue Instruktionen, was während der Zeit in der Werkstatt zu tun ist. Ihr alle werdet eure Aufgaben erhalten. Alle außer Reinhold.«

Reinhold ließ nun doch den stempelfömigen Läufer sinken, mit dem er die Mischung aus Zinnober, Grünspan und Bleiweiß auf der Anreibeplatte mit Walnussöl vermischte. Was sollte das heißen? Warum bekam er als Einziger keine Anweisungen?

Lochner strahlte ihn an. »Denn du wirst mich begleiten.«

Reinhold wandte sich wieder seiner Arbeit zu. Er wollte das nicht hören. Er hatte keine *Zeit*, es zu hören. Jedes Pigmentkorn, und sei es noch so winzig gemörsert, musste vollständig von Öl umhüllt sein, sonst nahm die Leuchtkraft der Farbe Schaden. Ob die Paste schon weit genug gediehen war, um sie in die bereitstehende Muschelschale zu füllen? Wahrscheinlich nicht. Je länger Zinnober bearbeitet wurde, umso besser geriet der Effekt. Bleizinngelb dagegen verlor durch zu langes Reiben die farbliche Substanz, man musste stets höllisch aufpassen, dass man da nichts verwechselte.

»Reinhold?«, drang Lochners Stimme an sein Ohr und ließ sich nicht länger ignorieren. »Das wäre jetzt der Moment für ein Dankeschön. Oder wenigstens für ein erfreutes Gesicht.«

Das stimmte natürlich, aber Reinholds Mundwinkel wollten ihm einfach nicht gehorchen. Brüssel war sehr weit entfernt und sehr, sehr fremd.

Natürlich bedeutete es eine große Ehre, auserwählt zu sein, den Meister zu begleiten. Eine *äußerst* große Ehre.

Nur wollte er hier nicht weg.

Hilflos suchte er Timons Blick. Der war ... nun, nicht direkt sein Freund, doch wie er selbst Lehrling im letzten Jahr und stand ihm damit näher als die Gesellen, die bereits seit endlos langer Zeit an Lochners Seite arbeiteten. Timon merkte nichts von seiner Not, er war auf seine Zeichnung konzentriert.

»Kann ich nicht hierbleiben?«, fragte Reinhold mit dem Mut der Verzweiflung. »Ich habe sehr viel zu tun und ...«

Lochner runzelte die Stirn. »Richtig«, stimmte er zu. »Und zwar das, was ich dir auftrage. Zum Beispiel, mich auf einer enorm lehrreichen Studienreise zu begleiten. Rogier van der Weyden hat einen ganz neuen Weg der Naturdarstellung eingeschlagen. Na ja, vielleicht nicht *ganz* neu, aber er geht diesen Weg weiter und weiter. Ach, was rede ich denn. Du kommst mit, Ende der Diskussion!«

Reinhold schluckte, aufgeregt auf der Suche nach Argumenten, mit denen sich der Meister vielleicht umstimmen ließ. Doch bevor er welche fand, ergriff Timon das Wort. »Ich könnte für Reinhold einspringen, wenn er nicht will«, sagte er zerstreut, legte den Kopf schräg und kontrollierte, ob er mit seiner Vorzeichnung zufrieden sein durfte.

»Kommt nicht infrage. Und ich gedenke nicht, es meinen Lehrlingen zu überlassen, ob sie geruhen, mit mir zusammen einen wunderbaren Kollegen aufzusuchen.« Lochner wirkte einigermaßen fassungslos.

Reinholds Wangen wurden heiß, aber zum Glück fand er seine Stimme wieder. »So habe ich das natürlich nicht gemeint, Meister«, sagte er fahrig. »Selbstverständlich komme ich mit.« Seine Zusage klang sehr nach einem widerwillig erteilten Gefallen.

Lochner hörte es auch. »Da bin ich tatsächlich erleichtert«, erwiderte er spöttisch. »Der Termin unserer Abreise steht noch nicht fest, nächsten Monat vielleicht. Wir besprechen demnächst die Einzelheiten.«

Reinhold nickte unglücklich.

Der Sonnenstrahl wanderte weiter, das Gesicht der Madonna versank gnädig im Schatten.

Reinhold griff nach dem Spachtel und füllte die Farbpaste in die Muschelschale. Ohne zu prüfen, ob sie bereit dafür war.

1

Es war sehr still in der Werkstatt und Timon mochte das. Malerei war etwas Ehrfurcht einflößendes, beinahe etwas Heiliges. Nicht nur, weil sie dem Ruhme Gottes diente, wie Meister Stefan immer wieder betonte, sondern auch, weil sich im Malen selbst etwas Göttliches manifestierte. Dann, wenn simple Menschen imstande waren, ein Abbild der Welt zu erschaffen, so reich und überwältigend wie das himmlische Jerusalem selbst.

Sofern der Maler über Talent verfügte.

Wie Timon. Das hatte der Meister selbst zu ihm gesagt, doch wusste er es auch so. Ein Mann wie Stefan Lochner, der Erste seiner Zunft in dieser Stadt, hatte es nicht nötig, sich mit minderbegabten Lehrlingen abzugeben. Dabei hatte Timon großes Glück gehabt, als Schüler aufgenommen worden zu sein, denn er entstammte keiner Malerfamilie. Sein Großvater und sein Vater sowie dessen Brüder waren Goldschmiede, es wäre nur natürlich gewesen, dieser Tradition zu folgen. Jedoch lechzte Timon nach Farbe, nach der Brillanz, dem Feuer, das ihr innewohnte. Daher strebte er auch nicht danach, Mathias nachzueifern, obwohl dies durchaus nahegelegen hätte. Der Geselle war nicht nur für Natur- und Landschaftsdetails, sondern auch für das Vergolden der Hintergründe und Nimben zuständig. Bislang hatte der Meister noch keinerlei Anstalten gemacht, Timon dafür einzuteilen.

Er würde einen Teufel tun, sich in irgendeiner Weise um dieses Thema verdient zu machen. Um alles andere schon, denn er liebte die Werkstatt. Wirklich alles darin. Den Duft, die Farben, die Konzentration, die in der Luft lag, wenn jeder in seine Arbeit vertieft war. Und er liebte Ordnung. Deshalb widmete er sich gerade freiwillig der Aufgabe, das Werkzeug aufzuräumen und an den vorgeschriebenen Platz zu befördern. Eigentlich hätte Hanß das tun müssen, aber es war leicht, ihn zu übergehen. Hanß duckte sich immer weg.

Timon blickte sich um. Die Staffeleien waren einheitlich zum Nordfenster ausgerichtet, die Spachtel gereinigt, die Behältnisse mit den Pigmenten und die Blasen mit angerührten Farben in Reih und Glied platziert, Federkiele und Griffel übersichtlich angeordnet, die Vorzeichnungen sortiert und gestapelt, die Pinsel sämtlich gereinigt und aufgereiht: Schweinsborsten auf der einen Seite, Rotmarder auf der anderen.

Zufrieden betrachtete Timon sein Werk. Noch zufriedener, als die Tür sich öffnete und der Meister den Raum betrat. Es konnte nicht schaden, wenn er merkte, wer hier für einen reibungslosen Ablauf sorgte.

Tatsächlich. Lochner lächelte erfreut. »So gefällt mir das«, sagte er in den stillen Raum hinein. »Hanß, warst du das?«

Der Junge wurde feuerrot und senkte den Kopf. »Also nicht«, erkannte sein Herr und blickte sich um. Alle waren beschäftigt. Reinhold mit einer Handstudie, Dietbert starrte auf die Farbblasen, die vor ihm standen, und suchte offensichtlich nach einer Entscheidung, welche er greifen sollte, Mathias strichelte an den Blumen und Gräsern, an denen er seit Wochen arbeitete.

»Timon«, ging Lochner ein Licht auf. »Du warst das.

Ausgezeichnet. Aber hatte ich dir nicht aufgetragen, die Gewandfalten auf deiner Zeichnung zu überarbeiten?«

Timon nickte eifrig. »Hab ich gemacht. Und als ich fertig war, dachte ich, ein bisschen Aufräumen könne nicht schaden.«

»Gut, gut«, murmelte Lochner gedankenversunken, sein Blick ruhte auf dem säuberlichen Arrangement der Materialien und Werkzeuge. Schließlich wandte er sich ab und musterte mit gerunzelter Stirn seine Angestellten.

»Timon«, sagte er langsam. »Wo ist der Rotmarderpinsel?«

»Die Rotmarderpinsel liegen ganz links. Neben den Federn.«

»Das sehe ich. Ich sehe aber *nicht* den neuen Rotmarderpinsel für Verschmelzungen und Abstufungen.«

Timon betrachtete den Tisch. »Der ist nicht da.«

»Das sage ich doch gerade!«, fuhr Lochner auf, und Timon unterdrückte den Drang, einen Schritt zurückzuweichen.

»Ich meine, der *war* nicht da. Deshalb konnte ich ihn nicht aufräumen«, erklärte er unsicher. Es war nicht schön, den Meister zu verärgern. Es war das Gegenteil von dem, was er sich wünschte.

Lochner hob die Hände. Es sah beinahe so aus, als wolle er sich entschuldigen, und Timon entspannte sich ein wenig. »Natürlich. Alle mal herhören! Hat einer von euch den neuen Fächerpinsel in Gebrauch?«

Kollektives Kopfschütteln. Nur Dietbert verstieg sich zu einem gebrummelten »Nee, Meister, brauch ich grad gar nicht«.

»Mitkommen«, sagte Lochner nach einem kurzen Moment des Schweigens, und Timon trabte mit klopfendem Herzen hinter ihm her, bis sie in den hübschen Innenhof gelangten, der Vorder- und Hinterhaus miteinander verband. Der Apfelbaum in der Mitte trug bereits Früchte, doch waren sie noch sehr klein und sehr grün.

»Jetzt pass mal gut auf«, sagte Lochner leise, aber Timon unterbrach ihn, weil er es nicht aushielt.

»Damit hab ich nichts zu tun, dass der Pinsel weg ist! Ich wollte bloß Ordnung schaffen, weiter nichts.«

»Es gibt aber keine Ordnung, wenn Dinge in meiner Werkstatt verschwinden. Ich mag das nicht. *Ich mag es nicht*, wenn ich mir wegen meines Betriebes Sorgen machen muss.« Lochner reckte kämpferisch das ohnehin energische Kinn. »Wir halten es folgendermaßen. Du hast offenbar einen guten Überblick und sollst ihn nutzen. Ich will sofort informiert werden, wenn dir irgendetwas seltsam vorkommt.«

»Natürlich«, erwiderte Timon und konnte sein Glück kaum fassen. »Ihr könnt auf mich zählen, Meister.«

»Das weiß ich.« Meister Stefan zog die Brauen zusammen und blickte ihn eindringlich an. »Und das tue ich auch. Aber kein Wort zu den anderen, hörst du?«

»Verdächtigt Ihr denn jemanden, den Pinsel gestohlen zu haben?«, platzte Timon heraus, ehe er sich zügeln konnte.

Lochner schüttelte entschieden den Kopf. »Ich kenne jeden Einzelnen hier seit Jahren und kann mir beim besten Willen nicht vorstellen, einer von euch würde mich bestehlen. Ich will bloß keine Unruhe in der Werkstatt. Ich will, dass einer die Augen offen hält und alle anderen unbehelligt ihrer Arbeit nachgehen können.«

»Ihr hättet keinen Besseren finden können«, sagte Timon mit allem Ernst, den er trotz des inneren Jubels in seine Stimme legen konnte. »Ich werde aufpassen wie ein Luchs.«

Goddert Baarth war ein Mann mit einem mächtigen Schädel, und wenn er zornig war, senkte er das Kinn, bis es fast auf seiner Brust ruhte. In solchen Momenten sah er aus wie ein Stier vor dem Angriff.

Adrian hasste das. Er war Goddert sehr ergeben, und es warf ihn aus der Bahn, sich vor ihm zu fürchten. Er hatte auch keinen Grund dazu. Eigentlich. Sein Herr hatte sich ihm gegenüber nie anders als grundanständig verhalten.

»Du gehst jetzt und tust, was ich dir sage«, grollte Godderts tiefe Stimme durch den Raum.

»Ein Warnschuss würde völlig reichen«, gab Adrian kühl zu bedenken. Irgendwann während seiner langen Jahre in diesem Haus hatte er gelernt, sich den Schneid nicht abkaufen zu lassen. Goddert Baarth hasste Widerspruch, aber er imponierte ihm auch.

»Dir vielleicht schon, mir nicht.« Goddert verschränkte die Arme auf der Tischplatte. »Der Mann hat klafterweise Holz geliefert bekommen, und nun scheint ihm entfallen zu sein, dass man bestellte Ware bezahlt. Ich lasse mir nicht auf der Nase herumtanzen. Von dir auch nicht, mein Freund.«

Adrian verzog keine Miene. »Rutger versucht nicht, Euch zu übertölpeln, Goddert. Er ist lediglich in Zahlungsschwierigkeiten und bittet um Aufschub.«

Baarth schob den wuchtigen, überreich geschnitzten Lehnstuhl zurück, in dem er vorzugsweise saß. Das Ding war entsetzlich unbequem, wie Adrian wusste, seitdem er ihn eines Nachmittags heimlich ausprobiert hatte. Doch er war herrschaftlich und imposant, und er machte jedem Besucher deutlich, wer hier das Sagen hatte und im Zweifel am längeren Hebel saß.

Goddert erhob sich, umrundete den Tisch und baute sich vor Adrian auf. Der zwang sich, sitzen zu bleiben, was genau genommen unerhört war. Niemand, der Goddert Baarth unterstand, ruhte seinen Hintern auf einem Stuhl aus, wenn der Herr sich in der Senkrechten befand.

Goddert kniff die Augen zusammen, enthielt sich jedoch eines Kommentars.

»Ich bin mir durchaus darüber im Klaren, dass Schulden einzutreiben zu den Aufgaben gehört, die dir am wenigsten zusagen«, stellte er fest, und Adrian hätte nicht zu sagen vermocht, ob er sich den unterschwellig drohenden Klang nur einbildete.

»Durchaus nicht«, widersprach er gelassen, denn das war Goddert gegenüber die beste Strategie. »Doch kommt es auf die Art der Zahlungsverweigerung an. Im vorliegenden Fall ist es nicht so, als hätte der Mann sein Holz entgegengenommen und damit in seiner Schmiede ein munteres Feuer entfacht, sähe nun aber nicht ein, warum er dafür zahlen soll. Er kann einfach nicht. Die letzten Wochen fiel er aus, da er sich durch einen unseligen Unfall den Arm gebrochen hat und sein Geselle kurz zuvor auf Wanderschaft gegangen war. Wer hätte die Aufträge erledigen sollen? Keine Aufträge, keine Einnahmen. Er wird zahlen, sobald er dazu in der Lage ist.«

»Komm mit.«

Adrian erhob sich gehorsam – und überrascht – und folgte seinem Herrn, der mit großen Schritten den riesigen Raum durchquerte, Godderts Allerheiligstes. Sie betraten den Flur, durchquerten die weiträumige Diele und standen schließlich draußen auf den Stufen vor der blank polierten Eingangstür aus schwerem Eichenholz. Dort blieb Goddert stehen und sog tief die würzige Landluft ein, die nach frisch gemähtem Heu, nach blühenden Wicken und, etwas weniger köstlich, nach Kühen roch.

»Das alles hier gehört mir«, sagte er. »Und ich habe es mir hart erarbeitet. Ich werde *nicht* dulden, dass so ein kleiner Scheißer von Schmied glaubt, auf meine Kosten leben zu können. Du wirst nach Köln zurückkehren, dein mildtätiges Klosterweibleinherz vorübergehend vergessen und die Schulden von dem Kerl eintreiben. Verstanden?«

Adrian nickte. »Ganz wie Ihr wünscht.« Am Ende gab er immer nach. Was sollte er auch sonst tun?

»Eben.« Goddert würdigte ihn keines Blickes. Er betrachtete seine Besitztümer und beobachtete den Pferdeknecht, der damit beschäftigt war, einen nervös mit dem Kopf schlagenden Rappen zu striegeln, bis dessen Fell glänzte. »Du hast die Aufträge durchzuführen, die ich dir erteile. So haben wir es aus guten Gründen immer gehalten und davon werden wir nicht abrücken. Oder siehst du das irgendwie anders?«

»Nicht im Allergeringsten.«

Und so war es tatsächlich. Er hatte Goddert zu viel zu verdanken, um sich ihm zu widersetzen. *Alles* hatte er ihm zu verdanken.

Sabina stand in der Küche, wie meistens, und war unschlüssig, was sie kochen sollte. Ebenfalls wie meistens. Seit sie im Haus ihrer Tante und ihres Onkels lebte, war sie für die Mahlzeiten zuständig, jedoch fand sie es schwer, echtes Interesse an dieser Aufgabe zu entwickeln. Allerdings war es nur recht und billig, die Großzügigkeit der Lochners zu vergelten. Sie hatten keinen Moment gezögert, ihrer Nichte eine Heimstatt zu bieten, als deren Eltern im letzten Jahr bei einem Feuer umgekommen waren. Dass es ausgerechnet die Küche war, die sie als ihre Wirkungsstätte auserkoren hatten, war eine unglückliche Entscheidung, aber Sabina verbot sich, dagegen aufzubegehren. Obwohl der Umgang mit lodernden Flammen nichts war, was zu ihrem Wohlgefühl beitrug.

Außerdem kochte sie nicht wirklich gern. Sie verabscheute es nicht, es langweilte sie bloß. Vor allem das endlose Nachdenken darüber, was sie auf den Tisch bringen sollte, schließlich durfte es nicht jeden Tag das Gleiche sein. Es war nicht einfacher geworden, seit Tante Lysbeth ihr kommentarlos das Budget gekürzt hatte.

Heute war Freitag, da war es im Grunde leicht. Es gab Fisch. Sabina hatte zwei nicht allzu große Hechte gekauft und sie geschuppt, was sie wahrhaftig nicht gerne tat, aber es war besser, als sich mit der schleimigen Haut von Aalen zu befassen. Am unkompliziertesten war es, den Hecht in einer Soße anzurichten. Klößchen brachen schnell entzwei, wenn man nicht aufpasste, außerdem musste man vor dem Hacken die Gräten entfernen. Um diese Mühe kam sie herum, wenn sie ihn in größeren Stücken garte. Voller Abneigung betrachtete Sabina die glitschigen Fischkörper. Dann griff sie beherzt nach dem großen Küchenmesser und zerteilte die Hechte, steckte sie auf Spieße und hängte diese übers Feuer. Da konnten sie nun vor sich hin rösten und fielen ihr nicht länger zur Last.

Zeit für die Soße. Sabina zerhackte Zwiebeln in großzügige Würfel, warf diese in bereits brutzelnde Butter und wischte sich achtlos die Tränen von den Wangen. Dann zerkrümelte sie dunkles Roggenbrot von gestern und legte es in eine Schale mit Essig, um es darin einzuweichen.

In diesem Moment öffnete sich die Tür und ihr Onkel betrat die Küche. »Hier riecht's gut«, sagte er. »Störe ich?«

»Gar nicht«, erwiderte Sabina und nieste kräftig, weil ihr der Essig in die Nase stieg.

»Gibt es noch was von dem Hafergebäck?«, fragte er hoffnungsvoll und sackte auf die Bank, die neben dem Durchgang zum Hof stand und den Blick auf das üppig wuchernde Kräuterbeet zuließ.

»Tut mir leid.« Sabina wandte sich um und griff nach dem Mörser.

Onkel Stefan seufzte.

Sabina warf eine Portion Kümmel zur Fenchelsaat und hielt inne. Wenn der Onkel außer der Reihe Hunger bekam, hatte er in der Regel ein Problem. »Was ist los, Onkel Stefan?«, fragte sie und musterte die Spezereien. Vielleicht hatte sie ein bisschen übertrieben. Wenn sie jetzt noch Ingwer oder gar Pfeffer dazugab, würde es ordentlich würzig werden.

»Ich wollte, du würdest nicht Onkel zu mir sagen.«

»Und deshalb bist du in Nöten?«, erkundigte sie sich geistesabwesend. Sei's drum, Pfeffer und Ingwer verwendete sie ohnehin äußerst sparsam. Die waren viel zu teuer, um großzügig damit umzugehen. Und wem es zu würzig war, der sollte mehr trinken. Bier war genug da.

»Nicht direkt.« Er klang so niedergeschlagen, dass sie den Stößel sinken ließ und die Soße vergaß. »Es ist etwas fortgekommen in der Werkstatt. Ein Rotmarderpinsel.«

»So wie du aussiehst, ist der Pinsel teuer gewesen«, sagte Sabina vorsichtig.

Der Onkel nickte. »Ziemlich teuer. Außerdem ist jetzt schon zum vierten Mal etwas weggekommen. Davor ist ein Silberstift verschwunden, und ein paar Bogen allerfeinstes italienisches Papier sind auch weg. Und die Studie zu einem Muttergottesbild.« Zu unruhig, um sitzen zu bleiben, stand er auf und kam zu ihr an den Tisch.

Sabina wischte sich mit dem Unterarm ungeduldig ein paar feine Strähnen ihres rotblonden Haares aus der Stirn, das sich wieder einmal selbstständig gemacht hatte. »Falsch. Es ist das fünfte Mal«, widersprach sie. »Erinnerst du dich? Vor ein paar Tagen konnte Tante Lysbeth ihre silberne Fibel nicht finden, die auf der Anrichte lag. Ich wollte sie polieren.«

»Ach, die kann sie auch verloren haben. Alles andere stammt aus der Werkstatt, das springt einem doch förmlich ins Gesicht.« Onkel Stefan begann, den vergessenen Stößel über den Tisch zu rollen. Hin und her und her und hin.

Sabina machte das Geräusch verrückt. Sie entwand ihm das Ding und begann, die Gewürze zu bearbeiten. »Dann kümmere dich darum, dass das aufhört«, sagte sie in bestimmtem Tonfall.

»Wie denn?«, schnaubte er. »Soll ich mich auf die Lauer legen? Alle meine Leute verdächtigen? Ich will das nicht! Und«, er griff nach einer verschrumpelten Möhre und biss herzhaft hinein, »ich habe auch keine Zeit für so etwas.«

»Aber was, wenn es nicht endet? Wenn Gegenstände immer wieder Beine bekommen, bis irgendwann nichts mehr da ist, womit deine Leute malen können?« Sabina drehte sich hastig um und begutachtete die Bratspieße, mit denen sie sich zu lange nicht beschäftigt hatte. Die Hechtstücke waren schon recht braun. Nicht schwarz, doch sollte sie sich mit der Soße besser beeilen. Sie hängte die Spieße höher und widmete sich wieder dem Mörser.

»So weit wird es doch wohl nicht kommen!«, wehrte Onkel Stefan entsetzt ab. »Ich … habe auch so schon genug Ärger.«

Fenchel und Kümmel waren zerstampft genug. Resolut kippte Sabina das eingeweichte Brot mitsamt dem Essig und den Gewürzen zu den ebenfalls etwas zu stark gebräunten Zwiebeln in den Topf und hängte ihn übers Feuer, wo die Masse köcheln und eindicken sollte.

»Seit der ›Darbringung im Tempel‹, die wir letztes Jahr für Sankt Katharinen fertiggestellt haben, ist kein großer Auftrag mehr reingekommen«, sagte der Onkel leise.

Sabina verschränkte die Arme, suchte bei sich selbst Halt. »Das ist mir bewusst.« Es ließ sich auch schlecht übersehen. Die frei gewordenen Posten waren nicht besetzt worden, als gleich vier Gesellen in diesem Frühjahr die Werkstatt verlassen hatten, auch hatte der Onkel erst nach langem Zögern Hanß als neuen Lehrling eingestellt. Die Hausmagd war zu ihren kranken Eltern gezogen und hatte keine Nachfolgerin bekommen. Jedenfalls keine außer Sabina.

»Ich brauche neue Aufträge«, erklärte Onkel Stefan. »Wenn in der Stadt bekannt wird, dass in meiner Werkstatt das Chaos herrscht, werden die nicht so leicht aufzutreiben sein.«

»Und das macht dich nervös?«

»Ja. Das macht mich nervös.« Der Onkel warf den unansehnlichen Rest der Möhre in den Schweineeimer.

Mich auch, dachte Sabina. »Ich sag's ja. Du musst dich kümmern«, wiederholte sie.

»Ich weiß aber nicht, wie ich das anstellen soll.«

Sabina wandte sich ab, weil sie die Angst in seinen Augen nicht ertrug, und machte sich daran, die glühenden Fischstücke vom Spieß zu ziehen. Eingedickt oder nicht, sie gehörten jetzt in die blöde Soße. »Dann finde es heraus«, forderte sie streng. »Sonst kehrt hier kein Frieden ein.«

Und Frieden war das, was sie ersehnte.

In der Werkstatt grummelte es, Reinhold merkte das, obwohl er sich Mühe gab, es zu ignorieren. Der Rotmarderhaarpinsel war und blieb verschwunden, genau wie andere Gegenstände vor ihm, und obwohl der Meister kein Gerede darüber wollte, so wussten sie doch alle darum. Irgendwie lief es hier nicht länger rund.

Hoffentlich raubte die niedergedrückte Stimmung ihm nicht die Schaffenskraft. Die Kunst war es, die wichtig war für sein Seelenheil, wichtiger als alles andere. Manchmal fragte Reinhold sich bang, ob Gott es ihm übel nahm, dass er im Malen tiefer versank als im Gebet. Eigentlich glaubte er es nicht, so unnachgiebig war der Herr bestimmt nicht. Vor allem, wenn man mit aller Kraft danach strebte, die Bilder zu seinen Ehren so schön und so wahrhaftig zu gestalten, wie man es vermochte.

»Reinhold, komm mal her.«

Dietbert. In den letzten Tagen hatte er ihn öfter an seine Seite gerufen, manchmal wegen beinahe unsinniger Fragen. Gestern hatte er wissen wollen, ob er genug Bleiweiß zum Zinnober fürs Inkarnat gemischt hatte. Also wirklich. Das konnte man doch auf den ersten Blick erkennen! Es war zu viel gewesen und Reinhold wand sich noch immer bei der Erinnerung, wie unangenehm es sich angefühlt hatte, den älteren und erfahreneren Gesellen darauf hinweisen zu müssen.

Es sah aus, als käme er auch dieses Mal nicht davon. »Ich brauch dein Auge«, erklärte Dietbert. »Was meinst du? Ist der Faltenwurf so in Ordnung?«

Reinhold zögerte. »Vielleicht da unten am Saum 'ne Spur verschwommen«, sagte er schließlich verlegen. Am liebsten hätte er geschwiegen. Dietbert sah verheerend aus. Rote Augen, graue Haut, nur die Bartstoppeln glänzten fröhlich in seinem Gesicht.

»Dann geh ich wohl besser noch mal drüber.« Dietberts Stimme klang dumpf.

Reinhold fand das beängstigend. Er hätte sehr viel lieber einen Rüffel kassiert, weil er so unverschämt gewesen war, ihn zu kritisieren.

Hinter ihm ertönte ein lauter Knall und Reinhold fuhr zusammen.

Hanß hatte die Holztafel fallen gelassen, an der er gerade arbeitete. Lochner ließ die Lehrlinge die Bildträger für die Übungstafeln und sogar für die kleinen Gemälde selbst anfertigen. Für die großen Werke bestellte er sie natürlich beim Tafelmacher, alles andere wäre ein zu großes Risiko gewesen. Aber seine Leute sollten lernen, wie es ging. Auch Reinhold hatte Bretter geschliffen, in Faserrichtung zusammengeleimt und sie mit Leinwand überzogen. Alles in allem war es eine schöne Arbeit gewesen. Das duftende Eichenholz, die samtene Oberfläche, die Sorgfalt, mit der er jede Unebenheit geglättet hatte. Es war lange her. Inzwischen hatte Hanß diese Aufgabe übernommen, und ob er so viel Zufriedenheit dabei empfand wie Reinhold in seinen Anfängen, war sehr fraglich.

Im Moment jedenfalls nicht. Hanß war knallrot angelaufen und stierte auf seine Stiefelspitzen.

»Herrgott, Junge, pass doch auf!«, wies Mathias ihn übellaunig zurecht, ohne zu ihm hinüberzuschauen.

Dietbert hatte sich nicht gerührt, und Timon interessierte sich nicht dafür, was um ihn herum geschah. Er stand direkt hinter Mathias und studierte dessen sorgsam abgezirkelte Bewegungen, mit denen er den Wiesengrund verfeinerte. Der Boden war bedeckt mit Erdbeerpflanzen in verschiedenen Stadien: grüne Blätter, weiße Blüten, rote Früchte. Weiß war die Farbe der Unschuld, Rot die der Liebe, und weil die Erdbeere zur gleichen Zeit blühte und Früchte trug, galt sie allgemein als Symbol der jungfräulichen Mutterschaft, eine Anspielung auf die Muttergottes. Reinhold liebte die Farbigkeit der Bilder, doch beinahe ebenso sehr gefiel es ihm, die geheime Botschaft eines Werkes zu entschlüsseln. Oder sie zu entwickeln, das war das Allerbeste.

»Ich brauche helles Grün«, drang Mathias' Stimme in seine Gedanken, und der Geselle blickte sich um, als würden Farben dazu neigen, frei im Raum herumzuschweben. »Für die Lichterspitzen. Ich kann's nicht finden. Verdammt noch mal, verschwinden hier jetzt auch schon die Farben?«

»Das ist doch Quatsch«, widersprach Timon sofort. Offenbar dachte er genau wie Reinhold selbst unablässig darüber nach, warum die Werkstatt von etwas Üblem heimgesucht wurde, und hatte sofort eine Antwort parat. »Würde doch überhaupt nichts bringen, die zu stehlen. Es lohnen sich nur teure Sachen. Grünspan mit Bleizinngelb ist kaum was wert.«

»Aber wenn es doch weg ist!«, fuhr Mathias ihn gereizt an.

»Ist es gar nicht«, sagte Reinhold leise. Die Muschelschale mit dem angerührten Grün lag auf dem Hocker neben Dietberts Staffelei, auch wenn rätselhaft war, was er damit vorgehabt hatte. Das Gewand, an dem er gerade arbeitete, war braunrot. Leuchtendes, helles Grün hatte da nichts verloren. Nach einem unsicheren Blick auf Dietbert, der schwieg und sich nicht rührte, griff Reinhold nach der Schale und brachte sie zu Mathias.

»Es ist zum Speien, wie hier alles drunter und drüber geht«, brummte der gereizt, weit davon entfernt, sich zu bedanken. »Wie soll man denn da arbeiten, verflucht noch mal?«

Ehe er sich's versah, war Sonntag und Adrian tigerte im Garten des Baarth'schen Stadthauses angespannt auf und ab, weil ihm vor dem nächsten Morgen graute. Es war nicht das erste Mal, dass er säumige Kunden aufzusuchen hatte, um mehr oder weniger scharf darauf hinzuweisen, dass die Aufnahme einer Geschäftsbeziehung keine vage Verabredung sei, sondern eine Verpflichtung. Und die Begleichung einer Rechnung nicht frei zur Abwägung, sondern eine Selbstverständlichkeit.

Meist fiel es ihm leicht, seiner Auffassung Nachdruck zu verleihen, manchmal auch nicht. Im vorliegenden Fall, in dem der Schmied ja zahlen wollte, aber nicht konnte, tat er sich richtig schwer. Der Mann war ein netter Kerl und hatte eine Schar blond gelockter Kinder um sich herumwuseln, deren Mäuler gestopft werden mussten. Was kaum möglich war, wenn ihr Vater im Schuldturm saß.

Adrian konnte sich gut vorstellen, wie es war, einen Platz im Leben zu haben und diesen zu verlieren, um in einer unaufhaltsamen, trudelnden Bewegung dem Abgrund entgegenzustürzen. Oft fragte er sich, ob er selbst nicht beständig nur eine Handbreit von diesem Abgrund entfernt balancierte.

Dabei hatte er es gut angetroffen, mehr Glück als Verstand gehabt, als Godderts erste, längst verstorbene Ehefrau über ihn stolperte, einen kümmerlichen Säugling unter einem Rosenbusch, gehüllt in durchfeuchtete Tücher, zu schwach zum Schreien. Sie, die kinderlos Gebliebene, hatte sich seiner angenommen, ihn Adrian genannt und ihm wegen des Fundortes den schönen Zunamen Roosen gegeben. Sie liebte ihn wie einen eigenen Sohn, und als sie auf dem Sterbebett lag – nach einer Fehlgeburt, welche die lange vergeblich ersehnte Schwangerschaft beendet hatte –, rang sie ihrem Mann das Versprechen ab, sich weiterhin um den Kleinen zu kümmern.

Das tat Goddert. Im Grunde ein harter Knochen, war er seiner ersten Frau gegenüber butterweich und hielt das Andenken an sie hoch. Das war nichts, was seiner blutjungen zweiten Gemahlin sonderlich gefiel, weshalb sie nicht zu Adrians allerengsten Freundinnen gehörte. Es war besser geworden, als sie selbst Kinder bekommen hatte, erst zwei Söhne, dann eine Tochter. Sie hatte gelernt, Adrian zu ignorieren, und alles in allem war das mehr, als er in den ersten Jahren zu hoffen gewagt hätte.

Inzwischen war es nicht mehr ganz so einfach, weil er sich zur rechten Hand Godderts hochgearbeitet hatte und dessen Frau – unberechtigterweise – um die Stellung ihrer

Söhne fürchtete. Dazu kam die Sorge um die moralische und faktische Unversehrtheit ihrer bildschönen Tochter. Was sehr viel berechtigter und dennoch vollkommen überflüssig war. Adrian hätte sich lieber die Hand abgehackt, als das Vertrauen zu missbrauchen, das Goddert in ihn setzte, oder die Tugendhaftigkeit Isabellas herabzuwürdigen, die in seinen Augen eine beinahe heilige Reinheit besaß und auch behalten sollte.

Aber es war schwer.

Er nannte eben *nicht* ein über die Maßen grundgütiges Herz sein Eigen und eine verkappte Klosterfrau war er ebenfalls nicht, wie Goddert ihm vorwarf, bloß weil er Schmied Rutger nicht die Daumenschrauben anlegen wollte. Adrian schnaubte empört und versetzte einem Kiesel, der den makellos gepflegten Garten des Anwesens verunzierte, einen derben Tritt mit der Stiefelspitze.

»Oh weh. So zornig?« Isabellas liebliche Stimme fügte sich ohne jede Widersprüchlichkeit in den bezaubernden Garten mit seinem überschwänglichen Blumenschmuck und dem Vogelgezwitscher ein.

Adrian wandte sich langsam um, sorgsam um eine ausdruckslose Miene bemüht. Sie musste ja nicht unbedingt bemerken, dass für ihn die Luft in ihrer Gegenwart weicher wurde, das Licht heller, die Sonne wärmer, der Vogelgesang jubilierender.

»Ich wusste nicht, dass Ihr hier sein würdet«, sagte er wahrheitsgemäß, froh, seine Stimme unter Kontrolle zu haben. Sie zitterte nicht, stockte nicht. Warb auch nicht, klang wie immer. Dunkel und nüchtern.

»Ach, das hat sich ganz kurzfristig ergeben.« Isabella schenkte ihm ihr gewinnendes Lächeln und für einen Moment wurden seine Knie weich. »Der Besuch bei meiner Freundin hat sich verschoben. Ich reise erst morgen.«

Ein ganzer Tag mit ihr allein in diesem Haus! Es gab kaum etwas, was er sehnlicher begehrt hätte, als einmal ungestört mit ihr zu sprechen. Ohne die Argusaugen ihrer Mutter oder die riesigen Ohren ihrer Kinderfrau, die auch heute noch jeden ihrer Schritte bewachte.

Folglich war sie ebenfalls anwesend. Adrians Vorfreude erlosch, und dennoch musste er sich dazu zwingen, Isabellas Strahlen nicht zu erwidern. Wenn er einmal damit anfing, würde er es nicht wieder abstellen können, das wusste er. Und das Leuchten in seinen Augen würde jedermann klarmachen, wie es um ihn stand.

»Dann hoffe ich, Ihr langweilt Euch bis dahin nicht allzu sehr«, sagte er, schließlich konnte er nicht stumm wie ein Fisch – oder ein Tölpel – vor ihr stehen bleiben.

»Du bist doch da«, erwiderte sie leise und der lange Blick aus ihren sanften rehbraunen Augen ließ ihm die Kehle eng werden.

»Leider nein«, hielt er dagegen und hob bedauernd die Schultern. »Ich habe einiges für Euren Vater zu erledigen.« Es war nicht die schlechteste Taktik, den Herrn des Hauses zu erwähnen. Das Lächeln in Isabellas Augen verlor merklich an Glanz.

»Dann will ich dich natürlich nicht aufhalten«, zirpte sie, drehte sich auf ihren zierlichen Füßen um und trat mit rauschendem Gewand den Rückweg ins Haus an.

Zurück blieb ein schwacher Duft nach Veilchen. Wie immer, wenn Isabella vorbeiwehte. Adrian unterdrückte das mächtige Seufzen, das sich seiner Brust entringen wollte, sowie den heftigen Drang, ihr hinterherzulaufen. Stattdessen wandte er sich entschlossen in die entgegengesetzte Richtung.

Die Kapaune am gestrigen Sonntag waren nur ein ganz kleines bisschen zäh gewesen, und das würde man den Resten nicht anmerken, wenn sie in der heutigen Gerstensuppe schwammen. Ein Hoch auf Eintöpfe, in denen sich alles verwerten ließ, was übrig geblieben war. Oder was man vergessen hatte. Sabina schnappte sich die Schüssel mit den bedenklich trockenen Puffbohnen sowie den Eimer für die Schweineabfälle und ging in den Innenhof, um sich auf die Bank zu setzen und die Bohnen zu enthülsen.

Erstaunlicherweise traf sie dort auf Dietbert, der doch längst an seiner Staffelei werkeln sollte. Aber er hockte hier, hatte die Ellenbogen auf die Knie gestützt, das Gesicht in den Händen vergraben und sah aus wie das heulende Elend.

»Was ist denn los?«, fragte Sabina alarmiert und ließ sich in gebührendem Abstand auf der Bank nieder.

Dietbert nuschelte etwas Unverständliches, dann schwieg er wieder.

Sie hatte keine Ahnung, was sie tun sollte. In ihn dringen? Dazu hatte sie keine Neigung und kein Talent. Ihn ignorieren? Auch dafür fehlte ihr die Begabung, denn er sah aus, als bräuchte er Trost, und niemals hätte sie es fertiggebracht, einen Menschen in Not einfach sich selbst zu überlassen.

Die Bank war von einem Rosenspalier umrahmt und der Duft der samtenen leuchtend roten Blüten hing süß und schwer in der Luft. Sabina griff nach dem Küchenmesser und der ersten Bohnenschote. Vielleicht hatte sich erneut etwas Brisantes in der Werkstatt zugetragen, fiel ihr ein, und sie ließ das Messer sinken. »Red mit mir«, befahl sie forscher, als sie sich fühlte, denn ihr Herz hatte begonnen, aufgeregt zu flattern. »Ist schon wieder etwas gestohlen worden?«

»Was?« Dietbert löste endlich die Hände und richtete sich auf. Seine Augen waren rot, wahrscheinlich hatte er geweint.

Männer weinten nicht. Und wenn doch, dann war etwas wirklich Schlimmes geschehen.

»Nee, da ist alles in Ordnung«, sagte er. »Soweit ich weiß. Oder doch nicht? Hat der Meister was gesagt? Zu Euch, meine ich?«

Sabina schüttelte den Kopf, weil sie nicht wusste, inwieweit die Angestellten Bescheid wussten und ob sie sich nicht viel zu weit aus dem Fenster gelehnt hatte mit ihrer Frage. Energisch fing sie an, die Puffbohnen zu enthülsen, damit sie den Blick auf etwas anderes richten konnte als auf Dietbert. Die Schoten waren weich und ledrig, was es ein wenig mühselig machte, die Kerne aus den Schalen zu holen.

»Meine Tante ist tot«, murmelte Dietbert, fast hätte sie es nicht mitbekommen.

»Deine Tante? Welche Tante denn?«, fragte sie, was vielleicht nicht sehr höflich war, doch hatte sie noch nie von einer Tante gehört. Oder sonst von einem Verwandten. Dietbert sprach nicht über seine Familie, jedenfalls nicht mit ihr.

»Tante Alrun«, erklärte er stumpf. »Die Schwester meines Vaters. Einfach umgefallen. Jetzt gibt's keinen mehr von uns. Alle tot und begraben. Ich bin der Letzte.«

»Das tut mir leid«, sagte Sabina leise, und für einen Moment flutete der altbekannte Schmerz durch ihr Herz, als sie an ihre Eltern dachte und das Grauen, mit dem sie diese Welt verlassen hatten.

»Sie selbst war schon seit Jahren Witwe.« Er schnaubte und es klang wie ein Schluchzen, das zu diesem Bären so gar nicht passen wollte. »Ihr Mann war Steinmetz. Eines Tages gab's ein Unglück auf dem Bau und ihm fiel ein Quader von der Größe eines Ochsen auf den Kopf. Das war's dann. Erst kam Hilfe von der Zunft und danach von ein paar Kameraden, aber irgendwann ließ das nach. Ich konnte meine letzte Verwandte nicht verhungern lassen, oder? Das durfte ich doch nicht!«

»Natürlich nicht«, stimmte Sabina inbrünstig zu, tief berührt von der Qual in seinem Blick. »Du musstest deine Christenpflicht tun und deinem Nächsten zur Seite stehen.«

»Ja, genau. Das habe ich getan. Das *musste* ich tun, wirklich. Da habt Ihr recht. Ging doch nicht an, dass sich niemand drum schert.« Dietbert zog kräftig die Nase hoch und fuhr sich mit beiden Händen durch das schütter werdende sandfarbene Haar. »Und jetzt war alles für die Katz.«

Sabina betrachtete ihn ratlos. »Es ist doch nicht für die Katz, jemandem Beistand geleistet zu haben«, sagte sie vorsichtig. »Du hast es getan, solange es nötig war, und nun ist es vorbei und du kannst reinen Gewissens um deine Tante Alrun trauern.«

Dietbert nickte.

Sabina griff nach der nächsten Schote. Wenn sie in dem Tempo weitermachte, würde das Mittagessen heute ausfallen.

Mit einem schabenden Geräusch wischte Dietbert sich über die sonst so rosigen, heute fahlen Wangen. »Ich weiß nicht, was ich tun soll.« Seine Stimme klang dünn, wie ein Hauch, weit entfernt von dem gewohnten sonoren Brummen. »Ich weiß es einfach nicht!«

2

WIE ÜBLICH WAR Adrian schon früh in Godderts Arbeitszimmer zitiert worden, wo er jeden Morgen die Aufträge für den Tag erteilt bekam.

»Brechen wir bald auf in Richtung Landsitz?«, erkundigte er sich, weil er der lärmenden Stadt gern den Rücken gekehrt hätte.

»Zu viel zu tun.« Goddert raschelte unzufrieden mit den Papieren, die reichlich ungeordnet vor ihm auf dem Arbeitstisch lagen. »Irgendwann in den nächsten Tagen musst du das Refrather Lager aufsuchen und den Leuten da auf die Finger schauen. Ich kann mir nicht helfen, aber das Holz, das von dort kommt, wird immer spärlicher. Würde mich interessieren, woran das liegt und wo der Rest geblieben ist.«

»Diese Woche noch?«

»Wir warten die nächste Lieferung ab.« Goddert zog ein Schriftstück aus dem Stapel. »Erst findest du heraus, ob Herwald Meulen beabsichtigt, pünktlich das Darlehen zurückzuzahlen, das ich ihm gewährt habe. Man weiß ja nie. Meulen ist erstaunlich unsichtbar geblieben in den letzten Wochen.«

Adrian nickte. »Frist Ende des Monats?«

»Ende der Woche.«

Es klopfte, und noch ehe Goddert dazu hatte auffordern können, öffnete sich die Tür und Waltraud, die Köchin, stand im Raum. Der Frau war einfach nicht beizubringen, was es mit Höflichkeit auf sich hatte. Goddert zog entnervt die Brauen zusammen und Adrian verkniff sich ein Grinsen.

»Ist nich meine Aufgabe, den anzukündigen, aber draußen steht 'n Besucher. Soll ich 'n holen?« Waltraud stemmte die molligen Fäuste in die nicht vorhandene Taille und funkelte Goddert entrüstet an. Sie kochte vorzüglich und der Herr des Hauses speiste gerne gut, was wohl der Grund dafür war, warum er ihr diese Unverschämtheiten durchgehen ließ.

»Wer ist es?«, fragte Goddert kurz angebunden.

»Woher soll ich das wissen?« Waltraud kniff die Lippen zusammen. »Wenn Ihr ihn reinlasst, könnt Ihr's rausfinden.«

Adrian hielt für einen Moment die Luft an, doch Goddert stieß nur ein gereiztes Schnauben aus. »Bring ihn her.« Er prügelte die Köchin zwar nicht vor die Tür, wie er es mit jedem anderen seiner Leute getan hätte, aber besonderer Liebenswürdigkeit befleißigte er sich nicht.

Waltraud rauschte wortlos hinaus und ließ dreist die Tür offenstehen. Es dauerte nur einen Augenblick, bis mit gemessenem Schritt ein gut gekleideter, aber sehr blasser Mann mit sorgenvoll gerunzelter Stirn hindurchtrat.

Godderts Miene änderte sich schlagartig und ein joviales Lächeln erhellte seine Züge. »Meister Lochner, ich bin entzückt, Euch bei mir begrüßen zu dürfen.«

Lochner blieb stehen und schaute äußerst düster. »Wartet mit Eurem Enthusiasmus lieber, bis Ihr gehört habt, warum ich gekommen bin.«

Goddert lächelte sanft. »Eure Worte lassen unweigerlich

nur eine Schlussfolgerung zu. Euch liegt etwas Schwerwiegendes auf dem Herzen.«

Lochner warf Adrian einen Blick zu und seufzte still. Ganz offenbar verlangte es ihn danach, ein Gespräch unter vier Augen zu führen. Adrian rührte sich nicht. Er dachte gar nicht daran, den Raum zu verlassen. Zumindest nicht, solange sein Herr ihn nicht hinausschickte.

Goddert, der Lochners Unbehagen ohne Zweifel ebenfalls bemerkt hatte, ignorierte es souverän und deutete auf den Stuhl, der ihm gegenüber am Arbeitstisch stand. »Nehmt Platz«, bat er und ließ sich selbst schwer in seinen Armlehnsessel sinken. »Ihr seid erkennbar in Bedrängnis, jedoch zaudert Ihr zu verraten, was den genauen Grund dafür angeht«, stellte er fest, faltete die Hände und legte sie scheinbar geruhsam auf den Tisch. »Ich nehme an, Ihr werdet irgendeiner Lage ohne Hilfe nicht Herr, wenn Ihr trotz offensichtlicher Skrupel auf mich zukommt.«

Lochner nickte und entschloss sich, Adrians Anwesenheit zu tolerieren. »Ich wende mich an Euch, weil Ihr es versteht, auch kniffligste Sachverhalte zu entwirren, so habe ich es jedenfalls gehört. Allerdings«, sein Blick wanderte wieder zu Adrian, um sich dann beschwörend auf Goddert zu richten, »muss ich darauf bestehen, dass unsere Unterhaltung in diesem Raum bleibt. Es handelt sich um eine … delikate Angelegenheit.«

Also war vermutlich eine Dame im Spiel. Adrian lehnte sich entspannt zurück. Er interessierte sich wie jeder andere für saftigen Klatsch, aber die amourösen Verwicklungen im Leben ihm unbekannter Menschen waren nichts, was ihn um den Verstand brachte.

»Eine Angelegenheit, die sehr unangenehme Folgen für mich haben kann.« Lochner betrachtete konzentriert seine Stiefelspitzen. Sie waren nur mäßig gebogen, was für die

Vernunft des Mannes sprach. Adrian hasste Schuhwerk, dessen Spitzen lang genug waren, um sie mit Kettchen hochbinden zu müssen. Er hätte niemals solches getragen, denn er legte sehr wenig Wert darauf, sich zum Narren zu machen, weil er über seine eigenen Füße stolperte und im Matsch landete.

»Ihr könnt ganz beruhigt sein«, sagte Goddert und man mochte es ihm beinahe glauben. Mit breiter Brust und einem Gewand aus feinstem Zwirn sah er aus wie die Seriosität in Person. »Nichts, was Ihr geheim halten wollt, wird diesen Raum verlassen.«

Lochner sammelte sich. »In meiner Werkstatt gibt es Unregelmäßigkeiten, die mir das Leben schwer machen.«

Godderts Augen begannen prompt zu funkeln. Er liebte Unregelmäßigkeiten, sofern sie nicht ihn selbst betrafen. »Das klingt übel«, erwiderte er mit angemessener Betroffenheit. »Worum genau handelt es sich denn? Was ist passiert?«

»Dinge kommen weg. Zu viele Dinge, um dies als den normalen Schwund eines umtriebigen Haushaltes zu werten. Ich benötigte eine gewisse Zeit, um es mir einzugestehen, aber es muss wohl beim Namen genannt werden: Ich werde bestohlen.«

»Und Ihr wisst nicht, von wem?«

Lochner schüttelte den Kopf. »Nein. Doch weigere ich mich zu glauben, einer meiner Mitarbeiter habe dabei die Hand im Spiel. Folglich muss ein Fremder in mein Haus eindringen, nur habe ich nicht die geringste Ahnung, wer das sein könnte, wem ich so etwas zutrauen sollte. Der Weißwäscherin? Dem Messerschleifer? Ich weiß es einfach nicht!«

»Ist in den letzten Tagen etwas abhandengekommen?«

»Nein, das nicht. Aber allein dass man es beständig befürchtet, tut der Atmosphäre nicht gut.« Lochner wischte sich über die Stirn und schaute sehr bekümmert. »Meine Familie beginnt, unter den Umständen zu leiden, meine Leute werden fahrig, und ich befürchte, es werden ihnen bald schon Schnitzer unterlaufen.« Er zögerte. Dann fuhr er fort wie ein Mann, der sich entschlossen hatte, keine Schranken gelten zu lassen: »Ich kann mir keine Fehler leisten. Wenn das bekannt wird, werden sich potenzielle Auftraggeber von mir abwenden. Ihr könnt mir glauben, diese Aussichten finde ich nicht gerade rosig. Ich will malen. Ich *muss* malen. Aus dem Innersten heraus, versteht Ihr? Aber ich möchte nicht verhehlen, dass ich auch die Einnahmen brauche, denn ich habe einen Haushalt zu versorgen. Und leider … wenig Rücklagen.«

Goddert schwieg, eine häufig erfolgreiche Taktik. Auch Lochner hielt die entstandene Stille nicht aus. »Alles in allem wird mir das Ganze zu viel. Es muss ein Ende haben. Ich will in Ruhe und Frieden meiner Arbeit nachgehen können.«

»Eine Kunst wie die Eure benötigt sicher eine Welt ohne Ablenkung«, pflichtete Goddert ihm bei. »Ich bin ein großer Bewunderer Eurer Gemälde.«

Wer war das nicht? Stefan Lochner war eine Zierde seiner Zunft und hatte bedeutende Werke geschaffen, die jeder Bürger Kölns kannte: das goldfunkelnde Altarbild der Kölner Stadtpatrone in der Ratskapelle und den Weltgerichtsaltar in Sankt Laurentius, der jedem Gläubigen Furcht einflößen musste, wenn er mit wachem Geist betrachtete, was mit denen geschah, die vom rechten Pfad abkamen. Bilder voller Farbenpracht, die Anmut und Würde ausstrahlten, bevölkert von selbstbewussten, prunkvoll gekleideten Figuren, in denen sich die geschmeichelten Kölner wiedererkannten. Bestimmt gab es noch mehr Beispiele seines Schaffens, doch von denen wusste Adrian nichts, weil in seiner Welt die Kunst nicht vorkam.

»Ich danke Euch«, sagte Lochner höflich, aber müde. »Meister Siegbarth hat mir empfohlen, mich an Euch zu wenden, wenn ich Rat suche.«

Adrian betrachtete ihn verblüfft. Er kannte Meister Siegbarth, zumindest vom Sehen. Der Mann stand gerne nach der Messe auf dem Kirchvorplatz von Sankt Alban und führte großspurige Reden. Erstaunlich, dass Stefan Lochner von all seinen Kollegen ausgerechnet ihn als Vertrauten erkoren hatte. Offenbar war das aber der Fall, denn er fuhr fort: »Genau das tue ich hiermit. Ich brauche nämlich Euren Rat. Dringend.«

Goddert war genauso überrascht wie Adrian. »Meister Siegbarth ist eingeweiht?«, fragte er ungläubig.

»Wo denkt Ihr hin?« Dieser Gedanke versetzte Lochner offensichtlich in Panik. »Der Mann ist ein fürchterliches Klatschmaul. Wenn er es weiß, weiß es im Handumdrehen ganz Köln.«

»Da ist was dran.« Godderts Miene blieb unbewegt. »Es hat wirklich niemand außer uns dreien Kenntnis von den Vorfällen?«

»Nein! Das heißt, natürlich sind sie meiner Hausgemeinschaft bekannt«, räumte Lochner ein. »Das ließ sich kaum verhindern.«

»Meister Siegbarth hat Euch beraten. Also hat er wohl doch davon erfahren«, mischte Adrian sich ein, was ihm einen langen Blick von Goddert und einen erstaunten von Lochner eintrug.

»Er hat keine Ahnung«, beharrte der Maler. »Er sprach mich nur an, weil er … nun ja, offenbar erkannte, dass mir irgendetwas Probleme bereitet.«

»Und war erpicht darauf zu erfahren, worum es dabei geht.« Baarth gestattete sich ein spöttisches Kräuseln seiner Lippen.

»So ist es wohl«, bestätigte sein Besucher knapp.

»Hm.« Goddert dachte nach, und wie es seine Art war, erstarrte er dabei zu Stein. Plötzlich lächelte er. »Macht Euch keine Sorgen, Meister Stefan. Wir kriegen das schon hin, seid gewiss. Ich lasse mir etwas einfallen.«

»Mannomann, Reinhold, dein Platz sieht aus wie ein Saustall.« Timon schüttelte den Kopf. »Überall Farbe. Pass bloß auf. Der Meister könnte dir Verschwendung vorwerfen. Ich glaub nicht, dass er dafür zurzeit viel Verständnis aufbringt.«

Reinhold hob widerwillig den Blick von seiner Pieta. Er ließ sich nicht gerne bei seinen Überlegungen unterbrechen, wie er der leidenden Mutter des Gekreuzigten einen noch innigeren Ausdruck verleihen konnte.

Ein Schälchen mit Umbra war umgekippt, das Pigment verschmierte auf der Tischplatte. Schlimmer noch, der Pinsel lag in einer Lache Bier, das aus einem umgestürzten Becher rann. Er konnte sich nicht erinnern, etwas getrunken zu haben. Oder wie das Umbra an seinen Platz gelangt war.

Das *falsche* Umbra. Umbra natur. Es wies einen leichten Grünstich auf, den Reinhold nicht mochte; er bevorzugte gebranntes Umbra, das einen deutlich wärmeren Ton hatte. Beide trockneten sehr rasch, man durfte Umbralasur nur hauchdünn auftragen, da die Schicht sonst riss. Reinhold verwendete es folglich äußerst vorsichtig und sehr sparsam. Doch auf seiner Pieta klebten kleine Klumpen davon auf dem Mantelsaum der Muttergottes. Wo Umbra gar nicht hingehörte, denn er war blau.

Wann war er je so abgelenkt gewesen? Wann wäre ihm je ein solcher Schnitzer unterlaufen? Niemals, da konnte er nachdenken, solange er wollte. Einen verdreckten Arbeitsplatz verursachte er für gewöhnlich auch nicht, aber immerhin war das nicht völlig undenkbar. Doch das falsche Umbra, falsch aufgetragen an der falschen Stelle – nie und nimmer.

»Ich habe das nicht gemacht«, sagte er.

»Jetzt hör schon auf.« Timons Stimme wurde bestimmter. Und lauter, weshalb Dietbert sich neugierig umdrehte. Mathias kniff die Lippen zusammen und pinselte an seiner Tafel herum. »Ich meine, was soll das? Das ist dein Bild, oder nicht? Wer zum Henker sollte dicke Batzen Umbra darauf verschmieren, wenn nicht du?«

»Weiß ich nicht«, erwiderte Reinhold störrisch. »Ich war's jedenfalls nicht.«

»Mann, du wirst allmählich verdammt sonderbar.« Timon warf einen Blick auf die beiden Gesellen und senkte die Stimme, ein bisschen wenigstens. »Auf der Pieta sind Fehler. Die Hände! Mensch, Reinhold, du *kannst* doch Hände!«

Natürlich konnte er Hände. Meister Stefan hatte ihn mehr als einmal für die ausdrucksstarke Gestik gelobt, die er ihnen verlieh.

»Ich hab die Hände so nicht gemalt. Die sind … verändert«, sagte er ratlos.

Mathias schob seinen Schemel hitzig nach hinten, es polterte, als er fiel. Ein paar Schritte, dann baute sich der Geselle neben Reinhold auf. »Verändert schon, verbessert nein«, raunzte er ihn an. »Junge, was ist nur los mit dir?«

»Nix.«

Trotzdem waren die Hände falsch. Die kleinen Finger standen in einem unmöglichen Winkel ab.

»Wir müssen dich aber korrigieren«, beharrte Mathias. »Pass besser auf, Mann. Glaubst du, wir haben Zeit dafür? Nee, haben wir nicht. Wir haben mit unseren eigenen Sachen genug zu tun.«

Reinhold zuckte die Schultern.

»Na, lasst den Jungen jetzt mal in Ruhe«, mischte Dietbert sich ein und seine tiefe Stimme rollte beruhigend durch die angespannte Stimmung im Raum. »Fehler passieren nun mal. Jedem. Sogar Reinhold, auch wenn er gut ist. Eigentlich. Fang jetzt nicht an, Mist zu bauen, Kleiner.« Er wandte sich ab und widmete sich wieder seiner Tafel. »Man muss sich aufeinander verlassen können. Also streng dich an.«

Meister Lochner hatte kaum den Raum verlassen, als Goddert sich an Adrian wandte und sagte: »Dann werden wir dem Mann mal helfen.«

Adrian nickte. »Ob Lochner es nun glauben will oder nicht, bei dem Dieb muss es sich um ein Mitglied seines Haushalts handeln. Wer sonst sollte Gelegenheit haben, unauffällig herumzustöbern und alles, was nicht niet- und nagelfest ist, mitgehen zu lassen? Es wird wohl ein ziemlicher Schock für ihn werden, wenn er herausfindet, wer von ihnen der Schuldige ist.«

»Damit ist der Fall bereits so gut wie gelöst«, meinte Goddert zufrieden und zog einen Bogen aus einem der vielen Stapel, die sich auf seinem Schreibtisch türmten. Soweit Adrian erkennen konnte, handelte es sich um die Besitzurkunde eines Grundstückes in Brühl, das er vor Kurzem erworben hatte. Der Mann sammelte Land wie andere Leute Silbermünzen.

Goddert blickte auf und zog die Brauen hoch, als sei er überrascht, Adrian immer noch auf der anderen Seite des Tisches vorzufinden. »Du kannst gehen und meinetwegen direkt anfangen.«

»Womit genau?« Er konnte beim besten Willen nicht erahnen, was er in Brühl ausrichten sollte. Es war eine fruchtbare Gegend, in der Goddert bereits mehrere Parzellen besaß, auf denen er Gemüse anbauen ließ und Vieh hielt. Sein dortiger Besitz stand unter Aufsicht und Bewirtschaftung tüchtiger Männer, die sich auch um das neue Grundstück bemühen würden.

Goddert sah ihn verständnislos an. »Du wirst den Lochner-Fall aufklären. Was muss ich da lange erläutern? Du hast doch gerade selbst aufgezeigt, wie's geht.«

»Ich habe nichts aufgezeigt. Ich habe *Vermutungen* angestellt.«

Goddert zog die Schultern hoch. »Dann beweise, dass sie der Realität entsprechen.«

Dazu hatte er nicht die mindeste Lust. »Es gibt bestimmt berufenere Leute.«

Goddert senkte das Kinn. Wieder einmal. Es kam Adrian vor, als geschähe das in letzter Zeit öfter.

»Wenn ich's nicht besser wüsste, dächte ich, du würdest dich zieren«, grollte Baarth.

Genau in diesem Moment brach ein Hahn direkt unter dem Fenster in empörtes Geschrei aus und verschaffte Adrian damit die Möglichkeit, seine Antwort kurz zu überdenken. »Das tue ich nie«, erklärte er, nachdem der Gockel endlich den Schnabel hielt. »Aber ein Stadtbüttel wäre viel besser geeignet, sich mit Lochners Scherereien zu befassen. Es handelt sich immerhin um ein Verbrechen.«

»Lochner will niemanden in seinem Heim, den er nicht kennt.« Langsam klang Goddert richtig sauer.

Das war Adrian auch. Er mochte nicht in ein fremdes Haus einrücken. Allerdings war unschwer zu erkennen, dass er genau das tun sollte. Er sollte bei Lochners einziehen und vor Ort die Umstände in Augenschein nehmen. Nur müsste er dann das Stadthaus verlassen und den Landsitz erst recht, und in beidem hatte er die Chance, auf Isabella zu treffen. Bei Lochners nicht.

»Hatten wir das nicht erst vor ein paar Tagen erörtert?«, fragte Goddert finster. »Du übernimmst die Aufgaben, die ich dir gebe. Was ist los mit deinem Gedächtnis?«

Mein Gedächtnis funktioniert einwandfrei, dachte Adrian, aber er sprach es nicht aus. Er war unwillig, nicht verrückt.

»Ich will dir gern den vorliegenden Fall näher erklären, auch wenn ich mich über mich selbst wundere«, fuhr Goddert fort und klang nicht mehr ganz so grimmig. »Es wäre gut, sich dem Mann zu verpflichten. Lochner war letztes Jahr Ratsherr, und so wie er sich da geschlagen hat, wird er nach der leidigen Karenzzeit wieder gewählt werden. Also ist er wichtig. Wenn du ihn von seiner Qual befreist, haben wir bei ihm für alle Zeiten einen Stein im Brett.«

Da war was dran. In einer großen Stadt wie Köln mit vielen bedeutenden Leuten und rührigen Strippenziehern war es durchaus wichtig, sich Verbündete zu schaffen. Adrian dachte an Isabella, ihr liebliches Gesicht, ihr wunderbares Lachen, perlend wie ein glitzernder Wasserfall. Er war seit Ewigkeiten in sie verliebt – und genauso lange war ihm klar, dass es für diese Liebe keine Zukunft gab. Vielleicht war es gut, fortzukommen. Ganz sicher sogar. Endlich einmal den Sumpf unausgegorener, hoffnungsloser Gefühle hinter sich zu lassen. Den ewigen Teufelskreis von Sehnsucht, Verzicht, erneutem Verlangen. Vielleicht konnte er fern von Isabella sein armes, verlorenes Herz aus ihren Händen reißen, die es erbarmungslos festhielten.

Er hörte, wie ihr unnachgiebiger Vater drängte: »Jetzt mach dich schon auf den Weg. Je eher, desto besser. Lochner soll nicht denken, wir hätten es uns erst durch den Kopf gehen lassen.«

Adrian erhob sich und tat wie geheißen.

In der Werkstatt war es still, aber es war anders als sonst. Jeder war konzentriert bei der Arbeit, ganz wie gewohnt, dennoch hatte die Atmosphäre sich verändert. Timon konnte das nicht leiden. Die Werkstatt war sein Leben, war alles, was er wollte und war, und er *hasste* das Gefühl, dass dort die Andacht zerbrach. Dass die Ruhe, die über all dem lag, eine Grabesruhe war.

Er versenkte sich in seine Arbeit und es half.

Reinhold und er hatten von Meister Stefan den Auftrag erhalten, die Ausformung von Gewandfalten zu üben. Im letzten Lehrjahr gestalteten sie ganze Bildmotive, mussten ihr Augenmerk aber auf die Details richten. Timon gefiel das und besonders mochte er die Übungen zum Faltenwurf, liebte den Schwung und die Eleganz, die darin lagen, wenn man es richtig anstellte. Natürlich gab es Kollegen, selbst in der Kölner Schilderergaffel, deren Gewänder unsauber gemalt und verhunzt waren, in der Lochnerwerkstatt passierte das allerdings nicht. Dafür war die Ausbildung zu gründlich, und die Leute, mit denen der Meister sich umgab, waren zu talentiert. Reinhold war gut. Timon besser, das fand er zumindest selbst. Auch wenn man so etwas nicht herauskrähte, weil es unbescheiden und überheblich klang. Damit machte man sich keine Freunde. Aber sie würden es schon noch merken. *Meister Stefan* würde es merken und darauf kam es an.

Timon trat einen Schritt zurück und betrachtete prüfend, was er bis jetzt geschafft hatte. Er widmete sich dem Gewand der heiligen Anna, Reinhold neben ihm dem der betenden Maria. Wenn sie richtig gut waren, würde Meister Stefan die Studien später vielleicht als Grundlage für ein Gemälde der Anna selbdritt nutzen. Timon nahm sich fest vor, nach Fertigstellung seiner Arbeit mit den ersten Skizzen eines Jesuskinds zu beginnen. Wenn ihm dieses ebenso gut gelang wie die Anna, wäre sein Anteil an der Komposition groß und überzeugend. Größer und überzeugender als der von Reinhold.

Neben ihm tauchte Hanß auf und Timon zuckte zusammen. Ständig riss dieser Hänfling einen aus der Konzentration! Dabei wollte er nicht einmal zu ihm, sondern zupfte Reinhold am Ärmel.

»Is gut jetzt?«, fragte er im Flüsterton. Hanß traute sich niemals, mit normaler Stimme zu sprechen.

Reinhold, offenbar weit davon entfernt, so verstimmt zu sein wie Timon, wandte sich auf der Stelle von seiner Maria ab. »Lass mal sehen.«

Hanß hatte eine Holztafel vorbereitet, ein Vorgang, der endlos dauerte, den man aber keinesfalls abkürzen durfte. Erst wurde auf den Bildträger heiße Leimlösung aufgetragen, anschließend die Kreidegrundierung. Und diese wurde, nachdem sie gründlich durchgetrocknet war, mit Kohle bestäubt und so lange geschliffen, bis kein schwarzer Staub mehr in den Vertiefungen zu erkennen war. Das war viel Arbeit, und sie war wichtig. Der Kreidegrund musste perfekt sein, davon hing alles ab.

Reinhold fuhr mit der flachen Hand über Hanß' weiß schimmernde Holztafel, und für einen kurzen Moment wünschte Timon sich inständig, die Farbreste an seiner Hand würden die makellose Fläche verschandeln. Das hätte ihm richtig Ärger eingebracht, und Hanß würde sich in Zukunft an Timon wenden, weil er dann begreifen musste, wer die bessere Adresse für seine Fragen war.

Die Holztafel blieb weiß und jungfräulich, Reinholds Finger waren offensichtlich trocken.

»Schau mal, Hanß«, sagte er bedächtig. »Hier an den Seiten sind noch Unebenheiten zu fühlen, die musst du ausgleichen.«

»Ich bin da an der Kante immer abgerutscht«, bekannte Hanß unruhig.

»Ist ja auch nicht ganz einfach.« Reinhold nahm die Tafel und hielt sie prüfend ins Licht. »Und in der Mitte hast du übertrieben. Da ist kaum noch Kreidegrund vorhanden.« Reinhold lächelte, als sei es gar nicht bedenklich, dass Hanß so ein Dummkopf war.

Timon schnaubte. Hanß wurde feuerrot, was fast langweilig war, weil es ihm tausendmal am Tag passierte. Reinhold dagegen schien von Timons Unwillen nichts zu bemerken. Jedenfalls hörte er nicht auf, die Holztafel zu streicheln, als sei sie ein Hund.

»Die Grundierung muss richtig gut werden«, sagte er zu dem eifrig lauschenden Hanß. »Wir tragen darauf die Lasurschichten auf, und sie ist dafür verantwortlich, wie das Endergebnis wirkt. Wie das ganze Gemälde wirkt.«

Hanß nickte brav, aber Timon war sich vollkommen sicher, er verstand kein Wort von dem, was er hörte. Es war an der Zeit, sich einzuschalten. Irgendjemand musste diesem Simpel die grundlegendsten Erkenntnisse aufbereiten.

»Das Weiß der Grundierung reflektiert das Licht«, erklärte er und Hanß drehte sich zu ihm, weg von Reinhold. »Wir tragen die Lasuren hauchdünn auf und der helle Grund lässt sie leuchten. Viele Schichten Lasur übereinander, eine transparenter als die andere. So bekommen die Motive Tiefe und Brillanz.«

Er warf einen Blick auf Reinhold, ob der ebenso gespannt lauschte wie Hanß oder sich am Ende sogar ärgerte, weil Timon die Gesprächsführung übernommen hatte.

Nichts davon traf zu. Reinhold hatte die Holztafel achtlos auf dem Werkstatttisch abgelegt und beschäftigte sich bereits wieder mit seiner Muttergottes. Timon lächelte breit.

»Komm, wir gehen hinüber zu deinem Platz«, sagte er großzügig zu Hanß. »Dann zeige ich dir, wie es geht.«

Reinhold, dieser Tölpel, merkte nicht einmal, wie er ausgebootet wurde. Wie ihm die wichtige Aufgabe, den jüngeren Lehrling zu unterweisen, aus der Hand gerissen wurde. Er merkte es einfach nicht.

3

Es SCHIEN NICHTS mehr aus der Werkstatt entwendet worden zu sein und Sabina erlaubte sich ein vorsichtiges Aufatmen. Vielleicht lag der Spuk hinter ihnen? Dabei war ihr von Anfang an klar gewesen, dass etwas nicht stimmte. Schon, als sich ihr Onkel noch kopfschüttelnd darüber mokiert hatte, bevorzugt verschusselte Mitarbeiter einzustellen, denen laufend Dinge abhandenkamen.

Sabina hatte das nicht geglaubt.

Die Lehrjungen waren zu eifrig um die Gunst ihres Meisters bemüht – Hanß hätte sowieso niemals etwas unaufgefordert an sich genommen – und die Gesellen zu altgedient, genau wie Hennes, der Knecht.

Eine Woche noch, dann werde ich davon ausgehen, es habe ein Ende gefunden, dachte Sabina, um sich Mut zu machen. Sie schob das verrutschte Kopftuch zurecht und spähte in den Kessel. Heute war zwar Mittwoch, aber sie kochte dennoch einen Eintopf, wie es eigentlich für montags vorgesehen war. Vorgestern hatte sie Kapaunfleisch hineingetan und Puffbohnen, heute gab es Kaninchen, Lauch und Möhren, das war geschmacklich weit genug voneinander entfernt.

Es dämmerte noch nicht richtig, aber das Licht wurde bereits weicher, und sie musste sich sputen, damit sie das

Abendessen rechtzeitig auf den Tisch brachte. In den Eintopf gehörte zu guter Letzt die Gerste, und die musste weich werden. Gerste hatte es zwar auch zum Kapaun gegeben, doch es war ausreichend übrig geblieben und sie hatte ohnehin versäumt, eine Alternative zu besorgen.

Egal. Die Männer vertilgten, was sie ihnen vorsetzte, Onkel Stefan merkte sowieso nicht, was er aß, und Tante Lysbeth war froh, die Aufgabe los zu sein, sie würde sich nicht beschweren.

Sabina griff den Teller, der für zerhackte Zwiebeln vorgesehen war, drehte sich schwungvoll um und stand unversehens Nase an Nase mit einem Mann, der sich in der Tür zum Hof herumdrückte.

Der Teller fiel klirrend zu Boden und zerbrach säuberlich in drei Stücke.

»Himmelherrgottnocheins!«

»Tut mir leid«, sagte der Mann und blieb eine Erklärung schuldig, wer er war und was er wollte. Hier in ihrer Küche.

Um das Ding war's nicht schade, das war sowieso angeschlagen, deshalb diente es ja als Zwiebelablage, aber um ihr Herz machte sie sich Sorgen. Es schlug wie wild und wollte sich nicht beruhigen. Wenn man ständig Diebe und Einbrecher im Haus hatte, war man vom plötzlichen Auftauchen Fremder nicht allzu begeistert. Sabina hätte gern die Hand auf das rasende Wummern in ihrer Brust gepresst, um es zu beschwichtigen, allerdings wäre dem Mann dann klar geworden, wie sehr sie sich ängstigte. Wenn Männer das merkten, wussten sie sofort eines ganz gewiss: Sie hatten leichtes Spiel.

»Wer zum Teufel seid Ihr?«, fragte sie so herrisch wie möglich.

»Verzeiht, wenn ich Euch erschreckt habe …«

»Das habt Ihr nicht.«

»… aber ich war erst vorne am Haus. Da niemand auf mein Klopfen reagiert hat, versuch ich's jetzt hier.«

Es war eine ziemliche Unverschämtheit, einfach in den Hof eines Hauses einzudringen. Sabina griff abwesend nach dem Fässchen mit der Gerste und hielt es vor sich wie einen Panzer. Wenn das Zeug nicht bald in den Eintopf kam, würde es nicht mehr gar werden. Um es in den Kessel einzustreuen, hätte sie dem Fremden den Rücken zudrehen müssen. Das kam nicht infrage.

Es war dreist, dass er da war. Und unheimlich. Nur, wenn man es genau bedachte, wäre ein Dieb, der am helllichten Tag mir nichts, dir nichts in ein Haus spazierte, um zu schauen, ob er etwas zu stehlen fand, wohl zu dumm, um auf lange Sicht erfolgreich zu sein.

»Seid Ihr der Anlieferer?«, fiel ihr ein. »Bringt Ihr das Leinen? Wir warten seit Wochen darauf.« Lysbeth wollte den Männern neue Hemden nähen. Die alten waren verschlissen, und auch wenn man es unter den dicken Wämsern nicht sah, gehörte es sich nicht, die Leute so schäbig herumlaufen zu lassen.

Der Mann schüttelte den Kopf und schwieg.

Er sah eigentlich auch nicht aus wie ein Leinenhändler. Zu unauffällig und zu einfach gekleidet. Insgesamt zu drahtig, kantig beinahe. Glücklicherweise nicht besonders groß, wäre er ein Riese gewesen, hätte man das Fürchten bekommen können. Vor allem bei dem Blick. Verschlossen, kalt. Abwägend.

»Besonders redselig seid Ihr nicht, oder?« Sabina drehte sich nun doch um und ließ die Gerste in den Eintopf rieseln. Er würde ihr schon nicht in den Rücken springen.

Tat er auch nicht. Aber er blieb stumm.

Es begann, ihr auf die Nerven zu fallen.

Wenn er kein Leinen brachte und kein Dieb war, blieb

nur eine Möglichkeit. Er war ein Kunde. Kein sehr schlauer Kunde, weil er den Weg in die Werkstatt nicht fand, aber den konnte sie ihm weisen. Und schlau oder nicht, Hauptsache, er erteilte einen Auftrag und würde ihn bezahlen. Allerdings war fraglich, ob er sich ein Werk des berühmten Meister Lochner leisten konnte. So wie er aussah. Aber bitte, das war nicht ihre Aufgabe, damit musste sich der Onkel auseinandersetzen.

Sie warf einen letzten Blick auf den blubbernden Eintopf, streute zögerlich eine Prise Pfeffer hinein und warf ein paar Blättchen Lorbeer hinterher, die sie vorhin vergessen hatte. »Dann kommt mal mit«, sagte sie barsch. »Ich bringe Euch in die Werkstatt. Wenn Ihr mir also folgen wollt.«

Sie wischte sich die Hände an einem Tuch ab, marschierte los über den Hof in Richtung Vorderhaus und verzichtete darauf, sich zu vergewissern, ob der Mann ihr folgte. Nicht sehr klug wahrscheinlich. Weil es einerseits nicht angenehm war, ihn hinter sich zu wissen, und sie andererseits gar nicht sagen konnte, ob er überhaupt dort war. Sie vernahm keinerlei Schritte.

Es widerstrebte ihr, sich die Blöße zu geben, aber es ging nicht anders. Sabina drehte sich um.

Der Mann war direkt hinter ihr, so dicht, dass er beinahe in sie hineinlief, als sie abrupt stoppte.

»Verzeihung«, sagte sie steif und warf einen unauffälligen Blick auf seine Füße. So leise, wie er ging, hatte er womöglich gar keine Schuhe an.

Er trug einfache, praktische Halbstiefel ohne Spielereien und ohne aufgebogene Spitzen.

Damit er besser flüchten konnte?

Reiß dich zusammen, Sabina! »Da vorne ist es«, sagte sie erleichtert, und in diesem Augenblick tat sich die Tür zur Werkstatt auf. Der Onkel trat in die Diele, Gott sei gedankt und gepriesen. Nun konnte er sich mit dem Besucher herumschlagen und das Problem war nicht länger ihres.

Onkel Stefan blieb stehen und schlug die Hände zusammen. »Ihr!«, rief er. »So bald! Da bin ich aber froh!«

»Jedenfalls seht Ihr mich erleichtert, dass Baarth meine Nöte ernst genommen und Euch so schnell geschickt hat«, beendete Meister Stefan seine Begrüßungsrede, für die er Adrian in einen Raum geführt hatte, der offensichtlich als seine private Stube diente. Er war von bescheidenen Ausmaßen, gemütlich eingerichtet, und durch das grünliche Glas der beiden Fenster fiel mildes Licht hinein, das ihm etwas Unwirkliches verlieh.

Sie saßen auf sehr bequemen Stühlen, und während Lochner sprach, musterte Adrian unauffällig das Durcheinander auf dem Tisch vor ihm. Zeichnungen, jede Menge davon, Urkunden, Rechnungen, ein Tintenhörnchen, ein Zirkel, Stifte – kein Wunder, dass hier immer wieder etwas fortkam.

»Wann genau habt Ihr zuletzt einen Vorfall registriert?«, fragte er und sah, wie Lochner auf seinem Stuhl zusammensackte.

»Heute«, erklärte er unglücklich. »Vorhin, kurz bevor Ihr kamt. Der kleine silberne Spachtel ist fort, mit dem ich gerne allerletzte Korrekturen vornehme, wenn hie und da die Farbe zu ungestüm aufgetragen wurde.«

»Heute!«, wiederholte Adrian und setzte sich aufrechter hin. »Ist irgendjemand Fremdes in der Werkstatt gewesen?«

Lochner schüttelte den Kopf. »Ich glaube nicht.«

»Auftraggeber …«, setzte Adrian an.

»Schön wär's.«

»… oder andere Besucher. Händler, Kollegen. Freunde Eurer Mitarbeiter? Eurer Frau?«

»Nein.«

»Da bleibt wohl nur ein Schluss.«

»Ja. Schon. Auf den ersten Blick. Aber nein, für meine Leute lege ich die Hand ins Feuer. Und es könnte durchaus möglich sein, dass jemand hier eindringt. Wir haben den Eingang nicht im Blick.« Lochner schauderte es, Adrian erkannte deutlich, wie seine Schultern bebten.

Und er hatte recht. Wäre diese überspannte Person vorhin nicht am Herd zugange gewesen, hätte er ohne Weiteres durch die Küche ins Innere des Hauses spazieren können. Niemand hätte ihn aufgehalten oder auch nur bemerkt.

»Eure Köchin …«, begann er.

»Wer?«

Adrian zog die Brauen hoch. »Die Frau, die für Euch kocht. Die Köchin. Sie …«

»Ihr meint Sabina. Sabina Barthel. Die Nichte meiner Frau. Sie wohnt seit letztem Jahr bei uns und hat die Versorgung der Leute übernommen, um Lysbeth zu entlasten.«

»Aha. Kann es sein, dass die Diebstähle zeitlich mit ihrer Ankunft in Eurem Haushalt zusammenhängen?«

»Um Himmels willen, nein!« Lochner starrte ihn entsetzt an. »Sabina ist ein reizendes Mädchen und würde nie – wirklich niemals! – etwas derart Abscheuliches tun. Sich bei jemandem, der ihr in der Not geholfen hat, erkenntlich zeigen, indem sie ihn bestiehlt.«

Adrian nickte unverbindlich. Weder »reizend« noch »Mädchen« wäre ihm auf Anhieb eingefallen, hätte er die Köchin beschreiben müssen. Und ob sie so unschuldig war, wie ihr Onkel annahm, würde er lieber selbst untersuchen. »Ich möchte sämtliche Angehörigen Eures Hauses kennenlernen, um mir ein Bild von ihnen und der Lage ganz allgemein zu machen«, erklärte er, da er nicht die Absicht hatte, Lochner zu einem so frühen Stadium Einblick in seine Gedanken zu gewähren.

»Natürlich.« Meister Stefan erhob sich. »Eine günstige Gelegenheit ergibt sich ganz unkompliziert, denn wir setzen uns in Kürze zur Abendmahlzeit zusammen.«

Sie kamen als Letzte dazu, und bevor Adrian den Raum betrat, zählte er mit raschem Blick die Menschen, die sich um den Tisch versammelt hatten. Dort hätten weitaus mehr Esser Platz nehmen können, der Haushalt der Lochners war nicht allzu groß. Er bestand aus einer sanft aussehenden Frau mit hübschem herzförmigem Gesicht, vermutlich Lochners Gemahlin, und mehreren Männern unterschiedlichen Alters. Zwei ältere, sicher die Gesellen, der eine mit unschönen Farbklecksen auf der Wange. Drei deutlich jüngere, die Lehrjungen vermutlich. Einer war ein geradezu engelhaft hübscher Blonder mit munterem Blick, der andere, unscheinbar und in sich gekehrt, betrachtete gedankenverloren den Tisch und schien diesen doch kaum wahrzunehmen. Der Dritte war noch ein Knabe, hockte mit rundem Rücken auf der Bank und versuchte, unsichtbar zu sein. Dann ein grobschlächtiger Kerl mit wirrem grauem Haarschopf, der seinen Teller umklammerte und sehnsüchtig auf das Essen zu warten schien. Zwei eingedeckte Plätze waren noch frei, für den Meister und natürlich für die Köchin, die gerade aus der Küche kam und eine schwere Schüssel schleppte.

»Macht mal Platz«, sagte sie und folgsam rückte der Blonde zur Seite. Der Unscheinbare hatte nicht zugehört und blieb, wo er war.

Mit leisem Schnaufen platzierte sie die Schüssel mitten auf dem Tisch, direkt vor der Hausfrau, und ließ sich ohne weitere Umschweife auf der Bank nieder. »Ich hab das Brot vergessen«, erklärte sie, sprang wieder auf und verschwand.

Erst als sie zurückgekehrt war, ergriff Meister Stefan das Wort. »Wir haben einen Gast in unserem Haus. Adrian Roosen.« Er nickte Adrian zu. »Ich darf Euch kurz die einzelnen Mitglieder meines Hausstandes vorstellen. Meine Gemahlin Lysbeth, Sabina kennt Ihr schon, dann sind da meine Gesellen Mathias und Dietbert, dazu Timon und Reinhold, die Lehrlinge, außerdem Hanß, unser jüngstes Mitglied. Und Hennes, der Knecht.« Er lächelte ein bisschen bemüht in die Runde. »Adrian Roosen wird für ein paar Tage bei uns wohnen.«

Adrian verzog keine Miene, obwohl ihm das vollkommen neu war. Bislang war er davon ausgegangen, er schliefe in Baarths Stadthaus und rücke jeden Morgen hier an. Allerdings war es so natürlich besser. Er bekam mehr vom Leben dieser Menschen mit und war direkt vor Ort, sobald etwas verschwand.

»Sabina, sei so nett und richte ihm die Kammer im Vorderhaus ein.«

»Welche Kammer?« Seine Nichte hielt den Löffel in der Hand wie eine Waffe, und Adrian fragte sich allmählich, ob die Kampfeslust ihre zweite Natur war.

»Die neben dem Eingang«, erwiderte Lochner unbewegt.

Die Köchin zog die feinen Brauen hoch, nickte sparsam und schickte sich an, die Kelle an Lysbeth Lochner weiterzureichen, verharrte jedoch, als Adrian das Wort ergriff. Wenn er die Ermittlungen gründlich führen wollte, ging das nicht mit Diskretion, und langes Zaudern würde ebenfalls nicht helfen.

»Wie jedermann in diesem Haushalt weiß, werden seit geraumer Zeit wertvolle Gegenstände entwendet«, sagte er ohne jede Einleitung. »Meister Stefan hat mich gebeten herauszufinden, wer dafür verantwortlich ist.«

Die Kelle schwebte ohne das geringste Zittern über dem Tisch. Dann ließ Sabina Barthel sie langsam sinken und unterzog Adrian einer gründlichen Musterung aus klaren blauen Augen, die äußerst misstrauisch blickten. Ein Ausdruck, der verständlich war, Adrian aber nicht sonderlich gefiel.

»Ich werde jeden Einzelnen dazu befragen, ob ihm oder ihr etwas Irreguläres aufgefallen ist. Irgendetwas, was nicht ganz so war wie gewohnt«, fuhr Adrian fort.

»Aber nicht mehr heute«, wandte Lysbeth Lochner ein und stellte unter Beweis, dass sie trotz ihrer sanften Ausstrahlung das Zeug zur Hausherrin besaß. »Denn nun wollen wir das Tischgebet sprechen und anschließend essen, bevor der Eintopf eiskalt ist. Es war ein langer Tag und wir benötigen eine Stärkung.«

Während der Herr dieser Gemeinschaft die Mahlzeit segnete und ihm alle trotz der verlockenden Gerüche aus der Schüssel und Adrians beunruhigender Anwesenheit aufmerksam folgten, ließ dieser unauffällig den Blick wandern und prägte sich die Gesichter und Namen ein. Schließlich sprach Lochner mit sonorer Stimme das »Amen«, und Sabina reichte die Kelle endlich der Hausfrau, der es zustand, das Essen zu verteilen.

Adrian bekam eine ordentliche Portion in seine Schale mit einem besonders schönen Stück weißem Kaninchenfleisch. Und während er dem aufkommenden Gespräch lauschte, um so viel wie möglich von der Atmosphäre im Hause Lochner aufzusaugen, führte er den Löffel zum Mund.

Der Eintopf war fade, schmeckte nach nichts. Adrian sah sich um, keiner der anderen verzog auch nur im Ansatz die Miene. Ihm selbst, an die ausgezeichneten Mahlzeiten im Hause Baarth gewöhnt, würde es schwerfallen, das Gebräu ungerührt zu verzehren. Er unterdrückte ein Seufzen und richtete sich auf ein paar ungemütliche Tage ein.

Als Reinhold am nächsten Morgen die Werkstatt betrat, hatte sich bereits die versammelte Mannschaft vor der Staffelei aufgebaut, auf der seine fast fertige Pieta auf ihn wartete. Er war durchaus stolz auf diese Arbeit, weil die Art, wie die Muttergottes ihren gekreuzigten Sohn in den Armen hielt, ihren Schmerz über den Verlust deutlich werden ließ. Er hatte die Fassungslosigkeit in ihrem Gesicht und die Qual in dem ihres Sohnes gut eingefangen. Jedem, der diesen Ausdruck sah, musste die Ungeheuerlichkeit des Vorgangs klar werden.

Bilder wie dieses waren in der Werkstatt Meister Lochners nichts Ungewöhnliches. Es war gut, das schon, aber Kollegen neigten nicht sehr zum Applaus. Was also machten sie alle vor der Tafel?

»Sieht immer noch seltsam aus«, vernahm Reinhold im Näherkommen. Dietbert. Es war Dietbert, der es gesagt hatte und nun zögernd fortfuhr: »Aber nichts, was sich nicht ein weiteres Mal korrigieren ließe.«

»Darf ich mal?«, fragte Reinhold und zwängte sich zwischen die anderen.

Das Bild war das seine und auch wieder nicht.

Und es sah in der Tat seltsam aus.

»Wie konnte dir das denn bloß passieren?«, fragte Timon und schüttelte ratlos den Kopf. »Du bist doch sonst nicht so … so …« Ihm fiel offenbar nichts ein, was kraftvoll genug und doch nicht verletzend war.

Mathias war da weniger zartfühlend. »… talentlos«, vollendete er harsch den Satz. »Was hast du dir nur dabei gedacht, Junge?«

»Gar nichts«, erklärte Reinhold. »Weil ich das nicht war.

Ich hab gestern die kleinen Finger korrigiert, obwohl ich die nicht falsch gemalt hatte und nicht weiß, warum sie's plötzlich waren. Aber ich hab sie überarbeitet und danach waren die Hände wieder, wie sie sein sollen.«

»Das stimmt so nicht ganz«, wandte Dietbert behutsam ein.

»Wie sie jetzt aussehen, habe ich sie nicht gemalt!«, beharrte Reinhold verzweifelt.

»Wer denn sonst?«, murrte Mathias. »Willst du behaupten, einer von uns hätte diesen Schund produziert? Diese ... Dinger?«

Die Hände waren zu groß. Viel zu groß. Und sie standen in einem unnatürlichen Winkel ab. Es sah grotesk aus.

»Ich mache solche Hände nicht!«

»Niemand von uns macht solche Hände, wir sind keine Dilettanten«, sagte Dietbert begütigend. »Und Hanß, der's noch nicht kann, würde sich niemals an einem unserer Bilder vergreifen. Nicht wahr, Hanß?«

Wie üblich mit hochrot angelaufenen Wangen schüttelte Hanß den Kopf.

»Ja, aber ...«

Timon legte Reinhold die Hand auf die Schulter und drückte sie tröstend. »Es kann jedem passieren, dass er mal was vermasselt«, sagte er freundlich.

»Aber doch nicht so!«, widersprach Reinhold wild. »Gestern waren die Hände ganz normal, eher besser als schlechter gelungen, die Gestik war dramatisch. Aber das hier ...«

»Wir sind alle abgelenkt durch die Geschehnisse.« Dietbert schüttelte den Kopf und sein licht gewordenes Haar stand ab wie der zarte Flaum eines Kükens. »Und durch diesen Mann, der nun bei uns lebt. Da hast du's vielleicht nicht richtig gesehen, Reinhold.«

Hatte er wohl. Auch wenn die anderen es ihm nicht glaubten.

»Die Hände sind furchtbar«, sagte er niedergeschlagen. »Und falsch. Genau wie das Inkarnat. Aber das habe ich auch nicht so gemalt.«

»Nun, es ist ein wenig grell ...«

»Viel zu grell!«, unterbrach Mathias.

»... aber du könntest im falschen Licht gestanden haben«, fuhr Dietbert fort. »Manchmal erkennt man nicht direkt, wie etwas geworden ist.«

»Ich stehe immer am gleichen Platz«, widersprach Reinhold. »Und ich habe nie Probleme mit der Farbigkeit. Nie! Das müsst ihr doch wissen!«

»Nicht jeder hat an jedem Tag den gleichen Erfolg. Meine Güte, wenn ich daran denke, wie ich vor ein paar Jahren beinahe die Kreuzigung verpfuscht hätte, weil ich die falschen Punzen genommen habe, wird mir heute noch schlecht.« Das war Mathias, und wenn ausgerechnet dieser Knurrhahn nachsichtig wurde, war es schlecht um einen bestellt.

»Ich war das nicht!«, wiederholte Reinhold, weil es stimmte und er einfach nicht wusste, was er sonst sagen sollte, um die anderen davon zu überzeugen.

»Jedenfalls sieht's nicht so aus wie etwas, das du gemacht hast.« Timon legte tatsächlich den Arm um seine Schultern. »Nur: Fakt ist, du hast es getan. Und jetzt reg dich nicht auf, sondern übermal es. Dann interessiert's kein Schwein mehr. Ist ja sowieso nur ein Übungsstück.«

»Genau«, murrte Mathias und klang wieder mehr wie er selbst. »Und üben solltest du, Junge. So viel wie möglich.«

Aus der Werkstatt war Gekeife zu hören, aber es klang nicht dringlich. Krach unter Kollegen, nicht mehr, nicht weniger. Weil die Wellen zurzeit hochschlugen und Animositäten emporkochten, die normalerweise unter Verschluss gehalten wurden. Die Stimmen schallten über den Hof und waren bis hierhin zu vernehmen, wo Sabina mit steifem Rücken auf ihrer Bank saß und wünschte, die Männer würden den Mund halten. Denn vor ihr stand Adrian Roosen und sah aus, als würde er gleich hässliche Fragen stellen und noch hässlichere Verdächtigungen aussprechen.

»Ich werde sicher bald herausfinden, wie die Strömungen in Eurem Gemeinwesen verlaufen«, begann er mit unbewegter Miene. »Welchen Sog die Strudel entwickeln. Bislang habe ich nur erste Eindrücke gewonnen, doch natürlich werde ich mir Eure Leute noch genauer vornehmen. Zunächst ist allerdings die Familie dran und ich beginne mit Euch.«

Ja, besten Dank auch. Sabina weigerte sich, ihn anzublicken, sondern fädelte die Birnenscheiben auf, die sie dörren wollte. Das war eine Tätigkeit, die viel Aufmerksamkeit erforderte. Schließlich durfte das Einstichloch nicht zu weit an den Rand geraten, sonst fielen die Scheiben hinunter, wenn sie in der Hitze schrumpelten.

»Die Stimmung in der Werkstatt scheint mir nicht die Beste zu sein«, bemerkte Roosen und augenblicklich wurde Sabina wütend.

»Wundert Euch das?«, fragte sie scharf. »Hier gehen seltsame Dinge vor. Ist es nicht selbstverständlich, dass wir davon aufgewühlt sind?«

»Zumal nun auch noch ein Fremder im Haus ist«, fügte Roosen an. »So etwas gefällt nicht jedem.«

Ihr jedenfalls nicht. »Ihr sorgt eben für Unruhe.«

»Falsch. Ich bin hier, weil es bereits jede Menge Unruhe gab.«

»Trotzdem.«

»Ja, trotzdem.« Roosen zuckte die Schultern. »Ob Ihr's glaubt oder nicht, ich bin nicht hier, um mir Freunde zu machen. Erzählt mir, wie Ihr die Vorfälle der letzten Wochen beurteilt.«

Sabina blickte auf und starrte auf die Wiese, die in herrlichstem Sonnenschein vor ihnen lag. Die hübsche schwarzweiß gefleckte Stallkatze saß entspannt unter dem Apfelbaum und putzte sich das Fell.

»Wenn ich wüsste, was ich sagen soll, würde ich's vielleicht sogar tun«, erklärte Sabina und pustete zerstreut eine Haarsträhne fort, die über ihre Nase geweht war.

Roosen sah sie an, als wäre er davon nicht überzeugt. »Ihr werdet doch wohl etwas mitbekommen haben«, drängte er. »Und wenn es Euch auf den ersten Blick unbedeutend schiene.«

Eine Maus lief über die Wiese, doch die Katze ließ sich faul auf die Seite fallen und begann, hingebungsvoll ihre Pfote zu lecken.

Sabina schüttelte den Kopf und beugte sich wieder über ihre Birnen, die einen köstlichen Duft verströmten. »Mit dem Betrieb habe ich nichts zu schaffen. Ich habe bloß bemerkt, dass die Silberfibel meiner Tante unauffindbar war, aber Onkel Stefan meinte, das habe nichts mit dem anderen zu tun. Weil's die Werkstatt nicht betraf. Also weiß ich rein gar nichts.«

»Warum habt Ihr kein Interesse daran, Eurem Onkel zu helfen?«, fragte Roosen und fuhr damit schweres Geschütz auf. »Er ist verstört. Und er braucht jeden Beistand, den er kriegen kann. Nicht nur meinen. Ohne die Mitwirkung der Hausbewohner wird es schwierig ...«

»Verstört bin ich auch«, platzte Sabina heraus, noch bevor er zu Ende gesprochen hatte. »Verflixt. Das ... wollte ich eigentlich gar nicht sagen.«

Seine Mundwinkel zuckten, gottlob lachte er nicht. Sie schätzte es nicht besonders, wenn man sich über sie lustig machte.

»Warum denn nicht?«, fragte er. »Bricht die gewohnte Ordnung zusammen, ist man erschüttert. Das ist doch das Normalste der Welt.«

Sie warf ihm einen Blick zu und nickte langsam. Ihr Onkel schien Roosen zu vertrauen, er hatte das ausdrücklich betont. Andererseits vertraute er mehr oder weniger jedem. Stefan Lochner war ein liebenswürdiger Mann ohne Arg.

»Bei der ersten Befragung ist absolut nichts herausgekommen«, gab Roosen überraschend zu. »Niemand hat eine Person in den Räumlichkeiten angetroffen, die nicht dorthin gehört.«

»Hm.« Geistesabwesend lutschte Sabina süßen Birnensaft von den Fingern und versuchte, sich darüber klar zu werden, ob sie Roosen ebenfalls vertrauen sollte oder nicht.

»Ich selbst konnte jedenfalls problemlos den Hof betreten und hätte von dort ins Haus vordringen können. Ungesehen«, bemerkte er.

»Von wegen! Ich *habe* Euch gesehen. Und Ihr habt mich zu Tode erschreckt.«

»Dafür bitte ich um Entschuldigung.«

Es klang nicht sehr überzeugend. Eher hölzern. Vermutlich fand er sie ... anstrengend. Wenig entgegenkommend zumindest, aber sie wusste nicht, wie sie sich sonst hätte verhalten sollen. Er war ein Eindringling. Sie mochte keine Eindringlinge. Und vertrauen konnte sie ihm auch nicht. Es ging nicht, da war sie eben anders als ihr Onkel.

»Ich weise Euch nur darauf hin«, Roosen blieb vollkommen unbeirrt, »dass ich zu einem anderen Zeitpunkt, nämlich wenn Ihr Euch gerade *nicht* in der Küche aufgehalten hättet, klammheimlich ins Haus hätte gelangen *können.*«

Sie schwieg. Weil er recht hatte und sie es nur ungern zugab.

»Es wäre leichter für mich, wenn Ihr nicht so verstockt wärt«, wies er sie gereizt zurecht.

»Tut mir leid«, sagte sie widerstrebend. »Das möchte ich eigentlich gar nicht sein. Aber ich ... habe Angst. Ich will nicht, dass alles kaputtgeht. Alles zerbricht, was hier gut und richtig und friedlich ist. War.«

Roosen schwieg und maß sie mit einem langen, unergründlichen Blick. Der Wunsch, hinter die Fassade dieses Mannes zu schauen, schuf eine Aufgabe, an der man sich die Zähne ausbiss.

»Wir werden herausfinden, wer dafür verantwortlich ist«, versprach er.

»Wenn Ihr mit dieser Zusicherung nur nicht auf zu schmalem Grat wandert.«

Darauf ging er nicht ein, was vielleicht besser war. »Ich schlage vor, die Türen in Zukunft verschlossen zu halten«, wies er sie stattdessen an.

»Und wenn Kunden kommen?«

»Dann sollen sie klopfen. Niemand darf mehr die Gelegenheit erhalten, mir nichts, dir nichts ins Haus zu spazieren. Habt Ihr mich verstanden?«

Das war nicht sonderlich schwer. Sabina schnaubte und erhob sich, um den Männern in der Werkstatt einen Krug Bier zu bringen. Und um von diesem fürchterlichen Roosen fortzukommen.

Als sie in der Diele des Vorderhauses ankam, traf sie auf ihren Onkel, der in der Tür zu Werkstatt verharrte und den Rücken ungewohnt steif hielt. »Was ist hier los?«, fragte er streng.

Das Gezeter verstummte abrupt.

Sabina spähte an seiner Schulter vorbei in den Raum und fühlte, wie ihr Herz schnell und unruhig zu klopfen begann. Sämtliche Werkstattangehörigen standen im Halbkreis um einen Entwurf herum, dem etwas Absonderliches anzuhaften schien. Sie konnte von ihrer Position aus nicht erkennen, um was es sich handelte, aber irgendetwas war hier offensichtlich nicht in Ordnung.

Reinhold schob sich vor das Bild und sein verschlossenes Gesicht war kreidebleich.

»Hier is nix los«, erhob Dietbert bedächtig die Stimme und die Stille zerbrach. »Gar nix.«

»Blödsinn.« Das war Mathias, wie üblich in genauem Gegensatz zu seinem Kollegen. »Reinhold versaut seit Neuestem seine Bilder, und wenn er so weitermacht, kann er sein letztes Lehrjahr vergessen und wieder von vorne anfangen.«

»So dramatisch ist es nun wirklich nicht«, wiegelte Dietbert ab. »Ich find's nur dumm, dass er's nicht zugibt. Weißt du, Junge, damit machst du dir keine Freunde.«

»*Blödsinn*«, wiederholte Mathias entrüstet. »Reinhold tanzt aus der Reihe. Mit jemandem, der nicht sein Bestes gibt, sondern nur Scheißdreck produziert, kann man nichts anfangen, wenn ihr mich fragt.«

Das Bier in Sabinas Krug wurde langsam schal und warm, doch sie fand es falsch, sich damit ins Gespräch zu drängen. Vor allem weil Onkel Stefan ausgesprochen beunruhigt aussah, ungefähr so, wie sie sich fühlte.

»Reinhold, was ist da los?«, fragte er in das atemlose Schweigen hinein, die Mathias' Ausbruch gefolgt war.

»Keine Ahnung«, flüsterte Reinhold, und Sabina war sicher, ganz genauso war es. Irgendetwas geschah mit ihm, aber ihm war nicht klar, um was es sich dabei handelte.

Sein Herr und Meister verzog missmutig die Miene.

»Keine Ahnung? Was soll das heißen: Keine Ahnung? Zeig mir deine Pieta.«

Reinhold wich einen unwilligen Schritt zur Seite und alle Augen folgten ihm. Timon sah gespannt aus, als lausche er der Geschichte eines Bänkelsängers, Mathias wirkte zornig und Dietbert unentschlossen. Onkel Stefan trat energisch näher und unterzog die Tafel einem genauen Blick. Dann seufzte er tief. »Du siehst doch wohl selbst, was da nicht stimmt«, sagte er zu Reinhold.

»Natürlich. Ich hab's aber nicht so gemalt. Ich häng doch nicht Hände falschrum an oder pinsele Finger wie abstehende Sargnägel.«

»Sehr plastisch ausgedrückt. Aber so sehen sie aus.«

Reinhold zuckte mit den Schultern und Onkel Stefans Miene nahm einen gereizten Ausdruck an.

»Und was ist mit dem Umbra?«, fragte Timon eifrig. Sabina wusste nicht, ob er vom Thema ablenken oder weiteres Salz in die Wunde streuen wollte. »Sollen wir es jetzt doch so auftragen? Müsste es nicht durchscheinender sein? Vielleicht habe ich es aber falsch verstanden.«

»Nein, nein, das ist völlig richtig. Hast du es vergessen, Reinhold? Aber wieso? Du bist doch sonst nicht so nachlässig.«

»Hab ich nicht vergessen. Hab ich auch nicht gemacht.«

Onkel Stefan stieß mit düsterem Blick die Luft aus. Vielleicht schickte er sich an, Reinhold die Ohren lang zu ziehen. Timon duckte sich, fast als fürchte er, das Donnerwetter träfe ihn. Sabina tat er leid. Alle taten ihr leid. Reinhold am meisten, er sah aus wie ein geprügelter Hund.

Sein Meister begnügte sich damit, sorgenvoll den Kopf zu schütteln. »Reinhold, pass besser auf und konzentrier dich. Wir alle sind bestürzt wegen der Vorfälle hier im Haus, doch dürfen wir uns davon nicht ablenken lassen.«

Er blickte sich um. »Das gilt für jeden von euch. Für mich im Übrigen auch.«

Im Moment schien es allerdings allein Reinhold zu sein, der durcheinander war, aber Sabina dachte nicht daran, es laut zu sagen. Es gefiel ihr, wie ihr Onkel für ihn Partei ergriff. Er legte sogar die Hand auf Reinholds knochige Schulter und drückte sie fest. »Verschwende nicht dein Talent, Junge. Fehler sind da, um daraus zu lernen. Aber man muss es auch wollen. Streng dich an und finde zurück zu deinem Selbst. Du bist gut, das weißt du, ich habe es dir immer wieder gesagt. Mach das nicht kaputt, indem du dich in etwas verwickeln lässt, was nicht deine Aufgabe ist. *Ich* muss dafür sorgen, dass die Vorfälle aufgeklärt werden, *ihr* dafür, dass der Betrieb reibungslos läuft. Verstanden?«

Adrian hatte den ganzen Donnerstag damit verbracht, den Haushalt kennenzulernen und die Menschen, die dort wohnten. Er hatte unverfängliche, nicht allzu bohrende Fragen gestellt und herausgefunden, dass Dietbert ein freundlicher Brummbär war, Mathias knurrig bis zur Grenze der Unhöflichkeit, der silberblonde Timon einerseits umgänglich und andererseits sehr ehrgeizig, sein Kollege Reinhold zwar gleichermaßen von der Kunst beseelt, jedoch wesentlich weniger beredt. Hanß, erst im letzten Jahr dazugekommen, war zu jung und zu wenig selbstbewusst, um es mit den anderen aufzunehmen. Meister Lochner war in Aufruhr, dankbar und nur zu willig, Adrian freie Bahn zu gewähren, seine Ehefrau Lysbeth ruhig und wachsam, die Nichte Sabina sperrig und angespannt, aber ihrem Onkel treu ergeben.

Außer dem Maler selbst war niemand besonders auskunftsfreudig gewesen. Dennoch wirkte keiner der Hausbewohner auf den ersten Blick verdächtig oder ließ es angezeigt scheinen, einen zweiten auf ihn zu richten.

Er musste das Ganze erst einmal sacken lassen und in Ruhe die nächsten Schritte überlegen. Der naheliegendste bestand darin, sich in der Stadt umzuhören, ob Gerüchte kursierten, im Hause Lochner liefe nicht länger alles rund. Die Mitarbeiter schworen Stein und Bein, sie hätten mit niemandem darüber gesprochen, die Lochners sowieso. Sabina hatte seine Frage mit einem verständnislosen Blick beantwortet, dabei hochnäsig die rotgoldenen Brauen hochgezogen und ihn dann nicht länger beachtet. Falls in der Stadt also bereits Geraune und Getratsche eingesetzt haben sollte, waren die Informationen über die Vorgänge aller Wahrscheinlichkeit nach vom Dieb selbst in Umlauf gebracht worden.

Auf der Schildergasse, dort, wo die Maler und Glaser ihre Werkstätten hatten, gab es verschiedene Gasthäuser von unterschiedlichem Niveau, die sich an ebenso unterschiedliche Geldbeutel richteten. Adrian suchte jedes einzelne von ihnen auf, trank in Ruhe sein Bier, aß mittags Roggenbrot mit Käse, hielt den Gesichtsausdruck verschlossen und die Ohren weit auf und erfuhr im Laufe der Stunden … nichts.

Was hieß, dass Lochners Probleme noch unter Verschluss waren.

Der Nachmittag war weit vorangeschritten, Adrian unangenehm satt und nicht mehr vollkommen nüchtern, als er den Heimweg antrat. Seine Blase drückte, weil so viel Bier auch irgendwann wieder herauswollte, und er sah sich nach einer Stelle um, an der er sich erleichtern konnte. Seine Nöte waren vergessen, als er erst aus dem Augenwinkel, dann bewusst einen Mann in einem dunklen Tappert wahrnahm, der sich in einem Eingang herumdrückte.

Der Tappert war dunkelgrün, aus Samt, sündhaft teuer, und er gehörte Goddert Baarth.

Ohne einen bewusst gefassten Entschluss glitt Adrian hinter den Ochsenkarren, der vor einer Weinhandlung stand und abgeladen wurde. Zwischen Wagen und ausladendem Rindviehhinterteil war genug Platz, um Goddert in Augenschein zu nehmen, ihn und einen anderen Mann, mit dem er in ein überaus lebhaftes Gespräch verwickelt war. In kein aggressives, erkannte Adrian entgegen seiner ersten Vermutung. Vielmehr wirkte es … verschwörerisch.

Merkwürdig. Goddert Baarth war selbstgewiss genug, um seine Geschäfte offen einzugehen. Meistens. Wenn es nicht so war und er im Verborgenen handelte, wusste Adrian davon, weil er in der Regel Teil davon war. Ausführender Teil.

Warum also lungerte Baarth in einem Hauseingang herum? Und mit wem? Der andere Mann wurde von Godderts breitem Rücken gründlich verdeckt, Adrian konnte beim besten Willen nicht erkennen, um wen es sich handelte.

Für die Dauer zweier Vaterunser verschmolz er mit der Hauswand, ignorierte heroisch seine sich wieder meldende Blase, atmete den beißenden Geruch des Ochsen ein und wartete geduldig ab. Schließlich wandte Goddert sich um und strebte mit raschen und dennoch gemessenen Schritten einem neuerlichen Ziel entgegen. Mit der Haltung eines rechtschaffenen Menschen, der nichts Seltsames oder gar Fragwürdiges getan hatte, der ganz mit sich im Reinen war. Er sah aus wie immer.

Der Mann, der sich kurz nach ihm aus dem Eingang löste und sich mit einem theatralischen Schwung seines Umhangs auf den Weg in die entgegengesetzte Richtung machte, war Meister Siegbarth.

4

ADRIAN WAR NERVÖS. Sehr nervös, und das aus mehreren Gründen.

Einer davon war, dass er nun schon seit fast einer Woche in Lochners Haus lebte und nichts, überhaupt gar nichts, herausgefunden hatte, was die Diebstähle erklärte. Es hatte auch keiner mehr stattgefunden, sämtliche Gegenstände waren geblieben, wo sie hingehörten, niemand hatte sich verdächtig gemacht.

Außerdem war er nervös, weil die Friedlichkeit der Lage nahelegte, der Urheber des Ganzen sei tatsächlich im Hausverbund Stefan Lochners zu finden. Er hielt vielleicht bloß die Füße still, solange ein Spürhund unter ihnen lebte und ihm an den Kragen wollte.

Vor allem aber beunruhigte Adrian, Goddert mit dem etwas schmierig wirkenden Meister Siegbarth erwischt zu haben. In einer Situation, die nicht wirklich ungehörig wirkte, aber … heimlich. Dabei war ihm nicht einmal klar, warum das Gesehene ihn überhaupt mit diesen unbestimmten, aber hartnäckigen Sorgen erfüllte. Das war das eigentlich Missliebige daran. Er wusste gern, womit er es zu tun hatte.

Da er in der Werkstatt und im Haus der Lochners derzeit keine Aufgabe hatte, nur dumm herumsitzen und darauf warten konnte, dass endlich etwas geschah, beschloss er, in die Stadt zu gehen und Meister Siegbarth auf den Zahn zu fühlen. Wahrscheinlich war das vollkommen überflüssig, doch es drängte ihn danach zu handeln. Der ungewohnte Stillstand behagte ihm nicht. Und jede Information konnte nützlich sein.

Obwohl er für Stunden von Werkstatt zu Werkstatt, von Wirtshaus zu Wirtshaus wanderte, erfuhr er nicht viel. Nur Gerüchte und Tratsch, mal mehr, mal weniger boshaft, hie und da desinteressiert, selten wirklich wohlwollend. Offenbar war Meister Siegbarth mittelmäßig erfolgreich, dafür reichlich hochnäsig, und als natürliche Folge davon konnte ihn niemand so recht leiden. Auch weil er Anfang des Jahres einen gut dotierten Auftrag hatte ergattern können. Der führende Apotheker der Stadt wollte dem Schutzpatron seiner Zunft die Ehre erweisen und hatte Siegbarth dafür gewählt, der sich auf die Darstellung der Vituslegende spezialisiert hatte. Er stellte ihm gar den Auftrag zu einem ganzen Zyklus in Aussicht. Soweit Adrian es verstanden hatte, sollte er zunächst ein Gemälde entwerfen, in dem Vitus aufgrund seiner Weigerung, den christlichen Glauben aufzugeben, wilden Löwen zum Fraß vorgeworfen wurde. Statt ihn in Fetzen zu reißen, hatten die Tiere sich friedlich zu seinen Füßen niedergelegt und nichts weiter getan, als ihn liebevoll abzulecken. Hoffentlich wusste Siegbarth, wie Löwen aussahen. Adrian selbst hatte keine Ahnung.

Es war ihm auch egal. Sein Interesse lag darin, einen Lumpen der Taten in der Werkstatt des bekanntesten Kölner Malers zu überführen, und es schien wenig wahrscheinlich, dass Meister Siegbarth dafür infrage kam. Lochner hatte das größere Renommee, die einträglicheren Aufträge, aber Meister Siegbarth war weder verarmt noch ohne Fortune, befand sich gerade jetzt auf der Höhe seines Erfolgs. Welchen Grund hätte er haben sollen, einem Malerkollegen Dinge wie Pinsel und Spachtel zu stehlen? Lappalien im Grunde. Nichts, weshalb man den eigenen aufsteigenden Stern am Himmel der Malerei trüb werden ließ.

Meister Siegbarths Zusammentreffen mit Goddert mochte also durchaus zufällig gewesen sein, bestimmt war es sogar völlig harmlos. Vielleicht hatte er ihm einen Auftrag abschwatzen wollen, obwohl die Baarths sich für das Vitusmartyrium nicht im Allergeringsten interessierten. Oder sie hatten über eine Holzlieferung gesprochen. Kein Grund zur Beunruhigung. Goddert Baarth konnte reden, wo und mit wem er wollte, und hatte keine Veranlassung, Adrian über jedes dieser Gespräche zu informieren.

Das einzige Ergebnis dieses Nachmittags war demnach, dass er keinen Schritt weiter war als zuvor, und er zermarterte sich das Hirn auf der Suche nach einer Idee, was er nun tun könnte.

Ihm fiel nichts ein und seine Stimmung befand sich auf dem Tiefpunkt, als er in der Nähe des Gürzenich fast in ein Knäuel sich prügelnder Halbwüchsiger hineingeriet. Keine Lehrlinge, die trieben sich zu dieser Stunde nicht auf den Straßen herum. Nein, bloß unnütze Bengel, und sie schlugen auf ein Kind ein, das ein paar Jahre jünger war als sie und von deutlich kümmerlicherer Statur. Ein Knabe, zerlumpt und verdreckt, das war selbst in diesem Chaos gut zu erkennen.

Adrian hasste es, wenn er der Schutzlosigkeit der Straßenkinder gewahr wurde. Unter ungünstigeren Vorzeichen hätte auch aus ihm eines werden können und er wurde nicht gerne daraufgestoßen.

Ohne langes Zögern griff er ein, schnappte hier nach einem Schopf, drehte dort einen widerspenstigen Arm auf den Rücken, verteilte die eine oder andere Kopfnuss, und es dauerte kaum länger als einen Wimpernschlag, bis er das Durcheinander entwirrt hatte.

»Was seid ihr denn für erbärmliche Versager?«, herrschte er die Jungen an. Sie waren zu dritt. Nur zu dritt, anfangs hatte er den Eindruck gehabt, er hätte es mit etwa doppelt so vielen zu tun. »Habt ihr's wirklich nötig, zusammen auf einen Kleineren einzuprügeln?«

»Der hat uns beleidigt«, erklärte der Größte der Jungen, ein Blonder mit einer sehr schiefen Nase, die sicherlich nicht nur ein Mal gebrochen worden war. »Er soll halt aufpassen, was er sagt!«

»Beklaut hat er uns auch!«, fügte ein kleinerer Rotschopf empört an.

»Ach ja?« Adrian blickte ihn mit dem eisigsten Ausdruck an, den er zustande bekam. »Gold und Silber?«

»Nee. Brot und Wurst.«

Das war beinahe noch schlimmer. Jedenfalls für Kinder, die hungerten.

»Haut schon ab.«

Das taten sie. Unbeeindruckt, routiniert, todsicher auf dem Weg, irgendwelchen Unsinn anzustellen.

»Stimmt das?«, wandte Adrian sich an das Bürschlein, das er aus dem Wirrwarr trommelnder Fäuste gezogen hatte. »Hast du dich am Essen der Jungen bedient?«

Der spirrelige Lümmel zog die Schultern hoch, kramte eine fette Schweinswurst aus dem Kittel und biss seelenruhig hinein. Nicht, ohne Adrian einen listigen Blick zuzuwerfen. »Hatte Schmacht«, erklärte er das Offensichtliche.

Die Unverfrorenheit des Burschen sorgte wenigstens dafür, dass seine Laune sich hob, und Adrian spürte einen gänzlich unangebrachten Lachreiz in sich aufsteigen. »Das hatten die anderen auch«, wies er den Jungen allerdings streng zurecht, weil er es ihm nicht zu leicht machen wollte.

»Die sind mehr, und stärker sind sie auch, die kommen schneller als ich an was zu essen«, erklärte der Kleine unbeeindruckt und mit vollem Mund. »Außerdem sind sie blöd«, fügte er hinzu. »Wer 'ne Wurst hat und nicht drauf aufpasst, muss sich nicht wundern, wenn sie weg ist.«

Da war etwas Wahres dran, aber Adrian gedachte nicht, es zuzugeben. »Komm mit, da drüben ist eine Garküche. Wie heißt du?«

»Eberlin. Und was soll ich in einer Garküche? Ich hab 'ne Schweinswurst geklaut, kein Geld.«

»Du bekommst eine Pastete von mir.« Adrian konnte nicht anders, er dachte an Elisabeth, Baarths erste Frau, die so großzügig gewesen war und ihn vor dem sicheren Tod bewahrt hatte. »Dann kannst du fürs Erste das Klauen lassen. Danach besorgst du dir eine Arbeit und *kaufst* dir dein Essen.«

Eberlin sah ihn unter hochgezogenen Brauen an. »Arbeit zu finden ist meine Spezialität. Träger wie ich werden überall gebraucht.«

Das war äußerst unwahrscheinlich. Er war zu dürr und zu klein, um als Tagelöhner eingesetzt zu werden. Meistens hatten die zu schleppen, egal was. »Du kannst Wirtshäuser auskehren«, schlug Adrian vor.

»Mach ich, Meister. Klar. Krieg ich jetzt die Pastete? Kann ich eine mit Lamm haben?«

In der Werkstatt herrschte schlechte Laune, und Timon fand das unbequem wie ein zu enges Wams. Er wusste überhaupt nicht, warum sich alle so aufregten. Gut, es kamen

Sachen weg, das war nicht schön, aber es passierte schließlich nicht andauernd und traf auch nicht jeden. Keiner der Gesellen oder gar der Lehrlinge hatte jemals einen Verlust zu beklagen gehabt. Wahrscheinlich deshalb, weil niemand von ihnen etwas besaß, was sich zu stehlen gelohnt hätte. Für Meister Lochner war es unangenehm, natürlich war es das, aber er musste nicht am Hungertuch nagen, nur weil ihm ein Pinsel fehlte oder ein Silberspatel.

Timon sehnte sich nach der entspannten Stimmung, die bis vor Kurzem in diesem Haus geherrscht hatte. Sie war verflogen. Obwohl sich jeder darauf zu verlassen schien, ihr humorloser neuer Hausgenosse würde die Angelegenheit irgendwie regeln. Der Mann gefiel Timon nicht, er war schroff und unerbittlich, und seine Gesichtszüge sahen aus wie aus Stein gemeißelt. So scharfkantig und unbeweglich, dass man sich fragte, warum er sich nicht an sich selber schnitt, wenn er sich rasierte. Timon wollte ihn nicht hierhaben, aber wenn er nun einmal da war, dann sollte sich die Stimmung der anderen doch heben, oder nicht? Es würde schon reichen, wenn sich alle mal ein wenig zusammennähmen.

Nach einigem Abwägen schlenderte Timon hinüber zu Mathias, dessen schlechte Laune niemanden irritierte, weil sie nicht neu war, sondern zu ihm gehörte wie sein farbverschmierter Kittel.

»Der Wiesengrund ist perfekt«, sagte er bewundernd, aber leise zu dem Älteren. »Meinst du nicht, du bist fertig damit?«

Mathias gab ein unbestimmtes Grunzen von sich und tupfte ein winziges Pünktchen lindgrüne Farbe auf die Spitzen eines Grasbüschels. Sofort war es, als schiene ein Licht auf genau diese Stelle, und ein bereits tadelloser Wiesengrund wurde noch vollkommener.

»Du hast recht«, gab Timon zu, obwohl Mathias kein Wort gesagt hatte. »Du siehst es besser als ich. Na ja, ich lerne noch. Aber ich steigere mich, findest du nicht?«

Schweigen, nicht einmal ein Grunzen.

»Zumindest produziere ich keine Fehler«, fuhr Timon fort. Es musste doch möglich sein, Mathias ein Lob abzuringen! Seine Gewandfalten wurden von Mal zu Mal besser, selbst Meister Stefan hatte nichts zu beanstanden gehabt, als er ihm seinen letzten Entwurf präsentierte.

Mathias gab sich zäher als ihr Dienstherr. Was unangemessen und dreist war. Niemand durfte kritischer sein als der Meister!

»Keine Fehler also.« Timon ließ nicht locker. »Anders als Reinhold. Meine Güte, vom Anblick dieses giftig-rosa Inkarnats tun mir heute noch die Augen weh.« Er lächelte breit, zeigte sein mutwilliges, keckes Spezialgrinsen, mit dem er Mägde zum Kichern und Erröten brachte, dessentwegen ältere Matronen ihm einen Klaps gaben und ihn dennoch anstrahlten. Selbst Meister Lochner hatte ihm angesichts dieses Lächelns mehr als einmal auf die Schulter geklopft. Timon wusste genau, dass er die Leute damit mühelos um den Finger wickeln konnte.

Alle außer Mathias. »Mach's besser«, grummelte er.

»Kein Problem. Also wirklich, Mathias!« Timon strahlte ihn an. »Das würde sogar Hanß besser schaffen. Ich hoffe, Reinhold reißt sich bald zusammen. Wir haben hier genug zu tun, da sollten wir nicht auch noch seine Fehler ausbügeln müssen.«

»Das wirst du auch schön bleiben lassen.« Mathias lehnte sich zurück und kniff die Augen zusammen, um die Tafel mit kritischem Blick gründlich zu studieren. »Wenn überhaupt, dann machen Dietbert oder ich das. Lass die Finger von den Sachen der anderen Lehrlinge.«

»Wenn du meinst.« Timon bemühte sich, nicht beleidigt zu klingen. Die Worte hatten ihn verletzt, aber er würde es nicht zugeben. »Umso ärgerlicher, wenn seine Nachlässigkeiten die Arbeitskraft von euch Gesellen kostet.«

»Himmelherrgott.« Mathias schob seinen Schemel zurück und richtete sich auf. »Tu deine Arbeit und kümmere dich nicht um Dinge, die dich nichts angehen. Und hör vor allem auf, mich zu nerven.«

Roosen hatte das Haus verlassen, und Sabina wusste nicht, ob sie das begrüßte oder ob es sie empörte. Einerseits empfand sie den gewohnten Trott als Erleichterung, denn es war schön, nicht ständig Gefahr zu laufen, einem Fremden zu begegnen. Einem, der sie unablässig prüfend anschaute, als erwarte er, jeden Augenblick würde wertvolles Diebesgut aus ihrer Tasche fallen. Andererseits hatte der Mann bislang nicht das Mindeste erreicht, und sie fand es ungehörig, dass er ohne ein Wort verschwand.

Nun gut. Vielleicht hatte er es mit Onkel Stefan abgesprochen und sie wusste bloß nichts davon.

Egal. Sie bereitete jetzt ihre Pastete zu. Dienstag war Pastetentag. Letzte Woche hatte es Schwein mit gedörrten Pflaumen gegeben, heute machte sie eine mit Lauch und Huhn. Beides war übrig und beides musste weg.

Sabina stand gerade reichlich mit Mehl bestäubt in der Küche und knetete den Teig, als sie aus dem Augenwinkel auf dem Hof jemanden vorbeihuschen sah. Sie dachte nicht einen einzigen Augenblick nach und schoss durch die Tür, den erhobenen Rührlöffel in der Hand. Was für sich genommen reichlich dumm war, denn das Messer, das gleich daneben lag, hätte eine sehr viel wirkungsvollere Waffe abgegeben.

Der Löffel kam nicht zum Einsatz, denn auf dem Hof

stieß sie auf keinen kraftstrotzenden Räuber mit wildem Blick, sondern auf Reinhold mit einem sehr unglücklichen.

»Was machst du denn hier?«, fragte Sabina und fächelte sich Luft zu. »Du hast mich zu Tode erschreckt.«

»Tut mir leid.« Reinhold starrte zu Boden und zog die Schultern hoch.

»Schon gut. Müsstest du nicht drüben sein?«

»Doch. Aber … ich brauchte … Luft.«

Verständlich. Bestimmt herrschte in der Werkstatt die gleiche Stimmung wie bei den Mahlzeiten, wenn alle stumm und voller Unbehagen um den großen Tisch herumsaßen und keinem ein Thema einfiel, über das sich gefahrlos sprechen ließ.

»Kann ich mir vorstellen. Das Ganze drückt allen aufs Gemüt«, stimmte Sabina mit einem schweren Seufzer zu.

Reinhold blickte auf. »Wieso?«

Sabina sah ihn verblüfft an. »Wieso wieso?«

Reinhold massierte seine Hände und die Handgelenke schauten rot und knochig aus den zu kurzen Ärmeln hervor. Er benötigte sein neues Hemd mehr als alle anderen und wirklich dringend. Sabina nahm sich vor, Lysbeth darauf hinzuweisen, wenn das bestellte Leinen endlich eintraf.

»Die anderen braucht's doch nicht zu stören, wenn ich Mist baue«, erklärte Reinhold und sah jetzt so verzweifelt aus, dass Sabinas Herz schmolz, auch wenn sie kein Wort verstand.

»Warum? Hast du die Sachen geklaut?«, fragte sie in einem Ton, als handele es sich um einen alltäglichen Vorgang, Dinge an sich zu nehmen, die einem nicht gehörten.

»Welche Sachen?«

»Du machst mich verrückt. Komm in die Küche. Ich muss zu meiner Pastete. Los, rein jetzt.«

Ihrer Erfahrung nach reagierten die meisten Leute auf einen entschlossenen Befehlston mit Gehorsam und hier war es dasselbe. Reinhold trottete brav hinter ihr her und lehnte sich an die Wand neben der Hoftür, als könne er sein eigenes Gewicht keinen Augenblick länger ohne Hilfe tragen.

»Du weißt, in der Werkstatt kommen Dinge fort«, bemerkte Sabina und begann, energisch den Teig zu bearbeiten.

»Klar. Das wissen wir alle.«

»Mein Onkel ist besorgt deswegen, das weißt du auch. Adrian Roosen ist bei uns eingekehrt, um herauszufinden, wer sie an sich nimmt, auch das hast du verstanden?«

Reinhold nickte.

Sabina ließ den Teig ruhen und betrachtete den Jungen, der grüblerisch seine Schuhspitzen studierte und in etwas versunken war, das nicht nach Problemen seines Dienstherren aussah. Reinhold war schon immer still und nie ein Hansdampf in allen Gassen gewesen, aber nun wirkte er nicht bloß in sich gekehrt, sondern dünstete pure Düsternis aus.

»Was ist los, Reinhold?«, fragte sie streng. »Erzähl es mir. Sofort.«

Während sie wartete, dass er sich die Worte abrang, konnte sie ebenso gut mit der Arbeit fortfahren. Sie griff zur Holzrolle und begann, den Teig in Form zu bringen.

»Ich mache Fehler«, flüsterte Reinhold.

»Was denn für Fehler?«

Wahrscheinlich nicht solche wie sie. In dem Teig war ein Klümpchen Butter übrig geblieben, das sich nicht mit dem Mehl und den Eiern vermischt hatte und fettig glänzte. Hoffentlich machte das am Endergebnis nichts aus. Sie hatte jedenfalls keine Lust, alles noch einmal aus der Form zu nehmen und von Neuem zu kneten. Keine Lust und keine Zeit.

»Fehler, wie ich sie eigentlich nicht hervorbringe«, erklärte Reinhold. »Komisch aufgetragene Lasurschichten. Hände, die aussehen, als hätte sie der Teufel gemalt. So was halt. Ist mir früher nie passiert. Nicht mal im ersten Lehrjahr. Auch nicht davor.«

»Tja.« Sabina griff sich die große Schüssel und begann, Eier hineinzuschlagen. »Wenn du sie nicht machst, dann jemand anders.«

Eine Prise kostbares Salz, noch weniger Pfeffer, Thymian. Wo war der Thymian abgeblieben? Sabina sah sich suchend um und fand einen Rest Beifuß.

»Wer denn?«, fragte Reinhold matt.

»Keine Ahnung.« Beifuß passte sowieso besser, weil es gut für die Säfte im Leib war. Entschlossen streute Sabina eine großzügige Menge in die Eierpampe. »Aber wenn du sagst, es seien Fehler vorhanden, für die du nicht verantwortlich bist, muss jemand anderer sie verursacht haben.«

Was folgte, war ein langes Schweigen. Zeit genug, die gebratenen Hühnchenstreifen auf den Pastetenboden zu legen und die Eimasse darüber zu gießen. Und zum Schluss, was falsch war, noch schnell die Lauchringe darüber zu streuen und vorsichtig unterzuheben, damit sie in der Hitze nicht trocken wurden.

»Ich war's bestimmt nicht«, wiederholte Reinhold, während Sabina die Pastetenform in den Ofen stellte.

»Eben«, sagte sie und wuchtete den Ofen in die Herdglut. Der Ofen war ein prächtiges Gerät, und es hatte nicht jede Hausfrau einen, aber er war schwer und sie immer froh, wenn er in der Wärme stand. Sobald das geschafft war, war er die Erfüllung ihrer Träume, denn dann hatte sie nichts mehr mit dem Gericht zu tun und konnte in Frieden zusehen, wie es vor sich hin garte.

»Wer sollte mir denn etwas antun wollen?«, fragte Reinhold so mutlos, dass sie ihn beinahe in den Arm genommen hätte.

Stattdessen sah sie ihn eindringlich an. »Denk nach. Wer könnte einen Nutzen davon haben, wenn du Fehler machst?«

»Niemand?«

»Na gut. Dann machst du sie wohl doch selbst.«

»Nein.«

»Siehst du.« Sabina trug die Gerätschaften, die sie zum Pastetenbacken benötigt hatte, zur Spülschüssel. Dort angekommen hielt sie es nicht mehr aus und drehte sich um.

»Reinhold, hör mir mal zu. Du bist ein lieber Kerl, aber manchmal vielleicht etwas … weltfremd. Wenn sich jemand einen schlechten Scherz mit dir erlaubt, solltest du herausfinden, wer dieser Jemand ist. Allerdings weiß ich nicht, was daran lustig sein soll.«

Reinhold schüttelte müde den Kopf. »Ich auch nicht.«

»Genau. Kann es sein, dass eine Intrige gegen dich im Gange ist?«

»Gegen mich? Warum denn?« Der ganze Junge eine einzige Ratlosigkeit.

»Weiß ich doch nicht!«, fuhr Sabina auf, seine Begriffsstutzigkeit machte sie wahnsinnig. »Aber wenn es doch so ist! Oder zumindest sein *könnte*. Du musst mehr auf deine Umgebung achten, verstehst du?«

»Hmhm.« Reinhold griff nach einer verschrumpelten Birne, die sie eigentlich dem Schwein hatte geben wollen, und biss geistesabwesend hinein. Hoffentlich waren noch keine Würmer darin.

»Vielleicht stellt sich alles als ein großer Irrtum heraus«, sagte Sabina, glaubte es aber nicht. »Und ich *weiß*, du lebst für deine Kunst und hast für anderes nicht viel übrig. Aber du musst besser auf dich achten, hörst du? Pass einfach auf und sieh dich um, und wenn die anderen merken, dass sie dich nicht länger reinlegen können, hört dieser Blödsinn bestimmt bald auf.«

Reinhold nickte.

Adrian legte die kurze Strecke von der Glockengasse zu Lochners Heim mit strammem Schritt und außerordentlich schlecht gelaunt zurück.

Nichts lief, wie es sollte. Gar nichts.

Wegen der Diebstähle tappte er immer noch im Dunkeln. Adrian schätzte es nicht, erfolglos zu sein, und er war auch nicht daran gewöhnt. Goddert ebenso wenig, weshalb er ihm einen harschen Rüffel erteilt hatte. Das war an sich nichts Ungewöhnliches, denn sein Herr verfügte über wenig Langmut, und wenn er übel gelaunt war, ließ er das gerne an Adrian aus. Niemals hätte er seine schnippische Ehefrau gerüffelt. Dafür war sie zu jung und zu hübsch, und sie ließ ihn zu gerne am ausgestreckten Arm verhungern, wenn er ihr Missfallen hervorrief. Die Söhne waren fort in anderen Kontoren, wo sie sich ihre Meriten verdienten, und seine Tochter trug Goddert auf Händen. So blieb nur Adrian übrig.

Auf der Minusseite standen also sein Versagen im Hause Lochner sowie der Anschiss von Baarth, und obendrein war Isabella nicht zugegen gewesen. Sie besuchte Barbelin Jürges, ihre engste Freundin, und bei diesem Besuch war sicher deren Bruder Peter anwesend, was dem Ganzen die Krone aufsetzte. Dieser unerträgliche Geck würde reichlich Gelegenheit bekommen, Isabella Honig um den hübschen Mund zu schmieren.

Nicht dass Adrian diesen Mund je gekostet hätte. Wenn er vergaß, sich zusammenzureißen, und an diesen Mund dachte, stellte er ihn sich weich vor. Und köstlich. Besser war es, *nicht* daran zu denken. Viel besser, und meistens gelang ihm das auch. Heute nicht.

Er war fast am Ziel, als er an einer Straßenecke fast in einen Bauernkarren lief, dessen Besitzer mit hochrotem Gesicht auf einen Jungen einbrüllte, den er fest am Ohr gepackt hatte und der sich wand wie ein Aal. Trotz des Geschlängels und Herumhampelns erkannte Adrian sofort den mickrigen Knaben, den er gestern aus den Klauen der Nichtsnutze befreit hatte. Der Kleine schien sich liebend gern Ärger einzuhandeln.

»Was ist hier los?«, erkundigte sich Adrian in harschem Ton.

»Der hat mich beklaut!«, empörte sich der Bauer und rüttelte an Eberlins Ohr, es stand zu befürchten, es würde in Kürze abreißen.

Es hielt, aber der Junge kniff die Augen zu und wurde langsam sehr, sehr rot im Gesicht.

»Ich kenne den Bengel«, sagte Adrian. »Und wenn du ihn loslässt, wird er nicht abhauen. Das wirst du doch nicht?«

»Nein«, quetschte Eberlin hervor und stellte sich auf die Zehenspitzen, um den Zug an seinem Ohr etwas zu vermindern.

»Sicher?«

»Sicher.«

»Nun gib ihn schon frei«, befahl Adrian dem Bauern, der finster die Stirn runzelte und offenbar angestrengt überlegte, ob er der Aufforderung nun Folge leisten sollte oder nicht.

Adrian trat einen winzigen Schritt näher. Das war Drohung genug, der Bauer ließ das malträtierte Ohr los. Wahrscheinlich war es jetzt länger als das andere.

Eberlin blieb lammfromm stehen, aber Adrian entging nicht, wie er mit blitzschnellen Blicken prüfte, ob eine Aussicht auf Flucht bestand. Keine Chance. Hinter ihm eine

Hauswand, vor ihm der Karren, rechts der Bauer, links Adrian.

»Was hat er denn gestohlen?«, fragte Adrian in gemäßigtem Plauderton und hätte fast ein »schon wieder« eingefügt. Als Zeichen seines guten Willens zog er sich einen Schritt zurück.

»Zwei Äpfel«, murrte der Bauer.

»Deswegen der ganze Aufstand?«

»Äpfel sind Äpfel. Die baue ich an und ernte sie, und wenn ich sie weggebe, kriege ich dafür *Geld*.«

»Auch wahr.« Adrian sah den überraschten Blick und allmählich hob sich seine Laune. »Hast du noch welche? Und ein paar Birnen vielleicht?«, fragte er und angelte nach der Geldkatze, die sorgfältig in seinem Gewand verborgen am Gürtel befestigt war.

Statt einer Antwort öffnete der Bauer eilfertig ein Fässchen und griff tief hinein auf der Suche nach dem Rest seiner Ware.

»Passt bloß auf, dass die besser sind als meine«, meldete Eberlin sich zu Wort. »Die waren nämlich an ein paar Stellen braun und er hätte sie sowieso nicht mehr an den Mann bringen können.«

»Aber ich hätt sie den Schweinen gegeben, und davon hab ich am Ende mehr, als wenn ich sie dreckigen Straßenjungen in den Rachen werfe.«

»Aber bedenkt den himmlischen Lohn, den Ihr für Eure Mildtätigkeit einfahren könntet«, tröstete ihn Eberlin.

»Halt's Maul.« Der Bauer hatte keinen Sinn für Frömmigkeit.

»Jetzt gib schon her.« Adrian nahm das Obst in Empfang, händigte dem Bauern ein paar seiner spärlich bemessenen Münzen aus und wartete, bis der Mann samt Karren endlich um die nächste Hausecke verschwunden war.

»Hier, nimm schon«, sagte er dann und ließ die Äpfel in den bereitwillig geöffneten Sack kullern. »Du hast eine unselige Neigung, in Nöte zu geraten.«

»Erst, seit ich in Köln bin.« Eberlin griff eine Birne und biss herzhaft hinein. »Hab's mir einfacher vorgestellt.«

»Wo kommst du denn her?«

»Eifel.« Eberlin hob lässig die Schultern und wischte sich dann das klebrige Kinn kurzerhand dort ab. »Ist 'ne Weile her. Und ist auch egal.«

Es ging Adrian nichts an, welches Schicksal den Jungen hierher verschlagen hatte. »Dann pass besser auf«, sagte er streng. »Und mach dir nicht zur Gewohnheit, dass ich dich aus allem rauspauke. Ich bin nicht immer da.«

»Weiß ich.« Eberlin warf ihm von unten einen werbenden Blick zu. »Ihr habt nicht zufällig ein paar Heller für mich?«

»Zisch ab«, sagte Adrian in sehr bestimmtem Ton und sah dem Jungen breit grinsend hinterher, als er genau das tat.

5

Eberlin war ein gewitztes Kerlchen – wenn auch mit fatalem Hang, in Bedrängnis zu geraten –, und so hatte sich Adrians Gemütsverfassung trotz der jüngsten Widrigkeiten beträchtlich verbessert, als er die letzte Wegstrecke zum Lochner'schen Heim zurücklegte. Kaum hatte er das Haus betreten, merkte er, dass etwas nicht stimmte.

Aus der Werkstatt drang erhitztes Stimmengewirr.

Sabina stand in der Diele und blickte ihm entgegen. Dann warf sie plötzlich entnervt die Hände empor, drehte sich um und rauschte davon. Der Knall, mit dem sie die Haustür zuwarf, ließ beinahe die Mauern erzittern.

Irgendetwas war geschehen.

Ebenso schnell, wie Adrians Stimmung sich gehoben hatte, stürzte sie ins Bodenlose. Mit großen Schritten durchquerte er die Diele, prüfte unruhig die Lage in der Werkstatt. Niemand arbeitete, sämtliche Hausbewohner – außer Sabina – standen mitten im Raum und sprachen erregt aufeinander ein.

Als sie Adrian gewahr wurden, erstarb das Gespräch wie abgeschnitten.

Da ihn niemand aufklären wollte und ihn alle erwartungsvoll anblickten, blieb ihm nichts anderes übrig, als zu fragen. »Was ist hier los?«

»Nun ja«, begann Meister Stefan und sah ihn verzagt an. »Es ist wieder etwas abhandengekommen. Nichts aus der Werkstatt, daher glaube ich nicht …«

Mathias unterbrach ihn mit einem krächzenden Auflachen, allerdings wirkte er nicht wirklich amüsiert. »Nehmt's mir nicht übel, Meister, aber Ihr macht Euch was vor.«

Lochner plusterte sich auf, aber er fühlte sich hundeelend, das war klar zu erkennen. »Was erlaubst du dir! Ich mache mir *nichts* vor! Es ist nur so, bislang wurden stets Utensilien aus der Werkstatt gestohlen, und jetzt …«

»Meine Silberfibel ist ebenfalls entwendet worden, hast du das vergessen?«, mischte seine sanfte Frau sich ein und unterbrach ihn auf beinahe rüde Weise. Alle Augen wandten sich ihr zu.

»Du könntest sie verlegt haben«, widersprach ihr Mann tapfer.

Sie schüttelte den Kopf. »Ich denke nicht. In diesem Haus herrscht keine Unordnung. Die Dinge befinden sich dort, wo sie sich befinden sollen.«

»Aber wegen der ganzen Aufregung hat sich ein Durcheinander eingeschlichen, in dem durchaus einmal etwas verloren gehen kann«, beharrte Lochner, klang jedoch kleinlaut.

»Dürfte ich erfahren, um welchen Gegenstand es sich diesmal handelt?«, fragte Adrian dazwischen, bevor das Ganze in einen handfesten Ehekrach ausartete.

»Bernstein«, erklärte Meister Stefan sparsam.

»Um ein fast taubeneigroßes, sehr wohlgeformtes, glatt poliertes Stück Bernstein«, präzisierte Lysbeth. »Das sehr, wirklich *sehr* teuer gewesen ist.«

Adrian nickte. »Nun, ich sehe nichts, was dagegen spricht, dass es sich in das bisher Entwendete einreiht.« Er ignorierte Lochners hilflosen Gesichtsausdruck, Lysbeths bekümmerten und die neugierigen der Mitarbeiter, die aufmerksam von einem zum anderen blickten. Alle bis auf Reinhold. Der stand still daneben und beäugte den Boden zu seinen Füßen.

»Wo war der Bernstein, bis er fortkam?«, fragte Adrian weiter.

»In einem Kästchen in der Stube«, erklärte Lysbeth.

»Abgeschlossen?«

»Nein. Weder die Stube noch das Kästchen. Das schien nie nötig.«

Adrian nickte. »Wer hat zuletzt damit zu tun gehabt?«

»Sabina, nehme ich an.«

Das war ... interessant. Nicht überraschend natürlich, aber es lenkte den Blick auf die Nichte des Hauses. Nirgendwo erregte ihre Anwesenheit Aufsehen, sie durfte überall sein.

»Ich muss sie befragen«, sagte Adrian in sehr bestimmtem Tonfall.

»Ja, sicher. Selbstverständlich. Aber sie hat nichts gesehen.« Lochner hob die Schultern. »Ich habe schon mit ihr gesprochen.«

»Ich verschaffe mir lieber selbst einen Eindruck«, beharrte Adrian.

»Sie ist aber nicht da«, wandte Lysbeth ein.

»Was soll das heißen?« Ihr Mann sah sie verständnislos an.

»Das, was es heißt. Sie hat unser Abendessen vorbereitet und ist nun fort, um ihre Freundin Agatha zu besuchen. Sie hat dich heute Morgen um Erlaubnis gebeten. Weißt du nicht mehr?«

Lochner schüttelte den Kopf.

Es lagen eine ungemütliche Nacht und ein ungemütliches Frühstück hinter Reinhold, als er am Morgen nach dem Aufruhr wegen des Bernsteins gemeinsam mit den anderen in die Werkstatt hinüberging. Ungemütlich, weil er schlecht geschlafen hatte, und wenn er nicht ausgeruht war, verspürte er keinen Hunger. Also hatte er in seinem Brei herumgestochert und sich einen Stoß von Timons Ellenbogen eingehandelt, dazu einen mahnenden Blick von Sabina.

Das war ihm egal. Nicht egal war, dass er keine Lust hatte zu malen. Das war beklemmend, denn er konnte sich nicht entsinnen, jemals *nicht* erwartungsfroh und voller Tatendrang an seinen Arbeitsplatz zurückgekehrt zu sein. Heute mochte er nicht einmal hinsehen. Wegen der bangen Frage, ob dort wieder irgendwelche Teufeleien aufschienen, für die er verantwortlich war, auch wenn er sich nicht daran erinnerte, sie fabriziert zu haben.

Vielleicht wurde er einfach verrückt.

Mit unsicheren Schritten trottete er durch die Werkstatt, nachdem alle anderen ihre Arbeit bereits aufgenommen hatten. Jeder verhielt sich völlig normal, jeder außer ihm.

Hanß zog sinnlos an seinen Fingern und betrachtete konzentriert die Tafel, an deren Grundierung er feilte; es gab keinen Grund, sich zu ihm zu gesellen.

Mathias war mit den Punzierstäben beschäftigt, mit denen er den Goldgrund zu bearbeiten pflegte, das Silber musste regelmäßig poliert werden, damit es nicht anlief. Bald stand der Herbst vor der Tür, die beste Jahreszeit, um mit Blattgold zu hantieren, und Mathias bereitete sich darauf vor. Während des Sommers wurden Vergoldungsarbeiten nur ungern vorgenommen, die Wetterbedingungen waren falsch. Mild musste es sein, nicht zu heiß, vor allem feucht, damit der Grund geschmeidig blieb. Trocknete er zu schnell, wirkte das Gold stumpf und flach und es fehlte das Leuchten. Das durfte nicht sein, denn im Gold vergegenwärtigte sich das Himmlische. Es zeigte die Gestalten, die aus dem Bild heraustraten, als Geschöpfe des Geistigen und Göttlichen.

Dietbert hockte mit dem Rücken zu den anderen auf seinem Schemel und wickelte vorsichtig Werkzeug aus einem Stofflappen. Ein Messerchen funkelte im Licht. Bedächtig wog er es in der Hand, dann begann er, mit dem Klingenrücken zu pastos geratene Farbschichten behutsam zu glätten und einzuebnen.

Silberne Dinge kamen in dieser Werkstatt leicht abhanden.

Reinhold schluckte. Er konnte jetzt nicht malen, es ging einfach nicht. Sabina fiel ihm wieder ein. Ob er noch einmal mit ihr reden sollte? Der Rat, den sie ihm gegeben hatte, saß ihm in den Knochen. Die Frage, ob und wie er ihn umsetzen sollte, brachte ihn um Schlaf, Appetit und Arbeitsmoral.

Er traute sich nicht, zu seiner Bildtafel zu gehen. Wagte nicht, einen Blick darauf zu werfen.

Lieber stellte er sich erst einmal neben Timon und rückte damit immerhin etwas näher an seinen eigenen Arbeitsplatz.

»Hast du Dietbert gesehen?«, fragte er leise, weil er die Stille im Raum und die Schreie in seinem Kopf nicht länger ertrug.

»Nee. Wieso?« Timon kniff die Augen zusammen und studierte seine heilige Anna. »Was meinst du? Sind die Gewandfalten immer noch zu flach?«

Das waren sie, genau wie der Meister moniert hatte, aber darüber mochte Reinhold nicht sprechen. Bei Timon wusste man nie. Manchmal wollte er einen Rat, manchmal wies er ihn empört zurück, es war schlecht vorherzusehen. Derzeit lag nahe, dass er angesichts einer Kritik sehr schnell Reinholds eigene Fehler zur Sprache bringen würde. Fehler, über die Reinhold nicht sprechen wollte, weil er sie sich nicht erklären konnte.

»Nein«, behauptete er daher. »Denkst du, wir bekommen jetzt alle ein silbernes Messerchen fürs Glätten wie

Dietbert?«, fragte er, obwohl ganz sicher einzig die Gesellen derart hochwertiges Werkzeug erhielten.

»Was?«, erwiderte Timon zerstreut. »Ein Messerchen? Ich weiß nichts von Messerchen. Meinst du seinen neuen Silberstift für die Unterzeichnung?«

»Wieso denn neu? Wir alle haben längst einen«, erwiderte Reinhold verständnislos.

»Ich nicht.« Endlich hatte er Timons ganze Aufmerksamkeit. »Meiner ist aus Kupfer und besitzt nur eine silberne Spitze.«

»Meiner auch. Ist das nicht normal?«

»Doch.« Timon senkte noch einmal die Stimme, weshalb er kaum zu verstehen war. »Aber der von Dietbert ist aus Silber. *Ganz* aus Silber, verstehst du? Nicht nur die Spitze. Ich meine, wer hat denn so was? Nicht mal Meister Stefans Stift ist ganz aus Silber.«

»Na und?« Reinhold zuckte die Schultern. »Und wenn's noch so viel Silber ist, besser zeichnen tut man damit nicht.«

Dann nahm er all seinen Mut zusammen und trat zu seiner Bildtafel, um zu schauen, ob er ein weiteres Mal fast von vorne anfangen musste.

Sabina betrachtete das Durcheinander auf dem Frühstückstisch und unterdrückte ein gereiztes Seufzen. Erstaunlich, wie schnell Lehrlinge sich aus dem Staub machten, wenn sie einen Teller in die Hand nehmen und ihn in die Küche tragen sollten.

Der Einzige, der blieb, war der, den sie liebend gern von hinten gesehen hätte. Adrian Roosen, der nur mäßig von ihrem Brei gegessen hatte und dann nicht mit den anderen aufgestanden war, als die Mahlzeit hinter ihnen lag. Und jetzt griff er auch noch nach der schweren Schüssel und schleppte sie ohne Aufforderung aus dem Raum.

Das *wollte* sie nicht. Sie wollte, dass er ging.

Er war ... unnütz. Warum war er nicht da gewesen, als der Bernstein gestohlen wurde? *Das* wäre von Vorteil gewesen, nicht das Schüsselgeschleppe. Er lungerte seit Tagen im Haus herum und stand allen im Weg. Aber wenn etwas wegkam, war er nicht in der Nähe, um den Dieb zu stellen. Der Herr vertrieb sich die Zeit lieber in der Stadt.

Sie drehte sich im Kreis. Auch das nahm sie ihm übel, irgendwie.

»Warum seid Ihr nicht da gewesen, als der Bernstein gestohlen wurde?«, fauchte sie ihn an und lief hinter ihm her wie eine aufgescheuchte Henne.

Mit enervierender Beherrschtheit platzierte er die Schüssel mitten auf dem Schneidebrett. »Weil ich unterwegs war, um woanders Untersuchungen anzustellen«, erklärte er bemerkenswert nüchtern.

»Habt Ihr wenigstens etwas herausgefunden?«

Er kniff die Lippen zusammen und schwieg.

»Also nein«, schlussfolgerte sie triumphierend und schaffte die Schüssel vom Schneidebrett neben den Spülzuber, wo sie hingehörte. »Ihr wäret besser hiergeblieben und hättet den Dieb am Schlafittchen gepackt.«

»Ich sag's nicht gern, aber so ist es«, stimmte er zu.

Das nahm ihr für einen Moment den Wind aus den Segeln, doch so leicht ließ sie sich nicht in die Knie zwingen. »Was wolltet Ihr überhaupt in der Stadt? Die Dinge werden hier entwendet, nicht dort«, sagte sie bissig.

»Richtig. Was mich direkt zu dem führt, was ich von Euch erfahren möchte ...«

»Von mir? Da könnt Ihr nichts erfahren. Nichts, was Ihr nicht schon erfragt und vernommen hättet. Und ich muss jetzt aufräumen.«

»Das sehe ich«, erwiderte er und folgte ihr wie ein Hündchen aus der Küche durch die ganze Diele bis in den Essraum. Dort blieb er stehen und betrachtete kopfschüttelnd die Brotkrümel auf dem Tisch und den Breiklumpen, den Hanß verloren hatte, als ihm der Löffel aus der Hand gefallen war.

»Ein paar Manieren müsst Ihr den Jungen wohl noch beibringen, oder?«, fragte er, und obwohl sie oft dasselbe gedacht hatte, täglich im Grunde genommen, regte sie sich sofort auf.

»Hier ist alles, wie es sein soll! Bis auf die Diebstähle natürlich.«

»Natürlich.«

Dann begann er tatsächlich, die Schalen ineinanderzustapeln, und auch wenn sie ihm das Geschirr gern aus der Hand gerissen hätte, ließ sie ihn gewähren. Ein Ringkampf um hirseverklebte Teller – oh nein, nicht mit ihr. Stattdessen stellte sie die Becher und die beiden Krüge auf das kleine Tablett, das glücklicherweise an der Wand lehnte. In ihrem Ärger hatte sie vergessen, das große aus der Küche mitzubringen.

»Soll ich Euch das abnehmen?«, fragte er fürsorglich, aber seine Augen blickten eiskalt wie immer.

»Nicht nötig. Wenn meine Tante ein neues Küchenmädchen braucht, werde ich ein gutes Wort für Euch einlegen.«

»Besten Dank. Es geht nichts über die Empfehlung eines kompetenten Fachmannes.«

»Fachfrau.«

Jetzt sah es beinahe aus, als stünde er kurz davor zu lächeln. Falls er das konnte. Eigentlich glaubte sie das nicht.

Zurück in der Küche stapelte sie die benutzten Schalen in die Spülschüssel, und als Roosen hinter ihrem Rücken fragte: »Was genau habt Ihr mit dem Bernstein zu schaffen?«, fuhr sie so heftig zusammen, dass der letzte Teller ins Wasser platschte und ihr Mieder durchnässte.

»Ach, verflixt. Muss das denn sein!« Eilig griff Sabina nach einem Tuch und begann, sich die Tropfen vom Kleid zu tupfen.

»Ich hatte Euch nach dem Bernstein gefragt.« Von Lächeln keine Spur, nicht einmal eine Andeutung. Höchstwahrscheinlich hatte sie sich vorhin sowieso geirrt.

»Hab ich gehört.«

»Und? Was habt Ihr damit zu tun?«

»Nichts Besonderes.«

»Aha. Aber erst ist der Bernstein da, dann ist er weg. Und Ihr seid es auch.«

»Was?« Sabina ließ den Lappen sinken und drehte sich um. Roosen lehnte lässig an der Wand, hatte die Knöchel gekreuzt, als fände er das gemütlich, und maß sie mit einem sehr aufmerksamen, sehr durchdringenden Blick.

Und schwieg. Wie er es vermutlich beabsichtigt hatte, hielt sie das nicht aus. »Am Tag zuvor habe ich den Bernstein zuletzt gesehen. Als ich Staub gewischt habe. Da war das Kästchen noch da und er lag drin. Das nehme ich jedenfalls an, ich hab nicht nachgeschaut. Und ich ging *ohne* ihn zu einer Freundin, um sie zu besuchen.«

Roosen nickte. »Welche Freundin? Ich möchte das überprüfen.«

Sabina fror plötzlich in der warmen Küche. »Ich war bei Agatha Brehm«, erklärte sie. »Die Tochter von Bäckermeister Brehm drüben in der Nähe vom Hahnentor. Warum wollt Ihr das überprüfen?«

»Ich will wissen, ob Ihr Gelegenheit gehabt hättet, den Bernstein zu verkaufen.«

Sabina schnappte nach Luft. »Hätte ich. Auf jeden Fall. Ich war eine ganze Zeit lang fort, und das bot jede Menge

Möglichkeiten, grässliche Dinge zu tun. Hab ich aber nicht gemacht. Warum auch?«

»Bernstein in der beschriebenen Größe hat einen beträchtlichen Wert.«

Oh, diese kalten Augen. »Ich weiß. Doch habe ich es nicht nötig zu stehlen. Schon gar nicht bei meinem Onkel. Er hat sich mir gegenüber nie anders als großzügig verhalten, und ich denke gar nicht daran, es ihm zu vergelten, indem ich ihn um sein Hab und Gut bringe.«

Roosen nickte wieder. »Dann erklärt mir, was es mit diesem Bernstein überhaupt auf sich hat. Wozu ist er gut?«

»Mein Onkel hat Magenschmerzen wegen der Diebstähle.« Und wegen der schleppenden Geschäfte, aber diese Sorgen würde sie dem Mann nicht auf die Nase binden. »Jeder weiß, dass Wein, in dem Bernstein gelegen hat, dagegen hilft.«

»Nun, ich wusste es nicht. Soll das heißen, der Bernstein lag in Eurer Verantwortung?«

»Das heißt es«, bestätigte sie kurz und knapp.

»Also wirft es ein trübes Licht auf Euch, dass er verschwunden ist.«

»Himmelherrgottnocheins!« Am liebsten hätte sie ihm den Spüllappen ins Gesicht geworfen. »Ja! Ja, das tut es. Es *wirft* ein trübes Licht auf mich, dass er verschwunden ist. Ein *sehr* trübes, denn ich hätte besser darauf aufpassen müssen. Hab ich aber nicht. Und nun ist er fort. *Aber ich habe ihn nicht genommen*!«

»Ist gut«, erwiderte er gelassen. »Ich glaub's ja.«

Reinhold hatte Kopfschmerzen vom vielen Denken. Er dachte eigentlich gern, war niemand, der einfach in den Tag hineinlebte. Normalerweise sann er über seine Gemälde nach, darüber, wie er die Essenz der erzählten Geschichte noch klarer zum Ausdruck bringen konnte. Er sinnierte über eine Blickrichtung, die Gestik, die sehr maßgeblich war für den Gesamteindruck, über die Farbgebung. Nicht über Fehler in der Komposition oder in den Details.

Inzwischen glaubte er beinahe selbst, er trüge die Schuld daran, wie es die anderen behaupteten.

Doch im Grunde war eine solche Stümperhaftigkeit bei ihm nicht wahrscheinlich. Sogar ausgeschlossen. Dennoch passierten ihm dauernd ... Dinge. Plötzlich war eine Gewandfalte im falschen Winkel geknickt, auf einer Studie fand sich ein Gesicht ohne Binnenzeichnung, verdreckte Pinsel lagen herum, die er sauber gemacht zu haben wähnte, dann gab es Lappen, so getränkt in Öl, dass sie hässliche Flecken verursachten – er stand vor einem Rätsel.

Die anderen nicht. Niemand schien den geringsten Zweifel zu hegen, er sei für all diese Dinge verantwortlich. Und sie begannen, ihn scheel anzusehen.

Dietbert hatte ihn angefahren, als er eine Frage wegen der Inkarnate an ihn richtete. Natürlich wusste Reinhold, wie die Schattenpartien der Gesichter modelliert wurden, hatte sich bloß nach den genauen Anteilen von dunklem Ocker und Rot erkundigen wollen, bevor man sie mit Schwarz und Kalkweiß abmischte. Der Meister wäre dafür der richtigere Ansprechpartner gewesen, nur ging Reinhold dem gerade lieber aus dem Weg.

»Mach deine Arbeit anständig und lass mich in Ruhe!«, wies Dietbert ihn jedoch ab, und so hatte er das Anliegen Mathias vorgetragen, obwohl dessen Inkarnate nicht so gut wie Dietberts waren. Auch Mathias hatte ihn brüsk weggeschickt, noch unfreundlicher als sonst. Reinhold war nichts anderes übrig geblieben, als zurück zu seinem Platz zu schleichen, vorbei an Timon, der ihm von der Seite einen raschen Blick zuwarf. Einen mitleidigen? Er wusste es nicht, war nie gut darin gewesen, das Mienenspiel seines Gegenübers zu deuten. Es war bisher nie nötig gewesen.

Selbst Hanß wandte sich nun eher an Timon als an ihn, wenn er nicht weiterkam. Das allerdings war eine erfreuliche Entwicklung. Die hilflosen Fragen, die von Hanß' absolut nicht vorhandenem Talent kündeten, hatten ihn sowieso gestört, weil sie seine Konzentration auf das Wesentliche unterbrachen.

Und genau zu dieser Konzentration wollte er zurückfinden. Sollten die anderen machen, was sie wollten, er war nicht hier, um Freunde zu finden. Er war hier, um zu malen. Das war das, was er konnte, das war es, was er wollte. Entschlossen wandte er sich seiner Pieta zu. Und erstarrte.

Ein breiter Strich dicker roter Farbe verlief quer über das Gesicht der Madonna und zerstörte … *alles*.

Adrian war hin- und hergerissen zwischen seinem dringenden Wunsch, im Hause Lochner auszuharren, um nicht erneut einen Diebstahl zu verpassen, und der Pflicht, Godderts anderen Aufträgen ebenfalls nachzukommen. Sein Herr war der Ansicht, er solle nach wie vor all das für ihn erledigen, was er sonst für ihn tat, obwohl er ihn abkommandiert hatte, die Lochner-Werkstatt lückenlos zu überwachen. Er kann mir ja mal erklären, wie ich das machen soll, dachte Adrian ungewohnt aufsässig. Wenn er weiß, wie man an zwei Orten gleichzeitig sein kann, soll er's mir beibringen.

Goddert wartete seit Wochen auf einen bestellten Tappert – schwarz, mit leuchtend blauer Seide gefüttert, erschreckend auffallend –, dem Schneider gehörte endlich auf die Finger geklopft. Nur fuchste es Adrian, sich dafür von der Werkstatt losreißen zu müssen. Wäre er nicht ausgerechnet zu dem Zeitpunkt fortgewesen, als der verdammte Bernstein verschwand, hätte er des Täters womöglich habhaft werden können. Deshalb widerstrebte es ihm, das Haus erneut zu verlassen. Was, wenn genau in diesem Moment wieder etwas geschah?

Dann wüsste er allerdings, dass der Täter sein Kommen und Gehen im Haus ausspähte, um einen günstigen Moment für einen Raubzug zu erwischen. So oder so musste er bald die Wirtschaftsgebäude und die angrenzenden Grundstücke nach einem Hinweis absuchen, ob sich häufig jemand dort versteckte, um Lochner und seine Leute zu beobachten.

Bislang hatte er sich bei seiner Suche allein auf das Haus fokussiert. Ein Fehler, wie ihm nun klar wurde. Diese Einsicht war nichts, was seine Laune sonderlich hob, und der Schneider, der ihm mit arrogant hochgezogenen Brauen beschied: »Es dauert so lange, wie es dauert«, trug nicht dazu bei, dass diese sich spürbar besserte.

Wütend lief er zurück zur Hohestraße und hätte Dietbert beinahe übersehen, der beschwingt den Heumarkt überquerte und offensichtlich allerbester Stimmung in Richtung Rhein strebte. Was zum Teufel machte der Mann hier? Kurz vor dem Angelusläuten, wenn doch eigentlich alle vor ihren Staffeleien hockten und letzte Hand anlegten oder schon ihre Pinsel wuschen oder sich sonst wie bereit machten für die Mittagspause.

Ohne einen Moment zu zögern, heftete Adrian sich an Dietberts Fersen und folgte ihm durch die engen Gassen, mehr als einmal hätte er ihn fast verloren zwischen all den Fuhrwerken und hastenden Passanten. Er passierte den Dom, wandte sich nach rechts, lief am Rheinufer entlang und stoppte erst, als Dietbert vor einem schmucken Haus mit zierlichem Giebel stehen blieb. Dahinter verbarg sich, wie Adrian wusste, ein Gasthof. »Die goldene Gans« war ein Wirtshaus, das Goddert gern besuchte und Adrian noch nie betreten hatte, weil es sehr weit entfernt war von seinen Möglichkeiten. Oder von denen eines Malergesellen.

Dietbert stieg die drei Stufen hoch, als sei dies eine Selbstverständlichkeit, und verschwand hinter der glänzend polierten Tür.

Adrian konnte ihm nicht folgen. Wie hätte er seine Anwesenheit erklären sollen? Leute wie er, mit Kleidung, wie er sie trug, mit Geldbeuteln wie dem seinen, betraten derartige Etablissements nicht durch die Vordertür. Drinnen hätte man ihn sofort aufgehalten. Oder ihn gleich mit einem Fußtritt hinausbefördert.

Das galt für Malergesellen nicht minder, doch Dietbert war und blieb verschwunden.

Der Schluss lag nahe, dass er sich mit jemandem traf, der in der »Goldenen Gans« quasi zu Hause war und als dessen Gast er sich ebenfalls dort aufhalten durfte. Wer mochte es wohl sein, der ihn so nobel einlud? Die Antwort auf diese Frage interessierte Adrian wirklich brennend. Wollte ein Kollege von Meister Stefan den Gesellen abwerben? Das würde die Frage nach sich ziehen, ob er Lochner davon berichten sollte oder nicht. Eher ja, auch wenn er es unangenehm fand, ihn darüber aufklären zu müssen.

Adrian wartete ab, bis endlich ein mit Fässern beladenes Maultiergespann das Durchkommen nicht länger blockierte, dann überquerte er die Straße und betrat den Hinterhof des Wirtshauses mit den selbstbewussten Schritten eines Mannes, der dort, wo er war, ohne Wenn und Aber sein durfte. Durch die weit geöffneten Fenster drangen muntere Stimmen und würzige Düfte, und für einen Moment überlegte Adrian, dass er Sabina wohl einmal hierherführen sollte. *So* musste Essen riechen.

Dietbert saß mit glücklicher Miene an einem Tisch vor dem mittleren Fenster. Vor ihm befanden sich ein Humpen

Wein, eine Platte mit sehr gefällig angeordneten Hühnerschlegeln, eine weitere, auf der ein üppiges Stück Schinken mit goldbraun glänzender Kruste lag, und eine mit geräucherter Forelle gab es auch. Er schmatzte mit dicken Backen und fettigem Kinn, seine Augen strahlten und leuchteten, und er winkte mit dem Humpen nach der Schankmagd, damit sie ihm einen weiteren brachte.

Er saß allein. Niemand, der ihn einlud, niemand, der mit ihm sprach. Niemand, der für ihn bezahlen würde. Adrian schlich zweimal an dem Fenster vorbei, um möglichst alle Winkel auszuloten und ganz sicher zu sein.

Da war nur Dietbert.

Woher nahm ein Malergeselle das Geld, um sich eine Mahlzeit in der »Goldenen Gans« zu leisten?

Es gab nur eine Erklärung: Der Mann bestahl seinen Herrn und machte sich mit dem Erlös ein feines Leben.

Adrians Herz sank, weil er recht behalten hatte und der Dieb eine Natter war, die Lochner an seiner eigenen Brust nährte. Der Meister würde untröstlich sein, wenn er von dem Verrat erfuhr. Ihn darüber aufzuklären, war der Teil seiner Aufgabe, den Adrian aus vollem Herzen verabscheute.

6

Adrian bezog unauffällig Posten in der Diele, weil er nach einigem Bedenken zu dem Schluss gelangt war, sich besser erst einmal Dietberts Version des Ganzen anzuhören, bevor er die Pferde scheu machte. Kaum war der Geselle mit rosigen Wangen und einem unschönen Fettfleck auf der Brust in Lochners Heim zurückgekehrt, trat Adrian ihm mit festem Schritt entgegen, die Hand unübersehbar auf den Griff des Dolches gelegt, der in seinem Gürtel steckte. »Mitkommen«, forderte er Dietbert ohne jede Erklärung auf.

»Ich bin etwas spät dran.« Protest in gemütlichem Tonfall, mit einem verschmitzten Zwinkern. »Da sollte ich wohl besser an die Arbeit gehen.«

Adrian maß ihn mit eisigem Blick. »Ich sagte: Mitkommen«, wiederholte er. Dann wandte er sich ab und schritt voran. Wie so oft funktionierte es. Autoritärem Gebaren ordneten sich die meisten Menschen bereitwillig unter. Einfach weil sie dachten, man sei dazu berechtigt, wenn man so tat, als wäre man es.

Die Stube, in der der Hausherr üblicherweise seine Auftraggeber empfing, war weit entfernt von der Imposanz des Baarth'schen Empfangszimmers und wirkte eher schlicht. Doch strahlte sie eine stille Würde aus und machte unübersehbar klar, dass hier ein Mann von Geist, Geschmack und einem gewissen Vermögen wohnte. Kein Ort konnte besser verdeutlichen, wie monströs der Verrat des Gesellen an seinem Herrn und Meister war.

Adrian ließ Dietbert passieren und schloss nachdrücklich hinter ihm die Tür.

»Ich setz mich mal.« Dietbert plumpste umgehend auf den nächstbesten Stuhl und verschaffte Adrian damit die Möglichkeit, auf ihn niederzublicken.

»Wo bist du gewesen?«, begann er scharf und baute sich drohend vor Dietbert auf.

»Was?«

»Einfache Frage, einfache Antwort.«

Dietbert ließ den Rücken gegen die Lehne sinken und machte es sich bequem. Nur seine Augen straften die entspannte Haltung Lügen. Sie blickten wachsam.

»Ich war essen«, erklärte er und rieb sich den Wanst, augenscheinlich, um zu unterstreichen, wie wohl und satt er sich fühlte.

»Gibt's hier nicht genug?«

»Doch, klar.« Dietbert grinste kumpelhaft. »Aber seien wir mal ehrlich. Sabina ist nicht die begnadetste Köchin vor dem Herrn.«

Weiß Gott nicht. Was sie zubereitete, war nicht gänzlich ungenießbar, aber von Gaumenfreuden weit entfernt. »Ist mir nicht aufgefallen«, sagte Adrian dennoch und wusste nicht, woher dieser plötzliche Anfall von Solidarität mit der Kratzbürste kam.

»Nicht? Dann seid Ihr nichts Gutes gewohnt«, meinte Dietbert und stieß unterdrückt auf. Ein schaler Geruch nach Wein hüllte Adrian für einen Moment förmlich ein.

»Gut. Du warst also essen und hast dich bezecht«, sagte er.

»Na ja …«

Er ließ ihn nicht ausreden. »Wo?«

Dietbert vollführte eine unbestimmte Handbewegung. »In der Stadt.«

»Tatsächlich. Geht es genauer?«

»Nee. Ich weiß nicht, wie der Laden hieß.« Dietbert sah treuherzig zu ihm auf, und es nötigte Adrian beinahe Respekt ab, wie meisterlich er die Unschuld vom Lande spielte.

»Aber ich«, sagte er hart. »Es wundert mich, dass du es vergessen hast. Nach allem, was ich weiß, ist eine Mahlzeit in der ›Goldenen Gans‹ ein Erlebnis.«

Dietbert fuhr zusammen. Eine winzige Regung, aber trotzdem wahrnehmbar. »Jetzt, wo Ihr's sagt. Stimmt. ›Goldene Gans‹ heißt der Laden.« Er lachte auf. »Dabei hab ich Hühnchen gegessen. Aber immerhin 'nen Vogel.« Die blassblauen Augen glänzten fröhlich. Das lag vermutlich am Wein.

»Die ›Goldene Gans‹ ist keine Garküche, sondern ein teures, sogar ein *außerordentlich* teures Wirtshaus. Wie kann sich ein einfacher Geselle eine Mahlzeit dort leisten?«

Dietbert schwieg und studierte eingehend seine Fingernägel. »Hatte eben ein bisschen Geld«, erklärte er nach einem Augenblick. »Ich fand's auf diese Weise gut ausgegeben.«

»Malergesellen verdienen also gut genug, um etwas für festliche Anlässe zurückzulegen«, erwiderte Adrian spöttisch. »Freut mich zu hören.«

»Na ja …«, fing Dietbert erneut an und brach ab, weil sich die Tür öffnete und Meister Stefan den Raum betrat.

»Was geht hier vor?«, erkundigte er sich streng. »Das Getuschel in der Werkstatt dröhnt mir in den Ohren, aber es wusste niemand, was genau im Gange ist.«

Ganz so unauffällig wie gedacht, war er wohl doch nicht

gewesen, als er Dietbert mitgenommen hatte. »Ich möchte wissen, womit Euer Geselle sein üppiges Mahl in der ›Goldenen Gans‹ finanziert hat«, klärte Adrian Lochner auf, weil sich die Sache nun nicht mehr diskret behandeln ließ.

»In der ›Goldenen Gans‹?« Verständnislosigkeit stand in Lochners Gesicht geschrieben.

»Eben da.«

»Du … liebe Zeit. Da würde ich auch gerne einmal speisen. Ist mir zu teuer.« Lochner sah hilflos von einem zum anderen und knetete seine Finger, es knackte unangenehm laut in den Gelenken.

»Wieso hat man dich hineingelassen?«, fragte Adrian.

Dietbert blickte ihn widerwillig an. »Wenn man mit einem Sack Münzen winkt, ist man überall willkommen«, nuschelte er.

»Da stellt sich die Frage …«, begann Adrian, doch wurde er unterbrochen, als sich ein weiteres Mal die Tür öffnete. In diesem Haus hatte man keinen Augenblick Ruhe.

»Was ist hier los?«, fragte Sabina und wischte sich ruhelos die Hände an dem Tuch ab, das sie mit sich trug.

Adrian hatte die Nase voll. »Ich befrage den Gesellen Dietbert, der über einen überraschenden und recht unangemessenen Geldsegen verfügt. Es wäre interessant zu erfahren, was er dazu zu berichten hat.«

»Ihr glaubt nicht im Ernst, daran haftet etwas Unseriöses?«, fragte sie entrüstet, und in Adrian keimte der Wunsch auf, sie zu schütteln.

»Und Ihr glaubt nicht im Ernst, ich ließe so etwas kommentarlos stehen, derweil ich auf der Suche nach dem Mann bin, der Euren Onkel bestiehlt? In seinem eigenen Haus!«, fuhr er sie an.

Sabina stemmte die Fäuste in die Taille. »Wir reden von Dietbert!«

»Sehr richtig.« Und das war das Schlimme daran. Kein Wunder, dass die Familie aus der Fassung geriet. Adrian mäßigte seinen Ton. »Wenn jemand plötzlich über Geld verfügt, das durchaus aus dem Verkaufserlös der abhandengekommenen Sachen stammen könnte, muss ich dem auf den Grund gehen, das seht Ihr sicher ein.«

»Aber …«

»Ruhe jetzt«, donnerte Lochner mit erstaunlicher Kraft dazwischen, und sowohl Sabina als auch Dietbert zogen den Kopf ein. Adrian konnte sich gerade noch beherrschen.

»Dietbert, was hast du zu den Vorwürfen vorzubringen?«, fragte Meister Stefan in deutlich verhaltenerem Ton.

»Na ja …«

»Das höre ich nun schon zum wiederholten Mal, aber richtig hilfreich ist es nicht«, sagte Adrian gereizt.

»Lasst ihn ausreden, dann erfahrt Ihr sicher mehr«, schlug Sabina vor, und als ihr Onkel ihr begütigend den Arm um die Schultern legte, schüttelte sie ihn ab. »Wisst Ihr denn nicht, was ihm widerfahren ist?«

Alle schwiegen, alle sahen Sabina erwartungsvoll an. Auch Dietbert.

»Seine Tante ist gestorben. Er *trauert*«, erklärte sie vehement und begann, mit etwas zu energischen Bewegungen Dietberts Rücken zu streicheln. Noch etwas stärker, und es hätte ausgesehen, als prügele sie ihn durch.

»Oh, das wusste ich nicht«, sagte Lochner betroffen. »Mein Beileid, Dietbert. Das ist sicher ein herber Verlust. Sie war deine einzige Familie, oder?«

Dietbert nickte und blickte unsicher von einem zum anderen. »Ja, es ist ganz schön … traurig«, bestätigte er. »Da hab ich's dann wohl irgendwie übertrieben, als ich mich trösten wollte.«

So niedergedrückt hatte er gar nicht ausgesehen, vorhin in der »Goldenen Gans«. »Und wie kommt es, dass du dich ausgerechnet im teuersten Lokal der Stadt tröstest?«, erkundigte sich Adrian, was ihm einen empörten Blick von Sabina eintrug.

»Na, weil er ihr einziger Erbe ist! Deshalb!«, blies sie ihm entgegen und ballte die Hände zu Fäusten. »Darüber solltet Ihr mal nachdenken, bevor Ihr Leute verdächtigt, die sich nichts haben zuschulden kommen lassen.«

Adrian ignorierte sie, so gut er konnte, und maß den Gesellen mit strengem Blick. »Hast du vielleicht auch etwas dazu zu sagen?«

»Es ist so, wie Jungfer Sabina sagt. Ich hab geerbt. Nix Großes, leider.« Verlegen blickte er von einem zum anderen. »Kann man keine dollen Sprünge mit machen. Da hab ich gedacht, ich hau es auf den Kopp und würdige meine liebe alte Tante mit einem Festschmaus.«

Es gab nichts, womit sich das widerlegen ließ, nichts, was man dagegen vorbringen konnte. Gar nichts, keinen Beweis, keine gegenteilige Aussage. Adrian war durchaus in der Lage zu erkennen, wann er verloren hatte. »Du kannst gehen.«

Sabina war wie üblich in der Küche und zu ihrer Überraschung empfand sie diese als einen sicheren Rückzugsort. Es war nicht einfach, die Vergangenheit hinter sich zu lassen, manchmal vermisste sie ihre Eltern so schmerzhaft, dass sie nicht wusste, wie sie den Tag überstehen sollte. Die grauenhaften Vorstellungen, die sich mit ihrem Tod verbanden, ließen sich oft nur schlecht vertreiben. Sabina konnte sich die Flammen, das Entsetzen, die Schreie nur ausmalen, sie war nicht dabei gewesen, und zuweilen fragte sie sich, ob das wirklich ein Glück war. Ein vielleicht gnädiges Schicksal hatte sie an genau diesem Tag ihre Cousine im Nachbarort besuchen lassen. Als sie zwei Tage später in ihr Elternhaus hatte zurückkehren wollen, gab es dieses nicht mehr. Sie stand vor einem rauchenden Trümmerhaufen und schockierten Nachbarn, die erleichtert waren, weil nur das Haus der Barthels zerstört war und ihr eigenes nicht. Als die Glut endlich abgekühlt war, hatte man in der Asche die Leichen ihrer Eltern gefunden, doch Sabina hatte sie nicht ansehen müssen. Sie war auch gar nicht sicher, ob sie den Anblick ausgehalten hätte. Jedenfalls überfiel sie hin und wieder eine Schwermut, der sie schlecht Herr wurde. Sich zurückzuziehen half. Das allerdings gelang nicht oft, und so hatte sich eine andere Methode als praktikabler erwiesen: Sie verschaffte sich etwas zu tun.

Zum Beispiel könnte sie jetzt Anisküchlein zubereiten. Die mochte eigentlich jeder und sie würden die Stimmung heben. Oder sie verbrannten und bewirkten das Gegenteil. Also sie ließ es lieber sein.

Sie stand an der weit geöffneten Tür zum Hof, atmete die würzige Luft und beobachtete einen Schmetterling bei seinem gaukelnden Flug über das Kräuterbeet. Vielleicht wollte er ihr einen Rat geben, denn trübselige Gefühle wurden gemindert, wenn man Schläfen und Brust mit einem Brei aus zerstampftem Fenchelkraut einrieb. Aber ob man der medizinischen Empfehlung eines Schwalbenschwanzes folgen sollte? Allerdings käme ihr eine Aufmunterung wahrhaftig gelegen.

»Ich hätte noch eine Frage an Euch«, wurden ihre Grübeleien von dieser ganz besonderen Stimme gestört, auf die sie gerade jetzt gut hätte verzichten können.

»Ich habe zu tun«, sagte sie so abweisend wie möglich.

»Das sehe ich.«

Nun drehte sie sich doch um. »Aber da Ihr schon einmal da seid, könnt Ihr mir bestimmt erklären, warum Ihr ausgerechnet Dietbert verdächtigen musstet.«

»Das wisst Ihr doch. Ich habe ihn beim Prassen in einem teuren Lokal gesehen und fragte mich, wie er sich das Essen dort leisten kann.«

»Aber ihn direkt anzuschwärzen!«

»Das habe ich nicht getan. Ich habe ihn *verhört.*«

»Als ob das ein Unterschied wäre.«

Roosens Augen verdunkelten sich. Und weil sie seinem Blick nicht standhalten wollte – oder konnte –, verließ sie ihren Posten an der Hoftür und wandte sich zum Küchentisch. Wenn sie schon hier festgenagelt war, konnte sie ebenso gut mit den Vorbereitungen für die Biersuppe beginnen, die es heute geben sollte. Sie griff nach dem schärfsten Messer, das sie besaß, und funkelte Roosen angriffslustig an. »Ist noch was?«

»Warum seid Ihr so überzeugt, Dietbert könne es nicht gewesen sein?«, fragte er ohne Vorwarnung und ganz nüchtern.

»Na, weil er … es nicht war«, erklärte sie überrumpelt. »Das teure Lokal ist überhaupt kein Beweis.«

»Gut, es ist kein *Beweis*«, stimmte er zu ihrer Überraschung zu. »Nicht für seine Schuld, aber noch weniger für das Gegenteil. Ihr solltet unbedingt weitere Gründe anführen, wenn Ihr ihn so kategorisch als Verdächtigen ausschließt.«

Er hatte recht. Nur wusste sie leider von keinen überzeugenden Gründen. Sie wollte bloß nicht, dass Dietbert sich der Diebstähle schuldig gemacht hatte.

Das konnte sie vor Roosen unmöglich zugeben. »Ist nicht meine Aufgabe«, meinte sie und begann, den Schinkenspeck in winzig kleine Würfelchen zu hacken. »Es ist Eure.«

»Richtig. Und die erledige ich, indem ich die im Haushalt lebenden Personen zu den Vorfällen befrage«, erwiderte er mit stoischer Gelassenheit.

»Na, *ich* hab das Zeug nicht geklaut!«

»Davon gehe ich aus.«

»Ach ja? Solltet Ihr nicht unvoreingenommen jeden ins Visier nehmen, der hier lebt?«

»Ja, das sollte ich. Und das tue ich auch. Womit wir wieder bei Dietbert angelangt wären.«

»Na gut.« Kleiner konnte man den Speck nicht würfeln, sonst würde er zu Brei. Sie sah sich um und griff nach den Zwiebeln. »Dietbert hat geerbt. Genug für ein Essen in der ›Goldenen Gans‹. Muss man ihm verübeln, wenn er das Geld nicht unter der Matratze versteckt, sondern der Verstorbenen mit einer Feier gedenkt und sie dadurch ehrt?«

Roosen verfolgte mit nachdenklichem Blick, wie sie die Zwiebel erst in Streifen, dann in Stücke schnitt. Es machte sie nervös.

»Ich verübele es ihm gar nicht«, sagte er. »Es macht mich nur stutzig. Weil er niemandem von seinem plötzlichen Geldsegen erzählt hat. Er muss doch wissen, dass dies in der derzeitigen Situation merkwürdig wirkt.«

»Vielleicht hat er einfach nicht nachgedacht.«

Roosen nickte. »Kann sein.«

Sabina griff nach dem Lauch. Sie wusste nicht mehr genau, ob Lauch in Biersuppe hineingehörte, schaden konnte er wohl nicht. Womöglich fügte er eine frische Note hinzu.

»Weshalb rein gar nichts geklärt ist«, fuhr Roosen fort.

Sabina blickte auf. »Genau. Ihr bringt alles durcheinander und gleichzeitig kommt nichts voran.«

Seine Miene wurde gänzlich ausdruckslos. »Wie recht Ihr habt.«

»Ich hab's nicht so gemeint, wie's klang«, ruderte Sabina widerstrebend zurück. Weil es nämlich stimmte und doch nicht stimmte.

Roosen schwieg, und das fand sie noch unangenehmer, als wenn er mit ihr sprach.

Just in diesen Moment steckte Hanß seine Nasenspitze durch die offene Küchentür. »Oh«, sagte er, und als nichts weiter kam, erbarmte sich Sabina.

»Oh was?«, erkundigte sie sich. »Oh, ich bin überrascht, Euch zu sehen, oder oh, ich weiß gar nicht, was ich hier wollte?«

»Oh, Ihr seid nicht allein«, quetschte der Junge mit hochroten Wangen hervor.

Roosen räusperte sich, und wenn Sabina nicht alles täuschte, unterdrückte er ein Grinsen. *Natürlich* unterdrückte er es. Ein freundliches Gesicht kam bei ihm nicht vor.

»Du könntest trotzdem mitteilen, weswegen du in die Küche gekommen bist«, schlug Sabina vor. Anders als Roosen war sie durchaus zu Warmherzigkeit imstande.

»Ich hab Hunger«, erklärte Hanß vorsichtig.

»Ich weiß.«

»Das wisst Ihr?«, mischte Roosen sich zu ihrer Überraschung ein.

»Hanß hat immer Hunger. Genau genommen ist er unersättlich, aber es schlägt nichts an.« Er stopfte in sich hinein, was er bekommen konnte, und blieb trotzdem klapperdürr. Sabina blickte sich um. »Es ist noch Brot von gestern da und das Butterfass steht dort drüben. Nimm dir was.«

Roosen verschränkte die Arme vor der Brust und verfolgte Hanß mit seinem kühlen Blick, als der hinüber zum Anrichtetisch huschte und prompt stolperte. Nicht jeder hielt diesen Blick aus.

»Wieso darfst du die Werkstatt um diese Zeit verlassen?«, fragte Roosen unvermittelt. »Ich gehe davon aus, Lehrlinge dürfen nicht herumspazieren, wie sie gerade lustig sind.«

»Die Arbeit wurde unterbrochen«, erklärte der Junge und stopfte sich hastig ein riesiges Stück Brot in den Mund.

»Wieso?« Roosen richtete sich auf.

Hanß kaute hektisch und schluckte, es hatte den Anschein, er würge das Brot hinunter. »Es fehlt wieder was«, sagte er undeutlich.

»Wie war das?« Sabina rutschte das Messer aus der Hand. Es fiel mit einem dumpfen Laut auf die Lauchstreifchen, die sie auf dem Schneidebrett aufgehäuft hatte.

»Was?«, fragte Roosen gleichzeitig.

Hanß Mund war endlich leer. »Eine Motivpunze«, erklärte er. »Die aus Elfenbein. Meister Lochner hat das entdeckt, weil er den Kasten mit den Punzen und dem Blattgold kontrollieren wollte. Und da war sie weg.«

An Sabinas Seite betrat Adrian die Werkstatt und Stille umfing ihn. Es war eine andere als sonst. Sie war … bleiern. Der Meister stand in der Mitte des Raumes, die Hände auf dem Rücken miteinander verschlungen, und starrte in die Luft. Alle anderen waren eifrig beschäftigt. Dietbert malte mit hingebungsvoller Miene und weit ausgestrecktem Arm an einer männlichen Figur. Adrian hatte keine Ahnung, um wen es sich handeln könnte. Einen Apostel vielleicht. Die Lehrlinge arbeiteten an Entwürfen, Timon konzentriert und rasch, mit der Zungenspitze zwischen den Zähnen, Reinhold musterte mit finsterer Miene seine Zeichnung und drückte plötzlich beide Fäuste auf die Augen, warum, konnte Adrian nicht erkennen. Hanß schlich zu seinem Platz und stieß ungeschickt gegen den Schemel, verursachte ein hässliches Geräusch damit. Niemand achtete auf ihn.

Mathias saß vor seiner Staffelei und sah aus wie immer. Ziemlich übelgelaunt und ohne seine Umgebung zu beachten.

Adrian setzte sich in Bewegung und spürte, wie Sabina sich an seine Fersen heftete. Dann war sie neben ihm und reckte kämpferisch das Kinn, hatte offenbar nicht die Absicht, ihm das Feld zu überlassen. Nun, wieso nicht? Sie würde sowieso erfahren, was sie wissen wollte, warum dann nicht auf direktem Wege.

»Ich muss dich bitten, mich zu begleiten«, sagte er ohne Umschweife zu Mathias.

Der gedachte nicht, ihn mit übertriebener Aufmerksamkeit zu beehren. Er sah ihn nicht einmal an. »Keine Zeit.«

»Vielleicht habe ich mich nicht klar genug ausgedrückt. Ich bitte nicht wirklich. Ich fordere dich auf.«

Diesmal würdigte er ihn keiner gesprochenen Antwort, sondern grunzte bloß.

»Mathias, nun komm schon«, mischte Sabina sich ein. »Fragen tut er ohnehin, du ziehst es nur in die Länge.«

»Hm.«

Adrian wartete ungeduldig. Auf keinen Fall durfte er den Gesellen einen Sieg davontragen lassen. Wenn er das tat, konnte er seinen Auftrag vergessen und Goddert würde ihm die Hölle heißmachen.

»Wir können hier reden«, sagte Mathias mürrisch. »Hab nix zu verbergen.«

»Von mir aus.« Adrian betrachtete das Bild, an dem der Mann malte. »Erzähl mir von den Punzen.«

»Ich weiß nix davon.«

»Du arbeitest damit.«

»Manchmal.«

»Benutzt du alle Punzen oder bist du nur für einige zuständig?«

»Alle.« Mathias stierte hartnäckig auf sein Gemälde und weigerte sich, sich Adrian zuzuwenden. »So war es immer und so bleibt es. Ich arbeite mit allen außer mit der Elfenbeinernen. Denn die ist weg.«

Adrian unterdrückte ein gereiztes Aufseufzen. »Erzähl mir zunächst ganz allgemein von den Punzen. Betrachte mich als Unwissenden, der in deine Kunst eingeweiht werden will.«

Schnauben. Dann: »Mit den Punzen werden die Goldgründe verziert.«

»Eigentlich vom Meister selbst«, mischte Lochner sich ein, der unbemerkt herangetreten war. »Doch in meiner Werkstatt überlasse ich es Mathias. Er ist einfach brillant.«

Knurren. Nicht einmal ein »Danke« presste der Mann zwischen den Lippen hervor. Brillant in der Punzierung, nicht im Umgang mit seinen Mitmenschen.

»Und weiter?«, fragte Adrian barsch.

»Jede Punze hat ein anderes Motiv auf der Spitze. Das wird ins Blattgold gedrückt, um's zu strukturieren und zu ornamentieren.«

»Aha.«

Mathias warf ihm einen Blick zu und erkannte, dass es nicht abfällig gemeint war, Adrian hatte einfach keine Ahnung. »Der Goldgrund bildet quasi die Rückwand eines Raumes. Aber als Abbild des Göttlichen. Deshalb das Gold.«

»Gut. Was gibt es über die Geräte selbst zu sagen?«, fragte Adrian und ignorierte Lochner. Nicht er sollte hier die Auskünfte geben.

Mathias stöhnte unverschämt auf. »Punzen sind dünne Stifte aus Metall, Holz oder Elfenbein und sie sind an der Spitze mit unterschiedlich komplizierten und aufwendigen Motiven versehen. Mehr gibt's dazu nicht zu sagen.«

»Doch. Sie sind kostbar«, fügte Lochner an, der es offenbar nicht ertrug, den Mund zu halten.

»Die, die gestohlen wurde, auch?«

Lochner nickte.

»Also«, wandte Adrian sich erneut an Mathias. »Du bist für die Punzen zuständig. Wann hast du sie zuletzt gesehen?«

»Vor ein paar Tagen. Da hab ich sie geputzt.«

»Bei diesem Bild benötigst du keine Punzen?«

Mathias warf ihm einen verächtlichen Blick zu. »Seht Ihr hier Goldgrund irgendwo?«

Nein. Adrian ärgerte sich. Das war eine dämliche Frage gewesen. Der Geselle malte an einer Verkündigungsszene und sie fand in einem Innenraum statt. Mit vertäfelten Wänden, einem Betpult und einem Pfostenbett, an dessen Baldachin Mathias gerade arbeitete. Er war rot. Weit und breit kein Gold.

»Wann hast du die elfenbeinerne Punze zuletzt gesehen?«, wiederholte Adrian und ging nicht auf seinen Lapsus ein.

»Ist ein paar Monate her. Im letzten Frühjahr. Die wird in einem anderen Futteral aufbewahrt als die silbernen.«

»Wer außer dir könnte damit gearbeitet haben?«

»Niemand. Erstens kann das hier keiner und zweitens arbeiten wir im Sommer nicht mit Gold.«

»Sie könnte also schon länger verschwunden sein?«

Achselzucken. »Durchaus möglich.«

»Keine Idee, wann, wie und durch wen sie abhandengekommen ist?«

»Nee.«

»Das Naheliegendste wäre, du hast sie selbst genommen«, verschoss Adrian seinen letzten Pfeil.

Zu seiner Überraschung nickte Mathias. »Klar. Aber was soll ich damit? Ich brauch die nur für die Arbeit, für nix anderes, und da kann ich sie ja benutzen, wenn ich will. Warum sollte ich sie klauen?«

»Um sie zu verkaufen«, wies Adrian auf das Offensichtliche hin.

»Mathias ist immer hier«, mischte Sabina sich ein, und eigentlich war es erstaunlich, dass sie sich derart lange zurückgehalten hatte. »Wie also hätte er sie verkaufen *sollen*?«

Das weiß ich auch nicht, dachte Adrian säuerlich, begnügte sich jedoch mit einem vernichtenden Blick.

»Ihr könnt meinen Kram gern durchsuchen«, schlug Mathias vor.

Adrian schüttelte den Kopf. Wenn er das anbot, hatte er das Ding so gut versteckt, dass es nicht zu finden war.

Oder er hatte es schlicht nicht genommen.

Reinhold hatte selten so intensiv gebetet wie an diesem Sonntagmorgen in Sankt Alban. Er kniff die Augen zu wie ein Kind, das sich um höchste Konzentration bemüht, und faltete inbrünstig die Hände. Gott konnte sein Flehen hören, da war er sicher. Und *wenn* er es hörte, hatte er vielleicht ein Einsehen und beendete die Qual und die Unsicherheit, die seinem armseligen Erdenkind Reinhold das Leben seit einiger Zeit zur Hölle machten. Weil ihm die Fähigkeit abhandengekommen war, Bilder zu schaffen, die Gottes Lobpreisung würdig waren.

Er war fast enttäuscht, als die Messe hinter ihm lag und er sich gemeinsam mit den anderen Gläubigen aus der Kirche schob. Das Gemurmel und Geschwätz hob bereits an, bevor die Menge den Vorplatz erreicht hatte. Es steigerte sich, als vor der Kirche einzelne Grüppchen in regen Gesprächen zusammenfanden und über Dinge redeten, die Reinhold nicht im Mindesten interessierten.

Er wollte weg. Das ging allerdings nicht, solange sein Meister nicht zum Aufbruch rief. Die Angehörigen des Hausstandes bleiben zusammen, so lautete die Regel, und die meisten begrüßten freudig die Gelegenheit zum Austausch. Reinhold nicht, vor allem nicht heute. Er sehnte sich dringend zurück in die Werkstatt, um nachzusehen, ob Gott seine Gebete bereits erhört hatte.

Obwohl es wahrscheinlich dumm war, darauf zu hoffen. So schnell konnte das nicht gehen. Oder doch? Gott vermochte alles. Falls er ihm zugehört hatte. Reinhold war sich durchaus darüber im Klaren, nicht der Einzige zu sein, der sich mit einer inständigen Bitte an die himmlischen Mächte wandte. Vielleicht war seine in dem Getöse untergegangen.

Unruhig trat er von einem Bein aufs andere und konnte sich nicht wie sonst am Farbenspiel der prächtigen Kleidung ergötzen, die die Kirchgänger am Sonntag zur Schau trugen. Nicht einmal der Himmel sorgte für Weite und Leichtigkeit, die Wolken hingen tief und schwer, es sah nach Regen aus.

»Auf ein Wort«, drang eine Stimme in seine trüben Gedanken. »Ich würde dich gern sprechen.«

Reinhold drehte sich um. »Mich?«, fragte er unsicher, denn es war noch nie geschehen, dass ihn jemand auf dem Kirchplatz um ein Gespräch bat. In der Regel riss sich niemand um seine Gesellschaft, weil er hoffnungslos unbegabt war für müßiges Geschwätz. Die Leute fanden ihn langweilig. Oder anstrengend. Es war ihm vollkommen gleichgültig.

Doch jetzt stand der angesehene Meister Siegbarth vor ihm und verlangte nach einer Unterredung.

Er lächelte sogar werbend. »Ich habe gesehen, welches Können du bereits entwickelt hast, Reinhold, obwohl deine Lehrzeit noch gar nicht abgeschlossen ist. Und ich wollte dir meinen Respekt dafür zollen.«

»Danke«, erwiderte Reinhold scheu und fragte sich, was Siegbarth nun von ihm erwartete.

Dessen Miene wurde noch milder, noch verständnisvoller. »Kollege Lochner ist eben ein ausgezeichneter Lehrer«, meinte er, und irgendwie fand Reinhold das Lächeln nicht länger ... nett. Es hatte etwas Unangenehmes angenommen.

»Weißt du schon, was du als Gesellenstück abliefern wirst?«

»Ich dachte an eine Anna selbdritt«, erklärte Reinhold nach einem Moment des Zögerns. Sollte er darüber Auskunft geben? Durfte er es überhaupt? Aber diesem Blick aus hellgrauen Augen konnte er schlecht ausweichen. Wolfsaugen.

»Gute Wahl.« Der Mann klang viel herzlicher, als er aussah, und Reinhold wand sich.

»Das findet Meister Stefan auch«, nickte er. Wie so oft war ihm klar, dass er antworten musste, aber nicht, was.

»Verständlich. Drei Figuren, dazu die Entscheidung über den räumlichen Zusammenhang, draußen oder drinnen, die Perspektive. Wie gesagt ein gutes Thema. Du wirst es vorzüglich bewältigen, da bin ich sicher.«

Sofern meine Bilder aufhören, auf geheimnisvollen Wegen aus dem Gleichgewicht zu geraten, dachte Reinhold, er sprach es natürlich nicht aus.

»Ich dachte, du möchtest mich vielleicht einmal in meiner Werkstatt besuchen, damit wir uns ausführlicher unterhalten können«, schlug Siegbarth vor.

Reinhold senkte das Kinn. »Ich hab wenig Zeit, das wisst Ihr sicher. Meister Stefan lässt uns nicht so einfach fort.«

»Natürlich nicht. Aber eines Tages in nicht allzu ferner Zukunft wird er sich damit abfinden müssen, dass du ihn verlässt. Nachdem du deine Prüfung zum Gesellen abgelegt hast. Um genau diesen Tag geht es mir.« Siegbarth war jetzt ganz ernst, man merkte, er kam zum Wesentlichen. »Ich möchte dich als Gesellen in meiner Werkstatt haben.«

Reinhold starrte ihn an. »Mich?«

»Ja, dich. Ist das so erstaunlich? Du bist gut, sehr gut sogar. Es wäre eine Bereicherung für mich, dich in meiner Werkstatt zu haben. Wenigstens eine Zeit lang, bevor du dich auf Gesellenwanderschaft begibst. Ich böte dir eine Chance, die du nutzen solltest. Denn bei mir wirst du mehr Verantwortung übernehmen, als es bei Meister Lochner je der Fall sein wird.«

Da war etwas dran. Vielleicht.

»Nun, was sagst du?«

Meister Siegbarth würde sich wundern, wenn er merkte, wie viele Fehler er machte. Oder auch nicht machte, Reinhold wollte immer noch nicht glauben, dass ihm all diese Missgeschicke passierten.

Und genau da lag der Hase im Pfeffer. Erst einmal musste er seine Sachen ins Reine bringen. Dann konnte er sich ernsthaft Gedanken über die Zukunft machen. »Ich werd's mir überlegen«, erklärte Reinhold.

Das war das Letzte. Wirklich das Allerallerhinterletzte!

Wie konnte das überhaupt sein?

Timon war schlecht, richtiggehend übel war ihm. Wegen der Ungerechtigkeit.

Reinhold, dieser *Idiot*, machte Fehler über Fehler und niemanden schien's zu interessieren. In der Werkstatt schon, da fing man an, hinter seinem Rücken zu reden. Nur Meister Stefan nahm das nicht wahr. Anscheinend waren die Fehler, die am laufenden Band auf Reinholds Zeichnungen und Studien auftauchten, nicht gravierend genug.

Wütend wischte Timon sich die feuchte Stirn, der Wolkenhimmel war aufgerissen, es wurde allmählich warm. Die

Hausgemeinschaft Lochner machte sich auf den Weg. Endlich. Diese Messe hatte verdammt wenig Erbauung gebracht.

Es gefiel Timon zu fluchen. Auch wenn er kurz erschrak, denn im Zusammenhang mit einem Gottesdienst das Wort »verdammt« zu gebrauchen, war wirklich frevelhaft. Scheißegal, mir hört sowieso niemand zu, dachte er wütend und trottete hinter Sabina her, so weit von Reinhold entfernt wie möglich.

Den Meister Siegbarth *abwerben* wollte.

Reinhold mit seinem blassen Lächeln und der versonnenen Miene, der nie Anschluss an die anderen fand, dessen Bilder Fehler enthielten.

Er – *er*! – stellte nach Meister Siegbarths Ansicht eine Bereicherung für seine Werkstatt dar und sollte dort einziehen.

Reinhold, nicht Timon. Dabei hatte er es viel mehr verdient. Dietbert hatte ihn oft für sein Talent bei der Farbgestaltung gelobt. Zu Recht, denn Farbe lag Timon sozusagen im Blut. Er wusste einfach, wie es ging, was er zu tun hatte, um eine bestimmte Wirkung zu erzielen. Wie viel Bleiweiß nötig war für die Lichtspitzen, wie viel Umbra für die Schatten. Und Mathias hatte ihm mehr als einmal anerkennend auf die Schulter geklopft für seine Kompositionen.

Auch Meister Stefan war mit ihm zufrieden, hatte nie einen Zweifel daran gelassen, in ihm einen ausgezeichneten Maler mit großer Zukunft zu erkennen.

Aber *Reinhold* sollte abgeworben werden, nicht er.

Na, das wollen wir doch mal sehen, dachte Timon, platschte in eine Pfütze am Straßenrand und beschmutzte Sabinas Rock, weshalb sie ihm einen strafenden Blick zuwarf.

Da ist das letzte Wort noch nicht gesprochen, dachte er. Das werdet ihr noch merken!

7

Eigentlich hätte Sabina es logisch gefunden, unter dem Druck der Verhältnisse nun gar keine Lust mehr zum Kochen zu haben. Überraschenderweise war das Gegenteil der Fall. Inzwischen an die Herstellung ungezählter Mahlzeiten gewöhnt, empfand sie das Schneiden und Hacken, das Rühren und Schlagen als geradezu kontemplativen Akt. Geordnete Zutaten führten zu geordneten Gedanken. Das nahm sie jedenfalls an.

Allerdings geriet sie sonntags stets unter Zeitdruck. Nach dem Kirchgang hastete sie nach Hause, und wenn sie nicht im Morgengrauen schon die ersten Vorbereitungen getroffen hatte, bekam sie sehr rasch sehr viel zu tun. Heute war es nicht ganz so aufreibend, es sollte Kalbfleischklößchen mit Meerrettich geben. Auch wenn sie den Verdacht hatte, zumindest die Jungen würden die scharfe Soße nicht sonderlich schätzen.

Sabina seufzte tief, konnte sich nicht aufraffen, gleich mit der Arbeit zu beginnen, und blieb an der weit geöffneten Tür zum Hof stehen. Die Wolken hatten sich verzogen, der Tag war schön geworden. Der Himmel von reinstem Blau, die Luft von süßen Düften erfüllt, die Glut des Sommers zwar gebrochen, der Herbst jedoch noch weit entfernt. Ein Frevel, diese Pracht nicht zu genießen.

Über die Wiese watschelte eine Ente. Man konnte sich wundern, wo sie hergekommen war, im Lochner'schen Hinterhof gab es weit und breit keinen Teich. Aber eine Katze. Sabina blies sich ungeduldig ein paar Haarsträhnen aus der Stirn, die sich – wie üblich widerspenstig – aus ihrem Zopf gelöst hatten, und spähte nach dem schwarz-weißen Vieh, von dem sie nicht wusste, ob es die Ente vielleicht mit einer Maus verwechseln würde.

Und wenn schon. Sie machte sich zu viele Sorgen. *Immer* machte sie sich Sorgen. Um sich selbst, um Onkel Stefan, in dessen Haus ein Schurke sein Unwesen trieb, um Dietbert, der den Halt verloren hatte, als seine Tante verstorben war, und der vielleicht – vielleicht! – ein Dieb war. Was sie jedoch nicht glaubte. Anders als Roosen, der einen strengen Mund bekam, wenn er von Dietbert sprach. Jetzt machte sie sich auch noch Sorgen um eine blöde Ente. Das musste aufhören.

Sabina wandte dem Hof entschlossen den Rücken zu und griff nach dem Messer, um das Kalbfleisch in Stücke zu zerteilen. Dann legte sie es wieder hin, weil sie das Brot von gestern noch in der Milch einweichen musste. Natürlich war es zu spät dafür, sie hätte es vor dem Kirchgang erledigen sollen. Nun wurde es wahrscheinlich nicht mehr weich, verflixt nochmal.

»Kann ich Euch einen Moment sprechen?«, fragte Timon, der in der Tür zum Flur aufgetaucht war und dort ungewohnt zurückhaltend stehen blieb.

»Moment.« Sabina goss Milch in eine Schale, was umgehend die Katze auf den Plan rief, als habe das Tier einen sechsten Sinn. Jedenfalls interessierte es sich nicht für Wasservögel.

»Wäre wichtig«, insistierte Timon, nun nicht mehr so zurückhaltend.

Sabina riss das altbackene Brot in Brocken, damit es die Milch schneller aufsog, legte sie in die Schale und gab ihnen einen Stups, damit sie untertauchten. Dann wandte sie sich endlich dem Jungen zu. »Was kann ich für dich tun?«, erkundigte sie sich lustlos. Sie wollte gar nichts für irgendjemanden tun. Sie wollte nicht behelligt werden, sondern nachdenken.

»Ich finde was komisch«, erklärte Timon leise.

Hier ist eine ganze Menge komisch, dachte Sabina, aber das war nicht das, was sie ihm antworten sollte. Da sie etwas erwidern *musste*, auch wenn sie es am liebsten gelassen hätte, sagte sie: »Das ist nur natürlich, Timon. Hier ereignen sich Dinge, die in einer Werkstatt nicht geschehen sollten, und während deiner Lehrzeit erst recht nicht. Du hast es verdient, in Ruhe deine Ausbildung zu absolvieren. Jeder hat das verdient. Aber es ist derzeit ... nun ja. Aber die guten Zeiten kommen wieder. Ich verspreche es.«

Erwachsene versprachen Kindern immer Dinge, von denen sie nicht wussten, ob diese eintraten. Nur war Timon kein Kind mehr, sondern ein junger Mann im letzten Lehrjahr. Und deshalb widersprach er.

»Das meine ich nicht. Oder doch. Aber in besonderer Art und Weise. Mir ist aufgefallen ...« Er brach ab und zog die Nase kraus. Timon hatte eine sehr hübsche Nase, gerade und von genau der richtigen Größe, Sabina hatte ihn schon oft darum beneidet. Ihre eigene war stumpf und zu allem Überfluss befanden sich Sommersprossen darauf, die ganz und gar nicht mit gutem Aussehen vereinbar waren. Andererseits war dieses sowieso egal, niemand interessierte sich dafür.

»Timon, du solltest aussprechen, was dich bewegt, ich kann's nicht erraten«, sagte sie ein wenig unwirsch. »Außerdem muss ich kochen. Sonst gibt's heute kein Mittagessen.«

»Ich will ja. Aber ich weiß nicht, wie.« Timon trat unruhig von einem Fuß auf den anderen, aber er blieb und wollte das, was er auf dem Herzen hatte, loswerden. Und ihr aufhalsen.

»Rede am besten einfach drauflos«, schlug Sabina ergeben vor und begann, das Fleisch in Würfel zu schneiden.

Timon sah sie aus seinen leuchtend blauen Augen unglücklich an. »Ich finde, Reinhold benimmt sich absonderlich«, brach es aus ihm heraus.

»Das ist ja nichts Neues.« Das war es wirklich nicht. Reinhold war ein Grübler, der sich nicht um das scherte, was um ihn herum geschah. Ein Künstler, der in seinem Schaffen aufging. Und der deshalb Schwierigkeiten hatte, seinen Platz in einer Gemeinschaft zu finden.

»Ich weiß. Aber es ist noch schlimmer als sonst«, meinte Timon und strich mit beiden Händen frustriert die Haare aus der Stirn. Das sehr helle Haar, je nach Licht schimmerte es hie und da fast silbern. Auch darum war er zu beneiden. Sabinas war ebenfalls blond, aber rötlich. Es passte zu den Sommersprossen und beides trug nicht zu ihrem Wohlbefinden bei. Wie kam es nur, dass sie an diesem Morgen schon zum zweiten Mal über ihr Aussehen nachdachte?

»Er macht dauernd Fehler«, sagte Timon, der offenbar den Faden gefunden hatte. »Ich meine: Reinhold und Fehler? Gab's bislang nicht. Deshalb finde ich das komisch. Wenn man mit ihm darüber sprechen will, blockt er ab und …«

»Das allerdings ist für Reinhold völlig normal«, unterbrach Sabina und schnitt die Fleischwürfel kleiner und kleiner.

»Ja, klar. Aber er kramt auch immer in unserer Kammer herum«, gab Timon zu bedenken, und so wie er sie ansah, kam er nun zum Kern der Sache.

»Was ist daran aufsehenerregend? Er *wohnt* dort«, versuchte Sabina das Unheil abzuwenden.

»Aber was hat er zu kramen? Da gibt's doch nichts«, sagte Timon in schönster Aufrichtigkeit und damit hatte er natürlich recht.

Die Lehrlinge wohnten zusammen in einem Zimmer neben dem der Gesellen. In dem Raum befand sich wenig, was das Kramen lohnte, das sah Sabina ein. Drei schmale Lager, ein paar Haken für die Kleidung, kleine Truhen, besser gesagt Kästen, damit jeder der Jungen einen Ort hatte, an dem er Privates aufbewahren konnte.

»Timon, ihr besitzt nicht viel, das weiß ich, aber irgendwas hat jeder. Warum sollte Reinhold sich nicht daran zu schaffen machen? Ich meine, es geht um seine eigene Kiste, oder?«

Timon zögerte unmerklich, dann nickte er. »Ja, schon. Aber was kann denn da drin sein, um ewig damit rumzumachen? Falls es nicht …«

Er brach ab und warf ihr einen Blick zu, der ihr irgendetwas sagen sollte, da war Sabina sicher. Sie wusste nur nicht, was das sein könnte. Der Blick war aufmunternd. Drängend.

Sie weigerte sich, Schlüsse daraus zu ziehen, und wollte nicht hören, zu welchen Timon gekommen war. Nur konnte sie dem wohl nicht ausweichen. »Was willst du eigentlich sagen?«, fragte sie streng.

»Na ja, ich dachte«, druckste Timon herum und holte tief Luft, »ich dachte, vielleicht hat Reinhold die Sachen vom Meister geklaut und verbirgt sie oben in unserer Kammer?«

»Hast du ihn dabei beobachtet, wie er etwas versteckt hat?«, fauchte Sabina.

Timon schüttelte den Kopf.

»Wie er heimlich etwas aus der Werkstatt getragen hat?«

»Nein.«

»Hast du ihn mit einem der Dinge erwischt, die fortgekommen sind?«

Timon schwieg und sah sie an.

»Wieso bist du dann sicher, dass dein Freund und Kollege ein Dieb ist?«

»Bin ich ja gar nicht«, sagte Timon eilig. »Ich dachte ja bloß.«

»Hör auf zu denken. Du kannst nicht einfach herumlaufen und Leute anschwärzen ohne einen triftigen Grund.«

»Einen was?«

»Einen Beweis. Du brauchst einen *Beweis*, wenn du jemanden verdächtigst. Nicht nur einen Eindruck.«

Timon nickte betreten. »Da habt Ihr sicher recht. Ich meine, das stimmt natürlich. Tut mir leid. Wirklich.«

Sabina nickte. »Ist schon gut. Wir sind alle ein bisschen durch den Wind. Ich wollte dich gar nicht so anfahren.«

»Schon in Ordnung. Ich geh dann jetzt wieder.«

Ach, das war alles so abscheulich. Niemand aus diesem Haus durfte für all das Elend hier verantwortlich sein. Ein Mensch, den sie kannte und schätzte und der einer derjenigen war, die ihr im letzten Jahr so etwas wie Sicherheit vermittelt hatten. Und Reinhold sollte es schon gar nicht sein. Trotzdem war es nun anscheinend ihre Aufgabe, ihn genau zu beobachten, ob sie das wollte oder nicht. Einmal in die Welt gesetzt, ließ sich ein Verdacht nicht einfach wieder vergessen.

Mit einem tiefen Seufzer machte Sabina sich daran, die Fleischmatsche zu mehr oder weniger gleichmäßigen Klößchen zu formen.

Reinhold war nicht imstande, sich zu konzentrieren. Es ging einfach nicht. Er hatte Meister Stefan um Erlaubnis gebeten, die Pieta wegzustellen, doch der hatte das abgelehnt, und nun war es schwer, sich weiter unbefangen damit abzugeben. Nicht schwer, unmöglich war es. Außerdem hielt sich dieser Roosen den ganzen Tag in der Werkstatt auf und beobachtete sie alle mit Argusaugen und ohne Unterlass. Das war irritierend. Der *Mann* war irritierend. Reinhold hatte noch nie jemanden erlebt, der derart bewegungslos in einer Ecke stehen konnte. Man vergaß ihn nach einiger Zeit einfach. Darauf hoffte der Mann vermutlich, weil der Dieb den nächsten Gegenstand dann vielleicht direkt unter seiner Aufsicht entwendete.

Darauf konnte er lange warten. So dumm war niemand.

Die anderen schienen sich von Roosens Anwesenheit nicht gestört zu fühlen, jedenfalls nicht so stark wie Reinhold. Timon werkelte eifrig vor sich hin und beachtete ihn gar nicht. Dietbert saß mit kerzengeradem Rücken vor seiner Staffelei und fasste wie üblich mit ausgestrecktem Arm den Pinsel beinahe an dessen Ende. Er hatte den Lehrjungen erklärt, der dadurch gewonnene Abstand zum Bild vergrößere den Gesichtswinkel und ermögliche damit eine bessere Übersicht über das Ganze. Timon und er hatten das plausibel gefunden, aber sie hatten beide ihre liebe Not, die Herrschaft über den Pinsel zu gewinnen und ihn in der Balance zu halten.

Mathias saß viel näher an der Staffelei. Allerdings arbeitete er mit sehr viel feineren Pinseln an deutlich kleinteiligeren Details.

Hanß schrubbte an einem Kreidegrund herum, das Geräusch schuf einen Anschein von Normalität, den Reinhold tröstlich fand, obwohl er wusste, dass der Eindruck trog.

Er wagte kaum, sich seiner Christusmutter zuzuwenden. Denn diesmal war die Kontur der Nase verhunzt und anders als in den anderen Fällen gnadenlosen Misslingens war klar, wer dafür verantwortlich war. Er selbst. Und er wusste auch genau, wann es geschehen war.

Gerade eben, vor ein paar Augenblicken.

Weil er seine Gedanken nicht beieinander gehabt hatte. Nicht nur wegen Roosen. Auch wegen Meister Siegbarth, dessen Angebot gut schien und zugleich schlecht. Deshalb war ihm mulmig zumute, und das war keine gute Voraussetzung, um vernünftig seiner Arbeit nachzugehen.

Reinhold blickte sich verstohlen in der Werkstatt um. Es gefiel ihm, mit den Verhältnissen vertraut zu sein, Unbekanntes oder Unabwägbarkeiten wie eine neue Umgebung oder neue Menschen konnte er nicht leiden. Sie brachten ihn durcheinander. Hier kannte er den Meister, er kannte die Abläufe, er kannte die Kollegen. Das tat ihm gut. Einerseits. Andererseits war seit geraumer Zeit die Stimmung schlecht. Es mochte daher durchaus von Vorteil sein, das alles hinter sich zu lassen. Nur war Meister Siegbarth nicht Stefan Lochner. Sein Lehrherr war der sehr viel bessere Maler, der angesehenere Künstler, die Reputation, bei ihm gelernt zu haben, war groß. Während der Gesellenzeit bei ihm bleiben zu dürfen – wenn es denn dazu kam –, wäre ein Ausweis der eigenen Fähigkeiten. Doch neben einem eher durchschnittlichen Meister wie Siegbarth könnte er rascher eigene Akzente setzen.

Es war vertrackt. Und es ging ihm so viel durch den Kopf, er war ganz aufgewühlt, und wenn er nicht aufpasste, verpatzte er sein Gesellenstück, und dann hätte er sich die ganze Überlegerei auch sparen können.

»Dein Malgrund enthält zu viel Öl«, sagte Meister Stefan neben ihm und seine Stimme kam Reinhold kühler vor als gewohnt. »Du läufst Gefahr, dass dein Bild am Ende Runzeln oder Risse bekommt. Bevor du dich weiter dem

Entwurf des Motivs widmest, solltest du den Malgrund genau überprüfen.«

»Ich fange sowieso noch mal von vorne an«, sagte Reinhold und vernahm selbst die Verzweiflung in seiner Stimme.

Meister Stefan nickte und es fühlte sich an wie eine Ohrfeige.

Adrian heftete sich an Sabinas Fersen, und es war unschwer zu erkennen, wie sehr sie bestrebt war, ihn loszuwerden. Aber da hatte sie sich geschnitten. So einfach ließ er sich nicht abspeisen.

»Ich will mit Euch reden«, sagte er zu ihrem Rücken und ging dicht hinter ihr. Er musste achtgeben, ihr nicht auf die Hacken zu treten.

Sabina hielt nicht an, natürlich nicht. Sie lief einfach weiter, trat in das gleißende Sonnenlicht auf dem Hinterhof und sagte bissig: »Keine Zeit.«

»Nehmt sie Euch.«

Inzwischen waren sie in der Küche angelangt, auch diese war lichtdurchflutet. Man konnte deutlich sehen, wie Sabinas Sommersprossen sich aufdringlich von ihrer hellen Haut abhoben, sie war sehr blass, wirkte beinahe kränklich. »Jetzt hört schon auf, mich anzustarren!«, fuhr sie ihn an, aber es klang nicht halb so angriffslustig wie sonst.

Das war ... beunruhigend. »Was ist passiert?«, fragte Adrian mit seiner neutralsten Stimme. Glücklicherweise hatte er die gut geübt. Seit Jahren. Es hatte sich als seine Überlebensstrategie erwiesen, im Hause Baarth gleichermaßen unauffällig wie selbstbewusst aufzutreten. Zu tun, als sei er unangreifbar.

»Was könntet Ihr denn wohl meinen?«, fragte sie sarkastisch. »Mein Onkel wird bestohlen, unser Leben gerät aus den Fugen ... Nein, alles ist in bester Ordnung.«

Sie griff nach einem Messer, um ihr ewiges Schnippeln zu beginnen. Allerdings vergaß sie, sich das passende Gemüse zu schnappen, das Messer schwebte unschlüssig in der Luft.

»Legt das weg«, bat Adrian ernst. »Ich fühle mich bedroht.«

»Seid nicht albern.« Das Messer blieb, wo es war. Allerdings senkte sie die Spitze ein wenig, und wenn ihn nicht alles täuschte, hätte sie fast gelächelt.

»Ist Euch etwas aufgefallen an irgendjemandem, was Ihr mir noch nicht erzählt habt?«, fragte er, um die Gunst der Stunde zu nutzen.

»Ja. Nein.« Sie krauste die Stirn. »Ich weiß nicht.«

»Alles klar.« Seine Mundwinkel zuckten, und als sie es bemerkte, legte sie den Kopf schief.

»Macht Euch nur lustig über mich.«

»Tue ich gar nicht.« Das stimmte sogar. Er hatte nicht die leiseste Absicht, ihr auf die Zehen zu treten. »Ich greife nach jedem Strohhalm, wisst Ihr?«

»Hm.« Sie legte das Messer weg und griff nach einem Holzlöffel. »Ein Moment seltener Offenherzigkeit.« Nun lächelte sie tatsächlich, es erhellte und verjüngte ihre Miene beträchtlich. Sie sah plötzlich aus wie die junge Frau, die sie war, nicht länger verhärmt, streng und alterslos. Eine eindeutige Verbesserung. »Ich glaube, ich will Euch etwas sagen«, begann sie zögerlich.

Aber nicht gern, das war sonnenklar. Adrian betrachtete sie aufmerksam. »Ich bin ganz Ohr.«

Sabina holte tief Luft, als müsse sie ihre Kräfte bündeln. Oder Mut finden. »Timon war gestern bei mir«, sagte sie und versank in Schweigen.

»Das ist schön«, meinte Adrian. »Oder nicht?«

Sabina hob die Schultern.

Himmelherrgott. »Timon war also in der Küche. Ist nicht immer wieder jemand hier bei Euch? So wie ich auch. Jetzt gerade zum Beispiel.«

Sabina fing an, mit dem Fingernagel an einem eingetrockneten Soßenfleck auf dem Tisch zu kratzen. »Na ja. Ist nicht ganz dasselbe.«

Adrian betrachtete sie ratlos. »Raus mit der Sprache!«, befahl er resolut. »Ihr wolltet mir etwas berichten. Nun spuckt es aus.«

»Ist ja schon gut! Ihr braucht mich nicht so anzublasen. Wusstet Ihr nicht, dass man mit Höflichkeit am weitesten kommt?«

»Das müsst Ihr gerade sagen!«

»Was? Ihr findet mich *unhöflich*?« Empört stemmte sie die Fäuste in die Hüften. »Das ist ja wohl das Allerletzte! Ich gebe mir jede erdenkliche Mühe, um ...«

»Sabina, still jetzt!«, fuhr er dazwischen. Weil sie sich wand wie ein Aal und einen Streit vom Zaun brach, nur um einem Gespräch aus dem Weg zu gehen, das sie selbst angezettelt hatte. Das ließ er nicht zu.

Sie verstummte. Vielleicht war sie davon genauso überrascht wie er, jedenfalls herrschte für einen Moment eine geradezu betäubende Stille in der Küche. Von draußen drang das schrille Quieken einer Maus, die vermutlich gerade von der Stallkatze erlegt wurde, und das scheppernde Geräusch eines Eimers, der umfiel. In der Luft lag der betörende Duft von Lavendel, gemischt mit dem nach Zwiebeln.

Adrian atmete tief ein. »So. Raus damit. Was war mit Timon?«

»Er war da und hat Reinhold in ein schlechtes Licht gerückt«, sprudelte sie umstandslos hervor. »Ich meine, richtig in den Schmutz hat er ihn gezogen. Er mache andauernd Fehler, unentschuldbare Fehler, und er sei komisch.

Was ja stimmt, aber daran ist nichts Falsches, Reinhold ist einfach … Reinhold. Er ist eben anders als die anderen, das war schon immer so.« Sie sprach mit jeder Silbe schneller. »Timon unterstellt ihm, für die Diebstähle verantwortlich zu sein.«

Timon, der Silberne, soso. Hängte seinen Kumpel und Kollegen hin. »Hat er ihn dabei beobachtet?«

Sie schüttelte den Kopf.

»Die kleine Ratte.«

Sabina hob das Kinn. »Wie meint Ihr das?«

Adrian setzte sich gemütlich auf die Holzbank neben der Hoftür. »Ich finde den Knaben nicht besonders glaubwürdig.«

»Nicht?« Sabina kam hinter ihrem Tisch hervor und setzte sich neben Adrian, sprungbereit auf die alleräußerste Kante.

»Nein. Ihr?«

Sie zauderte. »Ich weiß nicht. Reinhold als Täter … Ich kann mir das nicht vorstellen. Er lebt zu wenig im Diesseits, um sich für Geld zu interessieren. Versteht Ihr? Aber warum sollte Timon nicht aufrichtig meinen, was er sagt, auch wenn es eine wunderliche Idee ist?«

»Nun. Erstens ist Reinhold Timons direkter Konkurrent, da mag er sich einen Vorteil davon versprechen, wenn dessen Ansehen leidet. Und zweitens …«

»Das ist doch Quatsch!«, unterbrach Sabina empört. »Timon ist ein netter Junge! Sie sind beide nett. Reinhold auch. Deshalb würde er niemals …«

Adrian ließ sie nicht zu Ende sprechen. »Ihr denkt von allen nur das Beste, stimmt's? Aber einer in diesem Haus hat Schuld auf sich geladen, damit müsst Ihr Euch abfinden.«

Das hätte er etwas freundlicher formulieren können, aber nun war es heraus und konnte nicht zurückgenommen werden.

Sabina sackte zusammen. Dann straffte sie die Schultern und vermutlich bedeutete das eine beträchtliche Anstrengung für sie. »Ich weiß das«, erklärte sie würdevoll.

»Ich mein's nicht böse«, lenkte Adrian ein und für seine Verhältnisse war er geradezu behutsam. »Doch es ist, wie es ist. Und da es wegen der Vielzahl der Diebstähle unwahrscheinlich scheint, dass jemand von außen eingedrungen ist und sie verübt hat, muss sie einer der Hausbewohner auf dem Kerbholz haben.«

Sabina nickte unwillig. »Stimmt wohl.«

»Seht Ihr. Timon halte ich allerdings nicht für uneingeschränkt verlässlich, wenn er ein Leumundszeugnis ablegt. Gut, er ist nicht unsympathisch, dazu hübsch wie ein Engel«, Sabina warf ihm einen kritischen Blick zu, »doch ist er ... zu viel. Bei fast allem. Er ist *zu* hübsch.« Jetzt lächelte sie. »Und zu beflissen. Er sieht das Problem, er will bei der Lösung helfen und schießt dabei übers Ziel hinaus.«

Sabina nickte und ein hoffnungsvolles Leuchten brach sich in ihren Augen Bahn. »Helfen wollen ist doch gut, oder? Das ist ein schöner Zug, kein schlechter.«

»Nur nicht auf diese Weise«, wandte Adrian ein. »Jemanden ohne Beweise zu beschuldigen ist wenig hilfreich.«

Sehr viel eher eine Verleumdung, aber das behielt er für sich. Sabina sah mitgenommen genug aus.

Weil man beim besten Willen nicht den ganzen Tag kochen konnte und Sabina andererseits Müßiggang nicht ertrug, wandte sie sich am folgenden Morgen direkt nach dem Frühstück der Wäsche zu. Genau genommen den Bettlaken. Es war fast September, der Herbst nahte, und wenn die riesigen Laken noch vernünftig trocknen sollten, mussten sie in den nächsten zwei Wochen gereinigt werden. Bevor sie die Weißwäscherin bestellte, prüfte sie das Zeug jedoch besser erst einmal auf Mottenlöcher. Sabina stand in der Wäschekammer, einem winzigen Raum in einem Zwischengeschoss neben der Küche, und hielt das erste Laken in der Hand, als plötzlich Timon neben ihr auftauchte. Sie fuhr so heftig zusammen, dass ihr das Laken aus den Fingern rutschte und natürlich nicht zurück in die Truhe, sondern auf den staubigen Boden fiel.

»Gütiger Himmel, Timon! Was schleichst du dich so an?« Sie drückte die Hand auf ihre Brust, als könne sie ihr wild klopfendes Herz damit beruhigen, was natürlich nicht der Fall war, und versuchte, nicht gereizt auszusehen.

»Ich hab mich nicht angeschlichen«, widersprach Timon und sein hübsches Gesicht zog sich in betrübte Falten. »Aber es tut mir leid, wenn ich Euch erschreckt habe. Das wollte ich nicht. Wirklich nicht, das müsst Ihr mir glauben.«

Roosen hatte recht. Timon übertrieb. Immer und in allem? Möglicherweise hatte sie es nicht sehen wollen. Oder nicht sehen können, weil da nichts war.

Er stand zu dicht neben ihr, umschwebt von glitzernden Pünktchen, sonnenbeleuchtetem Staub, und sah Sabina beschwörend an. »Ich muss Euch etwas zeigen.«

Sabina seufzte, hob das Laken auf und begann, es ordentlich zusammenzufalten. Sie hatte nicht die allergeringste Lust, Timon zu folgen, nur konnte sie sich seinem Wunsch kaum verweigern. »Dann mach schnell. Ich habe zu tun«, sagte sie wesentlich harscher als beabsichtigt und schämte sich, als sie den verblüfften Ausdruck in seiner Miene erkannte.

Wahrscheinlich war ein hübscher junger Mann wie er nicht daran gewöhnt, auf Gegenwehr zu stoßen. Er mit seinem Engelshaar und den dazu passenden überirdischen Augen, aus denen der Charme sprühte. Timon konnte jeden um den kleinen Finger wickeln, sie auch, das erkannte

Sabina in diesem Moment. Warum auch nicht? Er war ja nicht *nur* hübsch. Er war liebenswürdig, begabt, fleißig und hilfsbereit. Roosen hatte keine Ahnung.

Etwas mehr Hilfsbereitschaft könnte sie selbst auch an den Tag legen. »Nun mach schon, Timon«, sagte sie wesentlich freundlicher. »Um was geht es denn?«

Er löste sich aus seiner Erstarrung und griff kurzerhand nach ihrem Ärmel. »Kommt.«

Weil sie nicht schon wieder abweisend reagieren wollte, ging sie umstandslos mit, wenn auch nicht gern. Sie hatte keine Ahnung, was auf sie zukam, sicher war nur, es würde nichts Angenehmes sein. Timon hatte sie noch nie irgendwohin geholt. Keiner der Lehrjungen tat so etwas, die Gesellen ebenso wenig. Sie aßen ihr Essen, sie fragten sie in Gesundheitsdingen – was ausgesprochen selten vorkam, eigentlich konnte man sagen, es geschah nie – und ansonsten lebten sie in getrennten Welten. In der derzeitigen Lage war ausgeschlossen, Timons Ansinnen könne etwas Gutes bedeuten.

»Ist wieder etwas gestohlen worden?«, fragte sie aufgeregt, aber er reagierte nicht, ging stur den Weg zur Stiege, die zum Dachboden führte. Im Stockwerk darunter lagen die Räume der Lehrjungen und der Gesellen.

Ich will da nicht hin, dachte Sabina, aber natürlich stiefelte sie hinter Timon her und folgte ihm stracks in die Schlafkammer der Jungen.

Die war noch enger und niedriger als in ihrer Erinnerung, dämmrig trotz des leuchtenden Sommertages, und wenn man sie karg genannt hätte, wäre das wohlwollend gewesen. Sie war unordentlich, soweit man mit den wenigen Gegenständen, die sich darin befanden, überhaupt Unordnung verursachen konnte. Ein alter Kittel lag auf dem Boden, direkt unter dem Kleiderhaken, und Sabina war ein Rätsel, warum es so schwer war, ihn aufzuhängen, statt ihn einfach fallen zu lassen. Auf einer Truhe lag ein Rasiermesser, was sie rührend fand, da keiner der drei Jungen mehr als den ersten Flaum auf den Wangen vorweisen konnte.

Mitten im Raum stand Reinhold und zog den Kopf ein, um nicht an die Deckenbalken zu stoßen. Es ließ ihn kleinlaut wirken, was in dieser Situation wirklich sehr ungünstig war.

Timons Schritt stockte und Sabina lief direkt in ihn hinein. »Verzeihung«, sagte sie, weil sie ihm auf die Fersen getreten war.

»Oh. Ich … na ja. Nicht schlimm.«

Es ging nicht vor, nicht zurück. Timon schien kaum zu wagen, den Blick auf Reinhold zu richten, knetete fahrig seine Hände und wusste offenbar nicht mehr, warum er hergekommen war. Dabei war seine Absicht doch klar gewesen. Er hatte ihr etwas zeigen wollen. Etwas, was sich in dieser Kammer befand.

Jetzt war er zur Salzsäule erstarrt. Wegen Reinhold?

Sabinas Herz tat weh. Irgendetwas lief hier gewaltig schief. Bei Lochners allgemein und bei den beiden Jungen im Moment ganz besonders. Sie wollte das nicht. Sie wollte, dass alles seine Ordnung hatte und so war wie immer. Wie in der Zeit, bevor das alles geschehen war. Bevor die Angst gediehen war, irgendjemand in ihrer Gemeinschaft würde sich nicht länger um ihrer aller Wohlergehen scheren. Dafür waren nicht diese Jungen verantwortlich, das durfte einfach nicht sein. Nicht der helle Timon und der dunkle Reinhold. Keiner von ihnen.

Wie immer, wenn Sabina bewegt war und es nicht zeigen wollte, wurde sie schroff. Es tat ihr leid, aber sie konnte nichts dagegen tun.

»Was denn jetzt?«, fragte sie laut in die drückende Stille hinein. »Ich hab nicht ewig Zeit.«

Reinhold blieb, wo er war, reglos und stumm.

Timon gab sich einen Ruck und setzte sich in Bewegung. Ging hinüber zu einem der Lager, es war das an der rechten Wand. Es gab noch eines gegenüber und eines unter dem winzigen Fensterchen, wo ganz gewiss Hanß schlief. Er war der Jüngste, der Neueste, und damit derjenige, der sich bei schlechtem Wetter im Schlaf das Gesicht nass regnen lassen musste.

Reinhold erwachte aus seiner Trance. »Was willst du an meinem Bett?«, fragte er unsicher, als Timon sich auf das dürftige Strohlager kniete. Bedächtig beugte er sich vor, fummelte an der Wand und hielt bald ein schmales Brett in der Hand, das er aus der Wandverschalung gelöst hatte.

Genau auf diese Stelle fiel ein dünner Sonnenstrahl durch die Fensteröffnung und brachte das, was sich hinter dem Brett befand, zum Leuchten.

Alle in der Kammer standen vollkommen reglos, niemand sprach. Sabina hatte Mühe zu atmen. Schließlich sagte sie sich, es würde nicht besser, wenn man es ignorierte – was auch immer *es* war –, und trat neben Timon, der sofort aufstand und sich ein Stück zurückzog.

Sie hockte sich mit ungelenken Knien auf das Bett und spürte die Strohhalme, die ihr ins Bein stachen. Steckte die Finger in das glitzernde Etwas in der Wand, zupfte und zog. Hatte plötzlich einen Bogen Blattgold in den Fingern und einen dicken Kloß im Hals.

Sie drehte sich um und betrachtete die Jungen. Timon blickte mit glänzenden Augen auf Reinhold und der tat … nichts. Er war kreidebleich und wirkte wie vom Donner gerührt, aber er tat *nichts*. Wehrte sich nicht. Das tat er nie. Der dumme Kerl.

»Timon, geh los und hol den Roosen«, sagte Sabina und ihr Herz sank und sank. Sank so tief, dass es tiefer nicht mehr ging.

8

Sie wäre gerne weggelaufen, aber natürlich war das unmöglich. Vor allem wegen Onkel Stefan, der mit hängenden Schultern in der Stube stand, die Hände verkrampft, die Miene bekümmert. Sabina sah, wie er litt. Sie wusste aber auch, dass er Unterstützung brauchte.

Als leide der Himmel mit ihm, war das sommerliche Blau des frühen Morgens verblasst und die Sonne verbarg sich zunehmend hinter grauen Wolkenschlieren. Das Licht in der Stube wurde allmählich trüb.

Es passte sich der Stimmung an. Tristesse drang, einer dicken, wabernden Masse gleich, in alle Ritzen, in jede Pore, sie machte das Atmen zu einem Kraftakt. Sabina stand hinten an der Wand, neben Roosen, der genau wie sie bewegungslos ausharrte und zuschaute, wie Reinhold in sich zusammenfiel.

Ich ertrag das nicht, dachte Sabina. Warum sagt denn niemand etwas?

Roosen nicht, der die Aufgabe dem Hausherrn überließ. Reinhold nicht, dem hatte es die Sprache verschlagen. Sie selbst nicht, weil sie zu erschüttert war. Und Onkel Stefan nicht, da er offenbar um die richtigen Worte rang, nach einem gangbaren Weg suchte und ihn nicht fand, weil es keinen gab.

Eine dicke Fliege brummte durch den Raum, laut, schrecklich laut. Dann setzte sie sich auf den Rand des leeren Kruges, der gestern auf dem Tisch vergessen worden war.

Die Stille dehnte sich, wurde unerträglich. Gleich sag ich was, nahm Sabina sich vor, und sie hätte es getan, wäre ihr eingefallen, was sich in einer solchen Situation vernünftigerweise sagen ließe.

Die schwarz-weiße Katze schlich in den Raum und sprang auf die Fensterbank. Sie musterte interessiert das Stillleben in der Stube, dann begann sie, sich zu putzen. Roosen räusperte sich vernehmlich und wechselte das Standbein.

Meister Lochner durchbrach das Schweigen. »Wie *konntest* du nur?«

Genau das war angemessen, fand Sabina. Nichts anderes hätte sie ebenfalls gefragt, wenn sie den Mund aufbekommen hätte.

Etwas, das auch Reinhold schwerfiel. Er öffnete ihn, schloss ihn wieder. Dann von Neuem. Auf, zu. Heraus kam kein Ton.

Roosen hielt das ebenso schlecht aus wie Sabina. »Jetzt äußere dich«, herrschte er Reinhold an. »Das bist du deinem Meister schuldig. Warum hast du es getan?«

Reinhold nahm das als Weckruf, seine Schultern strafften sich. Beinahe. Jedenfalls richtete er sich auf. Ein bisschen. »Ich *habe* nichts getan«, sagte er mit größtmöglicher Würde.

Sabina betrachtete ihn unglücklich. Musste es sein, dass er sich immer weiter in den Dreck ritt? Alles zugeben, um Vergebung flehen, die Strafe auf sich nehmen, fertig. Das wäre das Einfachste gewesen.

Roosen neben ihr war angespannt wie die Sehne einer Armbrust kurz vor dem Schuss. »Wie kommt das Blattgold dann in deine Kammer?«

»Weiß ich nicht.«

Onkel Stefan seufzte abgrundtief.

»Es befand sich unter deinen Sachen«, erinnerte Roosen den Jungen.

»Das stimmt nicht.«

Wäre es nicht Roosen gewesen, hätte Sabina gedacht, er knirsche mit den Zähnen. Bei seinen maskenhaften Zügen war das jedoch schwer zu sagen. »Es befand sich in einem Versteck hinter deiner Bettstatt«, präzisierte er und seine Stimme klang nicht ermutigend.

Reinhold zuckte mit den Schultern und blickte verstockt auf seine Füße.

Sabina bemühte sich, nicht den Kopf zwischen die Schultern zu ziehen. »Hast du denn eine andere Erklärung, wie das Gold dorthin gekommen sein könnte?«, fragte sie so freundlich wie möglich, um den verschreckten Jungen nicht noch weiter in die Enge zu treiben.

Oder sie täuschte sich. Vielleicht war er gar nicht verängstigt. »Ich hab wahrhaftig keine Ahnung«, wiederholte er unbeirrt. »Ich würd's Euch sagen, wenn ich's wüsste.«

Onkel Stefan schwieg und Sabina konnte seinen Gesichtsausdruck nicht deuten. Traurig? Ratlos? Verletzt? Resigniert? Von allem etwas, nahm sie an. So fühlte sie sich jedenfalls selbst.

Die Katze sprang vom Fensterbrett und begann, um Sabinas Röcke herumzustreichen. Es war albern, aber sie fand das tröstlich. Ein Tier kannte keine Arglist. Es tat, was es tun musste, und verschwendete keinen Gedanken daran.

»Wo ist das andere Diebesgut?«, drang Roosens Stimme in Sabinas kummervolle Überlegungen wie ein Peitschenknall.

»Weiß ich nicht.« Je länger es dauerte, desto weniger hatte Sabina den Eindruck, Reinhold begreife, um was es ging.

»Vielleicht findet es sich bald wieder«, baute sie ihm eine Brücke, weil das vielleicht die Lösung war. »An einem Ort, wo wir es nicht erwarten. Da könnte es doch auftauchen, oder? In den nächsten Tagen?«

Roosen warf ihr einen Blick zu. Er hatte sofort verstanden, was sie vorschlug.

Reinhold nicht. »Kann schon sein. Wäre schön. Glaube ich aber nicht«, sagte er.

Gut, wenn jemand eine Rettungsleine nicht packte, die ihm zugeworfen wurde, konnte sie nichts daran ändern. Sabina verschränkte die Arme vor dem Leib und wusste nicht weiter.

Niemand der Anwesenden tat das. Endlich ergriff ihr Onkel das Wort. »Geh zurück an die Arbeit, Reinhold«, sagte er. »Du auch, Sabina. Ich muss mir durch den Kopf gehen lassen, was zu tun ist. Wenn ich es herausgefunden habe, rufe ich euch zusammen und lasse es euch wissen.«

Adrian nickte Sabina zu und ließ sie einfach stehen. Um nichts in der Welt hätte er sich darauf einlassen wollen, mit ihr oder irgendjemandem sonst Manöverkritik zu betreiben. Es gab zu wenig zu sagen. Reinhold hatte das Blattgold genommen, es ungeschickt versteckt, war aufgeflogen, Lochner musste entscheiden, wie er mit ihm verfuhr. Aus. Mehr gab es nicht zu sagen.

Oder vielleicht doch. Angesichts eines Fundes, der einem die Wahrheit praktisch ins Gesicht schlug, war es reinweg albern, die vorhergegangene Tat abzustreiten.

Es sei denn, man hatte sie nicht verübt.

Es sei denn, jemand anderer als Reinhold hatte das Blattgold hinter dessen Lager deponiert, um den Verdacht auf ihn zu lenken.

Je länger Adrian darüber nachdachte, umso plausibler

fand er diese Überlegung. Ein Spitzbube, der die Beute so verstaute, dass sie mit dem Finger direkt auf ihn zeigte, musste sehr naiv sein.

Allerdings *war* Reinhold naiv.

Aber gerade deswegen überzeugend in seiner Weigerung, den Diebstahl zuzugeben. Dieser Junge war bei Weitem nicht gewieft genug für eine derartige Komödie.

Meine Sache ist das nicht mehr, dachte Adrian. Lochner hatte seinen Schuldigen und damit war der Auftrag erfüllt. Das war gut. Weil er auf keinen Fall länger bleiben wollte als unbedingt nötig und der stickigen Atmosphäre, angefüllt mit Verdächtigungen, Enttäuschungen, Ängsten und bangen Fragen wirklich liebend gern den Rücken kehrte. Er wollte das Giftige, das zwischen den Mauern des Lochner-Hauses waberte, hinter sich lassen, es abstreifen, zu einem klaren Gedanken kommen. Die ganze Geschichte war so verfahren und seine eigene Rolle dabei so fragwürdig, so verzichtbar, so … tumb. Er hatte im Grunde überhaupt nichts getan, nichts herausgefunden. Lediglich gewartet. Was hätte er anderes tun sollen, als sich auf die Lauer zu legen? Es war ihm nicht leichtgefallen, dieses Passive. Die Aufgaben, denen er normalerweise nachging, waren ihm sehr viel lieber. Zahlungen eintreiben, faulen Handwerkern auf die Finger hauen, Vorschläge zur Verbesserung von Arbeitsabläufen entwickeln. Alles erledigen, was nötig war, um für eine reibungslose Alltagsorganisation zu sorgen.

Er musste es Baarth überlassen. Lochner beizustehen war sein Auftrag gewesen, sein Plan, kostete sein Geld. Also war es auch seine Entscheidung, ob Adrian sich zurückziehen sollte.

Der Himmel war inzwischen weißlich bezogen, die Wärme hatte sich in Schwüle verwandelt. Trotzdem zog es Adrian nicht nach Hause, die Frage an Baarth musste warten, erst wollte er alles noch einmal gründlich von allen Seiten beleuchten. Und hören, welche Entscheidung Lochner getroffen hatte. Wenn er Reinhold Glauben schenkte oder zumindest Zweifel an seiner Schuld hatte, verlangte er möglicherweise weiterhin nach Adrians Anwesenheit.

Hatte er einen problematischen Sachverhalt zu durchdenken, tat er das am liebsten am Fluss, denn der Rhein strömte ungerührt und stetig in Richtung Norden und ließ sich durch nichts beirren. Adrian nahm das als Vorbild.

Er war erst ein paar Schritte gegangen, als er plötzlich ein Kind am Arm hängen hatte.

»Ich muss Euch sprechen. Dringend«, raunte der Kleine, und weil sein unruhiger Blick fieberhaft hin und her huschte, ganz offensichtlich auf der Suche nach etwas, was er nicht finden wollte, konnte Adrian ihm seinen Wunsch schlecht abschlagen.

»Eberlin«, fiel ihm ein. »Du bist Eberlin, richtig?«

»Ja. Müsst Ihr auf der Straße rumstehen? Können wir hier weg? Dorthin vielleicht?« Er ruckte mit dem Kinn in Richtung eines heruntergekommenen Hauses, das ein paar Schritte entfernt verlassen vor ihnen lag.

Der Blick ängstlich, die Wangen blass und äußerst schmutzig, verkrampfte Finger, die sich in Adrians Ärmel krallten. Nur ein Idiot hätte nicht spitzgekriegt, dass da etwas im Busch war. »Komm.«

Sie betraten einen hässlich zugemüllten Hinterhof – nicht alle im Kirchspiel Sankt Alban lebten auf Rosen gebettet –, und Adrian fiel auf, mit welcher Sorgfalt Eberlin das ramponierte Hoftor zuzog. Halbwegs, denn wenn er es ganz geschlossen hätte, wäre es vermutlich aus den Angeln gefallen.

»Das ist ja alles sehr spannend«, bemerkte Adrian, »aber könnte ich vielleicht erfahren, wozu diese Geheimniskrämerei gut sein soll?«

»Klar könnt Ihr das erfahren. Deshalb habe ich Euch ja gesucht.«

»Du hast mir aufgelauert?«

Eberlin zuckte die Schultern. »Kann schon sein.«

Adrian betrachtete ihn kopfschüttelnd. »Wie alt bist du eigentlich?«

»Zehn.«

Sehr spirrelige zehn. »Sicher?«

»Ungefähr. Vielleicht auch neun. Keine Ahnung. Acht? Ist das wichtig?«

Adrian schüttelte den Kopf. Selbst für acht war der Junge mickrig, das lag wahrscheinlich an seiner Lebensweise. Die er ganz sicher nicht freiwillig gewählt hatte. In Armut wurde man geboren, sie hinter sich zu lassen war schwer.

Der Junge stand da in seinem verdreckten, löchrigen Kittel, barfuß, allem Anschein nach heimatlos, doch warf er sich in Positur und sagte herrisch: »Ich brauche Eure Hilfe.«

»Schon wieder? Du hast offenbar ein ausgeprägtes Talent, dich in Schwierigkeiten zu bringen.«

»Das stimmt«, gab Eberlin zu und zeigte ein schelmisches Lächeln. Eines, das er sich wohl angeeignet hatte, um die Herzen jener milde zu stimmen, denen er ein Stück Brot oder einen Apfel geklaut hatte. Es funktionierte reibungslos, jedenfalls bei Adrian. Andererseits wollte er nicht schon wieder in etwas hineingezogen werden, das nicht zu seinen Aufgaben gehörte.

»Worum geht es denn?«, fragte er knapp, um Eberlin nicht über die Maßen zu ermutigen. Er hatte nicht vor, in Zukunft bei jedem Pieps herbeizueilen, um einem Jungen aus der Patsche zu helfen, der ihn überhaupt nichts anging.

»Um einen Mann«, erklärte Eberlin.

»Aha. Das sagt natürlich alles. Was hast du getan? Ihm die Stiefel geklaut?«

»Ihr findet's ja anscheinend lustig, aber ich nicht. Ganz bestimmt nicht«, sagte Eberlin empört.

»Jemandem die Stiefel zu klauen *ist* nicht lustig.«

»Wer redet denn von Stiefeln? Ja klar, Ihr redet davon. Ich nicht. Ich hab mit Stiefeln nix zu schaffen.«

»Tja. Nun, um das Ganze abzukürzen, worum geht es denn?«

»Ich erzähl's Euch ja. Wenn Ihr mich lasst. Sollen wir uns setzen?«

»Von mir aus.« Adrian seufzte schwer. »Da drüben scheint mir ein fast sauberes Fleckchen Gras zu sein.«

»Ich guck lieber noch mal nach.« Eberlin schlich zur Tür wie eine Katze auf Mäusejagd und spähte durch die ziemlich breiten Fugen zwischen ausgetrockneten Holzlatten. »Vielleicht lieber dahinten«, sagte er zögerlich, als er zu Adrian zurückgekehrt war. »Da sind wir von der Straße aus nicht so leicht zu sehen.«

Möglicherweise handelte es sich doch nicht um einen Dummejungenstreich. Eberlin sah nicht so aus, als meine er das alles gar nicht wirklich ernst. Sondern so, als habe er Angst. Reine, echte, elementare Angst.

Adrian legte die Hand auf den Rücken des Jungen – sie war fast so breit wie das ganze Kind –, schob ihn in die hinterste Hofecke, wo es ohne Frage überhaupt nicht mehr gemütlich war, und ließ sich vorsichtig auf einem instabilen Holzstapel nieder. »Spuck's aus.«

»Das ist nicht so leicht, Meister.« Eberlin wand sich.

Adrian zog finster die Brauen zusammen, doch das beeindruckte den Jungen nicht im Geringsten. Stattdessen ließ er sich zu seinen Füßen in den Dreck plumpsen und sah ihn treuherzig an.

»Es gibt da einen Mann«, sagte er und zupfte rastlos an seinem Kittel herum. »Der …«

»Der was? Lass deinen Kittel in Ruhe, er fällt ohnehin bald auseinander.«

»Dieser Mann ...«, setzte Eberlin erneut an und brach ab. »Könnt Ihr's vertragen?«, erkundigte er sich rücksichtsvoll.

»Das weiß ich erst, wenn ich erfahre, um was es geht«, erwiderte Adrian und wusste nicht, ob er lachen oder schimpfen sollte. »Aber sei unbesorgt, ich bin nicht allzu zartbesaitet.« War das Theater? Steckte etwas Ernsthaftes dahinter? Was zum Teufel war da los?

»Ich fang ganz vorne an, ja?«, schlug Eberlin vor und legte vertraulich seine kleine Hand auf Adrians Knie.

»Wenn du's nur endlich tätest.«

»Also. Ich hab's schon gesagt, es gibt da einen Mann. Der streift durch die Straßen, am Hafen und im Gerberviertel und überall, wo's nicht allzu gesittet zugeht, schnappt sich Jungen – manchmal auch Mädchen – und lässt sie für sich arbeiten. Auch ganz kleine Jungen. Ich bin nicht klein!«

»Natürlich nicht«, winkte Adrian ab. »Aber du arbeitest für den Mann, richtig?«.

»Ich versuch's«, stimmte Eberlin etwas zögerlich zu.

»Was genau?«, erkundigte sich Adrian, weil sie so nicht weiterkamen.

»Wir sollen uns an Leute ranpirschen, an *reiche* Leute, einen auf hilfsbedürftig machen, und wenn sie nicht aufpassen, nehmen wir ihnen die Geldkatze weg. Oder Schmuck. Oder was anderes«, erklärte Eberlin nach einem tiefen Luftholen.

Nicht nur Brot und Äpfel.

Eine professionell aufgebaute Diebesbande. Man hörte immer wieder davon. Sie lebten im Verborgenen, überfielen jeden, der aussah, als würde es sich lohnen, und wurden reich dabei. Jedenfalls die Anführer.

»Ich weiß nicht, wie der Mann heißt«, sagte Eberlin. »Wir nennen ihn den Hacker. Er sagt immer, wenn wir nicht tun, was er befiehlt, hackt er uns die Hand ab.« Er hielt inne und zog die Nase kraus. »Ich will nicht rausfinden, ob er's wirklich macht.«

Adrian nickte. »Verständlich.«

»Ich gehör zur Mannschaft«, erklärte Eberlin. »Aber ich bin nich besonders gut. Habt Ihr gemerkt, stimmt's? Der Apfel?«

Adrian nickte stumm.

»War 'ne Übung«, sagte Eberlin ernst, als wäre das völlig normal. »Vorgestern bin ich fast aufgeflogen. Der Hacker hat mich auf einen Mann angesetzt, der einen richtig feinen Dolch im Gürtel stecken hatte. Den sollte ich greifen. Hab ich gemacht, aber leider nich so … geschickt. Der Mann hat das gemerkt und mich beim Ohr gepackt …«

»Schon wieder«, murmelte Adrian. Ein Wunder, dass er noch beide hatte.

»… aber ich konnte abhauen. Hab ihn getreten. In die … na ja. Jetzt ist der Hacker sauer. Und er sucht mich. *Und* ich hab Angst um meine Hand. Nun wisst Ihr's«, schloss Eberlin.

»Nun weiß ich's.« Adrian musterte ihn. Er war noch so entsetzlich jung, alleine fand er da nie und nimmer raus. »Was erwartest du von mir? Soll ich den Hacker fangen und ihn um die Ecke bringen? Ich hätte übrigens nicht übel Lust dazu.«

Eberlin lächelte ihn auf die schönste und aufrichtigste Weise an, wie sie nur Kinder zustande bekommen. Selbst die geschundenen. »Ihr müsst ihn nicht *abmurksen*. Das bringt auch gar nichts. Wenn der Hacker weg ist, kommt ein anderer. Da gibt's welche, die ihm das Geschäft abjagen wollen.«

Erst neun Jahre – oder acht oder zehn – und bereits so abgeklärt. »Was hast du dir denn vorgestellt?«

»Ihr nehmt mich mit und versteckt mich.« Eberlin kniff die Augen zusammen, hob die Brauen, saugte die Wangen ein, blähte sie wieder auf.

Adrian beobachtete ihn fasziniert. Anscheinend versuchte er mit großer Anstrengung, ein paar Tränen hervorzuquetschen, was ihm allerdings nicht so recht gelingen wollte. »Lass stecken, Mann«, sagte Adrian kopfschüttelnd. »Ich helfe dir auch so.«

Eberlin grinste verschämt.

»Bist du sicher, dass du dem Hacker die Stirn bieten willst?«, fragte Adrian einer plötzlichen Eingebung folgend. Es war das Leben, das Eberlin kannte. Mit Kindern, zu denen er gehörte. So etwas gab man nicht so leicht auf.

»Klar«, erwiderte Eberlin prompt. »Ich mag meine Hand, Meister. Ich *liebe* sie.«

»Gut. Dann helfe ich dir.« Er konnte gar nicht anders. »Pass auf, ich habe noch etwas zu erledigen, anschließend suche ich meinen Dienstherrn auf, und ich nehme an, er schickt mich recht bald zurück auf den Landsitz. Wir hatten nämlich vor ... Ach, egal. Jedenfalls nehme ich dich mit.«

»Aufs Land?«

»Genau. Dann bist du aus der Schusslinie.«

»Was soll ich denn auf dem Land?«

»Überleben?«, schlug Adrian süffisant vor, aber an den Jungen war das verschwendet.

»Da ist was dran«, meinte er nachdenklich. »Sofern man all den Kühen ausweicht und im Wald nicht verloren geht.« Er schüttelte sich kurz.

»Alles besser als der Hacker, oder? Schaffst du es, dich bis morgen irgendwo zu verbergen?«

»Das kriege ich hin«, versprach Eberlin in überzeugtem Tonfall. »Tagsüber ist sowieso nicht viel los. Außer mittags. Danach ist der Hacker meistens zu besoffen, um seiner Arbeit nachzugehen, und schläft vor dem Abendgeschäft seinen Rausch aus.«

Arbeit, aha, dachte Adrian. »Wir treffen uns morgen früh«, sagte er. »Am Rheinufer. An der Einmündung der Salzgasse. Kriegst du das hin?«

»Natürlich«, warf Eberlin sich in die magere Brust.

»Gut. Dann sehen wir weiter.«

Noch vor dem Mittagessen ließ Meister Lochner ihn rufen, und Reinhold wünschte inständig, dies sei ein gutes Zeichen. Er glaubte es nicht, doch mochte er die Hoffnung nicht aufgeben.

Es war fast wie heute früh. Wieder wurde er in die Stube zitiert, wieder waren Sabina und Roosen dabei. Wieder stand Meister Lochner in der Mitte des Raumes.

Nur durchbohrten Reinhold diesmal nicht alle mit ihren Blicken, und das zumindest war eine Verbesserung. Sabina betrachtete sorgenvoll ihren Onkel, Roosen zog ein finsteres Gesicht, schien aber irgendwie abgelenkt. Meister Stefan sah blass aus und neben seinem Mund waren Fältchen, die Reinhold noch nie zuvor gesehen hatte.

Plötzlich drehte Lochner sich um, ging zu einem Lehnsessel und ließ sich schwer hineinfallen. »Es hilft ja nichts«, sagte er. »Ich bin zu einem Schluss gekommen. Es ist mir schwergefallen, ehrlich gesagt.«

Sein Blick richtete sich nun unverwandt auf Reinhold, und es war nicht leicht, das auszuhalten. Am liebsten wäre er davongelaufen. Irgendwohin, wo ihn niemand kannte, wo er ganz neu anfangen konnte, wo er wieder ohne einen einzigen Patzer malen würde.

Ob Lochner ihm jetzt noch dabei helfen würde, seine Fehler auszumerzen? Genau genommen war das seine Aufgabe, oder nicht? Lehrjungen mussten lernen. Sie taten es durch das Vorbild und die Anleitung ihres Herrn. Ich kann ihn darum bitten, dachte Reinhold.

Immerhin hatte er ihn mit zu van der Weyden nehmen wollen. Was jetzt wahrscheinlich nicht mehr galt. Obwohl Reinhold sich gesträubt und vor der Reise gefürchtet hatte, fand er den Gedanken verstörend, sie nicht antreten zu dürfen. Doch möglicherweise wählte Meister Lochner nun lieber Timon als Begleitung. Der malte nicht ganz so exzellent wie Reinhold selbst – oder wie er es bis vor Kurzem getan hatte –, aber er war zweifellos begabt genug, um ihn durch solch eine Reise zu fördern.

»Es wäre nicht ganz unangemessen, wenn du mir zuhören würdest«, drang Meister Lochners ungewohnt scharfe Stimme an Reinholds Ohr und beendete abrupt seine kreiselnden Gedanken.

»Bitte verzeiht«, sagte er verschreckt. »Ich weiß nicht …«

Stefan Lochner verlor die Langmut, über die er gewöhnlich überreich verfügte, und schnitt Reinhold das Wort ab. »Oh ja, das habe ich begriffen. Du weißt dies nicht und das nicht, und wie das Blattgold in deinen Besitz kam, weißt du auch nicht. Und soll ich dir etwas sagen? Ich glaube dir nicht.« Er war immer lauter geworden und man sah ihm an, wie er um Mäßigung rang. Sabina setzte sich in Bewegung und legte ihm leicht die Hand auf die Schulter, als wolle sie ihm helfen, sich zu zügeln.

»Von dem Blattgold *musst* du wissen«, bekräftigte Lochner etwas ruhiger. »Darüber bin ich sehr betrübt, das kann ich dir sagen. Doch vielleicht hast du von dem Verbleib der anderen Dinge tatsächlich keine Kenntnis. Das ist zumindest nicht ausgeschlossen. Solange wir sie nicht unter deinen

Sachen finden, unterstelle ich nicht, du tätest seit Wochen arglistig Dinge, die mir und meinem Haus Schaden zufügen.« Er atmete tief durch, Reinhold seinerseits hielt die Luft an. »Die gestohlenen Gegenstände waren nicht in der Kammer, also mag jemand anderer sich an ihnen vergriffen haben. Ich nehme es zu deinen Gunsten an.« Er sah Reinhold in die Augen, und seine Miene war hart und zornig, was gar nicht zu ihm passte. »Aber ich tue mich schwer damit.«

Reinhold war klar, er musste etwas äußern. Nur was? »Ich werde Euch nicht enttäuschen?«, sagte er versuchsweise, aber es klang wie eine Frage und hörte sich nicht richtig an. »Ich verspreche es«, fügte er hinzu, und das war besser.

Lochner nickte. Sabina lächelte aufmunternd, aber mit unglücklichen Augen, Roosen beobachtete und mischte sich nicht ein.

Roosen war Reinhold egal. Denn jetzt kam er zu dem Punkt, um den es ihm ging, und diese Gelegenheit war so gut wie jede andere. »Könnt Ihr mir helfen?«, fragte er. »Bitte?«

Meister Lochner ließ von seiner aufrechten Haltung ab und sackte auf seinem Stuhl ein wenig zusammen. »Helfen? Wobei denn?«

Was, wenn es dem Meister noch gar nicht aufgefallen war und er ihn erst mit der Nase darauf stieß? War es dumm, ihn zu fragen? Es widerstrebte Reinhold zutiefst, zugeben zu müssen, was ihn umtrieb. Doch gab es wohl keinen anderen Weg aus dem Dilemma. »Ich mache Fehler«, sagte er hilflos.

Roosen erwachte aus seiner Erstarrung und schnaubte. »Weil du dich hast erwischen lassen?«

»Was?« Reinhold sah ihn verdattert an, aber da er nicht begriff, was der Mann wollte, und dieser sowieso rein gar nichts von der Malerei verstand, wandte er sich kopfschüttelnd ab und richtete seinen Blick wieder auf Meister Lochner. »Ich bin ... verzweifelt«, bekannte er und genau so war es. Plötzlich war es leicht, es auszusprechen, alles auf den Tisch zu legen, es sprudelte geradezu aus ihm heraus. »Ich mache Fehler auf meinen Bildern, grässliche Fehler, die mir selbst im ersten Lehrjahr nicht unterlaufen sind. Woher kommt so etwas? Wie kriege ich es wieder weg? Helft mir, bitte. Bitte!«

»Reinhold ...«, begann Sabina behutsam, aber er ließ sie nicht ausreden, weil sie nichts für ihn tun konnte.

»*Bitte*, Meister, ich flehe Euch an«, wiederholte er, und wenn es geholfen hätte, wäre er vor ihm auf die Knie gesunken. »Ich weiß einfach nicht, wie ich dieser Sache Herr werde! Warum mache ich plötzlich alles falsch?«

»Nun, so katastrophal ist es mutmaßlich gar nicht«, sagte Meister Lochner, aber Reinhold schüttelte wie wild den Kopf.

»Doch. Und ich bin ... untröstlich.« Das war er in der Tat. Er vergrub das Gesicht in den Händen, weil es sich zu einem Greinen verzog wie bei einem Kind. »Ich kann mir das alles nicht erklären«, sagte er und seine Stimme klang dumpf hinter den Fingern. »Es sind Dinge auf meinen Bildern, und ich weiß nicht, wie sie dort hineingelangen. Ich fürchte mich, weil ich vielleicht den Verstand verliere. Oder ... mein Talent.«

Er blickte zwischen den Fingern hindurch und hatte auf einmal Angst, man würde ihn auslachen, aber Sabina blickte mitleidig, Roosen ernst, jedoch nicht unfreundlich, und Lochner, auf den es ankam, wiegte beruhigend das Haupt.

»Nicht jeder Maler ist ein Handwerker, dem allein sein Können und die Erfahrung die Hand führen«, sagte er bedächtig. »Einige, die Besten unter uns, sind inspirierter, es ist, als würde ein göttlicher Funke sie küssen. Das ist ein großes Privileg, aber auch eine ebenso große Bürde. Weil da immer der Zweifel ist, ob man der Verantwortung gerecht wird. Werden kann.«

Sabina sank auf die Knie neben ihn. »Onkel Stefan …«

»Nein, Kind, so ist es nun mal. Solche Menschen sind, sagen wir, dünnhäutiger als andere, anfälliger für Störungen vielleicht. Reinhold ist so ein Fall und ich konnte ihn in meinem Haus nicht davor schützen. Das setzt dir zu, Junge, deine Konzentration ist beeinträchtigt, deine Kraft erlahmt. Das tut mir leid.« Er straffte sich, richtete sich auf. »Ich habe beschlossen, es nun gut sein zu lassen«, verkündete er energisch.

Er erhob sich und Sabina tat es ihm gleich, sie stand dicht neben ihm, als wolle sie ihn weiterhin stützen, obwohl er nicht länger wirkte, als hätte er das nötig. »Dinge sind abhandengekommen, doch wir konnten keinen Dieb erwischen. Möglicherweise habe ich mich geirrt und sie sind gar nicht fort? Vielleicht haben wir sie einfach verlegt? Selbst Ihr konntet niemanden dingfest machen«, wandte er sich an Roosen und der schüttelte mit zusammengekniffenen Lippen den Kopf.

»Deshalb muss das nun ein Ende haben.« Meister Lochner blickte grimmig in die Runde, als wolle er jeden Widerspruch im Keim ersticken. »Das hält keine Werkstatt aus, niemand kann mit dieser Unsicherheit leben.« Er stampfte tatsächlich mit dem Fuß auf und Sabina zuckte zusammen. »Ich will, dass wieder Ruhe einkehrt. Ich will, dass wir uns wieder um unsere Gemälde kümmern, *nur* um unsere Gemälde. Der Rest ist und bleibt in Gottes Hand. Du wirst sehen, Reinhold, wenn du dich ohne weitere Ablenkung deinem Tagwerk widmest, kehrt deine Kunst zurück. Spätestens, wenn wir unsere Reise zu van der Weyden antreten, wirst du auf andere Gedanken kommen. Ich ebenfalls. Und dann wird sich alles einrenken.« Er atmete tief durch und lächelte befreit. »So machen wir es, oder?«

Sabina nickte unbestimmt, sah jedoch nicht wirklich überzeugt aus. Roosen stieß sich von der Wand ab, an der er gelehnt hatte, und sagte: »Nun, dann wünsche ich Euch bei all dem viel Glück. Es tut mir aufrichtig leid, nicht hilfreicher gewesen zu sein, doch scheint Ihr einen Weg gefunden zu haben, mit den Vorkommnissen umzugehen. Ich möchte mich daher verabschieden.«

»Wohin?«, fragte Sabina in die entstandene Stille hinein.

»Zurück zu den Baarths«, erklärte Roosen. »Euer Onkel hat mich von meinen Pflichten entbunden. Meine Aufgabe scheint erfüllt.«

Er sagt »scheint«, dachte Reinhold. Was meint er mit »scheint«? Sabina war es vermutlich ebenfalls aufgefallen, sie sah Roosen so komisch an.

Eigentlich war das egal. Reinhold stellte sich aufrecht hin und richtete einen hoffnungsvollen Blick auf seinen Herrn. »Dann darf ich jetzt wieder an die Arbeit gehen?«, fragte er.

Meister Stefan nickte.

Adrian betrat das Stadthaus der Baarths und fühlte sich daheim und trotzdem fremd. Für einen Moment stand er in der hohen Diele, betrachtete die zierlichen Ranken der Deckenmalereien, atmete den Duft nach altem Stein, poliertem Holz und einem Schweinebraten ein, den Waltraud offenbar gerade in der Küche brutzelte.

Die Aussicht, ein mehr als bloß genießbares Mittagessen serviert zu bekommen, war an sich nicht schlecht. Lochners Nichte mochte ihre Qualitäten haben, in der Küche zeigten sich diese allerdings nicht. Adrian merkte, wie sich ein unangemessenes Grinsen in seine Züge stahl, unterdrückte es energisch und wandte sich nach links.

Kurzes Klopfen an Godderts Tür, ein gebelltes »Herein!«, dann stand er vor seinem Dienstherrn, der hinter Unmengen von Papieren und Dokumenten an seinem Arbeitstisch saß und sich augenscheinlich gerade die Haare gerauft hatte. Sie standen wenig vorteilhaft in alle Richtungen ab.

»Sieh an«, begrüßte er Adrian mit unheilschwangerem Unterton und lehnte sich in seinem Sessel zurück. »Ich hatte mich schon gefragt, wann du geruhst, mir Bericht zu erstatten.«

»Nun, das tue ich jetzt«, erwiderte Adrian und wie immer tat er es ganz ruhig. Goddert war, wie er war.

»Lass hören.«

So knapp er konnte, schilderte Adrian die Ereignisse, insbesondere die des heutigen Morgens, und Goddert unterbrach ihn mit keinem einzigen Wort. Auch das war eine der vielen unbestreitbaren Qualitäten dieses Mannes: Er konnte zuhören. Sofern er es für erforderlich hielt.

»Blattgold ist teuer«, sagte er schließlich versonnen, nachdem Adrian zu einem Ende gekommen war.

»Sicher. Ich habe es mir erklären lassen. Die Blätter werden aus Golddukaten geschlagen, und zwar entweder hundert oder hundertfünfundvierzig Stück pro Münze, weshalb die Stärke logischerweise unterschiedlich ist. Die dickeren, folglich teureren, werden für die Ölvergoldung genutzt, und sie waren es, die bei Reinhold gefunden wurden.«

Goddert maß ihn mit prüfendem Blick. »Du wertest den Abschluss nicht als Erfolg und bist mit dem Ergebnis der Untersuchung nicht einverstanden, richtig?«

»So ist es«, bestätigte Adrian. »Ich halte Lochners Einschätzung für nachvollziehbar, aber blauäugig. Zu viele Fragen sind offen, von denen er nichts mehr wissen will. Wo ist die andere Beute geblieben? Wieso leugnet der Junge, das Gold gestohlen zu haben, wo es doch offensichtlich scheint? Könnte es ihm jemand untergeschoben haben? Ich halte das durchaus für denkbar. Da Lochner jedoch die Vorstellung gegen den Strich geht, einen seiner Mitarbeiter als Schuldigen zu sehen, erklärt er den Fall nun kurzerhand für gar nicht existent.«

Goddert schüttelte das mächtige Haupt. »Eine überaus eigenartige Haltung.«

»Wie man's nimmt. Womöglich hat er sogar recht. Vielleicht handelt es sich tatsächlich um eine Häufung von Missgeschicken und Zufällen, die …«

»Glaubst du das wirklich?«

»Nein«, sagte Adrian, ohne zu zögern.

Goddert nickte. »Also bleibst du dort.«

»Gern«, stimmte Adrian zu. »Obwohl Lochner die Untersuchung für beendet erklärt, das milde Tuch warmherziger Vergebung über Reinhold gebreitet und sich entschlossen hat, zur Normalität zurückzukehren.«

»Ein frommer Wunsch.« Godderts Augen glitzerten unternehmungslustig, wie sie es immer taten, wenn er eine Idee ausbrütete. »Besser, du hast weiterhin ein Auge auf die Sache. Da ist was im Busch, das spüre ich in meinen alten Knochen.«

Godderts Instinkt funktionierte einwandfrei, der von Adrian desgleichen, deshalb nickte er. »Das denke ich auch. Die Sache ist noch nicht vorüber. Nicht, bis ich Reinhold auf den Zahn gefühlt habe, denn aus dem Rennen ist er gewiss nicht. Wer weiß, vielleicht hatte er sogar einen Komplizen, der die Beute in Empfang nahm und fortbrachte, weswegen sie im Haus unter seinen Sachen nicht mehr aufzufinden war.«

»Gut möglich.« Goddert wiegte sein mächtiges Haupt. »Aber ich meine etwas anderes. Lass Lochner selbst nicht aus den Augen. Falls er Dreck am Stecken hat.«

»Was denn für Dreck?«, fragte Adrian verblüfft. »Es ist in höchstem Maße unwahrscheinlich, dass der Mann sich selbst einen Rotmarderhaarpinsel stehlen würde.«

Goddert winkte ab. »Da mag noch anderes im Argen liegen. Dreck halt. Du musst ihn nur finden. Und vergiss die seltsame Nichte nicht.«

»Was bitte soll ich denn über Sabina Barthel herausfinden?«, fragte Adrian. Die Nichte des Malers war unbestritten etwas seltsam, ruppig und aufbrausend auf der einen Seite, hilfsbereit und warmherzig auf der anderen. Und scharfsinnig. Vermutlich sah sie die Ungereimtheiten an der ganzen Sache sehr viel klarer als ihr Onkel.

Baarth grinste und faltete die Hände über dem Leib. Er war etwas aus dem Leim gegangen, stellte Adrian fest. Zu viel gutes Essen, zu wenig Bewegung, er hockte mehr und mehr hinter seinem Schreibtisch. »Ist die Beziehung zwischen Onkel und Nichte nicht etwas … eng?«, fragte er.

Jetzt übertreibt der gute Goddert, dachte Adrian schockiert, aber er war nicht lebensmüde und deshalb sprach er es nicht aus. »Dem kann ich nicht zustimmen«, widersprach er scheinbar gelassen. »Sie mögen sich, das ist alles. Er findet Rückhalt in ihr, sie hilft ihm in allen Belangen, die nicht mit seiner Kunst zu tun haben. Alles in allem ein normales Verhältnis zwischen Vormund und verwaistem Mündel, würde ich sagen.«

»Na, das wollen wir ja wohl hoffen, oder?« Goddert grinste anzüglich. »Und wenn nicht, bekommst du es heraus.«

Das war reinweg absurd und Adrian spürte, wie Ärger in ihm hochwallte. Lochner war ein wirklich feiner Mann, dem nicht mir nichts, dir nichts Übles unterstellt werden sollte, und Sabina ein zwar strapaziöses Weib, aber vollkommen integer, wie ihm in genau diesem Moment klar wurde.

»Ganz wie Ihr wünscht«, sagte er frostig. Natürlich dachte er gar nicht daran, den beiden am Zeug zu flicken.

»Man könnte es nutzen, das ist dir klar, oder?« Goddert sah sich um, auf der Suche nach der Glocke, mit der er nach seinen zahlreichen Gesindeleuten zu klingeln pflegte. »Der Mann war Ratsherr, er kann es wieder werden. Es ist nie schlecht, Dinge von Leuten zu wissen, die sie dazu bringen, sich einem, sagen wir, gewogen zu zeigen. Ach, da ist sie ja.« Er hatte die Glocke unter einer arg zerknautschten Landkarte gefunden und läutete sie energisch. »Außerdem sind Lochners Gemälde hervorragend, aber teuer. Ich hätte nichts dagegen, etwas günstiger daran zu kommen.«

Adrian fand seinen Mentor zum ersten Mal in seinem Leben richtig widerwärtig. Er war ein Machtmensch, autoritär, hie und da ungerecht, bislang aber immer Ehrenmann gewesen. Wie er jetzt die Notlage Stefan Lochners zu seinem Vorteil auszunutzen trachtete, war sehr … befremdlich.

»Ich werde sehen, was ich tun kann«, sagte Adrian kurz angebunden.

Die Tür flog auf und Waltraud stand im Raum, das Kinn wie üblich herausfordernd nach vorn gereckt. »Ich weiß, Ihr habt Hunger, Meister«, trompetete sie. »Aber der Braten ist fertig, wenn er fertig ist. Und zwar dann, wenn Sankt Alban ein Uhr schlägt. So lange müsst Ihr Euch eben in Geduld üben.«

Sie drehte sich um und rauschte aus dem Zimmer, nicht ohne die Tür nachdrücklich hinter sich zuzuziehen. Godderts mollige Köchin verfügte über jede Menge Rückgrat und die Kraft, sich von ihrem Herrn nicht auf der Nase herumtanzen zu lassen. Adrian fragte sich, ob das bei ihm wohl genauso war.

Am Morgen nach dem »Reinhold-Unglückstag«, wie Sabina ihn im Stillen nannte, stieg sie gleich nach dem Frühstück die schmale Stiege zum Dachboden des Hinterhauses hinauf, um die Kleidertruhen in Augenschein zu nehmen. Es war an der Zeit, vor dem nahenden Herbst die warme Garderobe zu überprüfen. Sicher musste etwas gestopft oder geändert werden – es musste immer etwas gestopft und geändert werden, die Arbeit hörte nie auf.

Ihre Glieder waren schwer wie Blei. Alles, reinweg alles drückte ihr aufs Gemüt und zermürbte sie, bis die letzte Kraft dahingebröselt war.

Reinhold tat so, als wäre nichts gewesen, und Onkel Stefan tat so, als glaube er ihm das.

Reinhold, der eigentlich ein braver Kerl war und nun ein Dieb sein sollte. Sie konnte es einfach nicht glauben. Wahrscheinlich war sie zu vertrauensselig. War es ein Fehler, an das Gute im Menschen zu glauben?

Anscheinend ja. Sie hatte Blattgold unter Reinholds Sachen gefunden, das konnte er nicht leugnen. Schließlich hatte sie es ihm in ihren eigenen Händen unter die Nase gehalten.

Sie wollte, es wäre nicht so gewesen. Dann könnte sie sich noch immer in Sicherheit wiegen, in dem Glauben, ein anständiger Junge wie Reinhold sei zu einer solchen Tat nicht fähig. Wäre überzeugt, man brauche über diese Möglichkeit nicht einmal nachzudenken, weil es völlig absurd war, seine Zeit damit zu verschwenden.

Die Last auf ihren Schultern war zu groß, Sabina kam nicht gut voran, nahm langsam Stufe für Stufe wie eine alte Frau. Endlich oben angelangt, blieb sie einen Augenblick stehen, um zu Atem zu kommen und sich zu orientieren. Der Dachboden war dämmrig, nur wenige Lichtstreifen fielen durch die geschlossenen Luken und malten ein Muster auf den reichlich staubigen Boden.

Von dem großen Raum in der Mitte gingen ein paar Verschläge ab, in denen sich Ausrangiertes, Aufbewahrtes und Kaputtes befand. Manches harrte einer Reparatur, die nie kam, anderes wurde im Laufe des Jahres gewechselt und ausgetauscht. So wie die Kleidung.

Die Türen zu den Verschlägen standen offen, weil sich dort nichts Wichtiges befand. Alle außer einer.

Sabina beschlich ein ungutes Gefühl. Nicht nur wegen des allgemeinen Zustands, der dieses Haus verunreinigte; dem Gemisch aus Verzweiflung, Angst, Ratlosigkeit und der Hoffnung, das alles möge ohne weiteren Schaden vorübergehen. Dachböden und Keller waren immer etwas unheimlich. Sie waren zu unbewohnt, zu leer, von den Gespenstern vergangener Tage erfüllt. Sabina Barthel, gib acht, dass du nicht den Verstand verlierst!

Warum waren verschlossene Räume nur so interessant? Warum verspürte sie den Drang, nachzuschauen, was sich darin befand? Sie würde keine ruhige Minute mehr haben, wenn sie es unterließ. Sich den ganzen Tag das Hirn zermartern, was sie dort vielleicht vorgefunden hätte. Und am Ende würde sie wieder hochklettern und sich vergewissern.

Alberne Gans, dachte sie. Jetzt sieh schon nach!

Der verschlossene Verschlag war der letzte auf der rechten Seite. Sie hob den Riegel an und stieß die Tür auf. Zumindest hatte sie die Absicht gehabt, nur ließ sie sich kaum einen Spaltbreit bewegen.

Was mochte wohl darinnen aufbewahrt werden, groß genug, den Raum auszufüllen? Das verschwundene Diebesgut konnte es nicht sein, kam ihr in den Sinn, und die

Erleichterung darüber gab ihr die Kraft, sich an den Türspalt zu pressen und hindurchzuspähen. In der Erwartung, Truhen oder große Kisten zu erblicken. Doch was sie sah, war ein Stiefel.

Ein Fuß?

Ohne lange nachzudenken, schob sie die Tür weiter auf. Gegen einen Widerstand, der nur schwer nachgab.

Direkt hinter der Tür lag jemand. Nicht nur ein Fuß mit einem Stiefel. Nein, ein ganzer Mensch lag da, der Länge nach. Ein bisschen verdreht.

In einer riesigen Lache von halbgetrocknetem Blut. Eine Schmeißfliege zog darüber ihre Kreise.

War in einem Menschen derart viel Blut?

Sabina griff sich mit der Hand an die Kehle, dann mit beiden Händen, aber es wollte kein Ton heraus. Sie müsste eigentlich schreien. Schrie man nicht, wenn man eine Leiche fand?

Sie blieb an der Tür, starrte auf den Jungen und erkannte, dass er nicht nur sonderbar lag. Der Kopf befand sich auch in einer sehr unnatürlichen Haltung. Er … stand ab. War falsch angeordnet. Nicht so, wie es sich gehörte.

Etwas Saures stieg ihr in die Kehle. Und endlich vernahm sie ein Wimmern. Keinen Schrei, doch immerhin ein Schluchzen. Sie hörte es, als habe es jemand anderer ausgestoßen, aber da war niemand. Niemand außer ihr.

Sie war ganz allein hier oben.

Nicht ganz allein. Sie war mit einem Toten zusammen.

Mit unsicheren Bewegungen, als müssten ihre Beine neu überlegen, wie man vorwärtskam, drehte Sabina sich um, ging langsam hinüber zur Luke und der Leitertreppe. Stieg hinunter ins helle Licht des Tages, um den anderen zu erklären, dass jemand aus ihrer Mitte gerissen worden war.

Reinhold.

9

Timon litt unter bohrenden Kopfschmerzen, ihm war richtig übel davon. Die Gerüche nach Farbe und Leim und vor allem das Harz des Terpentinöls stachen ihm in die Nase, drangen von dort direkt ins Gehirn und quälten ihn. Deshalb war er kurz entschlossen in den Innenhof geflüchtet, wobei er inständig hoffte, Dietbert oder Mathias würden seine Abwesenheit nicht bemerken. In der letzten Zeit war der normale Ablauf sowieso gestört, vielleicht fiel gar nicht auf, wenn er seinen Platz verließ. Obwohl auch Reinhold fehlte, und gleich zwei Leute weniger waren schwer zu übersehen.

Er hatte kaum frische Luft geschnappt – was das Hämmern in seinem Kopf nicht im Mindesten dämpfte –, da sah er, wie Meister Lochner zusammen mit Sabina aus dem Hinterhaus nach draußen trat.

Vor der Tür blieben sie stehen und steckten die Köpfe zusammen. Sabina stampfte mit dem Fuß auf, als wolle sie etwas, was ihr Onkel ihr verweigerte. Oder umgekehrt. Egal, solange sie stritten, achteten sie nicht auf die Umgebung. Auf keinen Fall durften sie ihn hier erwischen, am Ende bezichtigte ihn der Meister noch der Faulheit. Also versuchte Timon, den bohrenden Schmerz in seinem Schädel zu ignorieren, und huschte zurück ins Haus. Vorbei am

Gehege der Hühner und der einsamen Ente, die dort watschelte und verkümmerte, weil ihr die Gefährten fehlten. Er lief eilig durch den langen, schmalen Flur, und gerade, als er endlich die Werkstatt erreicht hatte, hörte er, wie Meister Lochner das Vorderhaus betrat und mit schwerem Wums die Tür ins Schloss fallen ließ.

Sabina schürzte die Röcke und rannte durch die Straßen, stieß fast gegen einen mit aufgeregt gackernden Hühnern beladenen Bauernkarren und stolperte über den mageren Hund, der die Weidenkäfige hungrig beäugte. Den Rest des Weges bewältigte sie zum Glück ohne Zwischenfälle, sie hatte es nicht weit. Und doch war sie erhitzt, als sie die Glockengasse erreichte, hatte Seitenstiche und kam sich dumm vor, weil sie heillos außer Atem geraten war und keuchte wie ein altes Weib.

So konnte sie unmöglich bei derart vornehmen Leuten wie den Baarths vorsprechen.

Leider hatte sie keine Wahl. Und außerdem war es ohnehin gleich, weil sich kein Mensch für sie interessierte – was sie als großes Glück erachtete –, und bei Roosen kam es schließlich nicht darauf an.

Allerdings sah das Anwesen der Baarths ausgesprochen abweisend aus, vor allem die Tür mit ihrer steinernen Einfassung, und sie traute sich nicht, dort anzuklopfen. In riesigen Gebäuden, komplett aus Stein errichtet, wohnten bedeutende Leute. Deren Gesinde bildete sich in der Regel mächtig etwas auf die Stellung seiner Dienstherren ein und würde nie im Leben darauf verzichten, ihr das unter die Nase zu reiben.

Sie durfte auf keinen Fall direkt am Eingang abgefertigt und fortgeschickt werden.

Sabina blickte sich um und entdeckte sofort, was sie

erhofft und erwartet hatte: ein breites Tor direkt neben dem Haupthaus. Weil das Schicksal es ausnahmsweise gut mit ihr meinte, stand es offen. Mit klopfendem Herzen und resoluten Schritten ging sie hindurch und erreichte einen Hof, der sich am treffendsten mit den Worten »liebreizender Garten« beschreiben ließ. Ein lauer Wind wehte den Duft nach späten Rosen herbei, die zartrosa Blütenranken einer Waldrebe kletterten ein Spalier empor, um die dunkelvioletten Dolden eines ausladend gewachsenen Strauches tanzten Schmetterlinge. Und in der Mitte gluckste mit silberhellem Klang ein Brunnen.

Auch Onkel Stefans Zuhause lag im vornehmen Kirchspiel Sankt Alban, aber gegen diesen Palast schien sein Heim beinahe kümmerlich. Ein eigener Brunnen! Sabina kam nicht darüber hinweg und stand kopfschüttelnd davor. Kein armseliger Pumpenschwengel, selbst der wäre ein Luxus gewesen, nein, dieser Brunnen bestand aus zwei steinernen Muschelschalen, die übereinander angeordnet waren, sodass von der oberen das Wasser in die untere plätscherte. Es war kaum zu fassen. Und wunderschön.

»Kann ich dir helfen?«, fragte eine Stimme hinter ihr, und als Sabina sich umdrehte, stand sie vor einem Mädchen, dessen elfenhafte Gestalt zu diesem Garten und diesem Brunnen passte, als wären sie extra füreinander geschaffen worden. Was durchaus der Fall sein mochte, denn das Mädchen war unzweifelhaft die Tochter des Hauses. Bildhübsch, mit einer Flut kastanienbrauner Locken und gewandet in ein berückend elegantes senfgelbes Kleid. Senfgelb war eine Farbe, die eigentlich niemandem stand. Sabina jedenfalls nicht, sie hätte blass wie eine Todgeweihte darin ausgesehen. Bei der Schönheit vor ihr leuchtete die Farbe wie pures Gold.

Sabina fühlte sich grau und leer und ziemlich plump. »Vielen Dank, das könnt Ihr tatsächlich. Ich suche Adrian

Roosen«, sagte sie brüsk, weil sie sich nicht in Schweigen hüllen und diese Prinzessin bloß angaffen konnte. Der Ausschnitt ihres Gewandes war mit winzigen Schmucksteinen bestickt, was sicher sehr unpraktisch war. Wie sollte man so ein Kleidungsstück waschen? Allerdings war das nichts, worum sich eine Patriziertochter Gedanken machen musste. »Bitte vergebt mir, dass ich hier eingedrungen bin«, fuhr sie tapfer fort, »aber ich suche Roosen tatsächlich dringend.«

Pure Neugier schien in den gefälligen Zügen auf. »Sieh an, wie entzückend. Unser Adrian hat eine kleine Freundin.«

»So würde ich das nicht sagen.« Wirklich nicht, eher war das Gegenteil der Fall. »Es geht um geschäftliche Belange.«

»Das wird ja immer interessanter.« Das makellose Wesen legte einen vollendet gepflegten Zeigefinger an die Lippen und überlegte. »Ich vermute, er ist ... Ich habe keine Ahnung.« Sie blickte sich suchend um. »Aber da kommt Alfred, der könnte es wissen.« Mit einer federleichten Handbewegung, die bewirkte, dass Sabina sich grobschlächtig vorkam wie ein Ackergaul, winkte sie einen grauhaarigen Mann herbei, bei dem es sich, dem Geruch nach zu urteilen, um den Pferdeknecht handelte. »Ich suche Adrian. Weißt du, wo er sich befindet?«

»Im Stall, Jungfer Isabella, da isser.«

»Dann schick ihn her«, zirpte Isabella.

Mit einem tiefen Aufatmen griff Timon gerade rechtzeitig nach dem Pinsel, bevor der Herr des Hauses die Werkstatt mit ungewohnt schweren Schritten betrat. Er achtete nicht auf Timon, achtete auf niemanden, blieb wie verloren irgendwo in der Mitte des Raumes stehen, blickte zu Boden.

Allmählich kamen sämtliche Aktivitäten zum Erliegen. Alle sahen Meister Stefan an, der den Eindruck erweckte, als würde er versuchen, die Schultern zu straffen.

Es dauerte eine Weile, dann hielt Mathias es nicht mehr aus. »Ist was, Meister?«, fragte er. »Ihr seht aus, als wäre was passiert. Und ich würde lieber wissen, was es ist.«

Lochner nickte. »Nun denn.« Er begann, mit ruckartigen Bewegungen die feingliedrigen Finger zu massieren. »Ich hatte euch eigentlich mitteilen wollen, wir könnten alle wieder frisch ans Werk gehen, aber …« Er verstummte abrupt.

Alle musterten ihn verwirrt.

»Das machen wir«, versprach Dietbert vorsichtig. »Oder?«

Meister Lochner stöhnte auf. »Die Diebstähle sind … eine Sorge, mit der wir uns nicht länger auseinandersetzen müssen«, sagte er leise. »Denn nun … muss ich von etwas anderem berichten. Von etwas Furchtbarem. Etwas, das ein paar verschluderte Werkzeuge bei Weitem in den Schatten stellt.«

Timon wurde kalt in dem stickig warmen Raum.

»Ihr macht … mir Angst«, sagte Mathias in die erneut entstandene Stille hinein.

»Ja.« Lochner verschränkte die Arme vor dem Leib, wie in Abwehr vor einem großen Unheil. »Ich … Es ist etwas Schreckliches geschehen. Mit Reinhold. Er ist …«, tiefes Luftholen, zittriges Ausatmen, »… er ist tot.«

Timon blickte unauffällig in die Runde. Dietbert griff fahrig nach einem Becher und warf ihn mit lautem Scheppern um, ein Rest Bier lief über eine Zeichnung, niemand scherte sich darum. Mathias packte das Tuch, das er stets bereitlegte, um seine farbverschmierten Finger zu säubern, und begann, es sinnlos zu durchwalken. Hanß hatte die Hand vor den Mund geschlagen, sie war beschmiert von der Kreide, mit der er eine Holztafel zu einem Malgrund wandelte, und hinterließ einen seltsam anmutenden weißen Fleck in seinem Gesicht. Er verlieh ihm den Ausdruck eines verschreckten Kaninchens.

Timon sah genau, wie erschüttert sie alle waren. Das traf auf ihn selbst natürlich ebenfalls zu. Oder würde es bald tun. Im Moment fühlte er nichts. Gar nichts.

»Ich bin bis ins Mark getroffen«, der Meister wurde redselig, die Wahrheit lag auf dem Tisch, das löste ihm anscheinend die Zunge. »Reinhold ist tot, ausgerechnet Reinhold! Nicht dass es bei jemand anderem weniger traurig gewesen wäre, versteht mich nicht falsch. Aber Reinhold! Mein begabtester Schüler, von dem ich in Zukunft so Großes erwartet habe. Welch ein Verlust für die Kunst. Neben dem menschlichen natürlich.« Er schüttelte den Kopf, unfähig, die Tränen zu verbergen, die langsam seine Wangen hinabrollten. Timon betrachtete sie fasziniert. Eine links, eine rechts. Ob sie zu Boden tropfen würden? Oder unterwegs versickerten?

»Meister«, hob Mathias an, wie immer der, der keine Ruhe gab. Auch wenn besser ignoriert würde, was im Raum stand. »Meister, *wie* ist der Junge denn ums Leben gekommen?«

»Er wurde umgebracht«, erklärte Lochner leise. »Bestialisch ermordet. Und dann liegen gelassen wie ein Haufen Müll.«

»Ihr hier mit Jungfer Isabella? Was für ein erstaunliches Zusammentreffen«, erfasste Roosen die Lage, aber Sabina fand es trotzdem befremdlich. Wieso sprach er derart ungezwungen vor diesem Wesen, das doch so viele Stufen über ihm stand wie es Sterne am Himmel gab?

Das Wesen lachte und sah recht irdisch und vergnügt aus, es schien sich an Roosens Benehmen nicht zu stören. »Nun, der Besuch gilt dir, nicht mir«, erklärte es. »Deshalb ist er wohl nicht allzu ungewöhnlich.«

»Das sehe ich anders.« Seine Miene war auf diese perfekte Roosenmanier ausdruckslos, als er sich endlich Sabina zuwandte. »Was kann ich für Euch tun?«

»Ihr habt Stroh im Haar«, platzte sie heraus, weil sie die baumelnden Halme über seinem Ohr wirklich störten. Außerdem wollte sie vor Isabella nicht darüber sprechen, weshalb sie gekommen war.

Mit äußerster Gelassenheit nestelte er die Stängel aus dem dunklen Haar und ließ sie zu Boden fallen. »Sonst noch was?«, erkundigte er sich höflich. Er neigte nicht dazu, es ihr leicht zu machen.

»Ich muss Euch sprechen«, sagte Sabina mit fester Stimme. Und etwas leiser: »Allein.«

»Oh. Ich verstehe.« Isabellas Neugier war anscheinend gestillt. »Dann lasse ich euch zwei Turteltäubchen in Ruhe eure Angelegenheiten bereden.« Sie warf Roosen einen schwer zu deutenden Blick zu, dann wandte sie sich ab und ging in Richtung Haus davon.

Sabina sah ihr hinterher, Roosen desgleichen, und wenn sie nicht alles täuschte, war der Ausdruck seiner Augen für einen winzigen Moment wund. Einen Moment, den sie sich durchaus nur eingebildet haben könnte, denn Adrian Roosen war schließlich niemand, der Gefühle hatte. Jedenfalls keine, die er sich anmerken ließ.

Auch jetzt hielt er sich fest an der Kandare. »Ich bin überrascht, Euch hier anzutreffen«, sagte er. »Überrascht und beunruhigt. Was ist los?«

»Etwas Schlimmes«, erwiderte Sabina, und dann geschah das, was sie unbedingt hatte vermeiden wollen: Sie fing an zu weinen. »Reinhold ist tot.«

»Was soll das heißen?«, blaffte er.

Undamenhaft – Isabella hätte so etwas niemals getan – wischte Sabina sich mit dem Handrücken unter der Nase entlang. »Seid Ihr taub? Oder dumm?«, schoss sie zurück.

Blaffen konnte sie genauso gut wie er. »Reinhold ist tot! Ist das denn so schwer zu verstehen?«

»Nein, Himmelherrgott! Aber *wieso* ist der Junge tot? Hat ihn ein plötzliches Fieber dahingerafft? Ist er unter einen Ochsenkarren geraten? Im Rhein ertrunken?«

»Ihr macht Euch über mich lustig!« Die Tränen versiegten und wichen gerechter Empörung.

»Nein.« Roosen räusperte sich. »Tut mir leid. Ich bin nur ... schockiert. Also. Fangen wir noch mal von vorne an. Was genau ist mit Reinhold passiert?«

»Er liegt tot in einer Blutlache auf dem Dachboden«, brachte Sabina stockend hervor, und obwohl es nüchtern klang, wurde ihr übel. Bei der Erinnerung an all das Blut. Viel zu viel Blut.

»Das heißt, er ist durch eine Waffe umgekommen«, schloss Roosen, der offenbar nicht im Mindesten so aufgewühlt war wie sie selbst. Oder er konnte es besser verbergen.

Sabina nickte.

»Durch welche?«

»Was?«

Er hatte unterdessen anscheinend beschlossen, Milde walten zu lassen. »Nun, es kämen mehrere infrage«, erläuterte er seelenruhig. »Und es ist von Bedeutung, ob es sich um ein Schwert, ein Küchenmesser oder ein Beil gehandelt hat. Weil es Rückschlüsse auf denjenigen zulässt, der die Waffe führte. Ich nehme nicht an, Ihr wisst, wer es war?«, fiel ihm etwas verspätet ein.

»Nein.« Das verdiente keine ausführliche Antwort. Wenn sie den Mörder hätten, wäre sie nicht hier.

»Und?« Roosen übte sich weiterhin in engelsgleicher Geduld. »Was war es nun für eine Waffe?«

»Ein Küchenmesser jedenfalls nicht«, sagte Sabina, so

schnippisch es ging. »Deshalb bin ich wohl aus dem Rennen, scheint mir.«

»Seid nicht albern. Was *war* es denn nun?« Die Geduld bröckelte.

Sabina dachte nach. Zwang sich in Gedanken zurück in die schaurige Kammer oben unter dem Dach, allein mit einem Toten und einer brummenden Schmeißfliege.

»Ich weiß es nicht«, bekannte sie. »Da lag nichts rum. Gar nichts. Auch keine Waffe.«

Da hatte er sich erst gestern verabschiedet, um frohen Herzens in sein nobles Daheim zurückzukehren, und nun saß der arme Mann wieder bei ihr in der Küche und haderte, weil es kein Entrinnen gab. Sabina verschränkte fest die Arme und beobachtete Roosen, der auf ihrer Bank saß, den Kopf an die Wand lehnte und aus halb geschlossenen Augen einen Fettfleck an der Decke studierte. Sie wusste nicht, wie der an eine so unwahrscheinliche Stelle geraten war, er stammte aus der Zeit vor ihrer Ankunft.

Inzwischen war der Büttel da gewesen, hatte sich im Nacken gekratzt, pflichtschuldig sämtliche Mitglieder des Hauses dazu befragt, wo sie sich in den frühen Morgenstunden aufgehalten hatten, die Antworten für schlüssig gehalten und war wieder gegangen. Nach erstaunlich kurzer Zeit waren Stadtdiener erschienen und hatten Reinholds Leiche unter Gemurre und Gefluche die steile Stiege hinunterbefördert und abtransportiert.

Seitdem herrschte lähmende Stille. Totenstille.

Sabina hielt das nicht länger aus. »Ihr habt versäumt, die richtigen Schlüsse zu ziehen«, sagte sie vorwurfsvoll und viel zu laut.

Roosen schloss die Augen ganz. »Die wären?«

Sabina schluckte hart. Auch das war zu laut. »Reinhold

hat nicht mit uns gefrühstückt, ich hab's Euch erzählt. Und jetzt fragt nicht, warum das niemanden gewundert hat! Das passiert, wenn alles drunter und drüber geht. Das Blut auf dem Dachboden war in Teilen bereits eingetrocknet. Wenn man beides zusammendenkt, keimt schnell die Vermutung, dass er schon in der Nacht getötet wurde und nicht erst in den Morgenstunden.«

»Weshalb es nicht das Geringste nützt, zu wissen, wo sich die Angehörigen der Hausgemeinschaft nach dem Frühstück aufhielten«, erkannte er umgehend das Dilemma.

Seine Augen blieben geschlossen, und es begann, Sabina auf die Nerven zu gehen. »Schlaft Ihr ein? Langweilt Ihr Euch?«, erkundigte sie sich.

»Ich denke nach.«

»Oh! Wie beruhigend. Macht Euch bloß nicht die Mühe, mich an dieser Anstrengung teilhaben zu lassen. Geht mich nichts an. Ist ja nur *mein* Toter in *meinem* Zuhause.«

Roosen setzte sich auf. »Ihr könnt nicht einen Moment Ruhe geben, oder?«

Sie dachte kurz nach. »Nein, kann ich nicht.« Dann fasste sie den Entschluss, sich neben ihn zu setzen. Als Friedensangebot. »Was machen wir denn jetzt?«, fragte sie, als ob Roosen dazu eine vernünftige Auskunft geben könnte.

»Ich weiß es noch nicht«, sagte er und fand damit ihren Beifall. Niemand konnte sagen, was in einer solchen Situation zu tun war, doch kamen ihr nicht viele Männer in den Sinn, die das offen bekannt hätten.

»Ich auch nicht«, stimmte sie zu. »Aber wir sollten uns etwas einfallen lassen. Ich meine, Dinge zu stehlen ist das eine, jemanden kaltblütig zu töten, etwas ganz anderes. Lebt der Mörder unter uns? Das kann wahrhaftig sein, ob ich es will oder nicht«, sprudelte sie hervor. »Muss ich Angst haben? Müssen wir nicht alle Angst haben, in der nächsten Nacht umgebracht zu werden? Oder in einigen Wochen?«

Ihre Stimme war immer lauter geworden, die Worte immer abgehackter, und plötzlich spürte Sabina, wie Roosen mit unerwarteter Warmherzigkeit seine Hand auf ihren Arm legte.

»Das glaube ich nicht«, sagte er. »Ich denke, der Mord hat in irgendeiner Form mit den Diebstählen zu tun. Wie, das werden wir herausfinden. Vorerst könntet Ihr nachfragen, ob Ihr für die nächste Zeit im Schlafzimmer der Lochners nächtigen dürft, damit Ihr nicht allein seid und ruhiger schlaft.«

Sabina betrachtete die Hand auf ihrem blauen Ärmel. Eine kräftige, sehnige Hand mit kurz geschnittenen Nägeln, die überraschend sauber waren. Keine schlechte Hand eigentlich. »Das ist eine gute Idee«, sagte sie. »Ich werde Tante Lysbeth darauf ansprechen.«

Die Hand drückte noch einmal zu, eine tröstende Geste, die erstaunlicherweise Wirkung zeigte, dann zog Roosen sie zurück. Um keine peinliche Pause entstehen zu lassen, schlug Sabina hastig vor: »Wir sollten herausfinden, ob sich in der vergangenen Nacht alle dort befanden, wo sie hingehören.«

»Ihr redet mit den Lehrjungen, ich mit den Gesellen«, willigte Roosen ein.

»In Ordnung.« Sabina betrachtete voller Unbehagen das Hinterhaus durch die weit geöffnete Hoftür. »Vorher muss ich die ganze Sauerei dort drüben auf dem Dachboden wegmachen«, sagte sie etwas kurzatmig. »Mir … graut davor.«

»Ich helfe Euch.«

Das konnte nicht sein. So etwas passierte einfach nicht. Dass jemand freiwillig bei einer unangenehmen Arbeit half.

Oder ein Mann beim Putzen. »Ihr wollt mich auf den Arm nehmen.«

»Keineswegs.« Roosen erhob sich. »Wir machen das zusammen. Denn es wird scheußlich, davon können wir ausgehen, oder? Aber nicht jetzt. Vorher muss ich etwas erledigen.«

Eberlin. Er hatte Eberlin vergessen, was vielleicht verständlich, dennoch unverzeihlich war. Schließlich hatte er dem Knirps versprochen, ihm zu helfen, den Fängen dieses Räuberhauptmanns zu entkommen. Mit der Zeit fiel ihm sicher auch ein, wie der Bengel seinen Lebensunterhalt auf ordentliche Weise bestreiten konnte. Aber eins nach dem anderen. Erst einmal musste Eberlin aus dem Dunstkreis des Hackers verschwinden, und das möglichst geräuschlos. Adrian nahm nicht an, der Herr einer leicht zu lenkenden Diebesbande würde eines der Mitglieder so einfach gehen lassen. Das hieße, auf gute Einnahmen zu verzichten, und bot außerdem ein schlechtes Beispiel für die anderen Kinder, die er geknebelt hatte und für sich schuften ließ. Immer in der Angst vor dem drohenden Kerker, immer in der Angst vor dem Verlust einer Hand.

Adrian hastete durch die Straßen hinüber zum Hafen, wo sie sich etwa in Höhe der Salzgasse verabredet hatten. »Da kann ich mich überall herumdrücken, ohne groß aufzufallen«, hatte Eberlin erklärt, wahrscheinlich stimmte das sogar. Aufgrund der Strömungsverhältnisse waren auf dem Rhein zwei unterschiedliche Schiffsbauweisen nötig, um ihn zu beherrschen. Südlich der Salzgasse ankerten die flachen Oberländer-Schiffe, nördlich davon die bauchigen Niederländer, die gen Küste in Richtung Norden fuhren. Dazwischen, genau vor Groß Sankt Martin und der Einmündung der Salzgasse, befand sich der Umladehafen, und hier war stets jede Menge los. Ein schmächtiges Kerlchen wie Eberlin konnte sich in der wuselnden Betriebsamkeit bestens verbergen, wenn er es geschickt anstellte.

Dennoch dauerte es nicht lang, bis Adrian den Jungen zu Füßen des Holzgerüstes entdeckte, das die Grenze für die jeweiligen Schiffstypen markierte.

»Ihr habt Euch ziemlich viel Zeit gelassen.« Eberlin verzog sein Kindergesichtchen zu einem verwegenen Grinsen, als sei ihm dies völlig egal.

»Tut mir leid, wenn ich deinen straffen Zeitplan durcheinandergebracht habe«, zog Adrian ihn auf, aber er verspürte ein schlechtes Gewissen. Eberlin hatte lange warten müssen. Sicher war in ihm die Furcht gewachsen, Adrian ließe ihn einfach hängen.

An widrige Umstände gewöhnt, ließ er sich davon jedoch nichts anmerken. »Ich hab's so eben hingekriegt«, erwiderte er und vollführte eine wegwerfende Handbewegung, die bei einem Winzling wie ihm seltsam erwachsen anmutete. »Können wir jetzt gehen? Is' bald Mittag, da blüht das Geschäft. Ihr wisst schon. Jede Menge Leute unterwegs, die man um jede Menge Sachen erleichtern kann. Wär doch blöd, wenn ich dem Hacker ausgerechnet jetzt über 'n Weg laufe.«

»Sehr blöd«, stimmte Adrian zu. Nicht nur Eberlin konnte sich in der Betriebsamkeit des Hafens gut verbergen, wurde ihm schlagartig klar. Für jeden anderen galt das ebenso. Was, wenn der Hacker sie längst erspäht hatte? Was, wenn er ihnen folgte? Und später eins seiner Kinder schickte, um in Lochners Heim einzudringen. Dann trüge er, Adrian, die Schuld daran, wenn Sabina und den Lochners noch mehr Ungemach erwüchse, als sie ohnehin zu bewältigen hatten.

Er beschloss, nicht den direkten Weg einzuschlagen, und lief eine komplizierte Strecke durch allerhand Straßen und Gassen in einem weiten Bogen um die halbe Stadt, bis er endlich sicher sein konnte, dass ihnen niemand auf den Fersen war. Dann nahm er Kurs auf die Schildergasse. Eberlin hielt sein Tempo getreulich mit und schien über eine bemerkenswerte Kondition zu verfügen, auch wenn er deutlich kürzere Beine hatte als Adrian und sehr viel weniger gut genährt war. Lange tat er keinen Mucks, doch als sie auf die Hohestraße einbogen, hatte er es satt und blieb stehen.

»Ihr wollt so lange mit mir durch Köln hetzen, bis ich vor Entkräftung tot umfalle und Ihr 'n Problem weniger habt?«, erkundigte er sich und rammte Adrian kumpelhaft den Ellenbogen in die Hüfte. Inzwischen waren Falten neben seinen Mundwinkeln zu sehen, die bei einem Kind nicht da sein sollten.

»Keine schlechte Idee«, sagte Adrian und grinste breit, damit Eberlin den Scherz erkannte. »Überleg ich mir.«

»Überlegt nicht zu lange. Ich hab keine Lust mehr auf die Rennerei.« Auch Eberlin lächelte, es wirkte ein bisschen mühsam. Er war erschöpft. Und sicher hungrig.

»Wir sind gleich da. Und jetzt hörst du mir mal gut zu. Klar?«

»Logisch.«

»Ich bringe dich in den Stallungen eines Mannes unter, der ein guter Kerl ist und sicher nichts dagegen hätte. Dennoch werde ich ihm nichts davon sagen, denn je weniger Leute von deinem Aufenthaltsort wissen, umso besser. Dort bleibst du, bis wir Köln verlassen und Richtung Lövenich reiten, zu dem Landsitz, von dem ich dir erzählt habe.«

»Klingt weit«, bemerkte Eberlin niedergeschlagen.

»Das ist es auch. Zum Glück. Es ist sehr unwahrscheinlich, dass der Hacker dir bis dahin folgt. Wenn wir dort sind, überlegen wir in Ruhe, was wir mit dir machen. Vorerst kann ich jedoch nicht weg und deshalb musst du dich im Verborgenen halten.«

»In einem Stall.«

»In einem Stall«, bestätigte Adrian. »In einem *leeren* Stall. Schwein und Ziege sind draußen und es gibt auch kein Pferd, nur unbewohnte Boxen, in denen noch jede Menge Stroh liegt. Du wirst es warm und gemütlich haben.«

»'s is' Sommer, da isses überall warm.«

Adrian betrachtete ihn missbilligend. »Du bist eine Nervensäge.«

»Kann sein.«

»Gut. Dann hast du es hier ebenso warm wie überall, zusätzlich aber gemütlich und vor allem sicher.«

Eberlin überlegte kurz. »Hab schon schlechter geschlafen«, erklärte er dann.

»Ich werte das als Zustimmung, Euer Durchlaucht.«

Eberlin grinste schwach. »Gibt's auch was zu beißen oder muss ich am Stroh nuckeln?«

»Das überlege ich mir noch.«

Eberlin zog die Schultern hoch und maß Adrian mit einem schnellen, unsicheren Blick.

Wer Hunger hatte, verstand wenig Spaß, wenn es ums Essen ging, und verdiente keine Spöttelei. »Natürlich besorge ich dir etwas, um deinen Hunger zu stillen«, versprach Adrian. »Aber erst einmal bringen wir dich unauffällig in dem Stall unter. Die Betonung liegt auf *unauffällig*. Du musst still sein und dortbleiben. Vor allem dortbleiben. Ich komme wieder, sobald ich kann, bis dahin tust du, als wärest du nicht da, verstanden?«

»Klar, Meister. Ich bin ja nicht bekloppt.«

Ein trübseliges Mittagessen lag hinter ihnen, bei dem niemand viel hatte herunterbringen können. Roosen hatte gefehlt, ohne zu erklären, wo er gewesen war, als er wieder auftauchte. Dann hatten sie die Schweinerei auf dem Dachboden bereinigt, so gut es ging. Gemeinsam. Wie er es versprochen hatte, dennoch hatte er Sabina damit in größte Verwunderung versetzt.

Nun besprach Roosen sich mit Onkel Stefan. Sie selbst war in der Küche und hatte das erste Mal seit Stunden die Gelegenheit, gründlich nachzudenken.

Das war nicht wirklich schön. Sah man den Tatsachen ins Auge, ließ sich nicht leugnen, dass sie Reinhold nicht ernst genommen hatte, als er zu ihr kam und über Vorgänge klagte, die seit einiger Zeit sein Dasein belasteten. Sie hatte es einfach weggenickt, nicht so wichtig gefunden. Ihn für einen empfindlichen Burschen gehalten, der wie alle, die weder Fisch noch Fleisch, weder Kind noch Mann waren, seinen Ort in dieser Welt suchte.

Einer Welt, die er nun verlassen hatte.

Weil er ins Schwarze getroffen hatte mit der Annahme, es ginge nicht alles mit rechten Dingen zu. Sabina hatte ihm nicht geglaubt und nichts erkannt und dem Ganzen nicht die Bedeutung zugemessen, die es offensichtlich verdient gehabt hätte.

Ich bin schuld an seinem Tod, dachte sie. Irgendwie. Vielleicht. Ihre Augen wurden nass. Zum hundertsten Mal an diesem Tag.

Auf seinen Bildern waren unerklärliche Fehler aufgetaucht. Und sie hatte Reinhold vorgeschlagen, er solle sich fragen, wer außer ihm dafür verantwortlich sein könnte. Was, wenn er genau das getan hatte? Was, wenn er bei seinen Nachforschungen irgendjemandem bei irgendetwas auf die Schliche gekommen war?

Was, wenn er genau das mit seinem Leben bezahlt hatte?

Dann *war* sie schuld an seinem Tod, so einfach war das. Zwar hatte sie das Messer nicht selbst geführt, doch wog ihre mangelnde Aufmerksamkeit fast genauso schwer.

Sie musste endlich mit dem Heulen aufhören und etwas tun, um auf andere Gedanken zu kommen. Backen zum Beispiel. Gebackenes aß jedermann gern, und bei der allgemeinen Appetitlosigkeit am heutigen Mittag konnte es nicht schaden, wenn das Abendessen etwas üppiger ausfiel. Sie würde Eierkuchen mit Speck und ausgebratenen Äpfeln machen, sie hatte noch welche in der Schale. Sie waren nicht mehr ganz frisch und wiesen ein paar hässliche Stellen auf, doch wenn die Apfelstücke in Schmalz gebraten und angebräunt waren, merkte das kein Mensch.

Sabina trat zu dem Regalbrett mit den Vorräten und blieb unsicher stehen. Die Schale war leer. Na gut. Dann hatte sie sich eben getäuscht und die Äpfel waren aufgebraucht. Die im Garten waren noch nicht reif und zum Obsthändler laufen wollte sie nicht. Kirschen? Hatte sie noch Kirschen? Die wären fast noch besser. Nein, die letzten hatte sie heute Morgen zum Hirsebrei serviert.

Auf der Suche nach einer Idee blickte sie sich um und stellte fest, dass der Speck, den sie in ein Tuch gewickelt auf den Tisch gelegt hatte, ebenso fehlte wie das dünne Messer, mit dem sie ihn normalerweise schnitt.

Dieses Haus war verflucht. Entweder es wurden Dinge entwendet oder die Bewohner abgestochen. Sabina schlug die Hände vors Gesicht und wünschte sich ganz weit weg.

Einen Moment später schepperte es leise in der Ecke, wo der Tisch mit der Spülschüssel stand, und sie nahm die Hände von den Augen. Gerade rechtzeitig, um einen kleinen Jungen mit ausgebeulten Backen zu sehen, der hektisch kaute und offenbar auf dem Weg zum Ausgang war.

»Mein Speck«, sagte Sabina mit Grabesstimme und stellte sich vor die Tür, damit der Knabe nicht flüchten konnte.

Er nickte zögernd. »Kann sein«, murmelte er undeutlich und würgte kompliziert einen übergroß scheinenden Batzen davon herunter.

»Meine Äpfel?«

Er zuckte die Schultern und wagte ein winziges Lächeln.

Fast hätte sie es ihm gleichgetan, aber allzu leicht wollte sie es ihm nicht machen. »Was hast du hier zu suchen?«, fragte sie streng.

»Was zu essen?«

Man sah sofort, warum. Der Junge war viel zu dünn. Trotzdem. »Das geht nicht«, sagte Sabina bestimmt. »Du darfst nicht in fremde Küchen eindringen und nehmen, wonach dir der Sinn steht.«

»Ist gut. Kann ich jetzt gehen?«

Sabina betrachtete ihn. Den treuherzigen Blick, die fettglänzenden Lippen, den Wuschelkopf. »Kannst du. Aber erst gibst du mir das Messer wieder, das du mitgehen lassen wolltest. Das mit dem Speck können wir ja wohl nicht rückgängig machen«, er grinste unsicher, »doch das Messer will ich wiederhaben.«

»Klar.« Er friemelte in den fadenscheinigen Tiefen seines Kittels, brachte das Messer zum Vorschein und händigte es ihr mit feierlicher Miene aus.

»Nun hau schon ab.«

Sabina seufzte tief, blickte dem Lümmel hinterher, der durch die Tür schlüpfte und sich in sicherem Abstand noch einmal umdrehte, um ihr frech zuzuwinken, dann wandte sie sich der naheliegenden Frage zu, was sie nun kochen sollte, ohne Speck und Äpfel.

Machte sie eben Arme Ritter. Altes Brot vom Vortag war da, Milch sowieso, die hatte der Frechdachs nicht weggetrunken – oder doch? Besser, sie sah schnell nach – und Eier waren stets genug vorhanden dank der Hühnerfamilie, die auf dem Hinterhof lebte.

Sie hatte einen Plan. Das Gute an Armen Rittern war, dass sie nicht lange vorbereitet, sondern erst kurz vor dem Servieren zubereitet wurden. Aufatmend ließ Sabina sich auf der Bank nieder und versank in fruchtloses Grübeln.

Es war sehr still, das Hinterhaus leer, alle Bewohner befanden sich im Vorderhaus. Die Maler in der Werkstatt, Sabina irgendwo, Lysbeth Lochner weilte seit Montag bei Freunden auf dem Lande und wusste von dem ganzen Drama noch nichts. Adrian stand ganz alleine oben auf dem Dachboden und versuchte zu erspüren, was dort geschehen war. Er atmete die staubige Luft ein, verfolgte den taumelnden Flug einer Motte, vernahm das Brummen einer Fliege und spürte tatsächlich … nichts.

Es war nicht damit getan, hier herumzustehen und auf eine Eingebung zu warten. Er musste etwas *tun*. Spuren suchen, die sie in der Aufregung übersehen hatten. Ja, Aufregung hatte es gegeben, das war verständlich, man fand nicht allzu oft eine übel zugerichtete Leiche in einer Blutlache. Die Erinnerung an die klaffende Wunde in Reinholds Hals war nichts, was er gerne wachrief, aber es half nichts. Langsam schritt Adrian den weiten Raum ab, betrat jeden Verschlag, studierte gründlich jedes Detail.

Alle Fenster waren intakt. Man hätte zudem sehr geschickt sein müssen, um über das schräge Dach zu klettern und durch eine der schmalen Luken einzudringen.

Alle Schlösser waren unversehrt, nirgendwo gab es den kleinsten Hinweis darauf, jemand habe sich brachial Zugang verschafft. Weder auf den Dachboden als Ganzes noch in eine der Kammern, auch nicht in die, in der Sabina den

Jungen aufgefunden hatte. Bedauernswerte Sabina. Ganz allein mit diesem Anblick.

Kein Gegenstand war beschädigt. Nichts war zu Bruch gegangen, nirgendwo lag etwas herum, keine Scherben, kein gesplittertes Holz. Überhaupt war der Dachboden bemerkenswert aufgeräumt und bis auf die erwartbare Menge an Staub sauber.

Mit anderen Worten, es gab rundweg nichts, was einen Hinweis auf den Mörder hätte geben können. All das Unangetastete, Unberührte, das *Normale* deutete bloß auf eines hin: Der Mörder war nicht gewaltsam eingedrungen. Und es hatte kein Kampf stattgefunden, als er unverhofft auf Reinhold traf. Vielleicht auch nicht unverhofft. Unter Umständen sogar absichtlich. Möglicherweise hatte der Mörder Seite an Seite mit seinem Opfer die Stiege erklommen. Oder es auf den Dachboden bestellt.

Eine Theorie, für die Adrian sich mehr und mehr erwärmte. Welchen Grund hätte es sonst für den Jungen geben können, auf den Dachboden zu steigen? Warum hatte er sich dort aufgehalten? Hatte danach schon jemand gefragt?

Reinhold hatte seinen Mörder gekannt und sich nicht vor ihm gefürchtet. Diese Erkenntnis wog schwer. Sehr schwer.

Weil dadurch die Wahrscheinlichkeit stieg, dass es sich dabei um ein Mitglied dieses Haushaltes handelte. Jeder kam infrage, nicht nur die Malerkollegen. Hennes, der Knecht, der für die schweren Arbeiten zuständig war, er hackte das Holz, schleppte das Wasser vom Brunnen herbei, versorgte Schwein und Ziege. Der Gärtner, der hie und da beauftragt wurde, sich um die Obstbäume und das Spalier zu kümmern. Die Weißwäscherin wohl eher nicht. Erstens wollte Adrian nicht annehmen, eine Frau sei zu einem bestialischen Hieb imstande, der fast den Kopf vom Rumpf abtrennte, zweitens war die Weißwäscherin der Lochners eine lustige, füllige Frau in den Fünfzigern, die wahrscheinlich kaum diese Stiege hochkam. Weitere Kandidaten waren dagegen die Lehrjungen anderer Werkstätten oder Zechkumpane. Freunde. Was war mit Reinholds Familie? Adrian wusste nicht, woher der Junge stammte.

Eigentlich wusste er nichts über ihn. Er musste unbedingt Timon dazu befragen, mit wem Reinhold Umgang gepflegt hatte. Und Sabina, sie hatte ein recht gutes Verhältnis zu den Lehrjungen und würde vielleicht etwas wissen, was sich als nützlich erwies.

Hier oben jedenfalls trat er auf der Stelle. Adrian wischte sich müde übers Kinn, es raspelte gehörig. Er kam nicht einmal dazu, sich vernünftig zu rasieren.

»Hallo?«, ertönte eine zittrige Stimme aus der Tiefe des Geschosses unterhalb des Dachbodens, wo die Schlafkammern der Werkstattangehörigen lagen. »Seid Ihr da oben? Roosen?«

Adrian spähte durch die Luke und erkannte Hanß, der am Fuße der Leiter stand und mit weit aufgerissenen Augen zu ihm emporblickte.

»Meister Lochner lässt Euch rufen. Könnt Ihr vielleicht runterkommen? Ich will da nicht hoch. Dorthin, wo …« Er verstummte, der Schrecken war zu groß, die Vorstellung in seinem Jungenschädel zu schaurig. Adrian überlegte kurz, ob er ihn nicht zwingen sollte, denn der aufgeräumte und gesäuberte Verschlag würde die Bilder blasser werden lassen, aber dann sah er davon ab. Wenn Lochner ihn rief, war fraglos etwas geschehen.

So war es auch. Als Adrian die Werkstatt betrat, blickte Meister Stefan ihm aufgebracht entgegen, die Fäuste geballt und die Stirn umwölkt. »Es ist schon wieder etwas weggekommen! Ein Schweineborstenpinsel, einer für die großen Flächen. Er ist zwar nicht so wertvoll wie die anderen Sachen, aber weg ist weg.«

Adrian traute seinen Ohren nicht. »Seit wann vermisst Ihr ihn?«

»Seit eben. Ich wollte ihn Hanß geben, damit er den weichen, lockeren Strich übt.«

Hanß schlich mit unglücklicher Miene zu seinem Platz, als trüge er die Schuld daran, seinen Herrn in Rage gebracht zu haben.

»Ihr seid sicher, dass er nicht schon länger fort ist?«

»Ich habe ihn heute früh noch benutzt«, sagte Dietbert ungewohnt verhalten. »Dann gesäubert und zu den anderen gelegt.«

»Und danach ist er entschwunden?«

»So ist es!«, funkelte Lochner Adrian an. »Hört das denn nie auf? Wenn es so weitergeht, kann sich der Mistkerl mit meinem Eigentum eine eigene Werkstatt einrichten.«

Offenbar hatte er sich von der gewagten These – oder der Hoffnung – verabschiedet, die Dinge, die sich bisher in Luft aufgelöst hatten, seien lediglich verlegt worden.

Adrian betrachtete den Meister und dessen Mitarbeiter, die auf ihren Plätzen verharrten, als wäre das Leben selbst in einen Stillstand gefallen. »Eins dürfte klar sein«, sagte er bedächtig. »Ein Toter kann nicht stehlen. Reinhold ist folglich nicht derjenige, der den Pinsel an sich genommen hat. Und damit wahrscheinlich auch nicht die anderen Sachen, die verschwunden sind.«

»Wir stehen also wieder ganz am Anfang«, flüsterte Meister Lochner und schlug die Hände vors Gesicht.

10

Auf dem runden Tisch im Besprechungsraum waren Wein und Gebäck angeordnet, als wäre das hier ein geselliges Beisammensein. Sonnenlicht fiel durch die weit geöffneten Fenster auf die polierte Tischplatte und ließ sie schimmern, der Duft nach Sommer und blühendem Leben lag in der Luft. Dabei herrschte an allen Ecken und Enden Verfall und der Anlass ihrer Zusammenkunft war bestürzend.

»Ich will Euch einen kurzen Abriss geben von dem, was wir bislang unternommen haben …«, begann Adrian.

»Wir?«, unterbrach Lochner stirnrunzelnd.

»Eure Nichte und ich«, erklärte Adrian unbewegt, obwohl es ihm im gleichen Moment gänzlich absurd erschien. »Sie kennt Eure Mitarbeiter besser als ich, steht ihnen jedoch nicht zu nahe, um den nüchternen Blick zu verlieren. Das hilft mir, die Lage einzuschätzen.«

»Aha.« Lochner schien es nicht besonders seltsam zu finden, dass seine Nichte sich in die Untersuchungen einmischte. »Bitte fahrt fort.«

»Wir haben alle im Haus befragt. Wollten von jedem wissen, wo er in der Nacht war, in der Reinhold getötet wurde. Ob jemand etwas gehört, gesehen oder sonst wie bemerkt hat, was ihm ungewöhnlich vorkam.«

»In der Nacht?«, wiederholte Lochner zögernd.

Adrian nickte. »Richtig. Der Büttel ging zu vorschnell von einem Tatzeitpunkt in den Morgenstunden aus. Sehr viel wahrscheinlicher wurde Reinhold jedoch schon früher umgebracht. Die Blutlache war nicht mehr frisch.«

»Oh je.« Lochner schüttelte sich kurz. »Kann sein, dass der Mann überfordert war mit der … Angelegenheit. Als Ihr ihm angeboten habt, den Vorfall zu klären, war seine Erleichterung jedenfalls kaum zu übersehen.« Er begann, mit dem Krug zu spielen und ihn hin und her zu schieben. Dann hob er den Kopf und sah Adrian verzweifelt an. »Was hatte Reinhold mitten in der Nacht auf dem Dachboden zu suchen?«

»Genau das ist die Frage. Nur haben wir darauf noch keine Antwort gefunden. Alles, was wir haben, sind Spekulationen. Von Eurer Nichte und mir, wohlgemerkt. Keiner Eurer Mitarbeiter hat sich dazu verstiegen, Vermutungen anzustellen.«

»Hier, bedient Euch«, bot Lochner zerstreut an und schob den Krug ein Stückchen in Adrians Richtung. »Was haben sie denn gesagt?«

»Timon und Hanß geben an, tief geschlafen zu haben, weshalb sie nicht mitbekommen hätten, wann Reinhold den Raum verlassen hat. Dietbert behauptet, Mathias habe furchtbar geschnarcht und er selbst hätte deswegen zwar kein Auge zugetan, wäre aber die ganze Zeit in seinem Bett geblieben und hätte keine Kenntnis irgendwelcher Aktivitäten außerhalb der Kammer. Mathias hingegen meint, er hätte kaum geschlafen, weshalb er nicht geschnarcht haben könne, und bestätigt, dass Dietbert die Kammer nicht verlassen habe, das hätte er bemerkt. Hennes schläft über dem Stall und hat nichts gehört und nichts gesehen.«

»Das hat er gesagt?«

»Ja, hat er. Was erstaunt Euch daran? Glaubt Ihr ihm nicht?«

»Doch.« Lochner griff nach einem der runden Gebäckstückchen, es waren die guten. Die zerbrochenen hatte es nach dem Mittagessen gegeben. »Ich wundere mich nur, weil er überhaupt geantwortet hat. Hennes ist ein großer Schweiger.«

»Er war nicht sonderlich redselig, aber zu einem bisschen Grunzen und Kopfschütteln hat es gereicht.«

»Das zeigt die Brisanz der Situation«, murmelte Lochner.

»Sabina selbst gibt an, geschlafen zu haben, was niemand überprüfen kann, weil sie in ihrer Kammer allein war. Ich selbst habe meine Unterkunft im Vorderhaus, wie Ihr wisst, und bekomme von dem, was im Hinterhaus geschieht, nichts mit. Bleibt nur noch Ihr.«

»Ich?«

»Ihr«, bestätigte Adrian. »Der Vollständigkeit halber.«

»Natürlich.« Lochner biss in das Plätzchen, das er bislang entschlusslos zwischen den Fingern gehalten hatte, und jede Menge Krümel bröselten auf die Tischplatte. »Ich habe ebenfalls geschlafen, aber schlecht und spät. Ich war zu unruhig, um mich gleich hinzulegen. Stattdessen habe ich noch eine Weile am Betpult in den Psalmen gelesen, konnte mich jedoch nicht konzentrieren, was der Beschäftigung mit Gott nicht angemessen ist. Also habe ich mich ans Fenster gesetzt und in den nächtlichen Garten hinaussinniert.«

»Das wäre eine gute Gelegenheit gewesen, jemanden dabei zu beobachten, wie er über den Hof läuft.«

Lochner schüttelte den Kopf. »Da war niemand. Jedenfalls nicht, bis ich ins Bett gegangen bin.«

»Und das war wann?«

Er dachte nach. »Spät. Sehr spät, es muss nach Mitternacht gewesen sein.«

»Also ist es vermutlich irgendwann danach geschehen. Zwischen Mitternacht und dem Morgengrauen, als der Betrieb allmählich erwachte.«

»Wahrscheinlich. Hilft uns das weiter?«

Adrian schüttelte den Kopf. »Nicht, solange niemand gesehen hat, was in der Zwischenzeit geschah.«

Sabina hatte wegen der Verhöre keine Zeit zum Kochen gehabt und lediglich Brot, Käse und Schinken auf den Tisch gestellt, bereit, jeden mit ihren Blicken niederzufunkeln, der sich darüber beschwerte. Das tat aber keiner, niemand verspürte Appetit, alle mümmelten lustlos vor sich hin. Am langsamsten aß stets Hennes, und schließlich hatte sie ihm, noch während er am letzten Bissen kaute, den Teller praktisch aus den Händen gerissen, damit sie ihn und alle anderen endlich fortscheuchen konnte. Inzwischen war alles gespült, auf- und weggeräumt, und sie saß mit Roosen in ihrer Küche, was fast alltäglich geworden war. Es war verwirrend, ihn nicht länger als Störenfried zu empfinden, doch nicht so unvorstellbar, wie sie anfangs geglaubt hatte.

»Kommt Ihr mit? Ich muss zu den Hühnern«, sagte sie forsch, weil sie nicht wollte, dass er irgendetwas von ihren verqueren Gedankengängen ahnte.

»Liebend gern. Es gibt nichts, nach dem ich mich derzeit mehr sehne als nach Federvieh.«

»Ihr könnt hierbleiben, wenn's Euch zu wenig vornehm ist.« Mit Weibern, die ihre schnippische Zunge nicht im Zaum hielten, konnte Roosen sicher nicht das Geringste anfangen, aber zurückrudern wollte sie nicht.

Er maß sie wortlos mit einem langen Blick, dann setzte er sich an ihre Seite und begleitete sie zu den Hühnern, die friedlich vor sich hin gurrend im Dreck scharrten und gar nicht wussten, wie bedrückend das Leben plötzlich geworden war. An dem niedrigen Zaun, der das Gehege umschloss, blieben sie stehen und nach einer Weile unterbrach Roosen das Schweigen. »Was ist hier zu tun?«

»Nichts. Es beruhigt mich nur, ihnen zuzuschauen«, gestand sie und schob die Ziege weg. »Lass das, Adelheid.«

»Das Vieh trägt den Namen Adelheid?«, erkundigte Roosen sich ungläubig. »In diesem Fall handelt es sich wohl um eine wahrhaft vornehme Ziege.«

»Das kann man wohl sagen. Aber sie weiß es nicht, deshalb knabbert sie immer meine Schürze an, obwohl ihr bestimmt feinere Stoffe zustünden. Roosen, was machen wir denn jetzt?«

»Wir denken nach«, erwiderte er und vergaß glücklicherweise die Ziege. Wenn er erführe, dass ihr Schwein Blanche hieß, zweifelte er bestimmt vollends an ihrem Verstand.

»Auf welcher Grundlage denken wir denn?«, fragte sie. »Wir wissen doch nichts. Alle haben bei unseren Fragen betreten aus der Wäsche geguckt, aber das weist nicht auf irgendein Schuldbewusstsein hin, sondern ist einfach nur normal.«

»Das stimmt.« Roosen betrachtete versonnen ein empörtes Huhn, das mit den Flügeln schlug und ein anderes anrempelte, weil es ihm den Platz an der Wasserschüssel streitig gemacht hatte. Ach, was soll's, dachte Sabina. »Das ist Mariechen«, stellte sie Roosen das Huhn vor.

»Das ist nicht wahr.«

»Doch. Sie ist unsere fleißigste Henne und legt die meisten Eier. Da hat sie einen schönen Namen verdient.«

»Klingt einleuchtend.«

Sabina nickte. »Wollen wir zurück? Wir müssen einen Schlachtplan entwickeln, und dafür muss ich mich setzen.« Außerdem taten ihr die Füße weh, weil sie den ganzen Tag auf den Beinen gewesen war.

Einträchtig überquerten sie den Hof, betraten die Küche

und Roosen sagte: »Wir haben längst nicht alle … Was zum Teufel machst du hier?«

Neben der Anrichte, auf der die allerletzten Reste des Mittagessens darauf warteten, in den Kühlkeller gebracht zu werden, stand ihr weizenblonder Freund von gestern und hatte einen dicken Batzen Käse in der Hand.

»Du schon wieder!« Sabina seufzte. »Und schon wieder mit vollen Backen.«

»Soll das heißen, Ihr habt diesen Jungen schon einmal gesehen?«, fragte Roosen und eine steile Falte bildete sich zwischen seinen Brauen.

Sabina nickte. Der Blick des Kleinen huschte unruhig zwischen ihnen hin und her, aber echte Angst empfand er offenbar nicht.

Auch nicht vor Roosen, der die Hände in die Hüften stemmte wie ein Marktweib, sich vorbeugte und ihn zur Schnecke machte. »Hatte ich dir nicht gesagt, du sollst unauffällig sein? Was *genau* verstehst du unter ›unauffällig‹? Das müssen wir vielleicht etwas klarer festlegen.«

»Ihr kennt das Kind?«, fragte Sabina dazwischen, weil Roosen aussah, als wolle er diesem den Kopf abreißen.

»Leider.«

»Was soll das denn bedeuten?«

»Dass ich ihn kenne, was ich an sich nicht bedauerlich finde. Aber er hört nicht auf mich, wenn ich ihm Anweisungen erteile. Das kann ich nicht leiden.«

»Und wenn die Anweisungen unsinnig sind?«, fragte Sabina spitz.

»Das sind meine Anweisungen nie.«

»Also wirklich!«, plusterte Sabina sich auf. »Darüber müsste man wohl erst einmal reden, denn …«

Dem Jungen wurde das zu viel. »Ich hatte Hunger«, sagte er laut mitten in das Gezeter hinein.

Sabina und Roosen sahen ihn verblüfft an.

Sein verschämtes Lächeln war unwiderstehlich, und Sabina ertappte sich bei dem Wunsch, ihm über den Schopf zu streicheln. Allerdings wohnten dort bestimmt Läuse, ein guter Grund, es zu lassen. Der andere war Roosens finsterer Blick.

»Er hat vergessen, mir was zum Beißen zu bringen«, erklärte das Bürschlein an Sabina gewandt, Roosen übersah er gekonnt. »Und da ich nicht hungers sterben wollte, hab ich mir eben selbst was besorgt. Ich wollt nich nachfragen und stören.« Das Lächeln wanderte nun doch zu Roosen und wurde etwas schwammiger.

Das lag daran, dass Roosen nach wie vor sehr grimmig dreinschaute, aber er meinte es nicht ernst, wurde Sabina unversehens klar. »Woher rührt denn Eure Freundschaft?«, wollte sie wissen. »Die mir allerdings nicht sehr innig vorkommt, wenn der eine den anderen vernachlässigt.«

»Oder vielleicht doch, weil der eine dem anderen aus einer üblen Klemme heraushilft«, murmelte Roosen.

Der Kleine begann, mit den Hüften zu wippen, und fühlte sich anscheinend unwohl. Er holte tief Luft und bekannte: »Ich muss sagen, Ihr habt recht, Meister. Habt Ihr getan.« Er wandte sich an Sabina. »Das hat er.«

»Sehr löblich«, erwiderte sie. »Und wie genau sah das aus?«

»Tja, da gibt's einen …«

»Das spielt keine Rolle«, unterbrach Roosen. »Aber weil Eberlin sich für eine Weile aus der Öffentlichkeit zurückziehen will und ich ihn irgendwo unterbringen musste, habe ich ihn in Eurem Stall einquartiert.«

»Natürlich.«

»Nur für ein paar Tage. Bis das alles hier vorbei ist. Dann nehme ich ihn mit und bringe ihn aufs Land, wo er in Sicherheit ist.«

Eberlin stieß ein tiefes Seufzen aus, doch Roosen überhörte es geflissentlich und Sabina desgleichen. Sie starrte Roosen an. »In Sicherheit?«, wiederholte sie.

»Ja. Ich will Euch nicht mit den genauen Umständen belasten, aber er möchte für eine gewisse Zeit von der Bildfläche verschwinden.«

»Hat er etwas Schlimmes getan? Etwas verbrochen?«, fragte sie alarmiert.

»Nein! Ich doch nicht!« Oh, was konnte dieser Schlingel arglos gucken.

»Er ist ein Engel«, bestätigte Roosen. »Wirklich und wahrhaftig.«

An einem Mann wie Roosen biss man sich die Zähne aus. Wenn er über etwas nicht sprechen wollte, sprach er nicht darüber, so einfach war das.

»Na gut. Also lebt er in meinem Stall«, sagte Sabina, es klang etwas mürrisch.

»Muss ich da noch lange hocken?«, mischte Eberlin sich erneut ein. »Das ist ziemlich langweilig.«

»So kurz wie möglich«, versprach Roosen, ohne ihn anzusehen, er fixierte weiterhin Sabina. »Höchstens ein paar Tage.«

Eberlin erweckte nicht den Eindruck, als wäre er gewohnt, Anordnungen Folge zu leisten. »Immer wenn die Luft rein ist, darfst du zu mir in die Küche kommen«, bot Sabina ihm an und vermied sorgfältig, Roosen eines weiteren Blickes zu würdigen. »Einverstanden?«

»Einverstanden«, bestätigte Eberlin gönnerhaft und Roosen stieß genervt die Luft aus.

Genau in diesem Moment, in dem Adrian sehr gerne einen saftigen, belebenden Streit vom Zaun gebrochen hätte, betrat ein Bote den Hinterhof und klopfte an den Rahmen der weit geöffneten Küchentür. Godderts Bote. Ein Mann, den er häufig mit derartigen Gängen beauftragte, der zu bunt gekleidet war, die Nase zu hoch trug und den Adrian nicht leiden konnte.

Das galt umgekehrt genauso. »Du sollst zu Baarth kommen«, näselte Adalwin und blickte haarscharf an Adrian vorbei. Und an Sabina, was Adrian wirklich ärgerte. Konnte dieser Grützkopf nicht wenigstens ein Mindestmaß an Manieren zeigen und die Dame des Hauses angemessen begrüßen? Die Nichte der Dame des Hauses zumindest.

Er hatte keine Zeit und keine Lust, sich deswegen mit ihm anzulegen. »In Ordnung«, sagte er knapp. »Ich komme gleich.«

»Nicht gleich. Sofort.«

Egal, wer es ausrichtete, Goddert Baarths Wort war Gesetz. Trotzdem verdichtete sich Adrians mühsam unterdrückter Zorn zu etwas, was sich nur schwer niederhalten ließ und seine ganze in jahrelanger Übung entwickelte Selbstbeherrschung erforderte.

»Ich kehre zurück, so schnell ich kann«, sagte er zu Sabina und rechnete ihr hoch an, dass sie nur nickte und ansonsten schwieg. Sie kamen nicht voran, wenn sie nicht konsequent bei der Sache blieben, sie wusste es so gut wie er. Doch hatte er der Aufforderung seines Dienstherrn Folge zu leisten, und das begriff sie ebenfalls.

Goddert wartete im Garten auf ihn, saß allem Anschein nach vollkommen entspannt auf der Steinbank an der südlichen Mauer, hatte die Arme weit ausgebreitet auf die Rückenlehne gelegt und blinzelte in die Sonne.

»Ist es nicht wunderbar? Ich bin immer wieder entzückt über die Pracht, mit der die Natur uns verwöhnt«, begrüßte er Adrian heiter und wies mit einer ausholenden Bewegung auf die Rosen, den letzten Lavendel und den Pflaumenbaum, dessen Äste schwer von Früchten hingen.

Eine Antwort wurde weder erwartet noch wäre sie willkommen, Adrian nickte und ließ den Blick über den Garten schweifen. Der Hof war in seiner Eleganz beinahe einschüchternd, den der Lochners mit Mariechen, Adelheid und dem kleinen, vernachlässigten Gemüsebeet fand er sehr viel erfreulicher. Nicht so schön, aber gemütlicher.

»Wo bist du gewesen?« Nun klang Goddert nicht mehr ganz so aufgeräumt. »Ich warte auf deinen Bericht.«

»Es war Euer Wunsch, die Ermittlungen im Hause Lochner fortzusetzen. Das habe ich getan. Und um das bisherige Geschehen zu übertreffen, hat es dort gestern einen Todesfall gegeben«, erklärte Adrian, obwohl er lieber darüber geschwiegen hätte. Allerdings ging er davon aus, dass Goddert diese Information nicht neu war. Der Mann hatte seine Ohren überall – und seine Spitzel, was Adrian genau wusste, weil er selbst dazugehörte. Und Büttel oder Stadtdiener waren in der Regel für diskret zugesteckte Münzen sehr empfänglich.

Goddert nickte, weit davon entfernt, bestürzt zu sein. Ebenso weit wie davon, Adrian einen Platz neben sich auf der Steinbank anzubieten, weshalb er vor ihm stand wie der niederste seiner Dienstboten. »Was hast du nun vor?«

»Die Vorfälle im Hause Lochner zu entschleiern«, gab Adrian sparsam zurück. Er begann, sich unbehaglich zu fühlen. Und ungeduldig. *Vor allem* ungeduldig. Er wollte zurück und mit der Arbeit fortfahren.

»Das ist noch nicht geschehen? Du siehst mich erstaunt. Warum benötigst du für die Untersuchung einiger simpler Diebstähle derart viel Zeit? Wieso geht da nichts voran?«

»Ich …«

Goddert ließ ihn nicht ausreden. »Und jetzt auch noch

ein Todesfall. Weshalb hast du den nicht längst aufgeklärt?«

»Das wäre wünschenswert. Leider hockte der Mörder nicht blutüberströmt und reuevoll neben der Leiche. Es erfordert somit einigen Aufwand herauszufinden, wer den Jungen umgebracht hat«, erwiderte Adrian mit zusammengebissenen Zähnen.

Goddert hob die Brauen. »Hoffentlich wird dir dieser Aufwand nicht zu viel«, bemerkte er. »Bislang warst du nicht allzu erfolgreich.«

Das stimmte leider. »Möglicherweise habe ich die Diebstähle anfangs nicht ernst genug genommen«, gab Adrian zu. »Aber mit dem Mord ist nun ein sehr viel schwerwiegenderer Fall hinzugekommen. Ich versichere Euch, ich werde meine ganze Kraft dafür einsetzen, den Mörder dingfest zu machen.«

Goddert nickte und Adrian überlegte, ob er das als Erlaubnis werten durfte, sich umzudrehen und davonzugehen. Während er um eine Entscheidung rang, sagte Goddert mitten hinein in seine eilenden Gedanken: »Du solltest damit an die Öffentlichkeit gehen.«

»Was?«, fragte Adrian ungläubig. »Warum?«

»Nun, die Sache ist fatal für Lochner, doch sollte sie nicht vertuscht werden.«

»Niemand hat die Absicht, irgendetwas zu vertuschen!«

Godderts Blick wurde lauernd. »Warum so grantig?«

Ein lauernder Goddert war ein gefährlicher Goddert. »Ich bin nicht grantig. Ich bin sachlich«, erklärte Adrian und mäßigte seinen Tonfall. »Aber Ihr habt dem Mann zugesagt, die Sache diskret zu behandeln. Das gilt meiner Ansicht nach noch immer.«

Goddert lächelte und winkte Isabella zu, die zum Kräuterbeet schwebte, mit einem Körbchen am Arm und einem

Messerchen in der Hand. Hoffentlich rief er sie nicht herbei. Jedenfalls nicht, bevor dieses Gespräch endlich vorüber war.

»Vielleicht war er's selbst«, meinte Goddert im Plauderton.

»Unsinn«, blaffte Adrian, ehe er sich bremsen konnte.

Godderts Augen wurden eisig. »Wie bitte?«

Adrian riss sich zusammen. »Ich meine, das ist unwahrscheinlich. Warum sollte Lochner sich Schaden zufügen wollen? Sich über Wochen selbst bestehlen und dann seinen hoffnungsvollsten Schüler umbringen? Nein, der Mann ist ganz und gar der Leidtragende. Das Opfer, nicht der Täter.«

Baarth ließ ihn vom Haken. »Dennoch meine ich, im Sinne einer rückhaltlosen Aufklärung müsste der Fall an die Öffentlichkeit. Und wenn auch nur, um die Bevölkerung zu warnen, dass ein brutaler Gewalttäter in ihrer Mitte weilt und sie sich vorsehen sollte.«

Die Bevölkerung! Also wirklich. Seine Mitmenschen waren Goddert Baarth völlig egal, es gab wenig, dessen Adrian sich so sicher war. »Ich bitte Euch, davon abzusehen, dem Mann zusätzliche Schwierigkeiten zu bereiten.« Er hörte selbst den drängenden Ton in seiner Stimme. »Wir wissen, er befürchtet, zukünftige Auftraggeber zu verlieren …«

»Oder die derzeitigen zu verstimmen. Seine Angst besteht schlicht und ergreifend darin, Einkünfte zu verlieren«, stellte Baarth mit unbewegter Miene, aber glitzernden Augen fest.

»Wir sollten die Untersuchung möglichst geräuschlos und unauffällig vornehmen«, sagte Adrian und ging auf Baarths Einwurf nicht ein. »Es könnte sich als nützlich erweisen, wenn der Mörder sich in Sicherheit wiegt und glaubt, man käme ihm nicht auf die Spur.«

»Läge er denn damit so falsch?«, fragte Baarth süffisant.

»Oh ja. Denn ich werde ihn zur Strecke bringen, und wenn es das Letzte ist, was ich tue.«

Timon kam es widersinnig vor, doch trotz der lähmenden Anspannung, der ganzen Unruhe der letzten Tage, ging ihm die Arbeit leichter von der Hand denn je. Es tat ihm aufrichtig leid um Reinhold, aber wenn er nicht hinschaute, sich von dessen verwaistem Platz nicht ablenken ließ, lief alles wie am Schnürchen, und er kam wunderbar voran. Bald, wenn sich die Gemüter beruhigt hatten, alles vorbei und Gras über die Sache gewachsen war, würde alles wieder gut werden. Nein, besser als zuvor sollte es sein, und Timon wollte mit all seinen Kräften dafür sorgen, dass es dazu kam.

Heimlich war er sogar … glücklich. Das war nichts, was er offen nach außen tragen konnte, denn die anderen würden das sicher befremdlich finden, aber es war so. Weil Meister Stefan ihm eine wundervolle Aufgabe übertragen hatte, eine, die Timon mit Stolz und Eifer erfüllte und mit dem brennenden Willen, seinem Herrn zu zeigen, was er konnte. Er wusste ohne jeden Zweifel, er würde ihn zufriedenstellen, und war voller Freude, genau das zu tun.

Vor ihm lag die Risszeichnung einer Mondsichelmadonna, die der Meister als Teil eines Altarbildes eigenhändig angefertigt hatte. Die heilige Frau war eine Augenweide, wie immer bei Meister Stefan, und die Essenz des Motivs aufregend, deshalb gefiel es Timon über die Maßen. Er liebte die Geschichte aus der Apokalypse des Johannes, in der die mit Sternen gekrönte, hochschwangere Maria in einen letzten nervenaufreibenden Kampf zwischen dem Erzengel Michael und einem grässlichen Drachen gerät. Das Monstrum stößt die furchtbare Drohung aus, das Kind zu verschlingen, sobald es geboren ist, doch natürlich wird ihm das nicht gelingen. Denn dieses Kind ist Jesus und gehört Gott und nicht irgendeinem widerlichen Feuer speienden Ungeheuer. So viel Dramatik, so viel Leid! Und so viel Hoffnung, weil das Böse nicht gewinnen wird, nicht gewinnen *kann*.

Meister Stefan hatte Timon mit der verantwortungsvollen Aufgabe betraut, seine Meisterzeichnung auf die vorbereitete Holztafel zu übertragen und durch Weißhöhung die Formen zu entfalten. Sie aus dem Grund herauszuschälen. Fast der wichtigste Vorgang bei der Schaffung eines Gemäldes, denn hierdurch wurden die Gestalten auf dem Bild zu plastischen Körpern, mehr noch als durch die anschließenden Farblasurschichten. Die gaben dem Bild Reichtum und Feuer, schmeichelten dem Auge, doch ohne Weißhöhung blieb das Bild flach. Spiegelte nicht die Wirklichkeit wider. War langweilig.

Normalerweise übernahm Dietbert diese Aufgabe, und Timon war stolz und ehrfürchtig, weil sie diesmal ihm zugefallen war. Auch Reinhold hatte es schon gemacht – vor Timon, aber daran wollte er nicht mehr denken. Reinhold war fort und hoffentlich bei den Engeln im Himmel.

Endlich kann ich beweisen, ihm ebenbürtig zu sein, dachte Timon zufrieden. Behutsam tauchte er die Pinselspitze in weißes Eitempera, unterdrückte den Impuls, die Zungenspitze zwischen die Lippen zu klemmen, und machte sich ans Werk.

Als Roosen mit äußerst übellauniger Miene den Hof verlassen hatte und Eberlin mit treuherzigem Augenaufschlag zurück in den Stall verschwunden war – offensichtlich in der Absicht, Roosens guten Willen nicht über die Maßen zu strapazieren –, fasste Sabina schweren Herzens einen Entschluss.

Sie teilte Roosens Ansicht, Reinhold – der arme, tote Reinhold – sei nicht der Dieb, nach dem sie seit zwei Wochen erfolglos fahndeten. Zwar hatten sie das Blattgold bei ihm gefunden, doch wies nichts ernsthaft darauf hin, er habe weitere Dinge unrechtmäßig an sich gebracht. Es sah ihm auch einfach nicht ähnlich. Reinhold hatte niemals den Eindruck erweckt, er wäre an weltlichem Tand oder Luxus interessiert. Also musste ihm jemand das Blattgold untergejubelt haben, und es war nun an ihnen, seine Unschuld zu beweisen.

Das ging nur, indem sie den wahren Täter entlarvten. Am besten wäre es natürlich, er ließe sich auf frischer Tat ertappen, doch schien er diese Absicht nicht zu hegen. Das Zweitbeste war, das verdammte Diebesgut zu finden. Irgendwo musste es schließlich sein.

Es sei denn, er hatte es inzwischen verkauft oder außerhalb des Hauses versteckt. Dann konnten sie suchen bis zum Sankt-Nimmerleins-Tag und hätten trotzdem keine Aussicht auf Erfolg.

Dabei war es so wichtig, den Dieb in die Finger zu bekommen!

Aus zwei Gründen. Entweder er war während jener Nacht auf Beutezug gewesen und hatte gesehen, wie Reinhold ums Leben kam. In diesem Fall war er ein wichtiger Zeuge, und wenn er half, Reinholds Mörder zu überführen, durfte er sicher auf Milde hoffen, was seine eigenen Vergehen betraf.

Oder er war von Reinhold bei seinem frevelhaften Tun erwischt worden. Dann hatte er bestimmt verhindern wollen, dass der Junge jemandem davon berichtete. Also brachte er ihn um. Dann war der Dieb auch ein Mörder.

Sabina schauderte es. Sie hatte angenommen, nach den grauenvollen Ereignissen im letzten Jahr, bei denen sie ihre

Eltern verloren hatte, könne sie nichts mehr erschüttern. Sie hatte sich geirrt.

Allerdings half sie niemandem, wenn sie sich vor einer unangenehmen Aufgabe drückte, und deshalb würde sie sich zusammenreißen und mit den Nachforschungen beginnen. Wann, wenn nicht jetzt? Niemand befand sich in der Nähe, alle Männer waren in der Werkstatt beschäftigt, und das würde so bleiben, bis das Licht schwächer wurde. Davon waren sie weit entfernt, die Kirchenglocke hatte gerade erst vier Uhr geschlagen.

Sabina zwirbelte energisch ihre Haare zu einem strengen Knoten – eine Angewohnheit, die sie in letzter Zeit entwickelt hatte und die stets den Auftakt zu einer unbequemen Herausforderung markierte – und machte sich auf ins Hinterhaus. Hätte sie jemand dabei gesehen, wäre es ihm nicht einmal seltsam vorgekommen, da sie dort arbeitete und wohnte. Es fühlte sich trotzdem falsch an.

Ohne weiteres Zaudern stieg sie die Treppen hoch zu den Schlafstuben der Leute. Den Dachboden konnte sie aussparen. Den hatte Roosen gründlich gefilzt, es war kaum anzunehmen, er habe dort etwas übersehen.

Zuerst ging sie in die Kammer der Jungen und sah sich ausgiebig um. Nichts war anders, als sie es kannte, nichts war nicht normal. Die Betten nachlässig gemacht, ein Tuch zerknüllt auf dem Boden, die Waschschüssel leer. Offenbar hielt keiner der Lehrlinge übertriebene Reinlichkeit für notwendig, wofür auch die Staubflocken auf dem Boden sprachen.

Nun kam der heikle Teil.

Entschlossen und doch mit dem Gefühl, etwas Verbotenes zu tun, durchquerte sie den Raum und wandte sich den Kästen zu, in denen die Jungen ihre Habseligkeiten aufbewahrten. Bei Hanß brachte sie als Erstes eine struppige Hasenpfote mit abgewetztem Fell zutage. So etwas half gegen Schmerzen in den Gelenken, das war klar. Nicht klar fand sie, warum ein junger Kerl bereits Angst vor den Gebrechen des Alters hatte, aber darauf kam es nicht an. Die Hasenpfote gehörte ihm und nur ihm, nicht seinem Meister. Bei Timon war alles exakt aufgeräumt, zuoberst lag die etwas ungelenke Zeichnung eines älteren Paares, vermutlich seiner Eltern, dann stieß sie auf ein Rasiermesser und einen Kamm. Beides gab es auch in Reinholds Kasten, dort jedoch weniger gepflegt. Dem Kamm fehlten ein paar Zähne und das Rasiermesser wirkte stumpf. Reinhold hatte kaum Bartwuchs gehabt, da hatte ihn das wohl nicht gestört.

Die Gelegenheit, das bärtige Kinn eines Erwachsenen zu entwickeln, hatte er nicht mehr bekommen. Sabina stiegen Tränen in die Augen, sie schluckte sie angestrengt hinunter. Heulen konnte sie später. Jetzt sollte sie zusehen, das Ganze hinter sich zu bringen.

Am Ende begab sie sich an die unbequeme, langwierige und fruchtlose Aufgabe, die Holzbretter rings um die Betten abzuklopfen. In der Hoffnung auf einen Hohlraum, doch außer dem, in dem das Blattgold gewesen war, gab es keinen.

Nichts, in dem ganzen Raum war nichts. Kein Diebesgut, kein Hinweis. Gar nichts.

Bei den Gesellen sah es nicht anders aus. Weder ordentlicher noch sauberer und luxuriöser schon gar nicht. Mathias und Dietbert hatten einen Hauch mehr Besitztümer aufgehäuft, besaßen jeder neben dem Ersatzkittel ein zweites Wams, Dietbert ein Gebetbuch und Mathias einen Rosenkranz aus wunderbar geschnitzten Perlen. Nichts davon weckte in irgendeiner Weise einen Verdacht.

Sabina stand mitten im Raum und stöhnte frustriert auf. Weil die Frage unbeantwortet blieb, wer die verdammten Sachen aus der verdammten Werkstatt entwendet hatte. Sie hatte keine verdammte Ahnung.

11

Natürlich erfüllte sich Sabinas Hoffnung nicht, Roosen würde ihr eine zündende Idee auf dem Silbertablett servieren. Zündende Ideen waren schwer zu finden. Sicher besonders schwer für jemanden, der seit dem gestrigen Nachmittag eine ungemein düstere Miene zur Schau trug. Sie gefiel ihr besser als die normale, verschlossene, denn sie bewies, dass Roosen zu Gefühlen fähig war.

»Ich weiß, es läuft nicht rund im Moment«, bemerkte sie und wischte die beim Frühstück großzügig verstreuten Brotkrümel mit der Handkante zusammen. »Aber würdet Ihr mir verraten, welche Laus Euch zusätzlich über die Leber gelaufen ist?«

Roosen verschränkte die Arme vor dem Leib und schwieg.

»Ich kann mich nicht auch noch mit Euren Launen herumschlagen!«, beschwerte Sabina sich. »Wenn Ihr nicht endlich damit aufhört, eine derart miese Stimmung zu verbreiten, und so mehr Sorgen verursacht, als Ihr nehmt, kann ich auf Eure Mitarbeit sehr gern verzichten, vielen Dank.«

»Dann bringt Ihr einen gemeingefährlichen Mörder alleine zur Strecke? Schon klar«, erwiderte er spöttisch, und Sabina verspürte nicht übel Lust, ihm die nächstgreifbare Pfanne auf den Kopf zu hauen.

Sie nahm zwar nicht an, er würde sich für einen Schlag revanchieren, aber ganz sicher war sie nicht. »Mühelos«, fauchte sie deshalb bloß.

»Das unterscheidet uns«, sagte er müde. »Mir gelingt das nicht. Jedenfalls nicht mühelos.«

»Wie auch? Wir haben weder Zeugen noch das Tatwerkzeug, *und* wir wissen nicht, was das Ganze ausgelöst hat. Den Täter aus dem Ärmel zaubern können wir schließlich nicht«, erwiderte sie so sachlich wie möglich. Das war schwer, denn sie konnte niemanden gebrauchen, der zwischen Zorn und Selbstmitleid schwankte und daher nicht von Nutzen war.

Zu ihrem Erstaunen stahl sich ein zögerndes Grinsen in seine Züge. »Ihr habt recht«, bekannte er. »Leider. Wir haben nichts, oder? Das ist eine sehr magere Ausbeute unserer Bemühungen, das muss man schon sagen.«

»Aber wir sind noch nicht am Ende«, erklärte sie fest und wünschte, dies entspräche der Wahrheit.

»Stimmt.« Roosen riss sich zusammen, und plötzlich fiel ihr auf, wie ausgelaugt er aussah. »Als Nächstes werden wir den Kreis der Befragten auf Freunde und Bekannte außerhalb dieses Hauses ausdehnen«, sagte er und strengte sich an, sich etwas einfallen zu lassen. »Vielleicht hat Reinhold irgendwem von einer Auseinandersetzung erzählt. Oder von Ärger, der ihm bereitet wurde.«

»Ihr meint, er wurde bedroht?« Daran hatte sie überhaupt noch nicht gedacht. »Er wurde nicht sozusagen aus Versehen umgebracht, sondern fiel einem geplanten Mord zum Opfer? Oh Gott. Vielleicht einem, der von langer Hand vorbereitet wurde?«

»Kann sein. Falls er ernsthaft mit jemandem in Streit geraten war …«

»Was Reinhold nicht ähnlich sähe«, unterbrach Sabina.

»… und sein Kontrahent ihn aufgrund seines großen Zorns endgültig aus dem Weg räumen wollte«, fuhr Roosen unbeirrt fort und wirkte auf einmal richtig wach. »Vielleicht gab es Zeugen, die gesehen haben, wie Reinhold mit ihm aneinandergeriet. Oder er hat einem Freund davon erzählt.«

»Oder der Streit eskalierte in einem einzigen verhängnisvollen Moment und niemand war dabei. Dann gab es keine Planung und keinen Zeugen.« Sabina rang die Hände und verhakte fest die Finger, als sie es merkte.

»Dagegen spricht der Tatort«, wandte Roosen ein. »Es war wohl kaum ein Zufall, dass die beiden sich auf dem Dachboden begegnet sind.«

Sie sahen sich beklommen an. Schließlich fragte Sabina zögernd: »Was könnte denn der Grund für einen derart heftigen Zwist sein? Ich meine, nach einem Zusammenprall ebbt Wut normalerweise ab. Oder? Aber Ihr setzt voraus, der Mann habe danach im stillen Kämmerlein geschmort und gemurrt und wollte Reinhold auch mit zeitlichem Abstand noch gründlich an die Gurgel.«

»Rache für etwas, was er getan hat oder zumindest vermeintlich getan hat«, schlug Roosen vor. »Streit um Geld, weil einer beim anderen Schulden gemacht hat. Krach beim Spiel. Ihr glaubt nicht, wie Männer sich beim Würfeln in die Haare kriegen können.«

»Glaube ich wohl.«

Roosen grinste. »Häufig – sollte ich sagen, meistens? – geht es bei Streitigkeiten um ein Weib.«

Sabina seufzte und ließ sich neben Roosen auf der Bank nieder. »Nichts davon ist wahrscheinlich bei einem so durchgeistigten jungen Mann wie Reinhold. Er hatte seine Malerei im Kopf, Bilder, Farben, was weiß ich. Aber nie und nimmer Flausen. Weder Geld noch Mädchen.«

»Ihr wäret überrascht, wie groß die Rolle ist, die Frauen im Leben von Männern spielen. Im Guten wie im Bösen«, wandte Roosen ein.

Sie warf ihm von der Seite einen Blick zu, doch er hatte zurück zu seinem normalen Ausdruck gefunden. Dem undurchsichtigen. »Klar, wir sind immer an allem schuld«, sagte sie. »Trotzdem glaube ich in Reinholds Fall nicht daran. An Probleme beim Glückspiel schon gar nicht.«

»Hm.«

»Schon gut, Ihr wisst's natürlich besser. Ihr kanntet Reinhold schon seit Ewigkeiten und daher genauer als ich.«

»Ich weiß es *nicht* besser«, widersprach er kühl. »Ich suche nur nach Beweggründen. Einer davon, und erscheint er uns zunächst als noch so undenkbar, wird sich am Ende als der erweisen, der der Tat zugrunde lag. Und ohne dass wir uns Gedanken darüber machen, werden wir nicht darauf stoßen.«

Das stimmte und darüber ärgerte sie sich auch schon wieder. Damit sie nicht unaufhaltsam in ein sinnloses, überflüssiges und peinliches Gezänk mit Roosen geriet, erhob Sabina sich und sagte: »Ich gehe zu Eberlin und bringe ihm den Rest Pilzpastete von gestern Abend. Er hat noch nichts zu essen bekommen, und wie wir wissen, neigt er zu unklugen Raubzügen, wenn er Hunger hat.«

»Ich begleite Euch.«

In erholsamem Schweigen liefen sie hinüber zum Stall, wo sie von Eberlin nicht ganz so sehnsüchtig erwartet wurden, wie sie angenommen hatte. Er lag gemütlich im Stroh, den Kopf auf Blanches mächtigen Leib gebettet. »Hallo«, grüßte er freundlich und biss krachend in eine Möhre, die ohne jeden Zweifel aus dem Schweineeimer stammte, den Sabina jeden Abend hinüber zum Stall brachte.

»Es sieht aus, als hättest du es recht gut angetroffen«, bemerkte Roosen und sah beinahe wohlwollend aus.

»Wir haben Freundschaft geschlossen«, teilte Eberlin mit und tätschelte Blanches dicken Bauch. Die Sau schnaufte herzlich.

»Das freut mich zu hören«, erklärte Sabina. »Aber alles in allem stellt das hier keine langfristige Lösung dar. Deshalb habe ich mir etwas überlegt.« In den langen Stunden der vergangenen Nacht, als sie partout nicht in den Schlaf hatte finden können. »Wir sollten meinem Onkel von dir berichten. Dann könntest du dich viel freier bewegen, zumindest hier auf dem Grundstück.«

»Das kommt überhaupt nicht infrage«, trat Roosen ohne jedes Zögern ihren Vorschlag in den Staub.

»Ich hatte beinahe erwartet, dass Ihr das sagt. Was heißt beinahe? Ich *habe* es erwartet!«, fuhr Sabina empört auf. »Und warum? Gibt es *einen* vernünftigen Grund für Eure Ablehnung, den Ihr mir darlegen könntet?«

»Das würde ich ja, wenn Ihr mich zu Wort kommen ließet.«

Sabina schnaubte böse und stemmte die Fäuste in die Taille.

Roosen dagegen blieb vergleichsweise ruhig. »Euer Onkel kann derzeit nicht noch mehr Unruhe gebrauchen. Ihm wird jeder Fremde zu viel sein.«

»Ein winzig kleiner Fremder!«

»He!«, protestierte Eberlin und rappelte sich auf. Blanche grunzte und tat es ihm gleich.

»So meinte ich das nicht.« Sabina rang sich ein beruhigendes Lächeln ab und schob Blanche beiseite. Das Tier brachte sie offenbar zwingend mit dem Fresseimer in Verbindung und rückte ihr zu nah auf die Pelle. »Ich wollte damit zum Ausdruck bringen, von dir ginge keine Gefahr für die Werkstatt aus.«

»Das könnte sie aber«, wandte Eberlin ein. »Ich könnte

Feuer legen. Oder Bilder klauen. Die müssten ganz gut zu verscherbeln sein, oder? Ich könnte mich sogar mit Blanche aus dem Staub machen.«

»Blanche?«, fragte Roosen verblüfft.

»Meine Freundin hier.« Eberlin zog die Sau liebevoll am Ohr und Blanche sah aus, als würde sie lachen.

»Findest du es klug, dich dieser Missetaten zu bezichtigen?«, erkundigte Roosen sich mit gerunzelter Stirn und weigerte sich, auf das Blanche-Thema einzugehen.

»Ich bezichtige mich doch nicht, Meister!« Eberlin riss die Augen auf. »Ich sage nur, ich *könnte* das alles machen. Nicht, dass ich es getan *habe*. Oder tun würde.«

»Mir kommt diese Unterhaltung recht fruchtlos vor«, bemerkte Sabina und verlor allmählich die Geduld.

»Das stimmt«, gab Roosen bereitwillig zu.

»Eben.« Eberlin verschränkte in einer faszinierenden Kopie von Roosen seine dünnen Ärmchen. »Ich will nich, dass Ihr dem Hausherrn was erzählt. Kann sein, er wirft mich raus.«

»Das würde er nicht tun«, widersprach Sabina. »So ein Mensch ist er nicht.«

»Trotzdem.«

Der Junge sah so alt, so wissend aus, es schnitt ihr ins Herz. Was er wohl erlebt hatte? Warum fiel es ihm so schwer, an das Gute im Menschen zu glauben? »Na gut, ich werde es ihm nicht verraten«, versprach sie wider besseres Wissen.

»Wenn Ihr's dennoch macht, laufe ich weg!«, drohte der Knirps.

Roosen seufzte. »Dem wohnt wenig Logik inne, findest du nicht?«

»Keine Ahnung«, erwiderte Eberlin säuerlich. »Ich weiß nicht, was Ihr meint.«

»Er meint gar nichts.« Sabina fing den Blick auf, den Roosen ihr zuwarf. »In diesem Fall jedenfalls nichts Wichtiges. Ich habe versprochen, deine Anwesenheit nicht preiszugeben, also tue ich es nicht. Und damit ist das Thema erledigt.«

Es war Freitag, der September begann, und der Sommer schien bereit, sich zu verabschieden. Jedenfalls hatte der Himmel sich zugezogen, das Kobaltblau der letzten Augusttage war Vergangenheit. Timon war das Wetter egal, nicht aber das Licht. Maler konnten zwar keine gleißende Sonne gebrauchen, weshalb Werkstätten bevorzugt nach Norden ausgerichtet wurden, aber Helligkeit war vonnöten. Am besten war klares, graues Novemberlicht, wenn der Himmel hoch und hell und fast weiß war.

Düsterer Dämmer bei Dauerregen war dagegen überhaupt nicht zu gebrauchen. Vor allem, wenn es um die Farbgestaltung mit ihren diffizilen Nuancen ging, aber so weit war er noch nicht. Er war weiterhin mit der Weißhöhung der Mondsichelmadonna befasst, mit Formen, Schraffuren und Konturen, und dafür war genug Licht vorhanden.

Ganz allmählich arbeitete er sich von außen nach innen, legte die Madonna an, die Mondsichel, den Sternenkranz. Wie immer bei Meister Stefan war der Bildaufbau vollendet geometrisch, wer wollte, konnte ein Dreieck in den Fluchtlinien erkennen. Wer nicht wollte, nahm den verschwenderischen Gesamteindruck wahr und war genauso glücklich. Timon liebte die klaren Strukturen und suchte stets als Allererstes danach, sie entsprachen seinem Sinn für Ordnung. Und er liebte diese Mondsichelmadonna, die Arbeit an ihr erfüllte ihn mit atemlosem Glück. Mit der Gottesmutter als zentralem Motiv war er beinahe fertig, später würde er die Engel in den oberen Ecken einfügen. Der

Kampf des Erzengels mit dem Drachen war für den unteren Bildrand vorgesehen, und wem diese Aufgabe übertragen wurde, stand noch nicht fest. Timon war nicht sicher, ob der Meister ihn damit betrauen würde, aber er hoffte es, erwartete es sogar. Ein Bild, ein Guss. Er kniff ein Auge zusammen und lehnte sich zurück, um sein Werk durch den Abstand besser erfassen zu können.

Dabei stieß er an etwas Weiches und sein Herz machte einen so gewaltigen Satz, dass er fürchtete, es spränge ihm zum Halse heraus. »Meine Güte, Meister!«, entfuhr es ihm, nicht imstande, sich rechtzeitig zu zügeln. »Ihr habt mich zu Tode erschreckt!«

»In diesem Haus wird vom Tod nicht respektlos gesprochen!«, schoss Meister Stefan zurück und augenblicklich fühlte Timon sich schäbig wie die hässlichste aller Wanzen.

»So habe ich es nicht gemeint«, sagte er kleinlaut. »Ich habe mich nur so erschrocken.«

»Na gut«, überwand sich Meister Stefan. »Ich nehme an, unser aller Nerven liegen blank, nicht nur meine.«

Das gehörte zu den Dingen, derentwegen Timon seinen Meister verehrte. Vor allem natürlich, weil er Bilder von himmelsgleicher Schönheit schuf und man nicht anders konnte, als in Ehrfurcht davor zu verstummen. Zum anderen, weil er ein umgänglicher und großherziger Mann war. Derzeit zwar ein wenig aus der Fassung geraten, aber wer wollte es ihm verübeln. Auf seinem Wams prangte ein unschöner Fleck, wahrscheinlich Eigelb. Nie zuvor hatte Timon seinen Herrn anders als makellos gekleidet gesehen.

Meister Stefan blieb neben ihm stehen und legte den Kopf schief. Dann stützte er den linken Ellenbogen in die rechte Hand und rieb mit den langgliedrigen Fingern an seinem Kinn. Das tat er immer, wenn er in konzentrierter Betrachtung versank. Timons Beklemmung wuchs, warum, wusste er gar nicht, denn er hatte gute Arbeit abgeliefert. Beste Arbeit. Er lächelte zögernd.

»Die Gewandfalten sind zu eckig«, äußerte Meister Stefan unversehens und runzelte die Stirn.

Timons Vorfreude erlosch, als habe sie jemand wie eine Kerze ausgeblasen. »Ich habe sie angelegt, wie sie auf der Risszeichnung vorgegeben waren«, protestierte er mit mühsam unterdrückter Empörung.

»Hast du nicht.« Lochners Stimme wurde lauter. Nicht sehr laut, doch alle im Raum konnten ihn hören. »Die Gewandfalten der Muttergottes müssen fließend sein und bewegt, fast wie im Wirbel«, erklärte er. »Es handelt sich um eine dramatische Geschichte und das musst du sichtbar machen. Durch einen dramatischen Faltenwurf.«

»Aber das habe ich getan.« Ratlos betrachtete Timon seine Madonna. Sie war genauso, wie er sie auf der Risszeichnung gesehen hatte.

»Du brauchst Dramatik und du brauchst Stofflichkeit«, fuhr Lochner fort, als habe er ihn nicht gehört. Vielleicht *hatte* er ihn nicht gehört. »Man muss das Material spüren, wenn man es sieht, den Mantel praktisch auf der eigenen Haut fühlen. Es handelt sich um weiches Wolltuch, nicht um Holz, verflucht nochmal!«

Timon sank in sich zusammen. Wie konnte es sein, dass er so heftig angegriffen wurde? Seine Leistung war ohne Fehl und Tadel, davon war er überzeugt. Aber wusste es sein Meister nicht besser? *Gewiss* wusste er es besser. Andererseits mochte er auch einer Fehleinschätzung unterliegen. Weil er erschüttert war wegen Reinholds Tod. Das wäre ganz natürlich. Ebenso natürlich würde er sich mit der Zeit davon erholen. Dann wäre alles wieder gut und er würde sehen, was zu sehen war. Nicht das, was er sehen *wollte*, weil er seinen Kummer irgendwo abladen musste.

Er würde sein, wie er immer gewesen war. Voller Lebendigkeit, Klugheit, Schaffenskraft. Jene Eigenschaften, die ihn zu einem Vorbild machten. Zu *seinem* Vorbild. Timon wusste, wenn er je zu der Leichtigkeit der Pinselführung fände, wie sie Meister Stefan zu eigen war, dann wäre er ein glücklicher Mann.

So weit war er noch nicht. Er hatte gedacht, er sei kurz vor dem Ziel, aber sein Meister sah das offenbar anders, war nicht zufrieden mit ihm. Noch nicht, aber das würde sich ändern, wenn er sich anstrengte. Noch mehr arbeitete, härter mit sich ins Gericht ging, Kritik nicht übel nahm, sondern bereitwillig aufgriff und umsetzte. Seinem Herrn das Beste gab, was er besaß: sich selbst und sein Talent.

»Ich sehe, was Ihr meint«, sagte er demütig, auch wenn das gelogen war. Er sah es *nicht.* »Ich werde mich gleich daransetzen und es überarbeiten.«

»Davon gehe ich aus«, erwiderte Lochner und wandte sich ab. »Mach's noch einmal. Und ein weiteres Mal. Bis es sitzt.«

Bei den letzten Worten war er schon halb bei Dietbert. So, als sei er sicher, Timon benötige seine Anweisung gar nicht, weil er von selbst wusste, was zu tun war.

Oder so, als sei er nicht bei der Sache. Weil es ihn gar nicht wirklich interessierte.

Adrian lief in zügigem Tempo durch den Nieselregen und feilte an seiner Strategie. Allzu viel Zeit hatte er dafür nicht, Lochners Heim war von dem der Baarths kaum mehr als einen Steinwurf entfernt.

Strategie oder keine Strategie, er musste sein Missfallen zur Sprache bringen, denn seit gestern kaute er unablässig darauf herum, und er hatte keine Lust, daran zu ersticken. Stets überlegte er mit Bedacht einen jeglichen seiner Schritte, prüfte, was er sagen konnte oder besser verschwieg. Hatte gelernt, sich niemals eine Blöße zu geben, kein Einfallstor für mögliche Angriffe zu öffnen. Eigentlich war sein Leben eine ständige, nicht enden wollende Anspannung, er hatte es nur noch nie bemerkt. Jetzt fiel es ihm auf. Daran gewöhnt, genau abzuwägen, was er offen äußerte und was er besser unter Verschluss hielt, hatten sich die Grenzen des Sagbaren verschoben, je weiter er vom Kind zum Manne gereift war. Und desto enger das Verhältnis zu seinem Herrn wurde. Baarth vertraute ihm und er vertraute Baarth.

Bisher jedenfalls war es so gewesen. Doch Baarths plötzliche Illoyalität brachte das System ins Wanken und das machte Adrian schwer zu schaffen. Dabei hätte er durch die jahrelangen Erfahrungen abgebrühter sein müssen. Ihm war sattsam bekannt, dass sein Herr ehrgeizig war und von Rücksichtnahme nicht viel hielt. Allerdings hatte er ihn nie für skrupellos gehalten. Das schien sich gerade zu wandeln, und er wollte wissen, woran das lag. Wenn er den Grund dafür kannte, würde er seiner Empörung sicher Herr. Und das musste er. Schließlich arbeitete er für ihn und hatte seinen Befehlen zu folgen. Wenn er diese nicht verstand oder billigte, lag eine bittere Zeit vor ihm.

Zudem hatte Baarth ihm nur noch zwei Tage zugestanden, um die Untersuchungen abzuschließen. Zwei Tage! Gegen diesen törichten Befehl musste er strikt Einspruch erheben. Er hatte nie davon gehört, ein Verbrecher richte sich nach dem Zeitplan derer, die ihn zur Strecke bringen wollten.

Alles in allem war es also geboten, mit Goddert zu sprechen, weshalb er sich zum Stadthaus aufgemacht hatte und damit die Mittagsmahlzeit im Lochnerhaus wahrscheinlich verpassen würde. Wenn man ehrlich war, wäre das nicht schlimm. Fast hätte er bei dem Gedanken gelächelt, aber nur fast.

Bei den Baarths herrschte wie immer rege Betriebsamkeit. Eine Heerschar von Dienstboten fegte und wischte, tat all diese vielen geheimnisvollen Dinge, die offenbar nötig waren, um einen Haushalt am Laufen zu halten. In der Diele standen zwei Mägde und schüttelten riesige Stoffbahnen aus, weil es draußen dafür zu nass war. Adrian ergriff umgehend die Flucht und betrat das Arbeitszimmer. Es war einwandfrei aufgeräumt, die Luft geschwängert vom würzigen Duft des Clairets, den Goddert so gern trank, doch vom Hausherrn selbst war weit und breit nichts zu sehen. Adrian drückte sich erneut an den wild herumfuchtelnden Mägden mit ihren Laken oder Tischtüchern oder was auch immer vorbei und betrat, ohne anzuklopfen, die Wohnstube. Und dort begegnete er Isabella.

Im ersten Moment war er wie vor den Kopf gestoßen. Wie üblich wegen ihres Liebreizes, aber vor allem, weil er in den letzten Tagen überhaupt nicht an sie gedacht hatte. Soweit er sich erinnern konnte, war das seit ihren Kindertagen nicht mehr vorgekommen, als sie ein sanft gelockter Engel mit fehlenden Schneidezähnen gewesen war, der ihn mit Fragen zu allem und jedem gelöchert und Reitunterricht von ihm erhalten hatte. Seither war sie stets in seinen Gedanken gewesen, erst nur liebevoll wie bei einem älteren Bruder oder einem Onkel, ein paar Jahre später mit sehnsüchtig klopfendem Herzen.

»Seid gegrüßt, Isabella«, sagte er artig nach einer etwas zu langen Pause und sie schenkte ihm bereitwillig ihr wunderbar strahlendes Lächeln.

»Adrian, wie schön! Ich habe dich bereits vermisst. Kehrst du zurück in dein Heim, das dir offenbar langweilig geworden ist?«

Sie trat näher und gab ihm einen spielerischen Klaps auf den Arm. Wie immer ging ein betörender Duft nach Veilchen von ihr aus. Betörend und aufdringlich, wie er plötzlich fand.

Ebenfalls wie immer weigerte er sich, auf ihre Koketterie einzugehen. Das war gesünder. »Eher nicht«, erwiderte er betont nüchtern. »Ich suche Euren Vater.«

»Oh, der ist nicht da, du musst mit mir vorliebnehmen.« Sie blickte ihn voller Übermut an. »Wirst du mit mir das Mittagessen einnehmen?«

Das hätte er früher liebend gerne getan, wenn auch im Bewusstsein, sich einer überwältigend großen Gefahr auszusetzen. Dennoch hätte er es genossen. Heute schüttelte er ohne jedes Bedauern den Kopf. »Tut mir leid. Ich muss Euren Vater wirklich dringend sprechen. Wo finde ich ihn denn?«

Isabellas rehbraune Augen wurden eine Spur kühler. »Keine Ahnung. Irgendwo in der Stadt.«

»Eine Idee, wo er sein könnte?«, beharrte Adrian.

Isabella fand ihr fröhliches Lachen wieder. »So ernst, mein tapferer Adrian? Er wollte sich mit jemandem treffen, glaube ich. Tut er das nicht ständig?«

Prompt fühlte er sich wie der ungehobelte Klotz, der er war. Zwar weit davon entfernt, so groß zu sein wie ihr Vater, schon gar nicht so imposant, aber trotzdem ein Klotz. Neben Isabellas zartgliedriger Gestalt war er grob und eckig und kam sich meistens ein bisschen tumb vor. Natürlich wusste sie das. Und deshalb war es nicht gut, ihr zusätzliche Munition in die Hand zu geben. Wobei er nicht wusste, warum er etwas so Hässliches überhaupt dachte.

»Das tut er«, bestätigte er und hatte ein schales Gefühl im Magen. »Vielleicht hat er erwähnt, wohin er wollte?«

»Oh, wie wäre es schön, wenn ich über jeden seiner Schritte Bescheid wüsste!«, rief Isabella und legte ihren schlanken Zeigefinger auf die Lippen. »Schön und überaus nützlich. Leider ist es jedoch nicht so.« Sie lächelte ihn an, und ganz unvermittelt kam es ihm geziert vor. Unecht.

Immerhin hatte sie nun erfasst, dass sie sich an seiner eisernen Zurückhaltung die Zähne ausbiss und sah davon ab, ihn weiter mit ihrem Charme zu traktieren. »Vater will das Stadthaus renovieren und neu ausstatten, ich nehme an, es hat damit zu tun. Er wird unterwegs sein und mit Handwerkern oder Kaufleuten verhandeln. Das ist jedenfalls das, was er seit Tagen macht«, erklärte sie, für ihre Verhältnisse geradezu sachlich.

Das bedeutete, er könnte überall sein. Adrian nickte Isabella zum Abschied zu, nahm vage ihren überraschten Blick zur Kenntnis und ergriff eilig die Flucht.

Alle saßen um den Tisch herum und warteten darauf, dass Onkel Stefan das Dankgebet sprach und sie endlich anfangen konnten. Alle außer Timon.

»Also wenn er jetzt nicht kommt, ist das Essen kalt«, sagte Sabina ratlos. Sie hatte Fisch zubereitet, es war Freitag. Großzügige Stücke Flussaal mit Kräuterkruste, in einer etwas zu dünn geratenen Soße angerichtet.

Onkel Stefans Stirn war sturmumwölkt. »Er arbeitet anscheinend eifrig und hat die Zeit vergessen«, sagte er allerdings nur, und Sabina war froh darum. Es war nicht gut, einen der Mitarbeiter in Anwesenheit der anderen zu kritisieren, das schaffte böses Blut. »Wir fangen an«, entschied er, faltete die Hände und senkte das Kinn.

Die Tür flog auf und Timon stürmte herein. »Ich kann sie nicht finden!«, rief er empört, und alle blickten aufgescheucht hoch.

»Nicht schon wieder!« Onkel Stefan stöhnte.

Das war mit absoluter Gewissheit das, was alle anderen am Tisch ebenfalls dachten. »Jetzt setz dich erst einmal«, schlug Sabina vor, um die Gemüter zu beruhigen, aber ebenso gut hätte sie zu einem tauben Ochsen reden können.

Timon blieb, wo er war, und raufte sich buchstäblich das Haar. Seine schmale Gestalt bebte. »Sie ist weg!« Er schüttelte den Kopf, als könne er es nicht glauben. »Weg«, wiederholte er. »Einfach weg.«

»Ich weiß nicht, was wir noch tun können, um den Spuk zu beenden«, sagte Onkel Stefan und sah so elend aus, dass Sabina das Herz wehtat. Dann sammelte er sich. Immerhin stand er diesem Hausstand vor, und er war es, der die Sache irgendwie zu einem glücklichen Ende führen musste. »Wo ist Roosen?«, fragte er. »Wir brauchen Roosen!«

»Der wollte seinen Herrn aufsuchen«, wusste Sabina, »aber am Nachmittag wieder zurück sein.«

»Typisch«, murmelte Mathias. »Nix passiert und er lungert die ganze Zeit hier herum. Dann knallt es und der Herr ist nicht da.«

Das stimmte zwar, war aber trotzdem ungerecht, fand Sabina. »Was ist denn diesmal entwendet worden?«, fragte sie, weil es sonst niemand tat und irgendjemand bei Sinnen bleiben musste.

»Meine Vorstudie zur Anna selbdritt«, erklärte Timon verzweifelt.

Angespannte Stille senkte sich über den Raum. Nur Hanß scharrte unruhig mit den Füßen, und er hätte mit ihnen direkt auf Sabinas Nerven herumtrampeln können, so sehr regte sie das auf.

Endlich fasste Dietbert sich ein Herz. »Nun, es ist folgendermaßen, mein Junge«, begann er gemütlich. »Du bist zwar gut, aber sicher nicht gut genug für einen Dieb, der eine Zeichnung klauen will. Eine vom Meister, das könnte ich mir vorstellen, aber eine von dir? Nimm's mir nicht übel, das will ich nicht recht glauben.«

»Sie ist aber weg«, wiederholte Timon stumpf. »Und sie ist der Entwurf für mein Gesellenstück. Was soll ich denn jetzt machen?«

»'ne Neue«, schlug Mathias vor. Ziemlich unfreundlich, fand Sabina.

Sie sah hinüber zu ihrem Onkel, den jegliche Kraft verlassen zu haben schien. Er starrte auf den inzwischen eiskalten Flussaal und gedachte offenbar nicht, das Wort zu ergreifen.

Also war es ihre Aufgabe. »Bevor Timon einen neuen Entwurf anfertigt – und wer weiß, vielleicht wird der sogar noch besser als der erste –, sollten wir alles dafür tun, den alten zu finden«, sagte sie und blickte von einem zum anderen. Natürlich fiel die Wahl auf Hanß, er war der Jüngste. »Du gehst in die Werkstatt und suchst«, befahl sie. »In allen Mappen und hinter allen Tischen. Ich heb dir dein Mittagessen auf. Und wenn du sie gefunden hast, bekommst du ein Apfelküchlein obendrein. Die waren zwar für morgen gedacht, aber sei's drum. Timon, du bleibst hier. Setz dich und lass Hanß in Ruhe nachforschen.« Sie bemühte sich, die verkrampft geballten Fäuste zu lösen, und holte tief Luft. »Onkel Stefan, könntest du das Tischgebet sprechen?«

Adrian ging ohne Umschweife dorthin, wo es ihn immer hinzog, wenn er nachdenken musste. Zum Rhein.

Er konnte die trubelige Mittagsmahlzeit bei den Lochners jetzt nicht aushalten, auch wenn der Gedanke an zu lange gegarte Fischstücke ihm längst nicht mehr einen solchen Schrecken einjagte wie noch vor Kurzem. Langsam folgte er dem Uferweg vom nördlichen Ende der Stadtmauer am Kunibertsturm in Richtung Süden, wo er am anderen Ende auf den Bayenturm stoßen würde. Der Weg nahm einiges an Zeit in Anspruch und verschaffte ihm die Gelegenheit zur inneren Sammlung. Und die brauchte er. Die *suchte* er.

Der Zorn auf Baarth war verpufft, er wurde ersetzt durch ein fahles Gefühl der Leere. Die Gewissheit, Isabella zu Füßen zu liegen, sie anzubeten, war verschwunden. Einfach so. Diesen wesentlichen Teil seines Selbst gab es nicht mehr. Die aufrichtige und sinnlose Sehnsucht nach etwas, was ihm nicht vergönnt war und nie vergönnt sein würde, hatte ihn so lange begleitet, über Jahre hinweg, nun war er jäh davon befreit. Eines Tages wäre er wohl froh darüber, doch im Moment war da nur das schmerzliche Empfinden eines großen Verlustes. Das, was ihn im Innersten zusammengehalten hatte, was ihn einen Sinn darin hatte sehen lassen, weiter und immer weiter zu machen, fehlte. Die Wahrheit war schlicht und ergreifend, dass er sich … verloren fühlte. Zu erschüttert, um mehr als gelindes Erstaunen zu verspüren, als er in der Nähe des Doms auf seinen Herrn stieß.

Was er sah, sickerte nur allmählich in sein Bewusstsein, doch dann vergaß er, was ihn bis zu diesem Moment beschäftigt hatte. Er richtete seine Aufmerksamkeit, seine Urteilskraft, seinen ganzen Verstand auf das, was vor ihm lag und auf den ersten Blick recht unverfänglich wirkte. Zwei Männer, die sich unterhielten, nichts weiter. Berücksichtigte man allerdings, um welche Männer es sich handelte, sah die Sache anders aus. Jedenfalls für denjenigen, der eingeweiht war.

Wie Adrian.

Goddert, der wegen Meister Stefan seine Lauterkeit aufgekündigt hatte, und Meister Siegbarth, Lochners Konkurrent. Man ging wohl nicht von zu viel Schlechtigkeit im Menschen aus, wenn bei dieser Konstellation die Alarmglocken schrillten.

Warum traf man sich abseits der üblichen Wege und Orte? Um unbeobachtet miteinander sprechen zu können. Und wie sie sprachen! Sie waren ganz auf sich konzentriert, ließen sich vom Regen durchweichen, achteten nicht auf ihre Umgebung. Ohne die geringsten Gewissensbisse mischte Adrian sich unter eine Gruppe Pilger, die beim Anblick des unvollendeten Südturmes stehen blieben und in aufgekratztes und sehr unfrommes Geschnatter ausbrachen. Adrian musste sich anstrengen, um Godderts Gespräch mit Meister Siegbarth zu belauschen, denn das war genau das, was er vorhatte.

»Ich denke, damit wäre das geklärt«, hörte er Siegbarth sagen, und sein Lächeln war ebenso erfreut wie unangenehm.

Geklärt? Was denn geklärt? Er war zu spät dazugestoßen, verdammt noch mal.

»Sehen wir, wie es sich entwickelt.« Goddert klang verhaltener, auch seine Miene war weniger klar zu deuten. Daran war Adrian gewohnt. Sein Herr ließ sich nicht gern in die Karten blicken.

»Nun, sei es, wie es sei, uns kommt's zupass«, insistierte Siegbarth, und Goddert nickte leicht.

»Durchaus. Wie wäre es, darf ich Euch auf eine ordentliche Portion Hering einladen?«, fragte er, und Adrian registrierte schadenfroh die Enttäuschung in Meister Siegbarths Augen. Goddert nahm das freitägliche Fasten sehr ernst und zu mehr als einem einfachen Fischtopf würde Siegbarth ihn nicht überreden können.

Doch nahm er, was er kriegen konnte, und folgte Baarth eilig, der sich bereits zum Gehen gewandt hatte. Wie Adrian vermutete, zog es ihn zum »Dä Hillije Pitter«, einem Gasthof in der Nähe des Domes, wo besonders herzhaftes Bier ausgeschenkt wurde. Darüber hinaus war das Wirtshaus bekannt für seine deftige Küche. Goddert ging gern dorthin, wenn er der überfeinerten Speisen vorübergehend überdrüssig war, die er normalerweise bevorzugte.

Adrian blieb stehen und blickte ihnen hinterher. Die Pilgerschar war längst weitergewandert und um den Dom herum in Richtung Westfassade marschiert. Er stand ganz still und rang darum, das Gesehene einzuordnen, zu *verstehen*. Natürlich war er nicht immer glücklich mit Baarth, er war sich auch darüber im Klaren, dass sein Herr ein gefährlicher Mann war. Einer, den man besser zum Freund als zum Feind hatte. Doch hatte er bis zu diesem Zeitpunkt geglaubt, Goddert Baarth wäre zwar hart, aber ehrenhaft. Den Vorwurf, er sei hinterlistig, hätte Adrian jederzeit entrüstet von sich gewiesen.

Bis jetzt.

12

ADRIAN STAND AUF den staubigen Dielen und lauschte dem Regen, der aufs Dach fiel. Nicht trommelte, es war mehr ein sanftes Rauschen, heimelig, solange man sich im Trockenen aufhielt. Inzwischen hatte er sein durchfeuchtetes Wams gewechselt, an den Schuhen war wenig zu ändern, er besaß nur ein Paar, aber insgesamt fühlte er sich wohl. Körperlich. Mit seinem Seelenleben sah es anders aus, es kam einfach nicht zur Ruhe. Gestern Baarths plötzlicher Kurswechsel, heute sein heimliches Treffen mit Meister Siegbarth …

Innerer Getriebenheit wurde man am besten Herr, indem man etwas *tat*.

Er zwang den Gedanken an Goddert rigoros beiseite und ging daran, aufs Neue mit größter Sorgfalt den Dachboden zu durchsuchen. Bislang hatte er sein Augenmerk auf Spuren gerichtet, die auf Reinholds Mörder oder zumindest auf den Tathergang hinwiesen. Dieses Mal suchte er nach der Diebesbeute, denn er war mehr denn je der Überzeugung, dass die Fälle zusammenhingen. Es wäre verrückt anzunehmen, der gutherzige Stefan Lochner würde gleich von zwei Übeltaten heimgesucht, ohne dass diese miteinander in Verbindung standen.

Natürlich entdeckte er rein gar nichts.

Das hatte er im Grunde erwartet. Wäre er zu irgendeinem Zeitpunkt auf Rotmarderpinsel, silberne Spachtel oder Bernsteinklumpen gestoßen, hätten ihn die Dinger praktisch angesprungen. Er hätte nicht einmal nach ihnen Ausschau halten müssen.

Ohne sich davon entmutigen zu lassen, stieg er die schmale Stiege hinab und setzte seine Nachforschungen in der Kammer der Gesellen fort. Er schaute in alle Ecken, hob alles auf, was herumstand, und blickte darunter, durchwühlte die Betten, kramte in den Truhen. Und fand nichts. Nicht einmal etwas, was Aufschluss über die Persönlichkeit der beiden Männer gab. Sie schliefen hier und das war's.

Ächzend richtete Adrian sich auf, dehnte die Muskeln, streckte sich und warf einen Blick durch die Fensterluke. Unten erkannte er Sabina, die mit eiligen Schritten den Hof überquerte und versuchte, dem Regen davonzulaufen.

Schlagartig ging ihm auf, dass ihre Welt vor ihren Augen gerade einfach zerbrach und sie sich angesichts dessen ziemlich tapfer hielt. Eine Woge des Mitleids überrollte ihn, möglicherweise auch mit sich selbst. Weil an den Grundfesten seines eigenen Daseins ebenfalls kräftig gerüttelt wurde und seine eigene Welt genauso ins Wanken geraten war.

Dass er Isabella gewissermaßen verloren hatte – geschenkt. Es war erfreulich und gesund, sie sich endlich aus dem Herzen zu reißen, daraus konnte nur Gutes erwachsen. Aber Goddert? Der Mann, der ihn aufgezogen hatte, mehr als jeder andere eine Art Vater für ihn gewesen war, ihn gefördert und verteidigt hatte gegen die fortwährende Ablehnung seiner zweiten Frau? Dieser Mann war ihm von einem auf den anderen Tag furchtbar fremd. Wie konnte es sein, dass er mit Meister Siegbarth gemeinsame Sache machte und er, Adrian, nichts davon wusste? Um welche Sache handelte es sich überhaupt? Fädelten sie heimlich ein schmutziges Geschäft ein? Ein Geschäft, in das Baarth Adrian nicht einbeziehen wollte? Vertraute er Siegbarth so viel mehr als seiner langjährigen rechten Hand?

Adrian schüttelte den Kopf und versuchte, logisch zu denken. Natürlich besprach Baarth durchaus nicht alles mit ihm. Es war albern – unvernünftig und anmaßend –, gekränkt zu sein. Aber er war es, weil er es nicht gewohnt war, übergangen zu werden. Oder *hinter*gangen?

Vielleicht war alles ganz anders und ihn leitete nur sein verletzter Stolz.

Sabina war inzwischen aus seinem Blickfeld verschwunden und ging fleißig ihrer Arbeit nach, wie er annahm. Genau das sollte er auch tun. Entschlossen wandte er sich ab, verließ die Gesellenkammer und betrat die der Lehrjungen. Dort traf er auf dasselbe große Nichts. Sah man davon ab, dass er hinter Timons Bettstatt auf eine Zeichnung stieß, die zwischen Wand und Strohsack gerutscht war. Vermutlich jene, um die der Junge einen Riesenaufstand veranstaltet hatte, das hatte Sabina in höchst farbigen Worten beschrieben. Anscheinend herrschte die einhellige Ansicht, Timon habe sich mit der Überzeugung, bestohlen worden zu sein, reichlich überschätzt. Sie hatte das gemein, aber trotzdem richtig gefunden.

Adrian hielt das etwas verschmuddelte Blatt zwischen zwei Fingern und betrachtete es. Anna, Maria und Jesus. Großmutter, Mutter und Kind – eine ganz normale Familie. Timon hatte das Trauliche des Beisammenseins gut eingefangen, Adrian gefiel die Innigkeit, mit der die beiden Frauen den Knaben ansahen. Er war der Heilsbringer und dennoch auch Sohn und Enkel, das wurde vollkommen deutlich. Es sah ganz danach aus, als ob Timon durchaus das Zeug zum Künstler hatte.

So viel Aufregung wegen nichts. Adrian schüttelte erneut den Kopf und machte sich an den Abstieg, um in den Vorratsräumen weiterzusuchen.

Im Erdgeschoss und in den Repräsentationsräumen zur Straße hin war das Haus mit Glasfenstern ausgestattet, aber alle Zimmer damit zu versehen, war natürlich zu teuer. Überall sonst bestanden die Fenster aus schlichten rechteckigen Löchern im Mauerwerk, ließen Licht und Luft hinein und im Winter jede Menge Kälte. Damit einem nicht die Ohren abfroren, wurden sie mit hölzernen Fensterläden geschlossen. Und deren Angeln quietschten, also gehörten sie geölt. Sabina schnappte sich das Ölkännchen und machte sich auf den Weg, denn wenn sie nicht irrewerden wollte, musste sie arbeiten. Wer die Hände in den Schoß legte, geriet schnell ins Grübeln.

Allerdings gehörte Grübeln zu ihren derzeitigen Aufgaben, da sie bislang keine tragfähige Idee entwickelt hatten, wie sie Reinholds Mörder auf die Schliche kamen. Ohne vernünftiges Nachdenken würde sich daran nichts ändern.

Sie kniete auf einer Truhe in ihrer Schlafkammer, träufelte Öl auf die Scharniere und klemmte die Zunge zwischen die Zähne vor Anstrengung, bei ihren Bemühungen nicht aus dem Fenster zu fallen. Als sie eine Stimme hinter sich hörte, fuhr sie so heftig zusammen, dass ihr das Ölkännchen beinahe aus den Fingern geglitten wäre.

»Himmelherrgott, Hennes! Das ist nicht die Zeit und nicht der Ort, eine arme Frau derart zu erschrecken«, sagte sie gereizt.

»Ich soll Euch holen.« Keine Entschuldigung, nie ein Wort zu viel. »Hat Frau Lysbeth gesagt. Ihr sollt zu ihr kommen.«

Die Tante war direkt nach dem Mittagessen von ihrer

Reise zurückgekehrt und ohne jeden Zweifel von ihrem Mann über die bestürzenden Ereignisse der letzten Tage aufgeklärt worden. Vermutlich war sie entsetzt. Nun wollte sie sich mit ihrer Nichte austauschen, das war kein Wunder. Seufzend stellte Sabina das Ölkännchen beiseite und fand sich damit ab, eine weitere Nacht wach zu liegen, weil die Fensterläden sich sachte bewegten und dabei dieses leise, mit der Zeit jedoch enervierende Knarzen verursachten. Sie wischte die Finger an ihrer Schürze ab, lief die Treppe hinunter und betrat ohne Umschweife die private Wohnstube der Lochners, wo Lysbeth unruhig auf und ab tigerte und die Hände rang.

»Dein Onkel hat mich über alles informiert«, sagte sie, kaum hatte Sabina den Raum betreten. »Jetzt sollst du mir das Ganze aus deiner Sicht schildern. Setz dich zu mir.« Sie zog Sabina hinüber zu dem achteckigen Tisch in der Mitte des Raumes, und ließ sich selbst auf dem Stuhl nieder, der mit dem Rücken zum Fenster stand. Wahrscheinlich war sie den Anblick des Dauerregens leid.

»Gut.« Sabina setzte sich ebenfalls, dachte einen Moment nach und berichtete in gedrängter Form und konsequent eingehaltener Reihenfolge von den Geschehnissen der letzten Tage.

»Das ist eine Katastrophe«, fasste Tante Lysbeth die Angelegenheit zusammen, als sie geendet hatte.

»Ja«, stimmte Sabina knapp zu.

»Ich verstehe das nicht. Wieso werden wir von solchen Schicksalsschlägen überrollt?« Lysbeth blickte Sabina ängstlich an und diese hatte Mühe, ihr nicht ärgerlich über den Mund zu fahren.

»Woher soll ich das wissen?«, konnte sie sich trotzdem nicht verkneifen zu fragen. »Es steht kein geheimer großer Plan dahinter, nehme ich an.«

Lysbeth runzelte die Stirn und ihre sanften graublauen Augen verdüsterten sich. »Warum so patzig?«

»Das bin ich gar nicht. Es ist nur … Egal. Wir tun jedenfalls unser Bestes, Licht ins Dunkel zu bringen. Roosen und ich.«

»Ach, der Roosen. Bisher hat er nicht viel dazu beigetragen, die Sache aufzuklären.« Tante Lysbeth war ungnädiger Stimmung.

»Das stimmt leider. Aber ohne ihn müsste ich mich alleine darum kümmern und dazu hab ich rein gar keine Lust.« So respektlos hatte sie zu ihrer Tante noch nie gesprochen, doch sie schaffte es nicht, sich deswegen zu schämen. Dazu war sie einfach zu abgekämpft.

Tante Lysbeth war das vielleicht auch. Jedenfalls griff sie unvermittelt und gänzlich unerwartet an. »Ich finde, du hast dich seit dem Tod deiner Eltern in eine ungünstige Richtung entwickelt.«

»Meine Eltern? Was haben meine Eltern damit zu tun?« Schockiert stellte Sabina fest, dass sie seit einer ganzen Weile nicht an sie gedacht hatte. Das war seit ihrem Tod nicht vorgekommen. Vor der Zuspitzung der Lage hatte sie tagtäglich eine gewisse Zeit damit zugebracht, sich an sie und ihr gemeinsames Leben zu erinnern, und sie getreulich in jedes ihrer Gebete eingeschlossen. Aber im Moment bereiteten ihr zu viele andere Dinge Sorgen, da hatte sie es wohl etwas schleifen lassen.

»Hörst du mir überhaupt zu?«

Sabina nickte, obwohl es geflunkert war. Zumindest während der vergangenen Sätze war Lysbeths angenehm weiche Stimme an ihr vorbeigerauscht.

Das herzförmige Gesicht ihrer Tante zeigte einen zunehmend missbilligenden Ausdruck. »Ich verzichte darauf, dich zu bitten, meine Worte zu wiederholen. Du hast viel zu bedenken und Schreckliches erlebt, das weiß ich wohl. Damals und heute wieder. Das tut mir leid. Und ich wünsche dir wahrhaftig, du mögest deinen Frieden finden.«

»Irgendwann vielleicht.« Sabina lächelte leicht.

»Das wird aber nichts, wenn du weiterhin so bärbeißig bist«, schlug Lysbeth zu.

»Bärbeißig? Ich?«

»Bärbeißig«, bekräftigte ihre Tante. »Seit dem Tod deiner armen Eltern bist du bärbeißig. Nicht dass ich es nicht verstünde. Eigentlich. Aber irgendwann musst du dich in den Griff bekommen. Du musst zu dir zurückfinden, Sabina. Und dafür brauchst du ein normales Leben.«

»Ich *habe* ein normales Leben.«

»Nein, du …«

»Ich meine, ich *hatte* es«, unterbrach Sabina hilflos. »Bis jemand anfing, uns in unserem Heim zu bestehlen. Bis jemand Reinhold getötet hat. Das ist nicht normal, oder? Findest du das *normal*?«

Ihre Stimme war immer lauter geworden. Bedauerlicherweise. Denn das gab Lysbeth die Bestätigung, mit allem, was sie ihr vorwarf, im Recht zu sein.

»Mach dich nicht lächerlich«, erwiderte sie prompt und reichlich kühl. »Davon rede ich nicht. Ich finde, du solltest ein Leben führen, wie es für Frauen üblich ist.«

»Das tue ich doch.« Sie begann, nervös ihre Schürze zu kneten, und als sie es merkte, unterdrückte sie den Impuls sofort wieder. Aber es kostete sie einiges an Anstrengung.

»Nur gewissermaßen«, widersprach Lysbeth und ließ sich nicht beirren. »Du arbeitest und schuftest und leistest mehr als jeder andere. Weshalb ich dich bewundere und wofür ich dir auch von Herzen danke, das weißt du.« Endlich schlich sich etwas mehr Wärme in ihre Stimme, und Sabina wusste, sie meinte es ernst. »Aber du machst es für *uns.* Das sollte so nicht sein. Du brauchst einen Mann. *Das* wäre normal.«

»Einen was?«

»Einen Mann. Einen *Ehemann.* An seiner Seite würdest du leben, wie eine Frau es für gewöhnlich tut.«

»Nein, besten Dank«, entfuhr es Sabina impulsiv. »Die Männer in diesem Haus reichen mir vollkommen aus.«

Lysbeth lachte und fand endlich zu ihrem wohlmeinenden Wesen zurück. »Ich bin nicht wirklich sicher, ob wir dasselbe meinen, liebe Nichte«, sagte sie beinahe schelmisch.

»Das mag sein«, stimmte Sabina unumwunden zu. »Aber für alles andere habe ich keine Zeit. Kann ich jetzt zurück an meine Arbeit?«

Als er die Durchsuchung des Hinterhauses abgeschlossen hatte, wischte Adrian sich die staubigen Hände sauber und machte sich auf den Weg in die Küche. Das war der einzige Ort, an dem er sich aufhalten konnte, ohne sich wie ein Schnüffler zu fühlen, und Sabina war der einzige Mensch, mit dem er seine Erkenntnisse teilen wollte.

Oder hätte teilen wollen, wenn es denn welche gäbe.

Wie sich herausstellte, war Sabina nicht allein. Auf der Bank saß mit untergeschlagenen Beinen Eberlin, der eine Schale in den Arm geklemmt hatte und sich in beängstigender Geschwindigkeit süßen Hirsebrei in den Mund schaufelte. Sabina selbst hatte die Ellenbogen auf dem Arbeitstisch aufgestützt, das Kinn in die Hand gelegt, und sah dem Jungen dabei zu, als wäre das eine ihrer vordringlichsten Aufgaben.

»Wo seid Ihr gewesen?«, fragte sie statt einer Begrüßung und richtete sich auf. »Ihr wart wie vom Erdboden verschluckt.«

»Bei den Baarths«, erklärte er sparsam, denn er wollte nicht darüber sprechen. »Und unterwegs.« Es gelang ihm sogar, nichts von seiner Verbitterung anklingen zu lassen. »Direkt nach meiner Rückkehr habe ich das Hinterhaus nach dem Diebesgut durchstöbert. Ich sage es Euch lieber gleich: Da war nichts. Ich habe nichts gefunden.«

»Ich auch nicht«, nickte sie zerstreut.

»Ihr habt das Hinterhaus durchsucht?«

»Gestern.« Sie drehte sich um und begann, in einem Korb zu kramen.

»Findet Ihr nicht, Ihr hättet mir davon berichten müssen?«, erkundigte er sich so eisig wie möglich.

Impertinenterweise zuckte sie mit den Schultern. »Ja, schon. Aber erst kam ich nicht dazu und dann wart Ihr fort. Ihr habt Spinnweben am Wams.«

Wütend wischte er das Zeug weg, nur klebte es jetzt an seinen Fingern. »So können wir nicht zusammenarbeiten«, beharrte er. »Das hat keinen Zweck. Wir müssen uns absprechen.«

»Ist gut. Ach, da sind sie ja. Oh, die sehen aber nicht mehr so besonders aus.« Nachdenklich betrachtete Sabina ein paar Stangen Lauch.

»Ihr könnt ’ne Suppe daraus kochen«, schlug Eberlin etwas undeutlich vor, da er immer noch mit vollen Backen kaute.

»Mache ich auch.«

»Sabina, würdet Ihr Euch einen Moment konzentrieren? Wir müssen darüber reden, wie wir in Zukunft vorgehen wollen. Ich finde es nicht richtig, wenn Ihr unabgesprochen die Kammern untersucht.«

Die Sabina, die er kannte, hätte ihm entgegengehalten, er selbst habe das ebenfalls getan. Es wäre eine schwere Heimsuchung gewesen. Dass sie es nicht tat, regte ihn jedoch ebenfalls auf. Warum erbitterte ihn ihr eigenmächtiges Vorgehen eigentlich derart? Lochners Nichte konnte tun und lassen, was sie wollte, Hauptsache, sie führten am Ende ihre Erkenntnisse zusammen.

Er atmete tief durch und sagte: »Tja, dann haben wir es eben doppelt geprüft, folglich besonders gründlich. Was es umso bedeutender macht, dass wir nichts gefunden haben.«

»Hm. Allerdings müsste man sehr dämlich sein, die Beute im eigenen Haus zwischen den eigenen Sachen zu verbergen.« Sabina beäugte immer noch den Lauch, als erwarte sie, er würde demnächst eine zündende Idee zur Lösung des Problems vortragen. Schließlich wandte sie sich an Eberlin. »Was meinst du? Verträgt die Suppe Bohnenkraut? Auch wenn keine Bohnen drin sind?«

Eberlin nickte begeistert. »Klingt gut.«

»Wenn die Aufklärung des Falles nicht mehr von Interesse ist, verabschiede ich mich jetzt«, kündigte Adrian aufgebracht an.

»Warum so sauertöpfisch?«, fragte Sabina, aber sie sah ihn nicht an. »Habt Ihr schon im Vorderhaus nachgeschaut?«

»Ja. Da war aber auch nichts. Vermutlich. Doch ist es äußerst verwinkelt und unübersichtlich, daher habe ich womöglich etwas übersehen.«

»Kann schon sein«, nickte sie.

Wo war die Sabina geblieben, die bei allem und jedem in Wallung geriet und es an Temperament nicht mangeln ließ? An einem anstrengenden Temperament, das oft übers Ziel hinausschoss. Im Grunde sollte er dankbar sein.

»Als Nächstes nehme ich mir die Wirtschaftsgebäude vor«, sagte er und verkniff sich den Streit, den er so gerne vom Zaun gebrochen hätte.

Eberlin wischte mit einem Kanten Brot die allerletzten Körnchen Hirse aus seiner Schale. »Ich kann Euch helfen und den Stall durchsuchen«, bot er an. »Zeit genug hab ich ja.«

»Wieso isst er eigentlich Hirsebrei?«, fiel Adrian plötzlich ein. »Das Frühstück liegt doch Stunden zurück.«

»Ich hab noch welchen gemacht. Der Junge war so hungrig.«

»Ich bin immer hungrig«, teilte Eberlin mit, wohl in der Hoffnung auf einen weiteren Leckerbissen, aber Sabina schien es nicht zu bemerken. Stattdessen begann sie, ohne großen Elan die Lauchstangen in Ringe zu zerteilen. In sehr unterschiedlich breite Ringe. Adrian fragte sich, ob das Absicht war. Wahrscheinlich nicht.

»Ich pass jetzt auch besser auf«, versprach Eberlin. »Vorhin bin ich fast aufgeflogen. Is aber nix passiert.«

»Was soll das heißen: aufgeflogen?«, fragte Adrian streng.

»Ich bin ’ne Runde im Garten spazieren gegangen ...«

»Hatte ich dich nicht angewiesen, dich im Verborgenen zu halten?«

»Hab ich ja«, erklärte Eberlin mit tugendhaftem Augenaufschlag. »Bin von Busch zu Busch gehüpft wie ’n Hase. Aber mir war so langweilig. Blanche hat den ganzen Tag nur gepennt, da bin ich halt mal raus. Fast wär ich in ’nen blonden Jungen reingelaufen, aber nur fast.«

»Timon?«, fragte Adrian und sah Sabina an. »Ein blonder, hübscher Junge?«, hakte er nach, weil sie nicht reagierte. »Mittelgroß, von schlankem Körperbau?«

»Viel zu hübsch«, bestätigte Eberlin. »Für ’nen Jungen, meine ich. Ja, wenn er ’n Mädchen wäre ... Is doch vergeudet, so was.«

Adrian warf erneut einen prüfenden Blick auf Sabina, doch die war mit ihrem Lauch beschäftigt, als gäbe es nichts Wichtigeres auf der Welt.

»Ich wollt's Euch noch sagen, ich geh ab jetzt nachmittags raus«, bemerkte Eberlin. »Ganz raus, meine ich. In die Stadt. Ist mir zu doof, den ganzen Tag bloß auf einem Schwein rumzuliegen, egal wie nett es ist. Da wird man ja dusselig im Kopp von.«

»Das kannst du dir abschminken«, erklärte Adrian sofort.

»Wieso denn? Sonst bin ich hier, versprochen. Kommt schon, Meister. Nachmittags ist die ungefährlichste Zeit.«

Sabina kehrte zurück zu den Lebenden und blickte auf. »Was soll das heißen: Es ist die ungefährlichste Zeit?«

Eberlin wandte sich mit einem unsicheren Blick an Adrian, aber der wusste nicht, was er sagen sollte, und schwieg.

Sabina stieß mit dem Messer in seine Richtung. »Warum ist es zu anderen Zeiten gefährlich? *Was* ist gefährlich? Ihr beide führt etwas im Schilde. Ich will wissen, was das ist.«

»Nix.« Eberlin strahlte sie an und bemühte sich sehr viel entschiedener als Adrian, die Situation zu entschärfen. »Gar nix is gefährlich, Meisterin. Ich mein bloß. Wäre schön, mal draußen zu sein.«

»Warum genau bist du überhaupt hier?«

Bevor Eberlin sich um Kopf und Kragen redete, ergriff Adrian doch lieber das Wort. »Ihm widerfuhren ein paar … Misslichkeiten. Nichts, über das zu sprechen sich lohnt. Vor allem litt er Hunger und ich päppele ihn ein bisschen auf.«

Sabina pustete geistesabwesend ein paar Haarsträhnen aus den Augen. »Aufpäppeln könntet Ihr ihn auch außerhalb des Stalles«, legte sie den Finger in die Wunde.

»Genau«, stimmte Eberlin zu und fiel Adrian bereitwillig in den Rücken. »Und wenn ich den ganzen Tag in dem Verschlag sein muss, sterbe ich nicht am Hunger, sondern an Langeweile.«

»So leicht stirbt man daran nicht«, sagte Adrian streng. Ein gelangweilter Eberlin war zweifellos ein renitenter Eberlin, aber er würde nicht nachgeben. Hier war er am sichersten. Und das war das, worum es ging. Den Bengel aus der Schusslinie und fern vom Hacker zu halten. Es war wichtig. *Adrian* war es wichtig. Wenn schon alles andere aus dem Ruder lief, dann würde er zumindest dafür sorgen, dass Eberlin nichts geschah.

»Schlag dir das aus dem Kopf. Du bleibst hier«, befahl er. »Ist das klar?«

Hoffentlich bemerkte Sabina den drängenden Ton nicht. Er hatte keine Lust, ihr zu erklären, was Eberlin auf dem Kerbholz hatte und dass er Gefahr lief, noch tiefer in diesen Sumpf zu geraten. Oder von frevlerischen Sündern zu berichten, die kleine Jungen ausnutzten, um sich eine goldene Nase zu verdienen, ohne je selbst dafür in den Kerker zu wandern. Vor allem aber wollte er nicht zugeben, in Eberlin das zu erblicken, was ohne Weiteres aus ihm selbst hätte werden können, wenn es die Baarths nicht gegeben hätte. Es gelang ihm einfach nicht, dieses Bild aus seinem Kopf zu verdrängen.

Sabina interessierte sich gar nicht dafür. Die hatte sich längst wieder ihrem Schneidebrett zugewandt, häckselte das Bohnenkraut und hatte Adrian und Eberlin bereits vergessen.

Als Sabina am nächsten Morgen erwachte, tat sie dies mit müden Augen und einem Brummschädel, als habe sie zu ausgiebig schlechtem Wein zugesprochen, was natürlich nicht der Fall war. Allerdings hatte sie sich die halbe Nacht im Bett herumgewälzt und die Probleme zu immer größeren Bergen aufgetürmt, weshalb sie schlecht träumte, nachdem sie endlich eingeschlafen war.

Das muss aufhören, dachte sie, doch so einfach ließ sich das nicht bewerkstelligen. Immerhin klärten sich im Laufe des Vormittags ganz allmählich ihre Gedanken, während sie damit beschäftigt war, Hanß' Kittel zu flicken. Er war in eine Dornenhecke geraten – wie auch immer – und hatte ihn zerrissen. Hanß war ein ungelenkes Kalb, aber mit etwas Glück würde sich das legen, sobald er etwas älter war.

Bei Flickarbeiten bewegten sich die Finger fast wie von selbst und der Geist konnte ganz woanders sein. Mit der Zeit fand Sabina Lysbeths Vorstoß zwar nicht weniger abstrus, doch fühlte sie sich nicht länger vor den Kopf gestoßen. Ihr wurde klar, was sie ihrer Tante zu dem Thema zu sagen hatte. Falls sie überhaupt noch einmal darauf zurückkommen würde.

Natürlich war sie mit ihren sechsundzwanzig Jahren nicht mehr die Allerjüngste, jedoch auch keine alte Jungfer. Sie hatte noch Zeit. Nicht uferlos, aber immerhin. Selbst wenn das nicht der Fall gewesen wäre, war sie nicht so weit, sich zu verheiraten. Sie war in Trauer. Und sie hatte Angst. Davor, erneut etwas zu verlieren. Dieses Heim zum Beispiel und deshalb würde sie einer Verheiratung nicht zustimmen. Es ging einfach nicht. Was sprach überhaupt dagegen, den Lochners weiterhin zur Hand zu gehen? Ich bin eine gute Arbeitskraft, dachte sie, und die Sache mit dem Kochen werde ich schon noch lernen.

Als die Zugehfrau, die zweimal im Jahr bestellt wurde, um die Holzböden zu wachsen, ihr mitteilte, Frau Lysbeth wolle sie sehen, war Sabina beinahe erleichtert. Es verschaffte ihr die Gelegenheit zu erklären, wie genau sie zu der Sache stand. Sie würde es verstehen. Tante Lysbeth war eine gute, warmherzige Frau.

Und eine aufgewühlte, jedenfalls in diesem Moment. »Komm, setz dich zu mir!«, rief sie und winkte Sabina zu, als stünde sie auf der anderen Seite des Hofes und nicht direkt in der Tür. »Wie geht es dir? Gut, hoffe ich.« Sie unterbrach sich und unterzog Sabina einem prüfenden Blick. »Nein, nicht so gut, du siehst etwas angeschlagen aus. Aber egal, gleich fühlst du dich besser. Denn ich habe eine Idee, die dir gefallen wird. Sie *muss* dir gefallen! Mit der Zeit.«

Sabina war sich nicht so sicher. Misstrauisch blickte sie auf die glühenden Wangen und die leuchtenden Augen ihrer Tante, die einen Stuhl ganz dicht an den ihren heranzog und herrisch mit der Hand auf die Sitzfläche klopfte. »Nun setz dich endlich!«

Sabina tat wie geheißen und ließ sich auf der äußersten Kante nieder.

»Wir waren gestern Abend bei den Kurbekes geladen, das weißt du«, begann Lysbeth aufgekratzt. »Du kennst sie. Von ihnen haben wir das Haus gekauft, in dem wir vor diesem hier gewohnt haben. Egal. Sie gaben jedenfalls eine kleine Gesellschaft, zu der wir und ein paar Kollegen von Stefan geladen waren.«

»Es sieht ganz danach aus, als hättest du dich prächtig amüsiert«, sagte Sabina vorsichtig.

»Das habe ich.« Lysbeth setzte sich aufrechter hin, und ihr haselnussbraunes, schlichtes Haar schimmerte im Sonnenlicht, das durch das weit geöffnete Fenster fiel. Der Regen hatte über Nacht nachgelassen und in den frühen Morgenstunden ganz aufgehört, es roch überall köstlich nach Erde, Laub und Gras, und Sabina bekam allmählich trotzdem ein ganz, ganz übles Gefühl.

»Ich kenne die Lösung für unser Dilemma!«, rief Lysbeth triumphierend.

»Du weißt, wer der Dieb ist und wer Reinhold auf dem Gewissen hat?«, fragte Sabina verblüfft. »Wie hast du das denn ausgerechnet bei den Kurbekes herausgefunden?«

»Papperlapapp«, wischte Lysbeth ihre Worte beiseite. »Darum geht es nicht. Wenn es auch grauenhaft ist, was in unserem Zuhause geschieht. Selbstverständlich ist es das. Ich meine etwas ganz anderes. Hörst du gut zu?«

Sabina betrachtete ihre Tante, wie sie adrett vor ihr saß in ihrem hübschen Kleid aus himmelblauem Barchent, das durch die enge Schnürung ihre zarte Figur betonte und durch dessen trichterförmige Ärmel blütenweiß der Stoff des Untergewandes quoll. Wie konnte man nur gleichzeitig so viel Anmut und so viel Bedrohlichkeit ausstrahlen? Denn Lysbeth stand im Begriff, etwas anzukündigen, von dem nichts Gutes ausgehen würde. Das wusste Sabina. Sie *wusste* es einfach.

Lysbeth beugte sich vor, legte ihre Hand auf Sabinas und drückte sie liebevoll. »Du wirst Meister Siegbarth zum Mann nehmen«, erklärte sie, und Sabina studierte die hübschen zartrosa Nägel ihrer Tante, als habe sie nie etwas Vergleichbares gesehen.

»Ist das nicht ein Wunder?«, tirilierte Lysbeth. »Nachdem wir nachmittags darüber gesprochen haben, fällt mir die Antwort am Abend geradezu in die Arme.« Ihr Strahlen tat Sabina beinahe in den Augen weh. »Bei den Kurbekes!« Lysbeth schüttelte den Kopf, als könne sie es kaum glauben. Das konnte Sabina auch nicht. »Und dort, noch vor dem Abendessen, das exzellent war übrigens, mit einem Blancmanger vom Feinsten, zog mich Meister Siegbarth, kaum waren wir eingetroffen, einfach beiseite. Ich muss sagen, das wirkte geradezu verschwörerisch, und ich fürchtete weiß Gott was, aber dann hat er ganz artig seinen Antrag gemacht.«

»Hat er das?« Sabina war schlecht. Richtiggehend übel. Vielleicht sollte sie sich auf Tante Lysbeths Schoß erbrechen, dann würde sie bestimmt aufhören, solch abscheuliche Dinge zu sagen.

»Ja, das hat er«, bestätigte Lysbeth glücklich und sah so aus, als würde sie am liebsten in die Hände klatschen. »Ist das nicht wunderbar?«

»Nein.« Sabinas Stimme klang dünn. Zu dünn. Sie setzte sich aufrechter hin und strengte sich an. »Das ist nicht wunderbar. Das ist furchtbar.« Meister Siegbarth war ihr vor ein paar Wochen auf einem Bankett vorgestellt worden, ein nichtssagender Mann, dessen Konversation bemüht, wenn auch nicht grauenvoll gewesen war. Und der reichlich schlecht rasiert gewesen war für einen festlichen Anlass. Sie hatte ihn vergessen, kaum hatte er ihr den Rücken zugedreht. »Ich will nicht heiraten.«

»Dummerchen. Jede Frau will heiraten«, widersprach Lysbeth.

»Ich nicht. Und schon gar nicht Meister Siegbarth.«

»Ach was. Du hast es nur noch nicht richtig durchdacht.« Lysbeths Lächeln bekam etwas Stählernes. »Ich halte es für eine großartige Lösung. Wir blieben nah beieinander wohnen und könnten uns täglich sehen. Dazu kommen all die Gelegenheiten, wenn die Zunft ihre Treffen, Feste und Bankette veranstaltet. Wir könnten sie gemeinsam besuchen. Allein finde ich das nämlich grässlich.« Lysbeth schauderte kurz. »Es wäre schön, dich an meiner Seite dabei zu haben.«

»Ich soll Meister Siegbarth heiraten, damit du nicht alleine auf irgendwelche Lustbarkeiten gehen musst?«

Lysbeth lachte fröhlich. »Natürlich *nicht*. Es kommt nur als hübsche Dreingabe dazu. Du sollst ihn heiraten, weil du eine Familie gründen musst und weil es schön wäre, wenn dies mit einem Kollegen geschähe, damit wir dich nicht an jemanden verlieren, der mit unserem Leben gar nichts zu tun hat. Überlege es dir. Ich bin ganz sicher, du wirst erkennen, wie viele Vorteile diese Verbindung bietet.«

Sabina erhob sich schwerfällig und kam sich vor, als sei

sie um Jahre gealtert. Um Jahrzehnte. »Ich denke darüber nach«, versprach sie, weil sie ja gar nichts anderes sagen konnte.

»Stefan wäre entzückt!«, rief Lysbeth ihr hinterher, als sie schon auf dem Weg war.

Sabina ergriff die Flucht.

Am Vormittag machte Adrian sich lustlos ein weiteres Mal daran, das Vorderhaus zu durchsuchen. Das tat er einerseits, weil es nie schadete, gründlich zu sein, und andererseits, weil er nicht wusste, was er sonst tun sollte. Irgendwo musste das verdammte Zeug sein! Mit jedem Tag sank seine Hoffnung, die entwendeten Gegenstände zu finden, weil die Wahrscheinlichkeit wuchs, dass sie längst fortgeschafft oder verkauft waren. Doch mochte ein intelligenter Dieb dazu übergegangen sein, seine Beute dort zu verstecken, wo zuvor ergebnislos nach ihr gefahndet worden war. Ein Mann mit Grips würde sich ausrechnen, gerade dort vor Entdeckung sicher zu sein, da bestimmt nicht zwei Mal am selben Platz gesucht werden würde.

Sofern es diesen listigen Plan überhaupt gab, wollte Adrian ihm einen gründlichen Strich durch die Rechnung machen.

Außer der eher bescheidenen Diele mit dem Treppenaufgang, ein paar Verschlägen sowie einem Raum, in dem Skizzen, Entwürfe und Gemälde in mehr oder weniger fortgeschrittenem Zustand aufbewahrt wurden, befand sich im Erdgeschoss die Werkstatt. Sie lag zum Hof hin, bei entsprechender Witterung konnten die großen Fenster offen stehen, um möglichst viel Licht hereinzulassen. Adrian hatte entschieden, sich dort vorerst nicht umzusehen, weil es geradezu grotesk wäre, die erbeuteten Malerutensilien ausgerechnet da zu verbergen, wo man sie gestohlen hatte. Im

Obergeschoss lagen Lochners Besprechungsraum, in dem er Interessenten oder Auftraggeber bewirtete und umgarnte, ein Lagerraum für Materialien und ein paar bescheidene Kammern.

Viel zu tun also. Deshalb hätte Adrian sehr gerne Hilfe bei der Durchsuchung gehabt, und er freute sich, als er in der Diele auf Sabina traf, die mit unüblich schleppendem Gang die Treppe herabkam. Er trat auf sie zu und öffnete den Mund zu einer freundlichen Begrüßung, doch erstarben ihm die Worte auf den Lippen.

Sie ging einfach an ihm vorbei.

Kein Nicken, kein Wort, geschweige denn ein Lächeln. Nicht einmal ein halbes. Sie ranzte ihn auch nicht an, was sie sonst so gerne tat.

»Sabina?«, fragte er höflich ihren Rücken.

»Keine Zeit.«

Und fort war sie. Sehr unhöflich. Wirklich ungezogen. Adrian stellte fest, dass ihn das kränkte. Es war nicht immer einfach mit ihr, doch hatte er sich bisher recht gut mit ihr austauschen können. Für eine Frau jedenfalls. Sie stellte durchaus vernünftige Überlegungen an und war nicht zu zimperlich, um unangenehmen Wahrheiten ins Auge zu blicken.

Offenbar war sie dazu launisch, denn ihn derart geflissentlich zu übersehen, einfach wortlos an ihm vorbeizumarschieren, war unverschämt. Ob er sie zur Rede stellen sollte? Möglicherweise gab es einen Grund für ihr Betragen, auch wenn es ihm schwerfiel, daran zu glauben. Allerdings war sie wirklich sehr bleich gewesen, hatte beinahe verhärmt gewirkt. Sie war hellhäutig, jedoch waren ihre Wangen normalerweise rosig überhaucht. Fahle Blässe stellte dazu einen deutlichen Kontrast dar. Einen beunruhigenden Kontrast.

Was, wenn eine neuerliche Katastrophe über sie hereingebrochen war?

Andererseits hätte sie doch gerade dann mit ihm sprechen müssen!

Verwirrt und zornig erklomm er die Stiege und blieb unschlüssig auf der letzten Stufe stehen. Sollte er Sabina hinterhergehen? Oder nicht, weil es wichtiger war, mit seinen Nachforschungen zu beginnen?

Natürlich war es das.

Er brauchte Sabina nicht. Allein war er effektiver, wurde nicht durch irgendwelches Geschwätz abgelenkt. Dabei hatte er gerade eben noch gedacht, sie neige gar nicht zu müßigem Geschwätz. Egal um was es ging, waren Frauen dabei, wurde es sofort schwierig.

Aus der winzigen Kammer, die direkt neben Lochners Empfangszimmer lag, ertönte ein Rums.

Adrian fuhr herum und erkannte, dass die Tür offen stand. Eine Tür, die normalerweise abgeschlossen war, da Lochner dahinter bedeutsame Dinge aufbewahrte. Verträge zum Beispiel oder Urkunden, hatte er ihm erklärt. Dinge, die zu kostbar oder zu wichtig waren, um sie in einem leicht zugänglichen Raum aufzubewahren.

Leise trat er einen Schritt näher, linste durch den Türspalt und schob ihn sachte mit dem Zeigefinger ein wenig weiter auf.

In der Kammer stand Mathias und machte sich an einem Kasten zu schaffen. Einer Schatulle. Der Schatulle, in der das Blattgold gelagert wurde, das Meister Stefan für die himmlischen Hintergründe seiner Gemälde benötigte.

Lochners Geselle stand mit grimmiger Miene davor und langte hinein.

Adrian hatte die Erklärung noch im Ohr, warum in der Werkstatt gegenwärtig mit Blattgold nicht gearbeitet wurde.

Wegen der Jahreszeit und weil sich keines der derzeitigen Werke in diesem Stadium der Fertigstellung befand. Er hielt den Atem an und zog sich lautlos zurück in den Schatten des leerstehenden Besprechungsraumes.

Mathias verließ die Kammer, verschloss sorgfältig die Tür und strebte dem Ausgang entgegen.

Adrian stürmte mit einem gewaltigen Satz nach vorne, und ehe der Mann wusste, wie ihm geschah, hatte er ihm den rechten Arm auf den Rücken gedreht, presste ihn derart martialisch gegen die Wand, dass er den linken einquetschte und ebenfalls zur Bewegungslosigkeit verdammte.

»He, was ist denn los mit Euch?«, keuchte Mathias. »Seid ihr verrückt geworden?«

Adrian rammte ihm ziemlich unsanft das Knie ins Kreuz und begann, während er ihn mit seinem ganzen Leib eisern an die Wand drückte, mit beiden Händen sein Gewand zu durchsuchen.

Er wurde fündig.

13

Sabina stand vor dem Gehege und konzentrierte sich auf die Frage, wo Mariechen ihr Ei versteckt haben mochte. Würdevoll schritt die Henne auf dem ramponierten Stück Wiese einher, pickte hier, pickte da und dachte nicht daran, zu verraten, wo sie es dieses Mal abgelegt hatte.

So ein Huhn hatte es gut. Es musste an nichts denken, sich keinen Hahn aussuchen, der war einfach *da*. Das war Meister Siegbarth allerdings ebenfalls und genau darin lag das Problem. Je länger Sabina über ihn nachdachte, umso weniger wollte sie ihn nehmen. Der Mann war ihr völlig fremd. Nicht dass dies einen ernsthaften Hinderungsgrund dargestellt hätte – jedenfalls nicht für die meisten Menschen –, aber sie verspürte nicht die allergeringste Lust, ihn näher kennenzulernen. Wütend stieß sie einen Kieselstein mit der Fußspitze weg, er schlug mit einem hellen Klingen an den Eimer, der die Küchenabfälle für Blanche enthielt.

»Ihr seid wieder mal in Rage«, sagte Roosen hinter ihr. Sie hatte ihn nicht kommen hören, was sie noch mehr erboste.

»Müsst Ihr Euch immer so anschleichen?«, fauchte sie.

»Offenbar schon. Auch wenn es mir noch nicht aufgefallen ist«, konterte er bissig. »Ich wollte Euch holen.«

Auch das noch. Für einen erneuten Durchgang der Kammern und sämtlicher naheliegender oder abseitiger Verstecke hatte sie keine Zeit.

»Ich kann nicht. Ich suche ein Ei.«

»Das muss warten. Ich benötige Eure Anwesenheit bei …«

»Könnt Ihr nichts alleine tun?«, unterbrach sie ihn, weil sie es nicht hören wollte.

»Oh doch. Liebend gern sogar.« Er sah aus, als knirsche er mit den Zähnen, aber es ging im allgemeinen Radau unter. Die Hühner gurrten, Blanche schnaufte und Adelheid stieß den Eimer um. Sie verursachte einen Höllenlärm damit.

Roosen mäßigte sich. »Ich habe Mathias in einer Kammer festgesetzt«, begann er, »und …«

»Welche Kammer?«

»Das ist vollkommen egal!«, fuhr er auf und seine ganze drahtige Gestalt war ein einziger Vorwurf. »Die neben der Werkstatt.«

»Und warum?«

»Lasst Ihr mich jetzt ausreden? Ja? Dann sage ich es Euch nämlich.«

Sabina erkannte, dass sie dabei war, den Bogen zu überspannen, und nickte.

»Ich habe Mathias mit den Fingern in der Schatulle erwischt, die das Gold Eures Onkels enthält. Und dann sah ich, wie er ein Blättchen an sich nahm, und hielt ihn auf, als er das Haus damit verlassen wollte«, berichtete Roosen präzise und ließ Sabina nicht aus den Augen. Seine eigenen waren hellgrau, was einen auffälligen Kontrast zu dem dunklen Haar darstellte. Sie entdeckte ein paar silberne Fäden darin, die im Sonnenlicht glänzten.

»Sabina?«

»Ja?«

»Habt Ihr gehört, was ich gesagt habe?«

»Ich bin ja nicht taub.«

Er seufzte. »Seid Ihr bereit, die logischen Schlüsse zu ziehen?«

Das war sie nicht. »Ich komme nicht zu denselben wie Ihr«, begehrte sie auf und suchte fieberhaft nach anderen als den offensichtlichen. Allerdings wehten ihr auf die Schnelle keine in den Sinn.

»Es fällt mir schwer, das zu glauben«, sagte Roosen prompt. »Mathias hat das Blattgold an sich genommen, wollte es außer Haus bringen und dort entweder direkt verkaufen oder zumindest so lange verstecken, bis sich eine günstige Gelegenheit ergibt.«

»Das kann überhaupt nicht sein.« Sabina hob abwehrend die Hände und funkelte Roosen an. »Mathias würde so etwas niemals tun! Er ist brummig und knorrig und wahrhaft kein Meister der Diplomatie, aber Unehrenhaftigkeiten wie seinen Meister zu bestehlen liegen außerhalb seines Wesens.« Das wenigstens entsprach ihrer reinsten Überzeugung.

»Wieso seid Ihr dessen so sicher?«, fragte er, und weil er sich nicht aufspielte und sie ein dummes Weib schalt, nur weil sie anderer Meinung war als er, wollte sie ihm eine vernünftige Antwort geben.

»Mathias ist … eine ehrliche Haut«, erklärte sie. »Und an weltlichen Dingen nicht wirklich interessiert. Wie Reinhold, ganz genau wie Reinhold sogar. Wenn Mathias etwas braucht, dann teilt er das mit. Bekommt er es, nickt er halbwegs dankbar, bekommt er es nicht, macht er kein Brimborium deswegen. Er sagt geradeheraus, was er denkt, ist nie hintenherum. Der eigene Vorteil interessiert ihn einfach nicht. Ein Mensch wie er stiehlt nicht.«

Roosen dachte nach. »Klingt plausibel«, sagte er bedächtig. »Trotzdem stand er mit dem Blattgold in der Hand da.«

»Er arbeitet damit!«

Roosen schüttelte den Kopf. »Zurzeit nicht. In der Werkstatt Eures Onkels gibt es kein einziges Gemälde, für das im Moment Blattgold verwendet wird.«

»Na wenn schon«, sagte Sabina trotzig.

In Roosens Miene stahl sich ein Grinsen. Ein halbes. »Ihr seid eine echte Prüfung für mich. Tja. Sei es, wie es sei, ich möchte Euch bitten, der Konfrontation mit Mathias beizuwohnen«, fuhr er fort. »Es mag durchaus von Nutzen sein, wenn Ihr so ganz anderer Ansicht seid als ich – oder als die Ereignisse nahelegen –, dann beleuchten wir die Sachlage auf jeden Fall von allen Seiten.«

»Hm.« Sie wäre eigentlich lieber nicht dabei gewesen. Behielt Roosen nämlich recht, wollte sie dem nicht gern ins Auge sehen. Wegen Mathias, nicht wegen Roosen.

»Außerdem kennt Ihr die Leute besser als ich«, fügte der an.

»Genau«, stimmte sie zu. »Bei Reinhold lag ich auch richtig, als ich nicht glauben wollte, er sei der Dieb.«

»Deswegen ja.«

Sie sah ihn an, unschlüssig, ob er sie tatsächlich ernst nahm. Oder verspottete er sie? Es war schwer, das einwandfrei zu erkennen.

»Was habt Ihr vor?«, fragte sie, und ihr war klar, Mariechen hatte für heute ihr Ei in Sicherheit gebracht.

»Wir holen Mathias, bringen ihn in das Besprechungszimmer Eures Onkels und befragen ihn.«

»Worauf wartet Ihr noch?« Sie drehte sich um und stiefelte los, nie im Leben wäre sie brav wie ein Lämmchen hinter ihm hergetrottet, auf dem Weg zu einer Mission, die ihr zutiefst zuwider war.

Mathias stand mit sturmumwölkter Miene in der abgeschlossenen Kammer und blickte ihnen entgegen.

»Dieser Mann ist komplett irre«, sagte er zu Sabina und ruckte mit dem Kinn in Richtung Roosen.

Seine Handgelenke waren sorgfältig mit einem Lederband verschnürt, und Roosen hatte ihn an den Fensterpfosten angebunden, als wäre er ein wildes Vieh.

»Ach, Adrian«, sagte Sabina hilflos. Es war das erste Mal, dass sie ihn beim Vornamen nannte, und es war der völlig falsche Moment.

Erneut wählte Adrian Lochners Stube als den angemessenen Ort, um die Befragung durchzuführen. Dort verhandelte der Meister mit seriösen Menschen, dort erklärte er seine Gemälde. Dort ging es um die Kunst, den Glauben und um Geld. Viel Geld. Wo, wenn nicht hier, ließ sich Mathias mit der Frevelhaftigkeit seines Tuns konfrontieren? Nirgendwo sonst war er so sehr gezwungen, der Tatsache ins Auge zu sehen, etwas zutiefst Unmoralisches getan zu haben.

Wenn es denn so war.

Sabina glaubte das nicht, und es war nicht rundweg ausgeschlossen, dass sie mit dieser Einschätzung richtiglag. Ebenfalls nicht ausgeschlossen war die Möglichkeit, dass sie Mathias' Schuld nicht sah, weil sie diese nicht sehen *wollte*.

Im Gänsemarsch stiegen sie die Treppe empor, Mathias voran, und im Gänsemarsch betraten sie die Stube. Meister Lochner wartete bereits auf sie, lehnte zwischen den beiden Fenstern an der Wand, zu unruhig, um sich zu setzen. Adrian stieß Mathias auf einen Stuhl, er selbst blieb ebenfalls stehen und zwang den Gesellen damit, zu ihnen allen aufzusehen. Das brachte ihn von vorneherein in die unterlegene Position.

Fast hoffte Adrian, er fand dort wieder heraus. Nicht wegen seiner selbst natürlich, ihm lag nicht das Geringste an dem Mann. Aber für Sabina, die so ungestüm für ihn focht, wünschte er sich, Mathias wäre unschuldig. Und für Lochner, für den vor allem. Er wirkte nachgerade krank.

»Ich habe dich in der gesicherten Kammer angetroffen«, begann Adrian das Verhör und blickte Mathias finster an. »Was hast du dort gesucht?«

Der Geselle sah ihm geradewegs in die Augen. »Die Schatulle mit dem Blattgold«, sagte er herablassend.

»Offensichtlich«, versetzte Adrian bissig. Er schätzte es nicht, wenn man sich über ihn lustig machte. Nicht in so einer Situation. »Schön, dass du es nicht ableugnest.«

»Wäre ja auch albern. Erstens habt Ihr mich gesehen und zweitens hatte ich nichts Verwerfliches vor.«

Adrian warf einen Blick auf Sabina, aber die achtete nur auf Mathias und ihre Miene war verschlossen. Ihr feines Haar schimmerte rötlich in der Sonne, die durchs Fenster schien, und war wie so häufig heillos in Unordnung geraten.

»Das kannst du mir sicher genau erklären«, wandte er sich wieder an den Gesellen. »Weshalb bist du in einer Kammer anzutreffen, in der du nichts zu suchen hast? Wieso hältst du den wertvollen Besitz eines anderen in den Fingern? Und wie kann es sein, dass du nichts Ruchloses damit vorhattest?«

Aus dem Augenwinkel bemerkte er, wie Sabina ihre Hand in die ihres Onkels schob.

»Ihr habt recht, das *kann* ich erklären.« Mathias sah nicht ihn an, sondern Meister Stefan. »Sehr gut sogar.« Das struppige, ergraute Haar stand ihm wirr um den Kopf, seine derbe Gestalt hockte schief auf dem unbequemen Stuhl und die Hände hatte er nach wie vor gefesselt. Und doch strahlte er Selbstsicherheit aus, als er sagte: »Bei dem Blattgold der letzten Charge handelt es sich um minderwertiges Material. Es ist dünner als üblich. Ich vermute, es wurden mindestens hundertzwanzig Blatt pro Unze geschlagen statt der regulären hundert. Auch die Qualität ist nicht die, die wir üblicherweise bekommen, es gab Einschüsse im Material. Wir haben jedoch für beste Ware bezahlt, und das nicht zu knapp, denn Händler Wibert ist wahrhaftig nicht der Allergünstigste. Ich hatte ihn bereits zur Rede gestellt, aber da hat er mich abtropfen lassen, der Flegel«, Mathias schnaufte erzürnt, legte zum ersten Mal den sachlichen Ton ab. »Deshalb wollte ich es ihm unter die Nase reiben, und das geht nur mit Anschauungsmaterial.«

Meister Lochner richtete sich auf und suchte nicht länger Halt an der Wand. »Das ist nachvollziehbar, Roosen, das ist es doch, oder?«, fragte er aufgeregt.

»Natürlich ist es das«, mischte Sabina sich ein.

»Was haltet Ihr davon, wenn wir die Aussage Eures Gesellen überprüfen, bevor wir ihn freisprechen?«, schlug Adrian frostig vor.

»Macht das.« Sabina war wie üblich schneller. »Prüft und erkennt, dass er die Wahrheit gesagt hat. Das hast du doch, oder?«

Mathias zuckte die Schultern und nickte.

»Er stimmt Euch zu. Wie verblüffend«, sagte Adrian gallig. »Meister Stefan, ich bitte Euch, das Blattgold hinsichtlich seiner Qualität zu überprüfen. Ich selbst werde zu Händler Wibert gehen und ihn dazu befragen, ob Mathias bei ihm gewesen ist, wie er es behauptet.«

»Wäre kurios, wenn er es zugäbe«, bemerkte Sabina. »Immerhin gestünde er damit ein, mieses Zeug verkauft zu haben.«

»Es gibt Mittel und Wege«, erklärte Adrian im Bestreben um einen Rest von Würde. Er erkannte es natürlich, wenn er verloren hatte. Seine Hoffnung, nein, seine *Überzeugung*, endlich den Erfolg zu haben, dem er seit mehr als zwei Wochen hinterherjagte, zerfiel zu einem Häuflein Staub. »Gehen wir an die Arbeit«, sagte er und kehrte der Ernüchterung den Rücken.

Timon fühlte sich schlecht. Richtig schlecht. Es war zu ruhig in der Werkstatt. Zu ruhig und viel zu leer. Reinhold fehlte, der verwaiste Platz neben ihm schrie seine Verlorenheit in den Raum. Auch Mathias war nicht da, Meister Stefan ebenso wenig. Nur Dietbert, der reglos vor seiner Staffelei hockte und kein Wort sprach. Hanß schliff wieder einmal an einer Grundierung, und Timon wusste nicht genau, ob ihn das regelmäßige Geräusch besänftigte oder ob es ihn wahnsinnig machte.

Alles entwickelte sich ganz anders, als er gedacht hatte.

Endlich öffnete sich die Tür und Meister Stefan betrat den Raum, Mathias im Schlepptau, und Timon durchströmte eine fast absurde Erleichterung. Die allerdings einen Dämpfer erhielt, als Mathias sich mit den breiten Händen, die so zart zu malen verstanden, durch das ohnehin zerzauste Haar fuhr und zu seinem Herrn sagte: »Macht Euch nix draus.«

Erneut wallte Panik in Timon auf und machte ihm das Atmen schwer. Woraus soll er sich nichts machen?, hätte er gerne gefragt, aber er traute sich nicht. Und schon gar nicht, als der Meister in einer gänzlich untypischen Anwandlung den Arm um die Schultern seines Gesellen legte und versprach: »Tu ich nicht.«

Dietberts Rücken wurde steif, aber er hielt unbeirrt den Pinsel auf dem Malstock und malte ohne jede Unterbrechung weiter. Hanß dagegen ließ seine Bildtafel aus den Händen gleiten und sie prallte mit einem dumpfen Laut auf die Arbeitsplatte.

Timon beschloss, die Initiative zu ergreifen. Wenn er so tat, als sei dies ein ganz normaler Arbeitsmorgen in einer ganz normalen Zeit, dann würde sich die Anspannung legen und alles seinen gewohnten Gang gehen. So wie es sich gehörte.

»Meister Stefan«, begann er und versuchte, genau das richtige Maß von Tatendrang und Fügsamkeit in seine Stimme zu legen. »Ich wollte fragen, ob ich Eure Vorzeichnungen zur Ursulalegende nehmen darf, um sie zu studieren.«

Sie hatte ihm so sehr gefallen, Lochners heilige Ursula. Sie war betörend, zart und elegant und gleichermaßen fromm wie stolz. Er hatte sich regelrecht verliebt, als er sie zum ersten Mal gesehen hatte, und sich wieder und wieder vorgestellt, wie die Farben angelegt werden müssten, um der Szene die Feierlichkeit zu verleihen, die sie verdiente.

»Sie hat dich inspiriert?«, fragte sein Meister und sah ihn mit wohlwollendem Blick an.

Timon wurde ganz warm ums Herz. »Oh ja«, sagte er eifrig. »Und ich will unbedingt daran lernen. Niemand versteht es, Figuren zu entwerfen wie Ihr.«

In Lochners Züge stahl sich ein kleines Lächeln. »Nun, ich war ebenfalls von mir inspiriert. Auf einem der Altarflügel des Dreikönigsaltares für die Ratsherren habe ich die heilige Ursula schon einmal dargestellt. Die heilige Ursula zusammen mit ihren höfischen Jungfrauen, in deren prachtvollen Gewändern die Bürgerinnen dieser Stadt sich sehr gern wiederfanden. Jetzt plane ich einen ganzen Zyklus um das bewegte Leben der Heiligen, und ihr Hochfest im Oktober wäre eine gute Gelegenheit, ihn anzubieten.« Sein Lächeln wurde breiter und erreichte nun die müden Augen. »Du darfst mir deine Ideen zu dem Thema vortragen«, schloss er, und Timon konnte sein Glück kaum fassen. Das war genau das, wovon er seit Jahren träumte.

»Darf ich ganz am Anfang beginnen?«, fragte er voller Freude. »Wenn Ursula den heidnischen Königssohn Aetherius heiratet, um ihn zu bekehren? Das stelle ich mir so glanzvoll, so prächtig vor, dass …«

»Du darin schwelgen möchtest, ich verstehe.« Lochner seufzte. »Auch mich verlangt es nicht danach zu zeigen, wie die heilige Ursula von den Hunnen getötet wurde und das auch noch hier in Köln. Von Tod und Verderben habe ich die Nase voll. Zu ihrer Legende gehört es zwar, doch war sie eine Märtyrerin und ich bin es nicht. Hol dir die Entwürfe, Junge, und lerne daran.«

»Danke, Meister«, sagte Timon unterwürfig und auch ein wenig ängstlich, denn jetzt kam der heikle Teil. »Ich habe schon nach ihr gesucht. Ich hätt sie nicht genommen, ohne vorher zu fragen, ehrlich nicht, aber ich wollte sie mir noch mal anschauen. Aber …«, er schluckte, sicher hatte es jeder im Raum vernommen, »… aber ich habe sie nicht gefunden«, erklärte er tapfer.

Lochner wurde blass und seine Augen wirkten nicht mehr müde, sondern abgrundtief erschöpft.

»Hol die Mappe«, befahl er tonlos.

Timon stürzte davon und tat wie geheißen. Sicherheitshalber brachte er gleich mehrere mit, in denen Entwürfe zu Gemälden verwahrt wurden, die der Ausarbeitung harrten.

In keiner davon befand sich die heilige Ursula.

Niemand sagte ein Wort. Alle hatten sich umgedreht und sahen Lochner an, der vor den ausgebreiteten Blättern stand und sich ein ums andere Mal durch die Haare fuhr, als wollten seine Hände etwas tun, wüssten jedoch nicht, was.

Mathias verschränkte die Arme vor der breiten Brust. Dietberts Kinn sank tief und tiefer, der ganze Mann sackte praktisch in sich zusammen. Hanß kaute auf den Fingernägeln. Und Timon wusste nicht, was er machen sollte.

»Ich kann das nicht verstehen«, sagte Lochner mit dünner Stimme in die lähmende Stille hinein. »Ich kann einfach nicht.«

In diesem unpassenden Moment stand plötzlich Hennes in der Tür und meldete: »Ihr habt Besuch, Meister. 'n Ratsherr. Hat gesagt, Ihr kennt ihn, un' er will Euch sprechen. Hab ihn in Eure Stube geführt.«

»Danke, Hennes.« Lochner versuchte erfolglos, seine Haare in Ordnung zu bringen. »Dietbert, reiß dich zusammen, verdammt noch mal.« Alle starrten ihn schockiert an. Stefan Lochner fluchte höchst selten. »Geh in die Kammer und such sämtliche Mappen durch. Sofort. Auch die alten. Vielleicht ist die Ursula in eine geraten, in die sie nicht gehört.«

Obwohl die Lösung des Falles erneut in weite Ferne gerückt schien, war Adrian im Grunde erleichtert, dass Mathias nicht derjenige war, dem es nichts ausmachte, Meister Stefan ins Unglück zu stürzen. Natürlich musste er noch mit Wibert sprechen, doch würde sich die Aussage des Gesellen bestätigen, davon war er überzeugt. Wenn nicht durch den betrügerischen Händler, dann durch jemand anderen, der Mathias in dessen Laden gesehen hatte.

Er hatte es nicht eilig damit, die Angaben zu überprüfen. Wichtiger war, endlich die Liste der Menschen zu entwerfen, die noch zu befragen waren, sich eine Übersicht von Reinholds Angehörigen und Freunden zu verschaffen und natürlich auch seiner Konkurrenten. Dafür benötigte er Sabinas Hilfe, doch als Adrian sich auf den Weg zu ihr machte, bemerkte er ein Rumoren in der Diele des Vorderhauses. Neugierig drehte er sich um, und es war nicht besonders schwer, in der kompakten Gestalt, dem üppigen, silberschimmernden Haar und dem eleganten Tappert Goddert Baarth zu erkennen, der hinter Hennes die Treppe zu Lochners Besprechungsraum emporstieg.

Was wollte er hier? Ausgerechnet heute? Einen Tag, nachdem er sich mit Meister Siegbarth getroffen hatte. Nie und nimmer stattete er einen freundschaftlichen Höflichkeitsbesuch ab, um sich nach dem Fortgang der Ermittlungen zu erkundigen. Ginge es ihm einzig darum, hätte er nach Adrian geschickt. Hatte er aber nicht, also wollte er mit Lochner sprechen. Die Frage war, warum.

Mit quälend schlechtem Gewissen, dennoch eisern entschlossen, zog Adrian sich tiefer in den dämmrigen Flur zurück und wartete ab, bis die Luft rein war. Dann löste er sich aus dem Schatten und lief die Treppe hinauf, rasch und leise und unter Umgehung der beiden Stufen, die knarrten. Inzwischen kannte er sich recht gut aus. Oben angekommen, presste er sich an die Tür und kam sich dumm vor, während er Lochner und Baarth durch einen Spalt zwischen Türblatt und Rahmen beobachtete. Es war … schamlos und er fühlte sich beileibe nicht wohl dabei. Ob er nicht ganz einfach den Raum betreten sollte?

Sein Instinkt riet ihm entschieden davon ab. Er horchte, mit klopfendem Herzen und raschem Atem, den er mühsam niederrang, damit die Männer ihm nicht auf die Spur kamen.

»Ich habe etwas für Euch«, sagte Baarth, und seine Stimme war nichts als Schmelz und Milde. »Eine kleine Aufmerksamkeit.«

Lochner betrachtete reglos das Paket, das vor ihm auf dem Tisch lag. Es war etwa vier Handspannen hoch und drei breit, und er zeigte keinerlei Anstalten, das Leinen zu lösen, in das es eingeschlagen war.

»Nun seht schon nach«, forderte Baarth ihn auf. »Es handelt sich um zwei besonders schöne Bretter aus baltischem Eichenholz, die ich extra für Euch zurückgelegt habe. Wunderbare Ware. Wie geschaffen für eines Eurer herrlichen Gemälde.«

In Meister Stefans Miene kehrte das Leben zurück. »Das ist sehr zuvorkommend von Euch«, sagte er mit Wärme. »Wenn die Last des Alltags erdrückend wird, ist ein Zeichen der Freundlichkeit etwas, was einem die Kraft zum Weitermachen verleiht.«

»Ist sie das denn, die Last? Erdrückend?« Goddert klang mitfühlend, doch seine Augen leuchteten blank und kalt.

Adrians Missbehagen ob der Verwerflichkeit seines eigenen Tuns löste sich auf. Stattdessen stellte sich eine andere Empfindung ein. Angst. Ein Gefühl von drohender Gefahr, die wie eine Welle unerbittlich auf Lochner zurollte.

Der Maler war zu arglos, um sie zu erkennen. »So ist es, leider«, bekannte er offenherzig. »Die Kette der Vorfälle reißt nicht ab, und was mich betrifft, so finde ich sie von Mal zu Mal mysteriöser. Ich meine, was will man denn mit einer Skizze anfangen?«

Skizze? Welche Skizze? Kein Mensch hatte Adrian von einer Skizze berichtet.

»Doch wird Euch wohl vor allem der Todesfall zu schaffen machen?«, streute Baarth mit sanfter Stimme Salz in Lochners Wunden.

Er bereitete todsicher einen Schlag aus einer unerwarteten Ecke vor. Adrian hielt den Atem an.

»Ja, das war das Schlimmste«, stimmte Lochner betrübt zu.

Oh nein, das Schlimmste kam erst jetzt, da war Adrian absolut sicher.

Es begann harmlos. »Ich dachte daran, Eurer Werkstatt einen Auftrag zu erteilen«, sagte Goddert. »Euch meine Unterstützung in schweren Zeiten anzubieten.«

In seiner neuen, kritischen Haltung fand Adrian die Annahme vollkommen abwegig, Baarth wolle Lochner aus vollem Herzen im Geist der Nächstenliebe einfach nur zur Seite stehen.

»Das ist sehr entgegenkommend von Euch«, erwiderte der ahnungslose Meister Stefan und setzte sich aufrechter hin. Hier war er in seinem Element. »Wahrhaft brüderlich. An was hattet Ihr denn gedacht?«

»An eine Darstellung des Barmherzigen Samariters?«, schlug Goddert vor.

Er tat nie etwas ohne Hintergedanken. Nie.

»Ein ungewohntes Thema«, meinte Lochner nachdenklich, aber ihm war anzusehen, wie er sich bereits daranmachte, Darstellungsmöglichkeiten auszuloten.

»Es passt zu meiner Absicht, Eure Werkstatt zu unterstützen«, bemerkte Baarth und Adrian wappnete sich.

Lochner nicht. »Ganz richtig«, fand er.

»Eine Werkstatt, die unter Schwierigkeiten ächzt«, fuhr Baarth fort und drang auf einem genau festgelegten Pfad zum Wesentlichen vor. »Großen Schwierigkeiten, denn Euer Leumund leidet natürlich durch die schändlichen Vorkommnisse in Eurem Haus.«

Lochner blinzelte verwirrt. »Aber davon weiß niemand.«

»Noch nicht. Doch das wird nicht ewig so bleiben. Der Mensch ist schwatzhaft.« Baarth hob die mächtigen Schultern. »Selbstredend kann ich mich dafür verwenden, dass Euer Geheimnis unter Verschluss bleibt. Allerdings würde ich dafür Euer Entgegenkommen erwarten, damit sich meine Anstrengungen diesbezüglich rechnen.«

Lochner ließ den Schlüssel fallen, mit dem er die ganze Zeit gespielt hatte. »Ihr erwartet ein Geschenk«, erfasste er die Lage endlich, und Adrian wand sich vor Scham. Eine Notlage derart auszunutzen, war … verabscheuungswürdig.

»Aber nein, wo denkt Ihr hin. Ich erhoffe einen Preisnachlass. Gewissermaßen als Aufwandsentschädigung«, widersprach Baarth und lehnte sich zurück. Er hatte gesagt, was er sagen wollte, seine Karten lagen auf dem Tisch.

Meister Lochner war intelligent genug, ihm nicht auf den Leim zu gehen. »Ich verstehe«, sagte er mit kalkweißem Gesicht. »Eure Mühen müssen beträchtlich sein.«

Baarth lächelte. »Und meine Ausgaben«, teilte er mit. »Ich erweitere und verschönere mein Stadthaus. Es wäre mir eine Ehre, dort eines Eurer Gemälde an prominenter Stelle präsentieren zu dürfen.«

»Eine Ehre, aha«, wiederholte Lochner, und Adrian empfand einen gewissen Stolz. Ohne große Worte verstand es dieser Mann, deutlich zu machen, was von der Ehrenhaftigkeit seines Gegenübers zu halten war.

Baarth begriff das selbstverständlich ebenfalls. Es war ihm nur gleichgültig. Der Prestigegewinn, den er aus einer Lochner-Bildtafel ziehen würde, wog weitaus mehr. »Lasst es Euch durch den Kopf gehen«, sagte er und erhob sich. »Ich bin ein geduldiger Mensch«, das war gelogen, »doch nehme ich an, ich erhalte Eure Antwort in Kürze.«

Ebenfalls in Kürze würde er dieses Zimmer verlassen und Adrian machte sich in aller Eile auf und davon. Um nichts in der Welt hätte er seinem Herrn in diesem Moment begegnen wollen. Einem Mann, dem er sein Leben verdankte, der unlautere Absichten verfolgte und sich nicht scheute, diese offenzulegen. Weil er sich durch und durch sicher fühlte.

Es war zum Speien.

Ob er schon immer so gewesen war und er, Adrian, hatte es bloß nicht bemerkt? Nicht sehen wollen? Falls dies der Fall war – er wusste, er durfte es nicht ausschließen –, so war das jetzt vorbei. Wie mit einem Donnerschlag wurde

Adrian eines mit unerschütterlicher Gewissheit klar. Er war ein für alle Mal fertig mit Goddert Baarth.

Es gab Momente, in denen zweifelte Sabina an ihrem Verstand. Lieber hätte sie den von Roosen infrage gestellt, aber das ging nicht. Er hatte so sehr gehofft, den Täter endlich gefasst zu haben, und dann ohne tumbes Beharren die Segel gestrichen, als Mathias' Grund dafür, das Blattgold an sich zu nehmen, ein vernünftiger war. Roosens Verstand war offensichtlich wunderbar intakt.

Mit ihrem eigenen sah es nicht ganz so gut aus. Sie war von Mathias' Unschuld überzeugt gewesen, *bevor* er sich erklärt hatte. Weil sie sich von dem Wunsch hatte leiten lassen, niemand aus diesem Haus dürfe für all das Schreckliche verantwortlich sein. Das sprach nicht für eine gesunde Geisteskraft, für jemanden, der nüchtern die Fakten von allen Seiten betrachtete. Wenn sie das tat, so wie jetzt, dann schien nicht sehr wahrscheinlich, einem Fremden könne es gelungen sein, immer wieder unbemerkt ins Haus einzudringen. Neun Mal, wenn sie richtig gezählt hatte. Zehn Mal, sofern man Lysbeths Silberfibel dazurechnete, was Onkel Stefan allerdings beharrlich verweigerte. Elf Mal, wenn Reinholds Ermordung einbezogen wurde.

Sabina wischte sich mit dem Unterarm den Schweiß von der Stirn. Sie war damit beschäftigt, die Möbel im Haus mit einer Mischung aus Bienenwachs und Leinöl zu bearbeiten. Die Herstellung dieser Politur hatte ihre Mutter ihr vor langer Zeit beigebracht, und immer wenn der Duft in ihre Nase stieg, erinnerte sie sich schmerzlich an sie. Energisch rieb sie an dem Tischchen in Lysbeths Wohnstube herum, das ihre Tante direkt unter das Fenster zum Hof gestellt hatte und von dem aus sie gerne dort hinausträumte. Sofern sie Muße dafür hatte, was nicht allzu häufig vorkam.

»Schau mal, du hast Besuch«, sagte Lysbeth hinter ihr mit einer Stimme, aus der die reine Freude herauszuhören war.

Sabina fuhr herum. Vor ihr stand ihre Tante, klein, zart und unnachgiebig, neben ihr ragte Meister Siegbarth auf und wirkte noch größer, als sie ihn in Erinnerung gehabt hatte. Er sah nicht einmal schlecht aus. Schlank und gut gewachsen, das dunkelblonde Haar diesmal ordentlich gekämmt, die Kleidung sicherlich seine beste, er hatte sich herausgeputzt. Mit hochgeschlossenem Wams und faltenreichem Überwurf, der lang genug war, um die eng anliegenden Hosen nicht unanständig wirken zu lassen. Sabina untersagte es sich, an ihrem eher schlichten graublauen Kleid herabzublicken, aber immerhin war es um den Ausschnitt herum dezent bestickt, hoch gegürtet und nicht vollends unmodern.

»Vielleicht solltest du unseren Gast in den Garten führen«, schlug Lysbeth vor. »Du bist stets so fleißig«, ein wenig subtiler Hinweis auf ihre Qualitäten als Hausfrau, »eine Pause in netter Gesellschaft hast du dir wahrlich verdient.«

»Vielen Dank, Tante«, sagte Sabina artig, stellte das Politurtöpfchen ab und fragte sich kurz, ob ihre Haare gar zu grässlich aussahen. Schließlich fand sie, dies sei gleichgültig, auch wenn sie es vermutlich taten, und machte sich mit weichen Knien auf den Weg in den Hof. Dort sank sie auf die Bank inmitten des Rosenspaliers und bereute es sofort. Weil der Duft eine Harmonie vorgaukelte, die der Begegnung nicht innewohnte, und weil Meister Siegbarth vor ihr stehen blieb und auf sie hinunterblickte. Das war nicht sehr angenehm.

»Wie schön, dass Ihr so liebenswürdig wart, mich gleich zu empfangen«, begann er, und damit war gleich das Erste, was er sagte, falsch. Sie war weder besonders liebenswürdig noch hatte sie ihn empfangen. Das war Lysbeth gewesen.

»Bitte hört mir zu«, unterbrach er ihren Gedankengang und klang … schneidig. Er war gekommen, um etwas zu sagen, und obwohl sie es nicht hören wollte, schickte es sich nicht, ihn ihr Unbehagen spüren zu lassen.

»Bitte verzeiht.« Züchtig schlug sie die Augen nieder und fühlte sich noch unwohler, weil ihr derlei einfach nicht lag. »Ich war gedanklich bei meiner Arbeit. Es gibt sehr viel zu tun. Deshalb habe ich nicht viel Zeit für Euch. Nicht so viel, wie ich gerne hätte«, schloss sie eilig an, um nicht allzu unhöflich zu sein.

Er betrachtete sie regungslos, sie konnte es erkennen, wenn sie unauffällig nach oben schielte. Wenigstens setzte er sich nun hin. Neben sie. Zum Glück nicht sehr nah, es raubte ihr dennoch den Atem.

»Eure Tante hat Euch meinen Antrag bereits unterbreitet«, begann er, taub und blind für die Stimmung, die den Nachmittag in diesem spätsommerlichen Garten frostig scheinen ließ, »und ich bin gekommen, um mein Werben endlich selbst vorzutragen. Das ist das Mindeste, was ich tun kann.«

Das war es in der Tat, Sabina konnte ihm nur zustimmen. Mit einem Mal überfiel sie ein heftiger Lachreiz. Sie rang die aufsteigende Hysterie nieder und räusperte sich angestrengt.

»Ich weiß, wir kennen uns nicht gut …«

Was redete der Mann da? Sie kannten sich überhaupt nicht. Sabinas Erheiterung erlosch.

»… doch ließe sich das rasch ändern …«

Wenn man es denn wollte.

»… und die Verbindung zwischen mir und Euch würde uns allen zum Vorteil gereichen.«

»Ach«, sagte Sabina, es war ihr unmöglich, stumm zu bleiben, »worin sollte der denn bestehen?«

Siegbarth warf ihr einen befremdeten Blick zu. »Ich bin Maler«, erinnerte er sie dennoch beinahe freundlich. »Wie Euer Onkel. Er ist ein großartiges, was sage ich, ein *herausragendes* Talent …«

Schmeichler, dachte Sabina.

»… eine Zierde unserer Stadt …«

Im Gegensatz zu ihm.

»… und er verbreitet den Ruhm Kölns überall im Lande. Doch auch ein Maler seiner Güte führt ein Unternehmen und muss Geld verdienen. Der Zusammenschluss von Werkstätten bietet einen Vorteil. Familien tun sich in der Regel wegen derlei Vorzügen zusammen.«

»Wie recht Ihr habt.« Das hatte er tatsächlich. Deshalb heirateten Leute. Wegen der Vorteile, die eine Verbindung ihrer Familien bot. In wirtschaftlicher Hinsicht oder wegen der Aufwertung ihrer gesellschaftlichen Stellung, meistens ging es um Geld. So war es üblich. Es schadete allerdings nicht, wenn die Eheleute sich mochten. Das erleichterte ihr Zusammenleben, nahm Sabina an.

»Im vorliegenden Fall ist der Nutzen offensichtlich«, fand Meister Siegbarth und auch da stimmte sie ihm zu. Er hatte sicher jede Menge Nutzen, wenn er sich mit der führenden Malerpersönlichkeit der Stadt familiär verband. Die Frage war, welcher Gewinn für Onkel Stefan darin liegen sollte. Oder für sie selbst, wenn sie einem Manne die Hand reichte, der … grässlich war. Er passte rein gar nicht in diesen Hof, den sie liebte, der so bunt und lebensprall und kraftstrotzend war. In allem das Gegenteil von Meister Siegbarth.

Ihre Zurückweisung würde ihn nicht heftig treffen. Sie kannten sich nicht gut genug, um sich gegenseitig zu verletzen. Sein Antrag gründete nicht auf Gefühlen, die er ihr gegenüber hegte. Eher auf denen, die er für das Ansehen von Onkel Stefan empfand.

Sie lächelte leicht und sah Siegbarth zum ersten Mal offen an. »Ich bin sehr geschmeichelt von Eurem Antrag«, sagte sie nicht ganz wahrheitsgemäß. »Und ich bitte Euch, mir zu vergeben, wenn ich ihn nicht annehme. Doch bin ich in Trauer, da ich auf tragische Weise vor nicht allzu langer Zeit meine lieben Eltern verloren habe.« Wenigstens das entsprach den Tatsachen. »Ich kann daher nicht heiraten.

»Noch nicht.« Siegbarths Miene blieb unbewegt. »Aber nach Ablauf einer angemessenen Zeit seht Ihr das sicher anders.«

Was war eine angemessene Zeit? *Jahrhunderte*, wenn es nach ihr ging. »Ich denke nicht«, beharrte Sabina. »Ich war meinen Eltern sehr verbunden.«

»Eine schöne Regung«, sagte er und sah aus, als bisse er in einen sauren Apfel. »Die Sanftheit Eures Wesens ehrt Euch.«

Das sollte er Roosen erzählen. Der hatte sicher eine ganz eigene Sicht auf die »Sanftheit ihres Wesens«. Sabina verflocht die Finger miteinander und sah zu, wie die Knöchel weiß hervortraten. Sie tat sich selbst weh, doch die Hände voneinander zu lösen, wollte nicht gelingen.

»Ich darf doch hoffen, nach Beendigung Eurer Trauerzeit erneut vorsprechen zu dürfen?«, wollte Siegbarth wissen, und es klang eher wie ein Befehl als eine Frage.

»Ich glaube nicht«, beschied Sabina ihn, weil sie mit ihrer Geduld am Ende war und von einer Sanftheit sowieso nicht die Rede sein konnte. Es schadete nichts, wenn er das rechtzeitig bemerkte.

Siegbarth zog verächtlich die Mundwinkel nach unten,

und da sie ihm in diesem Moment einen Blick zuwarf, entging es ihr nicht, obwohl er seine Züge rasch ordnete.

»In diesem Fall werde ich mich mit Eurer Erlaubnis verabschieden«, sagte er steif.

Wirklich liebend gern, dachte sie, aber das zu sagen wäre zu viel gewesen, also nickte sie bloß.

Vielleicht war es falsch, ihn zurückzuweisen, dachte sie, als sie ihm hinterherblickte und Tante Lysbeth ignorierte, die im Fenster ihrer Stube stand und zu ihr hinüberstarrte. Möglicherweise war es sogar richtig dumm. Eine Frau wie sie bekam nicht häufig Anträge. Nur wollte sie diesen hier nicht, sie wollte *Meister Siegbarth* nicht. Um Himmels willen, wenn sie sich vorstellte, Morgen für Morgen neben ihm aufzuwachen, wurde ihr schlecht.

Mit einem abgrundtiefen Seufzer erhob sie sich von ihrer Bank und machte sich auf, Lysbeth das Herz zu brechen.

14

SIEGBARTH WAR BELEIDIGT ABGERAUSCHT und Sabina verspürte nichts als Erleichterung. Er hätte anders reagieren können. Traurig vielleicht, was scheußlich gewesen wäre. Noch scheußlicher wäre es geworden, wenn er leidenschaftlich darum gekämpft hätte, sie umzustimmen. Sie war heilfroh, wenigstens diese Bürde aus der Welt geschafft zu haben, doch Lysbeth sah das anders. Daher ahnte Sabina nichts Gutes, als ihre Tante zu Beginn der neuen Woche in die Küche marschierte, mit ihrem Gemahl im Schlepptau.

Oh weh, dachte Sabina, drehte sich um und griff nach dem Mörser, in dem sie Wacholder und Fenchelsamen für den mittäglichen Kapaun zerstoßen hatte. Schon wieder Kapaun. Ihr fiel nichts anderes ein.

»Ich merke wohl, wie du mir ausweichst«, kam Lysbeth ohne Umschweife auf den Punkt. »Diese Mühe kannst du dir sparen, sie ist sinnlos. Ich bin nicht einverstanden mit dir. Und Meister Siegbarth sah auch nicht gerade glücklich aus, als er unser Haus verließ.«

Sabina legte sich den Hahn zurecht und ergriff die Flucht nach vorn. »Das mag sein. Vielleicht ist dir jedoch ebenfalls aufgefallen, dass *ich* nicht glücklich aussah, als er kam.«

»Ich verstehe nicht, wieso du eine derart weitreichende Entscheidung so hastig getroffen hast. Du musst dich doch gründlicher prüfen! Das Für und Wider abwägen.« Lysbeth ließ sich auf der Holzbank nieder und bemühte sich um Freundlichkeit. »Erkläre es mir. Ich bitte dich.«

Sabina begann, den Kapaun mit der Gewürzmischung einzureiben, eine Arbeit, die sie nicht mochte, weil ihr die kalte, schwammige Haut des Vogels zuwider war. »Meister Siegbarth ist kein angenehmer Mann«, erklärte sie. »Ich mag ihn nicht.«

»Das ist alles?«, staunte Lysbeth. »Ehen beginnen oft auf diese Weise und entwickeln sich doch segensreich, wenn die Eheleute einander besser kennengelernt haben.«

»Das geschieht sicher sehr häufig«, gab Sabina zu. »Nur wird das hier nicht der Fall sein. Ich verlasse mich da ganz auf meine Menschenkenntnis.«

Lysbeth prustete. »Als ob du davon viel hättest. Dafür bist du zu jung.«

Sabina warf ihr einen Blick zu. »Ging es nicht darum, dass ich eben nicht mehr ganz jung bin? Hast du mir nicht zu verstehen gegeben, ich käme allmählich in ein Alter, in dem ich schwer vermittelbar sei?«

Lysbeth wusste nicht mehr weiter und wandte sich an ihren Mann. »Stefan! Sag doch etwas!«

Sabina betrachtete ihren Onkel, der an der Wand neben der Tür zum Hof lehnte und gedankenverloren mit einer Zwiebel spielte, die er sich vom Schneidebrett gegriffen hatte. »Lass das«, sagte sie und schnappte sie ihm weg. »Die brauche ich gleich für die Soße. Und außerdem riechen deine Finger sonst den ganzen Tag nach Zwiebeln.«

Onkel Stefan seufzte still. »Wenn das mein größtes Unglück wäre, könnte ich mich glücklich schätzen.«

»Stefan. Ich bitte dich. Äußere dich zu dem Thema, über

das zu sprechen wir gekommen sind.« Lysbeth wurde streng.

»Und das wäre?« Ihr Mann sah etwas unsicher von einer Frau zur anderen.

»Meister Siegbarth hat um Sabinas Hand angehalten und sie hat ihn zurückgewiesen«, erklärte Lysbeth verschnupft. »Ich halte das für falsch. Viele Angebote wird sie nicht mehr bekommen.«

»Ach du je.« Onkel Stefan stöhnte auf, und Sabina hoffte sehr, es läge nicht an ihr. Aber sie wollte nun mal keinen Ehemann, den sie nicht leiden konnte. Sie nahm den Kapaun und rammte ihn auf den Grillspieß.

»Was soll das heißen, ›ach du je‹?«, fragte Lysbeth aufmüpfig. »Wie du weißt – oder wie ihr beide wisst! –, ist es üblich, innerhalb der Zunft zu heiraten. Das wird sogar ausdrücklich erwartet und daher ist Meister Siegbarths Angebot nicht abwegig.«

»Nein, das nicht«, stimmte der Onkel zu und Sabinas Herz sank.

»Ich will nicht heiraten, ich bin in Trauer«, sagte sie und fühlte sich eher aufgeregt und panisch. Auf lange Sicht hatte sie Lysbeths Wünschen nichts entgegenzusetzen. Sie lebte bei ihr und von ihr, und wenn ihre Tante wollte, dass Sabina für sich selbst aufkam, blieb ihr nicht viel anderes übrig, als in eine Eheschließung einzuwilligen.

Aber nicht in die mit Meister Siegbarth.

Lysbeth sagte sanft: »Irgendwann musst du diesen Kummer hinter dir lassen, Liebes.«

»Irgendwann«, stimmte Sabina zu und hängte den Bratspieß übers Feuer.

»Warum nicht jetzt?«, fragte Lysbeth noch etwas sanfter.

Sabina drehte sich um und sah ihr in die Augen. »Weil ich nicht kann.«

»Aber …«

»Jetzt hört endlich auf!«, verlangte Onkel Stefan plötzlich, und wenn er energisch wurde, folgte man ihm in der Regel. »Wir haben im Moment weiß Gott genug andere Sorgen!«

»Das ist wahr«, ruderte seine Gemahlin zurück. »Natürlich. Vollkommen richtig. Aber wenn wir die überwunden und den Übeltäter gefunden haben, müssen wir uns mit dem Thema beschäftigen.«

»Wenn es dann noch einen Sinn hat«, stimmte er düster zu.

»Natürlich hat es das!«

»Wer weiß. Die Lage ist auch abseits der jüngsten Vorkommnisse drückend«, sagte Onkel Stefan leise. »Wir haben Probleme.« Er räusperte sich. »Probleme wirtschaftlicher Natur.«

»Was soll das heißen?« Lysbeths Augen wurden groß.

»Dieses Haus ist kostspielig. Es war teuer, als wir es gekauft haben, und nun ist es teuer im Unterhalt.« Onkel Stefan hob das Kinn und gab sich einen Ruck. Offenbar kam nun alles auf den Tisch. Sabina hielt das schlecht aus. Sie griff nach der Zwiebel und begann, sie in Streifen zu schneiden.

»Ich werde eine zweite Grundschuld auf das Haus aufnehmen müssen«, hörte sie. »Euerhard von Egmond hat sich dazu bereiterklärt …«

»Du hast mit ihm gesprochen, ohne vorher mit mir geredet zu haben?«

»Hrrm. Ja.« Onkel Stefan sah ein wenig verlegen aus, blieb aber fest. »Erfreulicherweise will er mir das Geld leihen. Billig wird es nicht. Der Mann ist Baccalaureus beider Rechte und kennt sich mit allem aus. Der weiß, was er verlangen kann.«

»Mir war gar nicht klar, wie schlimm es steht«, sagte Sabina und ließ das Messer sinken. Tante Lysbeth hatte es vorübergehend die Sprache verschlagen.

»Ich bin noch längst nicht am Ende!«, gab sich Onkel Stefan kriegerisch.

In diesem wirklich sehr ungünstigen Moment tauchte Timon in der Küche auf. »Meister Siegbarth ist eingetroffen und begehrt, Eure Nichte zu sprechen, Meister. Soll ich ihn in die Küche führen?«

»Auf keinen Fall«, sagte Sabina in sehr bestimmtem Tonfall, bevor Lysbeth das Wort ergreifen konnte. »Du führst ihn nirgendwohin. Ich komme.«

Timon machte sich mit schleppendem Schritt auf den Weg zurück ins Vorderhaus und fragte sich, warum Meister Siegbarth ausgerechnet um ein Treffen mit Lochners Nichte gebeten hatte. Sehr viel einleuchtender wäre es, wenn er mit dem Meister würde sprechen wollen.

Oder mit einem seiner Mitarbeiter? Mit mir, dachte Timon, und ein Gedanke keimte auf, eine Idee. Gelänge es ihm, Meister Siegbarth in ein Gespräch zu ziehen, dann brächte er ihn womöglich dazu, ihm ein ähnliches Angebot zu unterbreiten wie seinerzeit Reinhold. Selbstredend würde er es ablehnen, denn er wollte auf jeden Fall bei Meister Stefan bleiben. Auch über die Lehrzeit hinaus. Von ihm konnte er mehr lernen als von irgendjemandem sonst. Aber es wäre ein schönes Gefühl, gefragt zu werden.

Er blieb stehen und sah Adelheid zu, die sich einen Spaß daraus machte, mit hübschen Sprüngen durch das Gehege zu fegen, und der es auf wundersame Weise gelang, dabei keines der aufgeregt umherflitzenden Hühner zu treffen.

Hennes kam mit einem Eimer aus dem Holzschuppen und schüttelte den Kopf. »Verrücktes Vieh«, murrte er und griff nach einem Strick, um die arme Ziege anzubinden. Dann machte er sich auf den Weg ins Haus.

Timon blieb einen Augenblick stehen und sog die belebende Luft ein, es war kühl und frisch. Adelheid meckerte trübsinnig, die Hühner beruhigten sich, und gerade als er sich auf den Weg machen wollte, erkannte Timon aus dem Augenwinkel einen Schatten, der blitzschnell aus dem Stall hinter einen Busch glitt.

Da war ein Junge.

Im Hause Lochner lebten keine Kinder, es war auch kein Besuch da. Neugierig setzte Timon sich in Bewegung, doch als er den Haselstrauch erreicht hatte, war dort niemand. Er war aber ganz sicher, vorhin jemanden gesehen zu haben. Einen blonden Jungen, der hier nichts zu suchen hatte.

Vielleicht war er hier, gerade *weil* er etwas suchte. Es gab viele Kinder, die im Dreck lebten und keinen Halt vor gar nichts machten, die stahlen, was nicht niet- und nagelfest war. Hatte Sabina nicht unlängst geklagt, sie fände Mariechens Eier nicht, da die Henne ein beträchtliches Geschick entwickelt habe, diese zu verstecken? Es war möglich, dass Sabina die Eier nicht fand, weil sie längst fort waren und einen Eierdieb ernährten.

Einen, der möglicherweise auch für die anderen Diebstähle verantwortlich war.

Das wäre die Lösung. Timon wagte kaum, sich auszumalen, wie hoch er in der Achtung des Meisters steigen würde, wenn er ihm den Lumpen auf dem Silbertablett servierte. Sorgfältig machte er sich daran, den Garten abzusuchen, den ganzen Hof und am Ende auch den Stall. Der Junge blieb wie vom Erdboden verschluckt.

Er würde wiederkommen, davon war Timon überzeugt. Und dann würde er bereit sein.

Ihr Besucher wartete artig in der Diele des Vorderhauses und schielte zu der Tür hinüber, die in die Werkstatt führte. Er hätte liebend gern einen Blick hinein geworfen, das war unschwer zu erkennen.

»Guten Morgen«, begrüßte Sabina ihn verhalten und schrammte nur so gerade daran vorbei, sehr unfreundlich zu klingen. »Was kann ich für Euch tun?«

Das war leider die falsche Frage, denn sie lieferte Siegbarth einen perfekten Einstieg.

»Es Euch noch einmal überlegen«, bat er ohne jeden Umweg und warf sich in die Brust. »Ihr wart so überaus schnell mit Eurer Antwort und werdet wahrscheinlich nicht alle Aspekte bedacht haben. Eine solche Entscheidung sollte jedoch gut abgewogen werden.«

»Da habt Ihr vollkommen recht«, stimmte Sabina zu.

»Seht Ihr?« Das Licht in der Diele war dämmrig, aber sie konnte erkennen, wie sich ein erfreuter Ausdruck in seine Miene schlich. »Ich bitte Euch daher um mehr Sorgfalt bei der Bewertung meines Angebots.«

»Eures Antrags«, korrigierte Sabina.

»Natürlich.« Falls er sich wunderte, weil er wie ein Bittsteller in der Diele stehen gelassen und nicht in die Stube gebeten wurde, so ließ er es sich nicht anmerken. »Ist es zu viel verlangt, wenn ich Euch bitte, Eure Gefühle einer genaueren Prüfung zu unterziehen? Und die meinen nicht in den Staub zu treten, indem Ihr ohne jedes Zögern ablehnt?«

»Meister Siegbarth, machen wir uns nichts vor«, sagte Sabina mit klarer Stimme. »Von Gefühlen kann überhaupt nicht die Rede sein.«

Sie hörte Hennes, der den Flur vom Hof entlangstampfte und dann in der Diele stand, einen Eimer mit frisch gespaltenem Holz in der Hand. Als er gewahr wurde, in was er hineingeraten war, drehte er sich auf dem Absatz um und polterte zurück auf den Hof. Sabina hätte ihn sehr gern begleitet.

»Ihr macht es mir schwer«, sagte sie zu Siegbarth, der seine Mundwinkel zu einem freudlosen Lächeln verzog.

»Das lässt mich hoffen«, bekannte er spröde. »Ich bin Euch demnach nicht völlig gleichgültig.«

Das war er tatsächlich nicht. Er war ihr nicht gleichgültig, sondern zuwider. Einen so schlechten Schauspieler würde sie niemals an ihrer Seite dulden. Mit einem Lächeln, das die Augen nicht erreichte. Mit Worten, die von vorn bis hinten gelogen waren. Sie war sicher, die gelackte Fassade würde schnell in sich zusammenfallen, wenn sie ihm das Jawort gäbe und sich damit auf Gedeih und Verderb an ihn band.

Draußen vor dem Haus begann eine Amsel zur Unzeit ihr hübsches Lied, es verstummte, als erst ein Poltern und im Anschluss zorniges Geschrei erklang. Anscheinend war ein Karren in einen anderen gekracht, das entnahm sie jedenfalls dem Brüllen eines Ochsen und dem seines Führers.

»Meister Siegbarth, Ihr kennt mich nicht, wisst nichts über mich«, sagte Sabina voller mühsam unterdrückter Ungeduld. »Es ist keine Taktik, versteht Ihr? Ich will Euch einfach nicht heiraten.«

Jetzt wurde er wütend. »Da hat Euer Onkel wohl ein Wörtchen mitzureden.«

»Das stimmt«, gab sie unumwunden zu, alles andere wäre dumm gewesen. Stefan Lochner war ihr Vormund. »Doch wird er mich nicht zu etwas zwingen, was ich nicht will.« Das hoffte sie zumindest. Möglicherweise schätzte er das Anliegen seiner Gattin aber höher ein.

»Ich muss schon sagen!« Meister Siegbarth hob die Brauen. »Ihr seid … außerordentlich … schroff.«

»Und das gefällt Euch nicht.« Sabina lächelte sparsam. »Da müsste es Euch doch erleichtern, dass Ihr Euch nicht mit mir und meinen Unarten belasten müsst.«

»Nun, ich ...«

Genug war genug. »Ich werde meine Meinung nicht ändern«, sagte sie und erhob die Stimme, weil sie sich nicht länger beherrschen konnte. »Akzeptiert es oder lasst es bleiben, es ist mir gleich. Aber ich sage Euch ganz deutlich: Ich möchte nicht bedrängt werden. Das gefällt mir nicht. Nehmt es besser hin, dann können wir uns am Ende noch alle in die Augen sehen.«

»Ich war gestern bei den Schilderern und habe mit dem Zunftmeister gesprochen«, berichtete Adrian und spähte über Sabinas Schulter in einen riesigen Kessel, in dem sie etwas brutzelte. »Riecht gut.«

»Zwiebeln, in Butter angebraten, riechen immer gut.« Sabina drehte sich mit Schwung um und hätte ihm dabei beinahe den Ellenbogen in den Magen gerammt. »Verzeihung.«

Er stand zu nahe bei ihr. Verlegen trat er einen großen Schritt zurück und sah ihr zu, wie sie zwei Kapaune vom Spieß zog und in den Kessel legte.

»Mist«, murmelte sie und nahm sie heraus. »Na gut. Was habt Ihr herausgefunden?«

»Der Zunftmeister hat mich an den Säckelmeister verwiesen und der schickte mich zum Gildeknecht. Da war ich vorhin.«

Sie kippte Weißwein in den Topf, dazu Brotkrumen, danach griff sie nach einem Mörser, dessen Inhalt einen intensiven Duft verströmte.

»Der Gildeknecht trägt den schönen Namen Dönges.«

Sabinas rechter Mundwinkel hob sich geringfügig, und

sie begann, emsig die Mischung in ihrem Topf zu verrühren. »So. Jetzt«, sagte sie anschließend und ließ die Kapaune vorsichtig hineingleiten. »Hat er Euch denn etwas Interessantes berichtet, der Dönges?«

»Oh ja. Er erwies sich als rechte Schwatzdrossel, der Gute, gepaart mit einer wachen Beobachtungsgabe. Wer es übel meint, würde vielleicht sagen, er stelle den Leuten nach.«

»Oder wer etwas zu verbergen hat«, meinte Sabina und wuchtete den schweren Kessel übers Feuer.

»Richtig. Seid Ihr jetzt fertig?«

»Schön wär's.« Sie stellte einen mit Wasser gefüllten kleineren Kessel neben den großen aufs Feuer.

»Dann setze ich mich lieber.« Er ließ sich auf den vertraut gewordenen Platz neben der Hoftür sinken, lehnte sich zurück und beobachtete aus halb geschlossenen Augen, wie Sabina Mehl in eine weite Schüssel kippte.

»Wie ging es denn weiter mit dem umtriebigen Dönges?«, fragte sie.

»Ich wollte herausfinden, wie Reinholds Stand innerhalb der Lehrjungengruppe gewesen ist. Insbesondere bei denen, die wie er kurz vor der Gesellenprüfung stehen. Dönges wusste viel zu reden und wenig auszusagen, doch hat er mir die Namen von ein paar Jungen genannt, die mit ihm zu tun hatten.«

Sabina kramte in einem Krüglein nach Safranfäden und zählte sie durch. Dann legte sie einige davon in eine Schale und schaute nach, ob das Wasser bereits kochte. Da es das nicht tat, drehte sie sich um, verschränkte die Arme und lehnte sich an den Tisch. »Und was habt Ihr nun herausgefunden?«

»Das lässt sich leicht berichten, da sie alle mehr oder weniger dasselbe aussagten. Alle erachteten ihn als zu still und zu ungesellig. Er fand offenbar wenig Gefallen daran, nach getaner Arbeit im Wirtshaus ordentlich auf den Putz zu hauen. Allerdings hatte er einen ausgezeichneten Ruf, was seine Fähigkeiten anging, weshalb sich der eine oder andere zu leicht missfälligen Bemerkungen verstieg. Der Neid, nehme ich an. Das gilt natürlich nicht für die Vorsteher, die waren des Lobes voll, aber sie hatten in ihm ja auch keine Konkurrenz zu fürchten.«

»In der ein Beweggrund liegen mag, ihn umzubringen«, sagte sie und richtete sich auf.

Adrian schüttelte den Kopf. »Eher nicht. Es klang alles … maßvoll, würde ich sagen. Niemand hat ernsthaft etwas gegen Reinhold gehabt. Allerdings war er auch mit niemandem richtig befreundet.«

»Im Grunde ein armer Wicht«, meinte Sabina bekümmert.

»Wie man's nimmt. Er ging ganz auf in seiner Malerei und hat Freundschaften wohl nicht allzu sehr vermisst«, widersprach Adrian, von dem unerwarteten Bedürfnis getrieben, sie zu trösten. »Mochtet Ihr ihn?«, fragte er behutsam.

Sie dachte einen Augenblick nach. »Ja, schon. Es war nicht leicht, an ihn heranzukommen. Dazu war er zu … entrückt, würde ich sagen. Er hätte sich auch in einem Kloster wohlgefühlt, glaube ich. Sofern er dort hätte malen dürfen«, fügte sie an.

Dann drehte sie sich um und schüttete ein wenig kochendes Wasser auf die Safranfäden, die die Flüssigkeit sofort glühend orange färbten.

»Was macht Ihr eigentlich damit?«, erkundigte sich Adrian neugierig.

»Brotfladen. Zum Kapaun.« Sabina seufzte tief, und er fragte lieber nicht, warum. »Ist der Entwurf zur Ursulalegende wieder aufgetaucht?«, wollte sie übergangslos wissen.

Adrian schüttelte den Kopf. »Nein.«

»Also nicht wie der von Timons heiliger Anna.«

»Leider nicht.«

Sie blickte ihn an. »Es hört nie auf, wenn wir nicht etwas ausfindig machen. Wir müssen denjenigen endlich aufspüren, der uns das antut!«

»Ja. Das müssen wir.«

Sie sahen sich einen Moment an und lächelten unsicher. Sabina räusperte sich. »Aber bevor es so weit ist, muss ich kochen. Für das Brot brauche ich Eier. Zwei. Die könnt Ihr mitbringen, wenn Ihr das Holz holt.«

»Holz?«

»Holz.« In einer überraschend anmutigen Bewegung hob sie die Schultern. »Normalerweise ist Hennes dafür zuständig, der hat vorhin welches gebracht, aber es war zu wenig. Jetzt ist er unterwegs zu dem Bauern, der im Herbst unsere Blanche schlachten wird«, sie schüttelte sich kurz, »und ein neues Ferkel liefert. Normalerweise spanne ich die Jungen ein, wenn Hennes nicht zur Verfügung steht, aber da ich Euch habe, seid Ihr dran.«

Da sie ihn hatte, war er dran. Adrian sann diesen Worten nach, während er sich erhob. »Sehr gern«, sagte er und meinte es genau so.

Draußen war es kühl und grau, eine Ahnung des kommenden Herbstes, obwohl die Bäume Anfang September noch voll im Saft standen und vom Kräuterbeet ein würziger Duft herüberwehte. Vor dem Hühnergehege blieb er stehen und betrachtete die gackernde Schar, die unbeirrt von allem, was die Menschen auf Gottes weiter Erde betrübte, äußerst geschäftig war. Aus ihrem Stall kam Blanche und trabte eilfertig an den Zaun, blickte Adrian an und schnaufte aufmunternd.

Vergeblich. »Ich hab nichts«, teilte er ihr mit. »Armes Vieh. Im November bist du auch tot.«

Sie begriff zum Glück nicht, was er gesagt hatte, und blieb noch einen Moment hoffnungsvoll stehen, bevor sie mit ihrer runden Nase durch den Dreck zu pflügen begann.

So wie ich, dachte Adrian und starrte auf die grunzende und unbeschreiblich schmutzige Sau, die nicht ahnte, welch grausames Schicksal ihrer harrte. Niemand sonst war da, niemand, der ihn ablenkte, niemand, dem er etwas vorzumachen hatte. Es war an der Zeit. Hier und jetzt musste er es endlich zu Ende denken. Sorgfältig legte er die miteinander verschlungenen Hände auf den Zaunpfahl und hob das Kinn.

Baarth kam der Sand in Lochners Getriebe zupass.

Er wollte den Maler übervorteilen. Dafür rückte er ihn und Sabina in trübes Licht, machte gemeinsame Sache mit Meister Siegbarth.

Vielleicht ... war *er* es, der den Sand streute. Es war bitter, sehr bitter, diese Möglichkeit überhaupt in Erwägung zu ziehen, und Adrian schwirrte der Kopf. Damit geriet alles auf den Prüfstand, was er war, was er gedacht und gefühlt hatte, seit er ins Licht dieser unvollkommenen Welt getreten war. Seit immerhin satten neunundreißig Jahren, die sich im Moment anfühlten wie doppelt so viele.

Es tat weh.

Das Unaussprechliche in Worte zu fassen war schwer. Dabei hätte er sich sehr gerne mit jemandem ausgetauscht. Ach was, mit *Sabina* wünschte er darüber zu sprechen, unbedingt sogar. Aber es ging nicht, er brachte es einfach nicht fertig. Noch nicht. Alte Loyalitäten, über Jahrzehnte eingeübt, wurzelten tief.

Irgendwann riss man Wurzeln, die sich überlebt hatten, heraus.

Sabina war rastlos und unleidlich und hielt es zu Hause nicht aus, weshalb sie sich am Nachmittag – nach einem überraschend gelungenen Kapaun – entschloss, in die Stadt zu gehen. Als Erstes erstand sie Brot fürs Abendessen, es war weich, frisch, und allein der Duft hob ihre Stimmung. Anschließend lief sie hinüber zu Groß Sankt Martin, wo sich zu Füßen der altehrwürdigen Kirche die Fischhändler angesiedelt hatten, nahe genug am Rhein und zugleich mitten in der Stadt.

Kurz vor der Einmündung in die Lintgasse, wo der Geruch nach grünem Hering den des frischen Brotes längst überlagerte, erblickte sie Meister Siegbarth, der aus einem Gasthof auf die Straße trat, und zog unwillkürlich den Kopf zwischen die Schultern, als ob sie damit unsichtbar würde. Siegbarth war nicht alleine, dicht neben ihm hielt sich Goddert Baarth, auf den er munter einplauderte, als seien sie alte Freunde. Ihnen aus dem Weg zu gehen, war ein beinahe unbezwingbares Bedürfnis, nur drängte sich die Frage auf, was Meister Siegbarth mit Roosens Herrn zu schaffen hatte. Oder der mit ihm. Sie würde zu gerne wissen, was ausgerechnet diese beiden miteinander zu besprechen haben mochten.

Entschlossen klemmte sie ihr Haar hinter die Ohren, und näherte sich den Männern im Schutz der beeindruckend breiten Hüften einer dicken Matrone, die mit einem dünnen Weiblein an ihrer Seite schwatzte, und sie nicht bemerkte. Es war nicht schwer, sich in ihrem Windschatten strategisch günstig hinter Siegbarth zu positionieren, wo sie umgehend begann, geschäftig in ihrem Einkaufskorb zu kramen. In der Hoffnung, es fiele nicht auf, dass sie bloß herumstand und nichts tat außer lauschen.

»Meister Lochner ist nicht der Einzige in dieser Stadt, der malen kann«, sagte Siegbarth und das stimmte natürlich, auch wenn es seltsam war, Baarth extra darauf hinzuweisen.

Der sah das möglicherweise ähnlich. Zumindest würdigte er Siegbarth keiner Antwort und betrachtete gelangweilt das Treiben in der engen Gasse.

»Außerdem ist er ein ungeschickter Geschäftsmann«, fuhr Siegbarth fort. »Was nicht für ihn spricht, wenn Ihr einen Handel mit ihm abschließen wollt.«

»Er ziert sich nur«, behauptete Baarth in überheblichem Ton. In *geringschätzigem* Ton. Sabina wurde kalt, und das nicht nur, weil dieser Septemberanfang viel zu frisch war.

»Warum sich mit diesem Theater belasten?«, fragte Siegbarth feurig. »Ihr wollt Gemälde, ich kann Euch Gemälde liefern. Lasst mich Euch die zeigen, zu denen ich bereits Entwürfe angefertigt habe. Selbstverständlich kann ich mich auch nach Euren Wünschen richten und Skizzen eigens für Euch erstellen.«

»Wie zuvorkommend«, meinte Baarth aalglatt. »Doch möchte ich zunächst abwarten, wie Lochner auf mein Angebot reagiert.«

»Niemals wird er Euch derart umfänglich im Preis entgegenkommen, wie Ihr es gefordert habt.« Siegbarth schüttelte vehement den Kopf, vermutlich wütend, weil Baarth ihm keine goldene Brücke baute.

Wütend war Sabina auch.

»Ich kann preiswerter bleiben als Lochner«, insistierte Siegbarth. »Und ich habe einen makellosen Ruf.«

Das »Im Gegensatz zu ihm« lag so deutlich in der Luft, als habe er es ausgesprochen. Sabina sah, wie Baarth die glitzernden Augen zusammenkniff.

»Das gilt für Lochner ebenfalls«, bemerkte er. »Von seiner misslichen Situation ist nichts an die Öffentlichkeit gedrungen.«

»Noch nicht.« Siegbarths Stimme schraubte sich ein paar Töne höher. »Doch wird *mein* Ruf Bestand haben, der seine nicht.«

»Nun, mein Freund, das liegt wohl an uns.« Baarth zog die Brauen hoch. »Wir haben es in der Hand.«

Sabina schnappte nach Luft.

»Wir haben *ihn* in der Hand«, stimmte Siegbarth zu und ganz bestimmt lag nun ein zufriedenes Lächeln in seinen Zügen. Dann breitete er die Arme aus, wie ein Mann, der sich seiner Sache sicher ist. »Nicht mehr lange, und ich werde seine Werkstatt übernehmen«, spielte er seinen Trumpf aus.

Das war zu viel. Sabina trat einen empörten Schritt nach vorn und fuhr dazwischen: »Da habt Ihr Euch gründlich getäuscht, Meister Siegbarth, wieder einmal. Weder werdet Ihr meinem Onkel je den Rang ablaufen, noch werdet Ihr in dessen Werkstatt aufgenommen. Ganz zu schweigen davon, sie zu übernehmen.«

»Jungfer Sabina, welche Überraschung.«

Er sah aus, als sei es eine *unangenehme* Überraschung, und das war ihr nur recht. »Ich habe Eure Werbung um meine Hand abschlägig beschieden, erinnert Ihr Euch?«, sagte sie beißend. »Wie wollt Ihr da an die Werkstatt meines Onkels kommen?«

»Darüber ist das letzte Wort noch nicht gesprochen.« Von seiner lächerlichen Höhe blickte er auf sie hinab, und ihr wurde übel vor Widerwillen. »Ich bin mit Eurer Tante weiterhin im Gespräch.«

Das hatte sie befürchtet. »Sie wird nicht gegen meinen Willen entscheiden«, behauptete Sabina, obwohl sie sich dessen nicht sicher war. »Doch darum geht es nicht. Jetzt nicht mehr. Ihr versucht, einem Zunftbruder zu schaden. Das ist ... widerlich. Wie könnt Ihr nur? Wie *könnt* Ihr glauben, es würde nicht mit sich bringen, dass Ihr ganz einfach … indiskutabel seid?« Sie versuchte, nicht zu schreien, damit sie kein Aufsehen erregte, doch so geriet ihr der Vorwurf zum Zischen, was giftig und gemein klang. Und nicht so, als sei sie imstande, sich durchzusetzen.

Aber das würde sie. Nie im Leben heiratete sie jemanden, der sie umwarb, um am Kuchen der Lochnerwerkstatt zu naschen.

Siegbarths Lächeln wurde hässlich. »Was unterstellt Ihr mir? Meine Absichten sind durchaus ehrenhaft.«

»Nicht, was meinen Onkel betrifft!«

»Davon versteht Ihr nichts.«

Sabina schnaubte verächtlich. »Ich verstehe sehr viel mehr, als Ihr glaubt«, versetzte sie. »Zum Beispiel, dass Ihr schändliche Gerüchte in Umlauf bringt. Oder beabsichtigt, unappetitliche Geschäfte zu tätigen. Wobei Euer Freund hier anscheinend mit von der Partie ist.«

Baarth ging auf die Provokation nicht ein. »Ihr investiert in normales Geschäftsgebaren zu viel Gefühl, junge Frau«, sagte er milde. Seine Stimme passte nicht zum Ausdruck seiner Augen.

»Das mag sein«, gab Sabina zu. »Und dieses Gefühl sagt mir, Eurem Tun haftet etwas Anrüchiges an.«

Sie blickten sie an, als läge ihnen das »Dummerchen« und ein »albernes Weibergeschwätz« schon auf der Zunge.

Sabina warf entnervt die Hände empor, dann drehte sie sich um und floh. Sollten sie von ihr denken, was sie wollten.

Sabina war kalkweiß gewesen abgesehen von unschönen roten Flecken auf den Wangen, als sie ihm von der Begegnung mit Goddert und Meister Siegbarth berichtet hatte, das Kinn kämpferisch vorgereckt. In ihren Augen hatte

Adrian jedoch Unsicherheit gelesen und eine Angst, die er sich nicht recht erklären konnte. Er schämte sich, ihr die Offenheit nicht vergolten zu haben, doch hatte er nicht zugeben, nicht einmal aussprechen können, dass Goddert nicht die Lichtgestalt war, für die er ihn immer gehalten hatte. Er vermochte es kaum zu *denken*.

Andererseits war das Maß voll. Und deshalb saß er seinem Herrn in dessen Arbeitszimmer gegenüber, hatte die Füße fest nebeneinander auf den Boden gestellt, da er den Halt dringend benötigte, und gab getreulich wieder, was Sabina ihm hinterbracht hatte.

»Du liebe Zeit«, meinte Baarth gedehnt. »Welch ein Drama! Dieses Weib schießt ordentlich übers Ziel hinaus, nicht?«

»Da bin ich mir nicht sicher«, widersprach Adrian. »Lochners Nichte ist ein vernunftbegabtes Wesen.«

Baarths Grinsen wurde anzüglich. »Hat mein guter Adrian sein Herz tatsächlich endlich an eine Dame verloren? Ich hatte die Hoffnung bereits aufgegeben.«

»Keineswegs.« Adrian lächelte dünn. »Mit Jungfer Sabina verbindet mich einzig und allein der Wille, die hässlichen Umstände aufzuklären, die ihrem Onkel zu schaffen machen.«

Baarth hob nonchalant die rechte Schulter und verweigerte eine Antwort.

Das war die Stelle, an der er einhaken musste. Jetzt musste es sein. *Jetzt.* »Im Zusammenhang damit will ich Euch unumwunden fragen, ob Ihr mit Meister Siegbarth einen fragwürdigen Plan gefasst habt und mit ihm gemeinsame Sache macht.«

Es war ein eigenartiges Gemisch von Empfindungen, als ihn einerseits warme Erleichterung durchströmte, weil in seiner Stimme nichts von seinem inneren Aufruhr zu hören gewesen war, und ihm andererseits Kälte den Rücken emporkroch, als er sah, wie Baarths Miene versteinerte.

»Du vergisst dich«, sagte er leise. Und schneidend. Das tat er gern, wenn er Angst und Schrecken verbreiten wollte. Es gelang ihm jedes einzelne Mal.

»Tue ich das?« Adrian schüttelte den Kopf, nun war alles egal. »Will mir nicht so scheinen. Ich ging davon aus, wir würden Meister Stefan helfend die Hand reichen, und zwar *ohne* die Absicht, aus seiner unerquicklichen Lage unseren Vorteil zu ziehen.«

»Mit wir meinst du mich.«

Völlig richtig. Adrian schwieg lieber, wandte den Blick jedoch nicht ab.

»Ich verhalte mich, wie es ein erfolgreicher Geschäftsmann sinnvollerweise macht«, erklärte Baarth dann zu seiner Überraschung. Adrian hatte nicht im Mindesten mit einer Verteidigung gerechnet. »So, dass ich bei einem Geschäft günstig abschneide.«

»Aber nicht unehrenhaft«, erwiderte Adrian frostig und fürchtete augenblicklich, er sei zu weit gegangen.

Baarth ging nicht einmal auf diesen Frevel ein. Nicht in diesem Moment, doch würde er ihn zu gegebener Zeit wie eine Keule hervorholen und ihm auf den Schädel schmettern, dessen war Adrian sich bewusst.

»Du bist verblendet«, bemerkte Baarth amüsiert. »Der rotblonden Jungfer wegen. Erlaube mir, das erheiternd zu finden.«

»Das wäre es, wenn es der Wahrheit entspräche«, gab Adrian zurück. »Doch liegt mir an Sabina nichts, wie ich schon sagte.« Dabei stimmte das gar nicht, nicht mehr. Sie hatte auf jeden Fall sehr viel mehr Ehre im Leib als Baarth. Oder er selbst.

Sein Herr war offenbar anderer Meinung. »Du solltest zu der Nüchternheit zurückkehren, zu der ich dich erzogen habe. Dann würdest du dich nämlich fragen, ob Sabina Barthels Charakter so vortrefflich ist, wie du voraussetzt. Und ich frage mich, warum dir das Nahliegende noch nicht aufgefallen ist.«

»Das wäre?« Adrian unterdrückte den Drang, seine Hände zu kneten. Er wusste, nun würde etwas folgen, was er nicht hören wollte.

Baarth blickte ihn unverwandt an, lauernd wie ein Reptil auf Beutezug. »Sie ist immer im Haus, oft genug unbeobachtet, nehme ich an. Folglich hat gerade sie jede Menge Gelegenheit, Lochner zu bestehlen.«

Der Klumpen in Adrians Magen verdichtete sich. »Warum sollte sie das tun?«, fragte er.

Baarth machte eine wegwerfende Handbewegung. »Manche Frauen bekommen den Hals nicht voll.«

Manche Männer auch nicht, dachte Adrian. Ihm war schlecht.

Baarth schob das Tintenhörnchen an einen anderen Platz, der ebenso gut war wie der vorherige. Dabei ließ er Adrian nicht aus den Augen. »Sie hat kein eigenes Einkommen. Ich halte es nicht für unwahrscheinlich, dass sie sich auf diesem Wege eines beschafft.«

Das ist es aber, dachte Adrian. Vollkommen unwahrscheinlich sogar.

»Das Einzige, was dagegenspräche, wäre die so auffällig … enge Beziehung, die Onkel und Nichte miteinander verbindet. Oder soll ich sagen: vereinigt?« Baarth lächelte und seine verdammten Augen funkelten spöttisch.

Jetzt war es mit der Selbstbeherrschung vorbei. »Was soll das denn heißen?«, platzte Adrian empört heraus und ärgerte sich im gleichen Augenblick schier maßlos über sich selbst.

Baarths Lächeln wurde breiter. »Das heißt, was es heißt. Für einen Onkel und eine Nichte scheint mir die Tiefe der Gefühle überraschend.« Er schüttelte amüsiert den Kopf. »Ich hätte nicht gedacht, du seiest in deinen Jahren noch so ein Unschuldslamm.«

Adrian hatte sich wieder im Griff und ihm gelang sogar ein herablassendes Lächeln. »Das ist absurd, Goddert.«

»Wer weiß, mein Freund. Wer weiß.«

15

Sabina hatte sich entschlossen, zum Frühstück nur noch Haferbrei zu servieren. Irgendjemand hatte ihr erklärt – ein Medicus? Eine Kräuterfrau? Ein Mönch? Sie wusste es nicht mehr –, Hafer sei eine vorzügliche, gesunde Speise und führe zu heiterem Geist und hellem Verstand. Von beidem benötigte man in diesem Haus jede Menge, und falls sie in ihrer Eigenschaft als Köchin etwas dazu beitragen konnte, würde sie es tun. Die Jungen mochten Hirse lieber, aber das war ihr egal.

Sie war gerade damit beschäftigt, den Brei umzurühren und mit Argusaugen zu beobachten, damit er nicht ansetzte, als zu dieser beinahe unfein frühen Morgenstunde Roosen in ihre Küche rauschte. Er war gestern bei Baarth gewesen, das wusste sie. Sie wusste auch – oder malte es sich zumindest aus –, dass der kein gutes Haar an ihr gelassen hatte nach ihrem skandalösen Auftritt in der Lintgasse. Eigentlich sollte ihr egal sein, was Roosen von ihr hielt. War es allerdings nicht, erkannte sie missvergnügt.

Weil er es nicht merken sollte, griff sie sofort an. »Wo seid Ihr gewesen? Habt Ihr die Lust verloren, Euch der mühsamen Aufgabe zu widmen, meinem Onkel zu helfen?« Sie stach mit dem Holzlöffel in seine Richtung, ein

Klümpchen Hafer löste sich und landete auf dem Schinken, der bereitlag, falls einer der Esser von Brei allein nicht satt wurde.

Roosen zog auf die ihr inzwischen vertraute impertinente Weise die Brauen hoch. »Wäre ich dann hier?«, hielt er dagegen, und das war eine berechtigte Frage. Auf die sie jedoch keine Antwort hatte. Daher wandte sie sich wieder dem brodelnden Brei zu.

»Ich musste mal raus, um den Kopf freizubekommen«, erklärte Roosen überraschend friedfertig.

»Würd ich auch gern«, murmelte Sabina.

Er seufzte. »Könnt Ihr Euch vielleicht umdrehen? Ich will mit Euch reden.«

Das klang nicht gut. Sabina hängte den Topf hoch übers Feuer, damit die Masse nicht mehr wallte, sondern einfach garzog – hoffentlich –, und drehte sich um. »Über was genau?«

»Über Goddert Baarth und seine Vorwürfe ...«

»Welche Vorwürfe denn? Ich bin mit ihm aneinandergeraten, das *wisst* Ihr doch. Nun verleumdet er mich und ihr glaubt ihm. Tut Ihr, oder? Weil Ihr's so sehen wollt. Der teure Herr Baarth sagt die Wahrheit und ich nicht!«

Roosen verschränkte die Arme. »Wie kann es nur sein, dass mich Euer Talent, meine Geduld auf die Probe zu stellen, immer wieder überrascht.«

»Nach meiner Geduld fragt auch keiner.«

»Wenn Ihr Euch jetzt beruhigen könntet? Dann wäre es möglich, sich vernünftig miteinander zu besprechen. Das wäre schön.«

Sie war sich nicht sicher, ob sie nicht lieber den Kochlöffel auf seinem Rücken tanzen lassen sollte, trotzdem gelang es ihr nach einigem Durchatmen, nicht mit dem Nächsten herauszuplatzen, was ihr in den Sinn kam.

»Worüber denn?«, fragte sie und ihre Stimme klang ein bisschen flach, war jedoch unter Kontrolle. »Worüber *genau* wollt Ihr Euch unterhalten?«

»Tatsächlich über etwas, das mein Herr behauptet hat«, sagte er. »Von Euch.«

»Seht Ihr? Ich hab's gewusst.« Sie lächelte triumphierend. »Es war nichts Gutes, was er über mich gesagt hat, stimmt's?«

»Nein. Das war es nicht.« Seine Miene blieb unbewegt, der Ausdruck seiner Augen aufmerksam, aber nicht unfreundlich. »Es war sogar ziemlich … drastisch.«

Sabina hielt es nicht mehr aus. Sie trat einen Schritt vor und funkelte Roosen an. »Ihr macht mich verrückt«, erklärte sie. »Spuckt's schon aus. Ich kann es vertragen. Ich kann jede Menge vertragen.«

Anscheinend glaubte er ihr, denn er kam ohne Umschweife zur Sache. »Baarth meint, Euch würden mehr als allen anderen möglichen Tätern die Umstände in die Hände spielen, um unerkannt die Diebstähle begehen zu können …«

»Natürlich«, unterbrach sie ihn. »Das liegt auf der Hand. Ich bin immer hier und kann überall hin, ohne aufzufallen. Logisch. Da muss ich es gewesen sein.«

»Wenn Ihr das so sagt.«

»Das sage ich nicht! Das sagt Ihr!«

»Nein. Das sage ich überhaupt nicht. Baarth sagte es.«

»Ist das nicht dasselbe?«

»Wofür haltet Ihr mich? Für einen dummen Ochsen? Ich kann durchaus selbst denken, wisst Ihr?«

»Ochsen sind gar nicht so dumm«, sagte sie und schluckte heftig an dem Kloß, der in ihrer Kehle saß.

»Na gut. Dann ist es ja nicht kränkend, wenn Ihr mich für einen haltet.«

Sie starrte ihn an. Was erwartete er von ihr? Dass sie sagte: Das tue ich gar nicht? Oder was? Wollte er *tändeln*?

»Das war nicht alles«, sagte er und wollte natürlich *nicht* tändeln. Das wäre ja auch lachhaft gewesen. »Er fand außerdem seltsame Worte wegen Eures Verhältnisses zu Eurem Onkel.«

»Was?«

»Ihm sind die Fürsorglichkeit Eures Onkels und Eure Nähe zu ihm ... suspekt.«

»Suspekt«, wiederholte sie ratlos. »Das verstehe ich nicht. Was ist denn an Fürsorglichkeit suspekt?«

Roosen hüstelte umständlich. »Er meint, die gegenseitigen Gefühle gingen möglicherweise über die hinaus, die zwischen Onkel und Nichte üblich sind. Oder sein sollten.«

Sabina trat einen Schritt zurück und kam bedenklich nahe an den Topf mit dem Haferbrei. Weil sie begriff, was er gesagt hatte, obwohl sie es gar nicht begreifen *wollte*. Brennende Röte wärmte ihre Wangen und sah bestimmt ganz furchtbar aus zu ihren Haaren. »Ihr habt keine Scheu, es offen auszusprechen. Das kann man Euch zugutehalten«, sagte sie, und ihre Stimme zitterte albern.

Roosen nickte. »War unangenehm«, gab er zu und *seine* verdammte Stimme war völlig ruhig. »Doch nicht so schwer, wie ich dachte. Oder wie es gewesen wäre, wenn ich diesen Unfug glauben würde.«

Sabinas Herz flatterte in ihrer Brust wie ein Vögelchen, kurz bevor es aus dem Nest fällt. »Aber das tut Ihr nicht?«

»Nein.« Er sah sie an, und der Blick aus seinen hellen, grauen Augen war sehr viel gutmütiger, als sie bislang bemerkt hatte.

»Das«, sie atmete tief ein, »ist gut. Es ist nichts dran, versteht Ihr? Von keiner Seite aus.«

»Ich weiß. Da bin ich mir vollkommen sicher. Nicht ganz so sicher bin ich, warum Baarth es für nötig befand, mir solch hässliche Anschuldigungen unter die Nase zu reiben.«

Jetzt wirkte er beunruhigt. Die stets undurchdringliche Miene war den vielfältigsten Ausdrücken gewichen. Sabina wusste plötzlich, dies war ein Zeichen von Vertrauen.

»Das kann ich Euch sagen«, begann sie vorsichtig. »Weil Euer Baarth – oder nicht mehr *Euer* Baarth? – und Meister Siegbarth meinen Onkel übertölpeln wollen, um zu seinem Nachteil günstige Geschäfte abzuschließen. Meinen Onkel, dem ich mich im Übrigen sehr verpflichtet fühle, weil er mich aufgenommen und aufgefangen hat, als ich es dringend benötigte und sonst niemanden hatte. Der ein guter Mensch ist.«

»Ist mir klar.« Roosen begann, mit den Fingern einen unregelmäßigen Rhythmus auf den Arbeitstisch zu klopfen. »Ich habe außerdem neulich belauscht, wie Baarth ihn in die Zange nahm mit der Absicht, den Preis für eines seiner Gemälde zu drücken. Mit einem zarten Hinweis auf seine derzeitige Notlage«, berichtete er. Es fiel ihm schwer, das sah sie. Sein Gott war vom Sockel gestürzt.

»Das hattet Ihr mir nicht erzählt.« Sie hätte gern etwas Tröstendes geäußert.

Roosen nickte. »Fand ich zu schwer«, erklärte er leise.

»Oh. Ich … na ja.« Sabina räusperte sich. »Also. Ich dachte, die Absicht, Onkel Stefan zu schaden, wäre hauptsächlich von Meister Siegbarth ausgegangen.«

Roosen hob das Kinn und straffte den Rücken. »In welcher Form?«

»Er will ihm die Werkstatt abjagen. Nicht nur ein paar Aufträge.«

Er runzelte die Stirn. »Wie sollte das gelingen?«

»Er hat um meine Hand angehalten. Und bevor Ihr mich anschreit, ich habe ihn natürlich zurückgewiesen.«

»Ich schreie Euch nicht an!«

»Nicht? Nun, ich würd's tun, wenn ich davon erführe. Ich habe abgelehnt, aber ich weiß nicht, ob Tante Lysbeth mich nicht dazu drängen wird. Ich meine, sie drängt mich längst, und es ist noch nicht heraus, ob sie es hinnimmt, wenn ich mich weigere.«

»Das wird sie«, behauptete er fest. »Wenn nicht, wendet Ihr Euch an Euren Onkel. Der wird es nicht zulassen.«

Das klang gut, aber überzeugt war sie nicht. Sie wollte es nicht aussprechen, weil sie nicht undankbar wirken mochte oder mäkelig, denn Roosens Zuspruch bedeutete ihr tatsächlich viel mehr, als sie gedacht hätte. Dennoch war sie froh, dass just in diesem Moment Hanß in der Tür auftauchte und wie üblich nicht wagte, die Küche zu betreten.

»Ich soll fragen, ob wir heute kein Frühstück bekommen. Ehrlich, genau so soll ich das fragen.«

»Ich komme«, sagte Sabina und hoffte, dass der Haferbrei nicht vollends verkocht war.

Adrian verzichtete darauf, weiter durch die Stadt zu stromern und Leute zu befragen, die ihm nichts Neues erzählten. Stattdessen wollte er in Ruhe zusammenfassen, was sie bisher an Ergebnissen hatten, und entscheiden, was sinnvollerweise als Nächstes zu tun war.

Der erste Punkt war schnell erledigt. Sie hatten nämlich nichts. Gar nichts. Niemanden, der erwischt worden war, wie er mit den Händen in der Diebesbeute wühlte; niemanden, der sich bei einem Raubzug beim Wickel hatte packen lassen. Niemanden, der einen Groll gegen Reinhold hegte, so stark, dass er diesen das Leben gekostet haben könnte.

Adrian saß still auf einem unbequemen Stuhl in einer Ecke der Werkstatt, beobachtete, was dort vor sich ging, und hoffte, an diesem Ort fiele ihm vielleicht ein, wie alles zusammenhing. Die Diebstähle und der Mord. Er war sicher, beides war miteinander und mit der Werkstatt verknüpft, und deshalb war er hier.

Möglicherweise hatte Reinhold den Dieb auf frischer Tat ertappt. Um die Hemmschwelle zu übertreten und jemanden zu töten, brauchte man einen gewichtigen Grund – das war einer. Nur so ließ sich die Entwicklung schlüssig erklären, nur in diesem Zusammenspiel wohnte dem Ganzen eine Logik inne und nur mit Logik kam man dem Verbrechen auf die Spur. Hingen die Fälle nicht zusammen, könnten sie bis zum Sankt-Nimmerleins-Tag nach dem Beweggrund suchen und ihr Treiben bliebe weiterhin ein Fischen im Trüben.

Jedem in der Werkstatt war die Beklommenheit anzusehen. Dietberts steifer Rücken stand im glatten Widerspruch zu einem Mann, der sich entspannt seiner Arbeit hingab. Hanß war blass und hatte dunkle Ringe unter den Augen, Timon blickte reglos auf seine Tafel und war augenscheinlich tief in Gedanken versunken. Mathias zappelte herum, es hielt ihn nicht an seinem Platz. Er erhob sich, drehte eine Runde durch den Raum und sah aus, als würde ihm demnächst der Geduldsfaden reißen. Was er tat, als er hinter Timon stehen blieb, um ihn anzuranzen. Der Junge fuhr zusammen und begann eilfertig mit der Arbeit.

Adrian überspülte urplötzlich ein intensives Empfinden von Wärme und Zugehörigkeit. Als wäre er hier zu Hause.

Sabina und ihren Onkel einer widernatürlichen Liebschaft zu bezichtigen war einfach ekelhaft. Man stelle sich vor, etwas davon geriete an die Öffentlichkeit! Ganz egal, wie rabiat es an den Haaren herbeigezogen war, die Leute würden glauben, es sei etwas dran. Nicht alle, aber einige. Nicht wenige würden das Haupt wiegen und raunen: *Wo Rauch ist, ist auch Feuer.* Wie sagte man so schön? Wer mit Dreck beworfen wird, an dem bleibt immer etwas hängen.

Mit unappetitlichen Unterstellungen und finsteren Machenschaften zu hantieren war nicht seine Welt. Damit wollte er nichts zu tun haben.

Meister Stefan betrat den Raum. Mit schleppendem Schritt und hängenden Schultern. Tief bedrückt durch all das Unheil, das sein Leben zu zerstören drohte.

Ich lasse nicht zu, dass dies dem Unhold, der für all das verantwortlich ist, am Ende gelingt, schwor Adrian sich grimmig.

Langsam drehte Lochner eine Runde durch sein Atelier und trat schließlich neben Timon. Dessen Augen leuchteten auf, es war leicht zu erkennen, mit welcher Inbrunst dieser Junge seinen Herrn verehrte. Lochner blieb einen Augenblick stumm bei ihm stehen, dann drückte er ihm kurz die Schulter und ging weiter zu Hanß, der aussah, als stocke ihm der Atem.

In diesem Raum hat alles angefangen, dachte Adrian zusammenhanglos, und hier müssen wir nach der Lösung suchen.

Und aus heiterem Himmel überfiel ihn endlich eine Vorstellung, wie er sie finden könnte.

Sabina war es leid. Sie wollte, dass alles wieder seinen gewohnten Gang ging. Sie wollte sich keine Gedanken darüber machen, wer wen bestohlen und wer wen getötet hatte. Sie wollte auch nicht über Siegbarth nachdenken, über Lysbeth und über Goddert Baarth. Vor allem wollte sie sich nicht wegen Roosen den Kopf zerbrechen, denn es war strapaziös, wenn jemand ohne Vorwarnung ein anderer wurde. Um ihres Seelenfriedens willen und damit wenigstens dieser Teil ihres auseinanderbröckelnden Lebens funktionierte, schnappte sie ihr Körbchen und machte sich auf in den Garten. Es war Pastetentag, aber ihr fiel nichts anderes ein als eine mit Speck und Kräutern. Und die Eier mussten auch weg, die Hühner legten wie blöde. Außerdem hielten sich nur Kleingeister ewig an einen einmal festgelegten Plan.

Das Kräuterbeet lag dem Tiergehege genau gegenüber, und sie hatte gerade das erste Zweiglein Liebstöckel geschnitten, als sich hinter ihrem Rücken Unruhe breitmachte. Blanche grunzte empört und Adelheid meckerte hektisch, nur die Hühner gurrten unbeeindruckt vor sich hin.

Sabina ließ das Messerchen fallen und wandte sich um, doch war auf den ersten Blick nichts Aufsehenerregendes zu erkennen. Bloß Timon. Und Eberlin.

Was auf den zweiten Blick alarmierend war, denn das war eine Kombination, die es nicht geben durfte. Timon hätte in der Werkstatt sitzen sollen und Eberlin verborgen im Stall. Es gefiel ihr nicht, sie beieinander zu sehen. Vor allem, weil Timon den Kleinen am Ohr gepackt hatte und ihn daran in die Höhe zog. Er tänzelte auf den Fußspitzen und sah nicht so aus, als fühle er sich wohl.

Das Körbchen fiel neben das Messer in den Dreck, und Sabina lief mit geschürztem Kleid hinüber zu den beiden. »Was ist hier los?«, herrschte sie die Jungen an. Eigentlich nur Timon, denn Eberlin tat nichts Böses.

»Nichts«, sagte Timon lächelnd. »Noch nichts. Denn ich hab ihn ja.«

»Wen hast du?«

»Na, den hier. Der wollte klauen.«

Sabina betrachtete Eberlin und nickte. Natürlich wollte er klauen, das war ihr bekannt. Der Junge stahl, was er kriegen konnte. Sofern es sich um Essbares handelte, etwas anderes hatte er noch nie genommen.

»Lass ihn los«, verlangte sie.

Timon zögerte. »Seid Ihr sicher? Der hat hier nichts zu suchen.«

Doch, hatte er, aber sie dachte gar nicht daran, die Karten offen auf den Tisch zu legen. Eberlin versteckte sich bei ihnen, vor was auch immer, und es wäre bestimmt nicht gut, ihn zu verraten. Sie *würde* ihn nicht verraten. Nicht an Timon. Vor allem, weil Eberlin Angst vor ihm hatte, sie erkannte es in seinen Augen. Sie fand das übertrieben, denn selbst wenn Timon ihn ein bisschen hart anfasste, war ein Junge wie Eberlin so etwas doch sicher gewohnt. Er hatte sein Leben auf der Straße zugebracht, und sie bezweifelte, dass man dort mit Samthandschuhen angefasst wurde.

»Lass ihn los«, wiederholte sie etwas lauter und starrte Timon in Grund und Boden. Seine Augen glänzten fiebrig und die Wangen leuchteten viel zu rot – sie sah ein, es war leicht, sich vor ihm zu fürchten. Vor allem, wenn man neun Jahre alt und ausgesprochen fipsig war.

»Na gut.« Widerstrebend gehorchte Timon endlich und versetzte Eberlin einen letzten Stoß, er taumelte und fiel in den Dreck. Das machte nichts. An seiner Kleidung war nicht mehr viel zu verderben, was Sauberkeit anging. Sie war dazu reichlich fadenscheinig, über dem rechten Ellenbogen klaffte ein langer Riss. Sie musste ihm einen neuen Kittel machen, bevor er ging. Irgendwo hatte sie einen Rest Stoff, der gerade dafür ausreichen würde.

»Geh zurück an deine Arbeit, Timon«, forderte sie Onkel Stefans Lehrjungen resolut auf, und zu ihrer Überraschung gehorchte er, obwohl sie ihm streng genommen nichts zu sagen hatte. Er tat es nach einem langen, unschlüssigen

Blick auf den Kleinen, der dumm genug war, ihm eine lange Nase zu drehen.

Sabina seufzte. »Nur weil ich jetzt dazwischengegangen bin, sitzt du nicht am längeren Hebel«, teilte sie Eberlin mit, sobald Timon verschwunden war. »Pass besser auf. Timon ist zwar kein Wüstling, aber dein Freund ist er auch nicht. Und du willst doch eine Weile bei uns untertauchen, hab ich recht?«

»Roosen fänd's richtig«, stimmte Eberlin zu und massierte sein glühend rotes Ohr.

»Offensichtlich.« Sie hätte zu gerne gewusst, warum. Niemand sagte ihr etwas, weder Eberlin noch dieser verdammte Roosen hielt es für nötig, sie darüber in Kenntnis zu setzen. Trotz seiner neuen Freundlichkeit.

»Ich will dich hier in der Öffentlichkeit nicht mehr sehen«, sagte sie in sehr bestimmtem Tonfall. Wenn es bei Timon geklappt hatte, tat es das bei Eberlin vielleicht auch. »Was wolltest du überhaupt im Hof? Du sollst im Stall bleiben! Hat Roosen gesagt«, fiel ihr verspätet ein, weil das ungerechterweise über mehr Wucht verfügte.

»Na ja.« Eberlin scharrte mit seinen unbeschreiblich schmutzigen Zehen im Gras, und Sabina dachte daran, wie er unlängst von Spaziergängen schwadroniert hatte. Roosen hatte sie ihm verboten, aber ob Eberlin sich daran hielt?

»Geh zurück in den Stall und verhalt dich ruhig«, befahl sie barsch, und nahm den Worten gleich wieder die Schärfe, indem sie hinzufügte: »Später gibt's Pastete. Ich heb dir ein Stück auf.«

Adrian fühlte sich belebt und beschwingt, weil ihm endlich ein Einfall gekommen war, wie sich dem ganzen Elend ein Ende bereiten ließ. Er benötigte dafür Stefan Lochners Unterstützung, weshalb er sich mit ihm besprechen musste, und das wollte er unbedingt außerhalb der vergifteten Atmosphäre dieses Hauses tun. Es dauerte eine Weile, bis er den Mann losgeeist hatte, doch anschließend lotste er ihn ohne Umschweife in Richtung Fluss. Nicht nordwärts zum Dom, sondern östlich über den Heumarkt. Wo Heu und Getreide verkauft wurden, außerdem Gaffelhäuser der vornehmsten Vereinigungen errichtet waren und an der Westseite die Fleischbänke. In der Mitte des Platzes drohten der städtische Pranger und der Galgen. Adrian schauderte es. Wenn sie Reinholds Mörder dingfest gemacht hatten, würde er genau dort baumeln.

Sie ließen den Heumarkt hinter sich, den Trubel und das Geschrei der Händler und Käufer, die sich samt und sonders lautstark Gehör verschafften und dafür sorgten, dass man sein eigenes Wort kaum verstehen, geschweige denn ein vernünftiges Gespräch führen konnte. Erst als sie am Hafen angelangt waren – wo es nicht wesentlich leiser zuging, aber irgendwann musste er schließlich beginnen –, ergriff Adrian das Wort.

»Ich weiß, wie wir den Dieb überführen können«, sagte er ohne jede Einleitung. »Und wenn wir ihn erwischt haben, haben wir auch Reinholds Mörder.«

Lochner sah bei Weitem nicht so erfreut aus, wie er erwartet hatte. »Wie wollt Ihr das denn anstellen?«

»Es ist gar nicht so kompliziert«, erklärte Adrian und wich einem Karren aus, der mit Holzbrettern beladen an ihnen vorbeiratterte. Die Ladung schwankte bedenklich, allerdings ohne ins Rutschen zu geraten. »Wir streuen das Gerücht, dass etwas, was sich zu stehlen lohnt, sich in der Werkstatt befände.«

Lochner verschränkte die Arme. »Und dann?«

»Dann warten wir ab.«

»Ich verstehe. Ihr legt eine Falle aus und hofft, jemand tappt hinein.«

»Es *wird* jemand hineintappen.«

Lochner wandte sich ab und ging einfach weiter. Eine Weile lief Adrian stumm neben ihm her und sah zu, wie er mit sich rang. »Der Plan klingt einfach und plausibel, ich frage mich, warum Ihr nicht schon längst darauf gekommen seid«, sagte er schließlich.

»Ihr legt den Finger in eine offene Wunde«, gab Adrian unumwunden zu, und Lochners Mundwinkel hoben sich ein wenig.

»Wir müssten das … vorbereiten«, sagte er und fand den Plan offenbar nicht gänzlich abwegig.

»Das stimmt.« Darüber hatte Adrian sich bereits gründlich Gedanken gemacht. »Ihr könntet zum Beispiel mit dem Kopf schütteln und düster darauf hinweisen, dass es in Eurer Werkstatt noch viele kostbare Dinge gäbe, und Ihr würdet hoffen, der Dieb nähme nicht gerade das Wertvollste an sich.«

»Ich soll eine Posse aufführen?«

»Keine Posse. Wir legen Spuren aus, denen der Dieb folgt, bis er direkt in die Falle hineingerät und diese mit einem lauten Knall zuschnappt.«

»Ihr habt mehr Fantasie, als ich bislang angenommen hatte. Es wäre nicht verkehrt, wenn Ihr Euch in der Lieddichtung versuchen würdet.«

Adrian grinste schwach. »Ich bin gänzlich unmusikalisch.«

»Dann schreibt ein Mysterienspiel.«

Inzwischen waren sie an der Markmannsgasse angelangt und standen fast direkt vor dem hoch aufragenden Landkran. Es gab auch schwimmende Kräne, um die Schiffsladungen zu löschen, aber dieser stand auf festem Grund.

»Können wir von meinen künstlerischen Ambitionen zurückfinden zu dem Plan, mit dem wir Euren Dieb dingfest machen?«, rief Adrian, denn es herrschte ein Höllenlärm.

»Herrgottnocheins, ist das ein Krach.« Lochner packte ihn impulsiv am Ärmel. »Lasst uns ein ruhigeres Plätzchen suchen.«

Als sie die Witschgasse hinter sich gelassen hatten, ließ das Getöse allmählich nach. Offensichtlich erforderte es jede Menge Gebrüll und Geschepper, Baustoffe zu entladen. Lochner ließ sich aufatmend auf ein vergessenes Fass sinken, in dem anscheinend üblicherweise Fisch transportiert wurde, denn es stank bestialisch. »Ich soll also den Dieb zu einem Gegenstand hinleiten, auf dass er mir einmal mehr etwas fortnehmen kann?«

»Richtig. Doch es wird nicht fort *sein*, da wir ihn bei seinem Tun überraschen und ihm damit das Handwerk legen.«

»Wie zuversichtlich Ihr seid.« Lochner starrte auf den eilig dahinströmenden Rhein, der unter dem grauen Himmel glänzte wie poliertes Metall. Dann wandte er sich an Adrian und blickte ihn aus seinen klugen und traurigen Augen an. »Erklärt es mir genauer. Was soll ich sagen?«

»Ihr sprecht von den infrage kommenden Dingen, Ihr zählt sie auf, nennt zumindest eines. Damit machen wir ihm den Mund wässrig und …«

»Ihr geht also davon aus, mich bestiehlt einer meiner Leute«, unterbrach Lochner schroff.

Adrian nickte. »Tut mir leid.«

»Mir auch. Es … schmerzt mich.« Er schwieg eine Weile. Letztlich riss er sich zusammen. »Und dann?«

»Ihr sagt dies alles mit gesenkter Stimme und verdeutlicht ganz nebenbei damit, dass Ihr Euren Leuten vertraut …«

»Das habe ich bis jetzt auch immer getan«, murmelte Lochner kummervoll.

»... und deponiert den erwähnten Gegenstand so, dass dieser beinahe verborgen, aber doch nicht zu übersehen ist ...«

»Und damit legen wir den Halunken rein.«

»Genau. Damit legen wir ihn rein«, bestätigte Adrian. »Ich verstehe natürlich, wenn Euch dies Kummer bereitet. Aber so, wie es ist, kann es nicht weitergehen.«

»Das stimmt.« Lochner richtete sich auf. »Es zersetzt alles. Jedes Vertrauen, jede Freundschaft, jede Liebe zur Kunst. Den Glauben an das Gute. Was haltet Ihr von einer Brosche?«

Adrian benötigte einen winzigen Moment, um den Themenwechsel zu verstehen. Dann fiel der Groschen. »Ist sie wertvoll?«

»Nicht so wertvoll wie eine Herrscherkrone. Aber sie ist mit Perlen besetzt und zeigt in der Mitte ein kleines Einhorn. Eine herausragende Arbeit, die ich einmal als Vorlage für die Schließe an einem Madonnenmantel verwendet habe. Sie gehört meiner Frau, und die wird mir die Hölle heißmachen, wenn ich sie verliere.«

»Das werdet Ihr nicht.« Adrian hoffte inständig, er versprach nicht zu viel.

»Also legen wir sie aus und warten ab, was passiert«, sagte Lochner entschlossen.

16

Kaum zurückgekehrt, deponierten sie das zierliche Schmuckstück im Materiallager. Gut sichtbar, aber nicht übertrieben auffällig.

»Warum warten, wenn es ohnehin irgendwann sein muss?«, hatte Lochner gemeint, und obwohl er die Schultern dabei in einer seltsam nachlässig anmutenden Geste hob, so war der Schmerz darüber doch allzu deutlich in seinem Gesicht zu lesen.

»Es kann Tage dauern, bis etwas geschieht«, dämpfte Adrian seine Erwartungen. »Wochen vielleicht.«

Der Meister hatte genickt und sich zurückgezogen, um seine Wunden zu lecken.

Die Brosche harrte nun ihrer Bestimmung. Inmitten kleinerer Holztafeln, Gefäßen mit Pigmenten und allerlei Gerätschaften lag sie da, wie unachtsam aus der Hand geglitten und vergessen. In diesem Raum lagerten beträchtliche Werte, ging Adrian auf. Soweit er wusste, waren einige Farben außerordentlich teuer. Ultramarin zum Beispiel, das aus dem wertvollen Lapislazuli gewonnen und mit Gold aufgewogen wurde. Es kam über Venedig aus dem unvorstellbar weit entfernten Persien, von dem Adrian sich nicht vorstellen konnte, was genau das war. Persien.

Da er wie Meister Stefan ein schnelles Ergebnis ersehnte, legte Adrian sich umgehend auf die Lauer, um ja nichts zu verpassen. Er hoffte aus tiefster Seele, dies sei nicht die Maßnahme der nächsten Wochen, denn hier auf dem Flur, in dieser engen Nische, war es staubig, still und langweilig, und er hätte sehr gerne etwas anderes getan.

Von draußen drangen gedämpfte Geräusche in sein dämmergraues Versteck. Ein Eimer, der scheppernd umfiel, Adelheids Gemecker und Sabinas Stimme, die die Ziege ausschimpfte. Ein paar Grundstücke entfernt blökte ein Schaf. Auf der Straße vor dem Haus rumpelten Ochsenkarren vorbei, er hörte den hellen Klang von Eselshufen und den gewichtigeren Tritt eines Gauls. Eine riesige Fliege tanzte brummend um ihn herum, und gerade als er sie verjagen wollte, vernahm er bedächtige Schritte, die die Treppe emporkamen.

Adrian unterdrückte jede Bewegung, jeden Laut, er vergaß sogar zu atmen. Und wenn diese verdammte Fliege sich auf seine Nase setzen würde, wusste er nicht, was er tun sollte.

Das Vieh flog davon und Adrian starrte in das diffuse Licht des Treppenaufganges.

Dietbert trat auf den Absatz.

Es konnte durchaus sein, dass der Geselle erschien, um aus dem Lager Material zu holen. Irgendetwas, was in der Werkstatt benötigt wurde. Danach sah es tatsächlich aus, denn er schritt schnurstracks in die Kammer und ließ ohne Arg die Tür offen stehen.

Doch dann blickte er sich prüfend um, bückte sich leise ächzend und griff nach der Brosche. Er schob sie unter sein Gewand. War ganz ruhig, fühlte sich vollkommen sicher.

Ohne Hast verließ er den Raum und trat auf den Flur.

Adrian schoss nach vorn, wobei er sich sehr empfindlich

das Knie an einer Truhe stieß – es tat nicht weh, das würde später kommen –, und donnerte Dietbert mit der ganzen Wucht seines wütenden Leibes gegen die Wand neben dem Materiallager.

»Verfluchte Scheiße, Dietbert!«, keuchte er.

Nach ein paar angestrengten Atemzügen fiel ihm auf, dass sein Ungestüm gar nicht nötig war, denn Dietbert hing völlig passiv zwischen seinen Armen an der Wand und tat keinen Mucks.

Adrian lockerte seinen Griff, blieb jedoch wachsam. Vielleicht täuschte dieser Dreckskerl seine Teilnahmslosigkeit nur vor und türmte im ersten Moment, in dem Adrians Aufmerksamkeit nachließ.

Nichts dergleichen. Dietbert stand still da, schwieg und stierte ins Leere.

Adrian packte ihn unsanft am Nacken und beförderte ihn die Treppe hinab, und so voller Grimm, wie er war, hätte es ihn nicht weiter erschüttert, wenn der Geselle auf den Stufen gestolpert und in die Tiefe gestürzt wäre. Aber weil seine Vernunft und auch sein Anstand die Oberhand behielten, brachte er es fertig, ihn unbeschadet nach unten zu bringen. Dort sperrte er ihn in die winzige Kammer direkt neben dem Eingang.

Als er allmählich wieder klar denken konnte, war das Erste, was in sein Gehirn drang, die Erkenntnis, dass nicht Goddert hinter den Diebstählen steckte. Natürlich war das Verhalten seines Dienstherrn Lochner gegenüber skandalös und nicht zu entschuldigen, doch hätte es noch übler kommen können. Die beinahe rauschhafte Erleichterung, die Adrian durchflutete, machte ihm bewusst, wie sehr er gefürchtet hatte, es wäre anders. Bei Gelegenheit würde er Sankt Alban aufsuchen und ein sehr aufrichtiges Dankgebet sprechen.

Nach einem letzten Blick auf den ergeben schweigenden Dietbert knallte er mit Schwung die Tür zu, verriegelte sie sorgfältig und machte sich auf, Lochner die Schreckensbotschaft zu überbringen.

Sabina hatte sich in die Küche zurückgezogen, zu rastlos, um nichts zu tun, und zu rastlos, um irgendeine Arbeit in Angriff zu nehmen. Ihr fiel nicht einmal ein, welche das hätte sein können. Sie stand nur da, kaute auf ihrer Unterlippe herum und hatte Angst.

Natürlich wusste sie von der Falle, die Roosen gelegt hatte. Diese Maßnahme hätte selbstverständlich schon viel früher erfolgen sollen. Jetzt fürchtete sie sich entsetzlich vor dem, was am Ende dabei herauskommen würde. Das musste sie Roosen nicht erzählen, er verstand es auch so.

»Sabina«, sagte er, und für einen Augenblick nahm sie an, sie habe ihn durch die Kraft ihrer Gedanken herbeigezaubert. Dann schalt sie sich ein dummes Weib und drehte sich um.

Was sie sah, trug nicht zu ihrer Beruhigung bei. Roosens kantiges Gesicht war hohlwangig und seine Lippen so weiß, dass man um ihn bangen konnte.

»Ich will nicht glauben, Euch sei der Fang bereits gelungen«, sagte sie und schluckte hörbar.

»Doch.«

»Dann will ich nicht wissen, wer's ist, der in Eurer Falle hockt.«

»Doch, das wollt Ihr. Genau wie Euer Onkel, von dem ich gerade komme. Und dem ebenfalls das Herz blutet.«

»Ihr seid ein ganz furchtbarer Mensch«, erklärte Sabina in sehr bestimmtem Tonfall. »Weil Ihr Euch einen Spaß daraus macht, schlechte Nachrichten zu überbringen.«

Nach Spaß sah er gar nicht aus. Er schien auch nicht entrüstet, weil sie ungerecht zu ihm war. Vielmehr erweckte er den Eindruck, als täte sie ihm leid. Das war beinahe noch schlimmer.

»Nun sagt schon«, forderte sie ihn mit belegter Stimme auf.

Er gehorchte sofort. »Es ist Dietbert. Dietbert hat das Schmuckstück an sich genommen.«

Sabina wandte sich um und griff nach dem Erstbesten, was ihr auf ihrem Arbeitstisch in die Finger geriet. Es handelte sich um das Messer, mit dem sie das Gemüse schnitt, und sie hatte es bereitgelegt, um es zu schärfen.

Es wäre sehr leicht gewesen, auf der Stelle in Tränen auszubrechen. »Wo habt Ihr ihn hingebracht?«, fragte sie stattdessen und war erleichtert, weil es ihr gelang, sich zu beherrschen.

Roosen trat einen Schritt näher, sie hörte es – und sie spürte es. »Er schmort in der Kammer, in der auch Mathias war. Euer Onkel sieht sich noch nicht in der Lage, ihn zu verhören.«

»Es würde Monate dauern, bis ich dazu imstande wäre«, bekannte Sabina, obwohl sie das eigentlich gar nicht hatte sagen wollen.

Ihr fiel etwas ein und sie schaffte es, sich erneut umzudrehen und ihn anzublicken. »Vielleicht stellt es sich wie bei Mathias als ein großer Irrtum heraus.« Sie hörte selbst, wie flehentlich sie klang, und verachtete sich dafür.

»Mag sein.« Roosen glaubte nicht daran, das war überdeutlich. »Ich wollte Euch nur informieren«, sagte er leise und sah ihr in die Augen. »Nun gehe ich zurück zu Eurem Onkel und frage ihn, wie er weiter verfahren will.«

Sie hielt seinen Blick nicht aus, weil darin Trauer lag, Verstehen und Mitgefühl, und sie wäre sehr gerne schluchzend auf die Knie gesunken, doch riss sie sich zusammen, nickte und drehte sich weg. Seine Schritte entfernten sich langsam und schwer in ihrem Rücken.

Das Leben konnte einem manchmal zu viel werden.

Mit wackeligen Knien trat sie an die Hoftür und blickte nach draußen auf der Suche nach etwas Schönem, an dem sie sich festhalten konnte. Der Sommer war nach den kühlen letzten Tagen zurückgekehrt, warmer Sonnenschein lag über dem Garten, überall waren Farbe, Lebensfreude und Heiterkeit, und man durfte nicht vergessen, dass nicht alles misslich war auf dieser Welt.

Doch mehr als genug. Und deshalb fand sie es schwer, sich zu sammeln, wieder sie selbst zu werden, sich nicht hohl und einsam und so … fremd zu fühlen. Ausgerechnet Dietbert, der freundliche, liebe Dietbert, sollte ein niederträchtiger Mensch sein, der Freundschaft und Vertrauen in den Dreck trat, der gleichgültig zusah, wie ihr das Herz in Scherben sprang. Und das ihres Onkels zerbrach er gleich mit.

Als laste das Gewicht dieses Tages noch nicht schwer genug auf ihren schmerzenden Schultern, erkannte sie, wie Meister Siegbarth über den Hof in Richtung Küche stiefelte, nachdem er frank und frei und uneingeladen ihren Garten betreten hatte.

Das war … anmaßend. Doch seine Dreistigkeit schreckte sie aus ihren düsteren Gedanken auf, zwang sie, aus ihrem Jammertal emporzutauchen. Obwohl es irrational war, hasste sie Siegbarth deswegen noch mehr.

»Was wollt Ihr hier?«, herrschte sie ihn an.

Siegbarth blieb abrupt stehen und hob in einer Geste der Kapitulation die Hände. »Warum so unfreundlich? Ich habe nur …«

»Besucher pflegen an der Vordertür zu klopfen und um Einlass zu bitten«, unterbrach sie, und es tat gut, ihre Bitterkeit in die Welt zu blasen. Siegbarth war ein lohnendes Ziel.

Er hatte den Anstand, ein wenig verlegen dreinzuschauen. »Nun, ich wollte Euch überraschen ...«

Das war ihm gelungen. Und es gefiel ihr nicht.

»Ich würde nämlich unser Gespräch von neulich gerne fortsetzen«, sagte er werbend. Er gab sich Mühe, hatte sich ordentlich und sauber angezogen und zeigte ein gut gelauntes Gesicht.

In das sie gerne hineingeschlagen hätte. Lieber in dieses Gesicht als in das von Dietbert, obwohl der es ganz sicher eher verdient hätte. »Da ist nichts fortzusetzen«, erklärte sie spröde.

Siegbarth trat einen Schritt näher und Sabina reflexhaft einen zurück. »Seht mal, Jungfer Sabina, ich weiß, es schickt sich nicht, einem Bewerber gleich in die offenen Arme zu fallen. Ich verstehe Euch ja. Doch ich glaube, in unserem Falle liegen die Vorteile einer Eheschließung für beide Seiten klar genug auf der Hand, um uns diesen Umweg zu ersparen.«

»Ihr glaubt, ich will mich zieren«, erkannte Sabina staunend, und wenn sie nicht so verzweifelt gewesen wäre, hätte sie gelacht.

»Wäre das nicht natürlich?«, fragte er seelenvoll, aber seine Augen blickten bei Weitem nicht so sanft, wie seine Stimme klang. »Eine Jungfer wie Ihr ...«

»Hat das nicht nötig«, vollendete Sabina seinen Satz. »Und mal ganz abgesehen davon, dass ein solches Verhalten meinem Naturell widerspräche, habe ich zurzeit weiß Gott andere Probleme.«

»Nichts, was ich nicht für Euch lösen könnte«, sagte Siegbarth und tat einen weiteren Schritt.

»Davon träumt Ihr wohl.«

Noch ein Schritt. Siegbarths Lächeln wurde wölfischer, seine Hände munterer. Er hob die Arme und griff nach ihr.

Sabina wich zurück und aus der Ablehnung wurde für einen Moment Panik, dann gerann diese zu reiner, heller Wut. Sie tastete hinter sich und fasste einen Pfannenstiel, riss das schwere, eiserne Ding nach vorn und fuchtelte damit vor Siegbarths Nase herum.

»Kommt einen Schritt näher und Ihr werdet sehr hässliche Kopfschmerzen haben!«

»Ihr seid ja nicht bei Sinnen«, fuhr er sie an, aber in seinen Augen erkannte sie, wie sehr er erschrak.

»Das kann gut sein«, stimmte sie zu. »Vielleicht bin ich so sehr nicht bei Sinnen, dass ich diese Pfanne auf Euer Haupt schmettere, selbst wenn Ihr nicht näher kämt. Was fällt Euch ein, mich so zu überfallen? In meiner Küche?«

Siegbarth fuhr sich mit den Fingern durch das hübsch frisierte Haar. »Es war das letzte Mal, dessen seid gewiss«, erklärte er, es klang viel zu schrill für eine Männerstimme, und brachte mehr Abstand zwischen sich und die Pfanne. »Mit einer Verrückten will ich nichts zu tun haben! Seht zu, wie Ihr das Eurer Tante erklärt.«

Dann war er fort. Gott sei Dank. Und obwohl sie erleichtert war, so war das Gefühl der Leere und des überwältigenden Kummers über Dietbert beinahe mehr, als sie ertragen konnte. Sie versuchte, sich in die Gewalt zu bekommen, wischte sich mit dem Handrücken über den zitternden Mund, wieder und wieder, bis sie merkte, was sie tat, und damit aufhörte.

Wo war dieser verdammte Roosen? Immer war er da, aber nie, wenn man ihn brauchte.

Adrians Hochgefühl erlosch so schnell, wie es aufgeflammt war. Seine Schlussfolgerung, Goddert habe keine dubiose Rolle bei den Diebstählen eingenommen, war lediglich frommem Wunschdenken entsprungen und hielt einer genauen Betrachtung nicht stand. Baarth hätte sich niemals selbst die Finger schmutzig gemacht, mit der Drecksarbeit betraute er stets andere. Warum nicht Dietbert?

Ernüchtert hockte Adrian in der Stube, hielt den Blick unverwandt auf Meister Stefan gerichtet und fragte sich, wann er sich endlich zu einer Entscheidung durchrang. Es fiel ihm schwer, man sah es ihm an. Der Mann hing schief auf seinem Lehnstuhl und grübelte mit zerfurchter Stirn, doch kam er zu keinem Schluss.

Auf dem Tisch standen ein Krug mit immer schaler werdendem Bier und eine Platte mit Mohnkringeln. Nichts davon rührte Lochner an. Adrian verstand ihn gut. Auch ihm hatte es den Appetit verschlagen.

Zaghaftes Klopfen riss ihn aus seinen Gedanken. Lochners Haltung blieb unverändert, vielleicht hatte er es nicht gehört. Eingesponnen in sein Unglück, schien er seine Umgebung gar nicht wahrzunehmen.

Also blieb es Adrian überlassen zu reagieren. »Was ist denn, Hanß?«, fragte er ungeduldig, weil er nicht wollte, dass Lochner gestört wurde.

Hanß scharrte mit den Füßen und machte Adrian schier irre damit. »Dietbert schickt mich, Euch zu holen, Meister«, flüsterte der Junge schließlich. »Euch und Roosen.«

Lochners Kinn ruckte hoch, aber Adrian war schneller. »Warst du etwa allein in der Kammer? Bist du von allen guten Geistern verlassen?«

»Nein! Ich ging durch die Diele zur Werkstatt, und da hörte ich, wie er klopfte, und bin stehen geblieben.« Hanß' Stimme kletterte ein paar Töne höher und seine Gesichtsfarbe wechselte in rascher Folge von Rot zu Weiß und wieder zurück. »Ich bin nicht reingegangen, ehrlich nicht! Das konnte ich gar nicht, weil ja abgeschlossen ist«, fügte er ziemlich vernünftig hinzu.

»Richtig.« Adrian erhob sich. »Bleibt sitzen«, wies er Meister Lochner an. »Ich hole ihn her. In der Kammer ist es zu beengt.«

Als er mit schwerem Herzen und klammen Fingern die Tür des behelfsmäßigen Kerkers öffnete, stand Dietbert mitten im Raum und sah ihm entgegen. Hoch aufgerichtet, soweit seine gedrungene Gestalt das überhaupt zuließ, und absolut nicht am Boden zerschmettert. »Gut, dass Ihr kommt«, begann er ohne Umschweife. »Ich möchte mich …«

»Halt den Mund«, beschied Adrian ihn unfreundlich. »Wir reden oben darüber. Du sollst deinem Herrn und Meister in die Augen sehen, wenn du ihm erklärst, warum du dich an ihm vergangen hast.«

Dietbert wurde nicht einmal rot, ging lammfromm vor Adrian her und stieg die Treppe hinauf ohne ein weiteres Wort.

Oben wartete Lochner auf ihn, mit steifem Rücken und verkniffenem Mund.

Er schwieg. So lange, bis Dietbert es nicht mehr ertrug und etwas von seiner unnatürlichen Ruhe verlor. »Ich bin in mich gegangen, Herr«, sagte er mit zitternder Stimme. »Und ich will offenlegen, was mich dazu getrieben hat …«

Adrian hielt es nicht mehr aus, er *musste* wissen, ob Baarth tatsächlich von aller Schuld reingewaschen war. Von dieser wenigstens.

»Sag uns, ob du allein gehandelt hast«, unterbrach er den Gesellen brüsk und nahm aus den Augenwinkeln wahr, wie Lochner verblüfft den Kopf in seine Richtung drehte. »Allein oder für einen Auftraggeber«, präzisierte Adrian, weil Dietbert ihn verständnislos ansah.

»Was denn für ’n Auftraggeber?«, fragte er. »Nee, kein Auftraggeber.« Zögernd wanderte sein Blick von Adrian zu Lochner, beide schwiegen. Lochner sowieso und Adrian, weil er darüber nachsann, warum sich nicht erneut Erleichterung bei ihm einstellte.

»Kein Auftraggeber«, wiederholte Dietbert, als wäre es ihm wichtig, dass sie das verstünden. »Ich war es selbst. Allein, meine ich. Ich hab all die Sachen an mich genommen.« Er schluckte und brach ab.

»Was hast du damit gemacht?«, fragte Adrian und schob den Gedanken an Baarth energisch beiseite. »Ich habe das Haus mehrmals durchsucht und nichts gefunden.«

»Erst habe ich sie im Stall versteckt, und als mir das zu heikel wurde, im Haus meiner Tante.«

Adrian nickte. »Und was hattest du damit vor?«

Dietbert sah ihn an, als sei er nicht ganz sicher, wie gut es um Adrians Denkvermögen bestellt war. »Sie verkaufen, natürlich«, erklärte er. »Nach einer angemessenen Zeit. Wenn Gras über die Sache gewachsen wäre.«

Für Bernsteinklumpen oder Silbernes waren bestimmt gute Preise zu erzielen. Für anderes eher weniger. »Was wolltest du mit der Vorstudie der Ursulalegende anfangen?«, fragte Adrian. Er nahm an, Lochner müsse das wissen.

»Auch verkaufen. An Meister, die nicht so gute Ideen haben.«

Lochner ließ sich nicht umwerben. Er schwieg weiterhin und hatte mit dem Kinn in der Hand das Studium der Tischplatte wieder aufgenommen. Ob er überhaupt zuhörte, war schwer zu sagen.

Die Details interessierten Adrian im Moment gar nicht so sehr, über das Wie und Wo konnte später gesprochen werden. Aber das Warum wollte er wissen, das große Ganze begreifen.

Er betrachtete Dietbert, dessen weher Blick immer noch auf seinem Meister ruhte, der nicht mitbekam, wie er um Verständnis bettelte. Das es niemals geben konnte, wenn es nach Adrian ging. »Warum hast du es gemacht?«, fragte er eine Spur zu laut.

Widerstrebend wandte Dietbert sich von Lochner ab. »Wegen meiner Tante.«

Adrian hob die Brauen. »Schon wieder die Tante? Und was hat sie diesmal damit zu schaffen? Hat sie dir aufgetragen, eine unvorstellbare Illoyalität zu begehen und deinen Meister zu bestehlen?«

Zum ersten Mal kehrte etwas von Dietberts normalem Selbst zurück. »Meine Tante Alrun hätte so etwas niemals verlangt ...«

»Du gibst also zu, etwas Ungeheuerliches getan zu haben«, unterbrach Adrian, doch stellte sich das Gefühl des Triumphes nicht ein.

»Ja, tu ich.« Dietberts Gesicht sah mit einem Mal eingefallen und alt aus. »Anfangs aus einer Notlage heraus, ich wusste mir nicht anders zu helfen. Später dann ...«, er wand sich, brach ab, aber Adrian wollte ihn sowieso nicht ausreden lassen.

»Welche Notlage?«, hakte er nach.

»Meine Tante Alrun ist seit ein paar Jahren Witwe. Ihr Mann war bloß ein kleiner Kaufmann, der gerade fürs Tägliche sorgen, aber nichts auf die hohe Kante legen konnte. Als er starb, blieb sie völlig mittellos zurück. Ich hab mich um sie gekümmert.« Dietbert atmete tief ein. »Konnt sie ja nicht verhungern lassen.«

Adrian hatte Lust, ihn in der Luft zu zerreißen. »Das berechtigt dich nicht, andere hart arbeitende Männer um deren Eigentum zu bringen.«

Dietbert ging nicht darauf ein. »Ich hatte selbst nix«, fuhr er fort. »Daher musste ich sehen, wie ich an Geld komme. In meiner Not hab ich dann mit den Diebstählen angefangen.«

»Du sprichst ständig von deiner ›Not‹«, ätzte Adrian,

und sein Zorn wollte einfach nicht schwinden. »Bist du der Ansicht, diese würde dein Tun entschuldigen? Soweit ich weiß, lässt sich nicht jedermann zu verbrecherischen Taten hinreißen, wenn er vor einem finanziellen Problem steht.«

Dietbert lachte auf, es klang wie ein Schluchzen. »Ist noch viel unerfreulicher, Roosen, das werdet Ihr gleich sehen. Ich hab mich beschmutzt und beschädigt und Meister Lochner beklaut und war doch froh, denn meine Tante zeigte sich erleichtert und dankbar, weil ich ihr half. Aber nach ihrem Tod, als ich ihr Häuschen räumte, stieß ich in der Schlafkammer, direkt hinter der Truhe mit den Winterkleidern auf ein Säckchen mit Goldmünzen, das sie dort versteckt hatte.«

Adrian fand die Worte nicht. Lochner desgleichen.

Dietbert umso mehr. »Versteht Ihr? Sie besaß ein Vermögen! Kein großes, aber genug, um ein paar Jahre davon leben zu können. Es war also unnötig, all das zu tun. Völlig sinnlos.«

Adrians Stimme kehrte zurück. »Es ist eine Weile her, dass sie gestorben ist. Seitdem sind weitere Dinge abhandengekommen. Willst du behaupten, jemand anderer trage dafür die Verantwortung?«

»Nein.« Dietbert straffte sich, sah aber bekümmert aus. »Ich hab einfach weitergemacht.«

»Warum?«

»Weil ich's konnte. Weil ich Talent dafür hab. Und weil's leicht war.«

Adrian nickte wieder, hilflos und verstört angesichts der Schlichtheit dieser Argumentation. Dann riss er sich zusammen. Es ging um weit mehr als das.

»Dein Tun ist verachtenswert, anders kann ich es nicht sagen. Aber es … erschüttert mich noch viel mehr, mit welcher Kaltblütigkeit du Reinhold aus dem Weg geräumt hast, als der arme Kerl dir auf die Schliche kam«, sagte er und schämte sich nicht, als seine Stimme bebte.

Dietbert fuhr auf. »Moment mal! Das war ich nicht! Damit habe ich nichts zu tun!«

Adrian schüttelte den Kopf. »Zeit, reinen Tisch zu machen. Und zwar gänzlich reinen Tisch. Was nützt es, jetzt noch zu lügen?«

»Es würde gar nichts nützen, deswegen lüge ich nicht!« Dietbert war auf einmal knallrot im Gesicht. »Ich hab alles zugegeben, was ich gemacht hab. So war's und nicht anders, und ich bin wahrhaftig nicht stolz drauf. Aber an dem Tod des armen Jungen trage ich nicht die Schuld.«

»Kommt mir ziemlich unwahrscheinlich vor«, bellte Adrian und hatte Mühe, nicht die Nerven zu verlieren. Konnte dieser verdammte Lochner nicht mehr sprechen? Er schwieg wie eine steinerne Statue.

»Ist aber so«, beharrte Dietbert. »Und ich kann's beweisen.«

»Da bin ich aber gespannt.«

»Ich war gar nicht hier. Ich war bei einer Frau.«

»Bei einer Frau«, wiederholte Adrian stumpf.

»Genau. Bei Rosalinde. Sie ist …«, Dietbert holte hörbar Luft, »… sie ist eine Käufliche. Wir kennen uns schon lange, schon aus der Zeit, als sie noch nicht … na ja. Ich geh seit Jahren zu ihr. Und zuletzt öfter, weil ich Geld hatte. An dem Abend war ich's auch. Ich weiß es so genau, weil es eine Schlägerei im Hurenhaus gegeben hatte, bei der sie auch was abbekam, und wir die ganze Nacht nicht … Ihr wisst schon. Jedenfalls bin ich bei ihr geblieben und hab ihr ein bisschen geholfen.«

»Mathias hat ausgesagt, du hättest die ganze Nacht in deinem Bett gelegen und ihn mit deinem Geschnarche wachgehalten«, sagte Adrian stirnrunzelnd.

»Mathias schläft immer, als habe man ihm einen Felsbrocken über den Schädel gezogen. Der hat keine Ahnung, was nachts läuft. Eine Schar nackter Tänzerinnen könnte singen und das Tamburin schlagen, und er würde nichts davon mitbekommen.«

»Dann hat er bei seiner Aussage gelogen, als er behauptete, du seist da gewesen.«

Dietbert schüttelte den Kopf. »Er *glaubt*, er wäre wach gewesen. War er aber todsicher nicht. Wäre das erste Mal.«

Adrian wusste nicht weiter. Wenn das stimmte, hatten sie einen Dieb, aber keinen Mörder. Und waren nur einen kleinen Schritt vorangekommen.

»Warum hast du den Schweineborstenpinsel genommen?«, fragte Lochner plötzlich. Das war zwar nicht wichtig, fand Adrian, aber wenigstens sprach er. »Der ist doch überhaupt nichts wert. Jedenfalls nicht viel.«

»Hab ich nicht«, sagte Dietbert und seine Augen leuchteten hoffnungsvoll. »Den habt Ihr wohl wirklich verlegt.«

Sabina fragte sich niedergeschlagen, wieso sie sich von Dietbert derart gründlich hatte täuschen lassen. Ob sie zu unbedarft war, um in der Welt zu bestehen? Unbeirrt, tapfer und *dumm* hatte sie zu ihm gehalten, als Roosen ihn ganz zu Anfang schon einmal in Verdacht gehabt hatte. Nur weil sie nicht hatte annehmen wollen, jemand wie Dietbert wäre Onkel Stefan gegenüber so treulos, so skrupellos, so durch und durch gemein. Roosen hatte recht gehabt und sie nicht, das war schwer zu ertragen. Ausgerechnet sie hatte Dietbert die Erklärung für seinen unerklärlichen Geldsegen praktisch in den Mund gelegt, damals, als er teuer gegessen und getrunken und sich damit verdächtig gemacht hatte. Sie selbst war es gewesen, die ihn mit der Nase darauf gestoßen hatte, wie er sich durch den Tod seiner Tante reinwaschen und von jedem Verdacht befreien konnte. Die Erbschaft – die es dann tatsächlich gab, auch wenn Dietbert damals noch gar nichts von ihr gewusst hatte! – war sein Vorwand gewesen. Niemand von ihnen hatte danach angenommen, er könne einen Antrieb haben, sich mit zwielichtigen Räubern und Betrügern gemeinzumachen.

Wenigstens würde Dietbert sich schämen, das nahm sie zumindest an. Geschwister im Geiste waren sie, sie schämte sich nämlich auch. Anders als sie hockte Dietbert aber nun recht bequem in seiner Kammer, bloß die Tür war versperrt. Eine dünne Tür mit einem schlichten Riegel. Lachhaft. Onkel Stefan hatte ihm sein Ehrenwort abverlangt, dass er nicht türmte – ob so jemand überhaupt Ehre besaß?

Sabina fühlte sich wund und elend und wusste nicht, wohin mit sich.

Sie ging in den Garten, der ihr fast immer half. Alles war spätsommerlich und lieblich, ein Rotkehlchen tirilierte im Apfelbaum, die Rosen dufteten betäubend, der vielleicht letzte Schmetterling des Jahres tänzelte über dem Kräuterbeet und wusste nichts vom Bösen, das überall lauerte.

Nichts davon legte sich als Balsam auf ihre Seele, alles blieb falsch, alles schmutzig.

Sie wollte nicht einmal daran denken, was es bedeutete, dass Dietbert zwar der Dieb, nicht aber Reinholds Mörder war. Diese Bestie lief immer noch frei herum, lebte irgendwo unerkannt und fröhlich und ließ es sich gut gehen. Sie wollte nicht daran denken, tat es jedoch unablässig.

Wenn sie nicht bald auf andere Gedanken kam, würde sie verrückt.

Langsam, weil ihr die Beine schmerzten, nicht nur der Kopf, schlenderte sie in Richtung Stall. Eberlin war der Einzige, den zu sehen sie jetzt ertragen würde, denn der hatte mit all dem nichts zu schaffen. Etwas unangestrengte Gesellschaft täte ihr bestimmt gut.

Der Stall war leer und still, Eberlin war weg. Hatte es nicht länger ausgehalten, Roosens Befehlen zu folgen.

»Wo ist er hin, Blanche?«, fragte sie, aber die Sau antwortete erwartungsgemäß nicht.

Zorn wallte in Sabina auf, weil dieser Unglücksknabe so furchtbar eigensinnig war und nicht tat, was man ihm auftrug. Wut war allemal leichter zu ertragen als Verzweiflung, doch war sie zu ausgelaugt, um lange erbost zu sein. Stattdessen drängte sich ihr die Frage auf, wann sie dem Jungen zuletzt begegnet war. So viel war geschehen, es kam ihr vor, als wären seitdem Wochen vergangen. Aber nein, nach einigem Kopfzerbrechen war sie sicher, es war heute in der Früh gewesen. Womöglich war er schon seit Stunden fort. Sie hatte keine Ahnung, wie sie das Roosen beibringen sollte.

Eine neue Sorge. Allmählich hatte sie es satt.

Ihm war nicht bewusst gewesen, was für ein verfluchter Idiot er war, doch war es Adrian nun klar geworden. Die Aufklärung dieses Falles gehörte nicht zu seinen Glanzleistungen, das ließ sich nicht leugnen. Viel zu lange war er davon ausgegangen, die Diebstähle und der Mord hingen zusammen, denn er hatte einfach nicht glauben wollen, Lochners Werkstatt würde nicht nur von einer, sondern gleich von zwei Katastrophen heimgesucht. Diese Annahme war dumm gewesen. Fahrlässig. Sie hatte ihm den Blick auf die Umstände verstellt.

Die Erkenntnis war schmerzvoll, aber Lochner war mit seiner Hilfe nicht gut bedient. Da wäre es nur rechtschaffen, sich zurückzuziehen. Aufzugeben, dachte Adrian böse, aber hilflos und wusste nicht, was er tun sollte. Wäre es für

Meister Stefan eine Erleichterung, wenn er ihm die unangenehme Aufgabe ersparte, ihn eigenhändig hinauszuwerfen? Oder ließ er den armen Mann nicht vielmehr im Stich, wenn er sein Bündel schnürte? Immerhin lief Reinholds Mörder noch frei herum, und niemand konnte sagen, ob nicht andere Mitglieder des Lochner'schen Haushaltes in Gefahr schwebten.

Er beschloss, dem Meister die Entscheidung zu überlassen. Falls er ihm weiterhin sein Vertrauen schenken wollte, so würde er alles daransetzen, sich dessen würdig zu erweisen. Jagte er ihn vom Hof, gelänge es ihm sicher, dies in Demut zu akzeptieren. Die Lage duldete jedenfalls keinen Aufschub, und daher hatte er sich auf die Suche nach Lochner begeben, der wiederum auf der Suche nach dem Zunftmeister war, um ihn schweren Herzens von Dietberts Verfehlungen in Kenntnis zu setzen.

Als Adrian auf die Hohe Straße einbog, lief er beinahe in Isabella hinein und konnte nur durch einen Sprung zurück verhindern, sie über den Haufen zu rennen.

Isabella. Die hatte ihm gerade noch gefehlt.

Dabei war sie wie immer, nahm er an. Nur dass ihm jetzt ihr zu herzliches Lächeln, ihre zu elegante Kleidung und ihre zu helle Stimme nicht mehr gefielen. »Seid gegrüßt, Jungfer Isabella«, grüßte er höflich, weil er schließlich nicht einfach an ihr vorbeirauschen konnte. Das hätte sie mit Recht verärgert. Und – noch lästiger – verwundert, denn damit würde ihr Eifer entfacht, herauszufinden, warum er das tat. Sie würde so lange in ihm herumstochern, bis ihm keine Ausflucht mehr einfiel und er ihr sagte, was sie wissen wollte.

»Nanu, so förmlich?«, erwiderte sie und bedachte ihn mit diesem Strahlen, für das er vor wenigen Wochen sein Leben dahingegeben hätte.

»Verzeiht«, bat er hölzern. »Ich habe viel um die Ohren. Da fehlt es mir offenbar an Geschmeidigkeit im Umgang.«

Sie lachte. *Perlend*. Warum war ihm nie aufgegangen, wie aufgesetzt es klang? »Ich habe ebenfalls sehr viel zu tun«, zwitscherte sie und hakte sich vertraulich bei ihm ein. »Sag mir, weißt du's schon?«

Adrian machte sich unauffällig los. Es gehörte sich nicht und es gefiel ihm auch nicht, wie sie da an seinem Arm hing, als sei sie seinesgleichen und sie beide die besten Freunde. Das war nicht der Fall, nicht mehr, seit sie den Kinderschuhen entwachsen war.

»Was genau?«, fragte er, obwohl er es eigentlich gar nicht wissen wollte. Vielleicht war das ein Fehler. In der letzten Zeit hatte er nicht viel davon mitbekommen, was sich außerhalb des Lochner-Haushalts in der Stadt oder bei den Baarths abspielte.

Isabella leuchtete förmlich. »Peter Jürges hat bei Vater um meine Hand angehalten. Ist das nicht wunderbar?«

Adrian betrachtete sie. Sie wirkte … hochgestimmt. Weil Peters Vater ein bedeutender Mann in der Wollenweberzunft war und ungemein vermögend. Eine gute Partie. Wie Isabella selbst. Sie würden ein märchenhaftes Paar abgeben.

»Meine allerherzlichsten Segenswünsche, Isabella«, sagte er. »Ich bin sicher, Ihr werdet sehr glücklich.«

»Oh, davon gehe ich aus.« Ihr Blick wurde siegesgewiss. »Das Glück werde ich mir verschaffen, da kannst du ganz sicher sein.«

»Kann ich das?« Adrian zögerte. Dann fand er es richtig, auszusprechen, was er dachte. »Euer Vater hat sich stets ein wenig missfällig über die Jürges geäußert. Ist es klug, die beiden Familien miteinander zu verbinden?«

»Die Konkurrenz unter Männern, ach Gott, ja.« Ihr Lächeln wurde noch etwas durchdringender, und sie vollführte eine dieser unnachahmlichen Handbewegungen, die er noch vor gar nicht allzu langer Zeit förmlich angebetet hatte. »Das liegt in der Vergangenheit, Adrian. Von nun an gibt es ein Miteinander, das ist für alle Seiten viel besser, meinst du nicht?«

»Unbedingt.« Er nickte und wusste, dass sie es anders als er uneingeschränkt aufrichtig meinte. Wenn sich zwei bedeutende Familien zusammenschlossen, hatten sie gemeinsam sehr viel mehr Macht als jede für sich.

In diesem Augenblick wurde er von einer Woge der Ungeduld überschwemmt. Weil es ihn in Wahrheit überhaupt nicht interessierte. Früher hätte es das getan, es hätte ihn förmlich zerfleischt, sich Isabella in den Armen eines anderen vorzustellen. Sein Herz wäre auf Wochen hinaus verletzt gewesen, sein Gemüt für endlose Monate verdüstert. Für *Jahre* vielleicht.

Nun war es ihm gleichgültig, gottlob war das vorbei. »Alles Gute für Euch und ein schönes Leben, Isabella«, sagte er sanft und sah, wie sich ihre Augen erstaunt weiteten.

Er nickte ihr zu, drehte sich um und ging davon, mit weit ausholenden Schritten. Fühlte sich frei, beinahe schwebend, als sei eine uralte Last endgültig von seinen Schultern genommen. Und mit dieser Leichtigkeit war ihm plötzlich völlig klar, was zu tun war.

Er würde nicht in Lochners Ermessen stellen, ob er sich zurückziehen sollte oder nicht, sondern diesen Fall aufklären und zu einem guten Ende bringen.

Anschließend würde er sein Leben in die eigene Hand nehmen. Sein Dasein als Goddert Baarths Mann für alles war zwar einfach und sicher, doch er wollte es nicht mehr.

Er tat einen ersten eiligen Schritt, um sich auf den Weg zurück in die Werkstatt zu begeben. Beim zweiten fiel sein Blick auf Eberlin.

Der Junge stand im Schatten einer Toreinfahrt an eine bröckelige Mauer gepresst, die Arme schützend vor dem Gesicht, und doch war sein Bemühen vergeblich, dem Knüppel eines feisten Mannes zu entgehen. Ohne jeden Zweifel handelte es sich um den Hacker. Dem Eberlin schon seit Tagen nicht mehr abgeliefert hatte, was er von ihm verlangte, und der nun zu einer Bestrafung ansetzte.

Das war genau das, was er jetzt brauchte. Adrian setzte sich in Bewegung und preschte voran.

17

Sie könnte die Kessel putzen, verspürte jedoch nicht die geringste Lust dazu. Wozu auch? Jedem anderen außer ihr war deren Zustand restlos gleichgültig. Lieber setzte sie sich auf die Bank neben der Hoftür, begnügte sich damit, in den Garten hinauszugrübeln, und hörte Blanche und Adelheid zu, die sich wie üblich ums Essen zankten. Weil Adelheid nicht einsehen wollte, dass sie eine Ziege war und ihr der Inhalt des Schweineeimers nicht zustand.

Und ich will nicht einsehen, dass ich eine hohle Nuss bin, die man einfach übertölpeln kann, dachte Sabina.

Ihre Stimmung hob sich, als Roosen und Eberlin über den Hof zu ihr hinüberstapften. Es währte, bis sie nahe genug herangekommen waren, um die Blessuren in ihren Gesichtern zu erkennen. Beide, das kantige, schmale und das weiche, kindliche, zierten blutige Schrammen. Aber Eberlin sah verstört aus, Roosen eher nicht. Dafür hatte er ein blaues Auge.

Das war schlecht. Weil sie nun fragen musste, was geschehen war, dabei wollte sie es gar nicht wissen. Sie hatte wenig Interesse daran, von weiteren Dramen zu erfahren. Ihr reichten die, die sie in jüngster Zeit erlebt hatte.

»Was ist passiert?«, fragte sie lustlos.

»Nichts«, erwiderte Roosen umgehend, und Eberlin starrte angestrengt zu Boden.

Er sah aus wie ein Kind, das dicht am Abgrund stand und nicht sicher war, ob es über die Kante gestoßen würde oder nicht.

Sabina ballte die Fäuste. »*Was ist passiert?*«

Roosen zog die Brauen hoch, wobei die Kruste an der Schläfe aufbrach und ein paar Tropfen Blut langsam über seine Wange rannen. »Wollt Ihr mir auch noch eins überziehen? Ich habe eigentlich genug davon.«

Wenn sie nicht alles täuschte, sah er ... zufrieden aus.

»Ihr geht mir auf die Nerven«, teilte sie ihm mit und wandte sich an den Jungen. »Wieso seid ihr so zugerichtet?«

»Bloß 'ne kleine Rauferei«, erklärte er mit dünner Stimme. »Nix Besonderes.«

Er wich aus. Das war so sicher wie das Amen in der Kirche. Sabina verschränkte die Arme und versuchte es anders. »Wo warst du?«

Eberlin zuckte die Schultern.

»Eberlin!«

»Ist nichts für zarte Frauenohren«, murmelte er, und Sabina sah aus den Augenwinkeln, wie Roosens heiteres Grinsen erlosch.

Irgendetwas war vorgefallen und sie wollten sie nicht darüber aufklären. Aber bevor sie den Mund aufmachen und den beiden die Hölle heißmachen konnte, ergriff Roosen das Wort.

»Ich habe eine Idee, wie wir die Sache zu einem Abschluss bringen«, sagte er und präsentierte eine auffällig entspannte Miene. Sofern das bei den Schäden, die sein Gesicht genommen hatte, überhaupt möglich war.

»Welche Sache?«, fragte sie bissig zurück. »Eberlin endgültig zu Klump schlagen zu lassen?«

»Ihr seid ungerecht«, stellte er fest, blieb aber eisern dabei, zu verschweigen, was ihnen zugestoßen war. Er legte den

Arm um die schmalen Schultern des Jungen und nach kurzem Zögern lehnte der sich an ihn. Und obwohl Roosen kaum größer war als sie selbst, auch nicht breit oder wenigstens dick oder sonst wie auf den ersten Blick beeindruckend, war klar, Eberlin hatte sich genau den Richtigen ausgesucht, um nach Schutz zu suchen.

Nie im Leben hätte sie es zugegeben, jedenfalls nicht in diesem Moment. Sie löste die verkrampften Arme und rang sich zu der Frage durch: »Um welche andere Sache könnte es sich denn handeln?«

»Tja, ich ging davon aus, einem Mörder noch das Handwerk legen zu müssen«, sagte Roosen lässig, und Sabina schüttelte den Kopf.

»Ihr macht es mir schwer«, bemerkte sie und unterdrückte ein Lächeln. »Und Ihr legt es darauf an.«

Roosen warf die Hände in die Luft. »Niemals.«

Zum Frohsinn sah sie weiß Gott keinen Anlass. Wieso war dieser Kerl plötzlich so übermütig? »Vielleicht hättet Ihr die Güte, mir von Eurer wegweisenden Idee zu erzählen. Hier, nimm.« Letzteres galt Eberlin, dem sie inzwischen einen Teller mit Resten des Walnussgebäcks gebracht hatte, das sie vorgestern gebacken hatte. Es war inzwischen etwas angetrocknet, aber Eberlin war nicht wählerisch.

»Nun, ich habe einen Plan, für den ich einen Helfer brauche. Und dieser Helfer ist unser wackerer Knabe hier.« Roosen bedachte den Jungen mit einem väterlichen Blick, Eberlin stopfte sich rasch ein Plätzchen in den Mund und ließ ein weiteres in seinem Kittel verschwinden.

»Was soll ich machen?«, fragte er mit vollem Mund, weshalb er einen Schauer Krümel versprühte.

»Nichts besonders Kompliziertes«, erklärte Roosen. Er weigerte sich, zu Sabina hinzusehen, und sie wusste, nun kam etwas, was ihr nicht gefallen würde. »Wir schleusen dich in Meister Lochners Werkstatt ein. Da versuchst du herauszufinden, ob jemand etwas weiß, was er uns nicht sagen will.«

»Klar, mache ich«, stimmte Eberlin bereitwillig zu.

»Seid Ihr irre?«, fragte Sabina und versuchte, ihn zu übertönen.

Roosen antwortete beiden gleichzeitig. »Gut, Junge. Wieso?«

»Das ist viel zu gefährlich! Was, wenn Dietbert«, sie räusperte sich nervös, »Reinhold doch umgebracht hat? Nur weil er behauptet, er wär's nicht gewesen, muss das noch lange nicht stimmen.« Nie wieder würde sie jemandem etwas glauben.

Onkel Stefan hatte Dietbert nach sorgfältigem Abwägen des Für und Wider die Anweisung erteilt, vorerst weiterzuarbeiten. Unter strengen Auflagen natürlich. Er durfte das Haus nicht verlassen und abends wurde seine Kammer abgeschlossen, Mathias schlief derweil woanders. Es gab Aufträge, die fertiggestellt werden mussten, und ihr Onkel konnte sich nicht dazu durchringen, auf die Schnelle jemand anderen zur Unterstützung einzustellen.

Roosen betrachtete sie nachdenklich. »Seid Ihr zunächst zu nachsichtig gewesen, so scheint Ihr jetzt zu streng, Sabina.«

Sie schnaubte, aber die Tränen stiegen ihr erneut in die Augen. »Nicht nachsichtig. *Gutgläubig* bin ich gewesen. Und das wird mir nicht noch einmal passieren.«

»Er kann es nicht gewesen sein«, erinnerte er sie. »Dafür gibt es eine Zeugin.«

»Vielleicht hat die gelogen. So wie er. In diesem Fall und bei allem anderen auch.«

Er nickte. Sie hätte lieber gehabt, er wiese diese Möglichkeit weit von sich, aber Roosen neigte nicht dazu, sie zu schonen. Er nahm sie ernst, aber einfach war es nicht. Gerade im Moment hätte sie es sehr begrüßt, beschwichtigt und getröstet zu werden.

Entschlossen schluckte sie den dicken Kloß hinunter, der ihr das Sprechen schwermachte. »Wenn's aber *doch* gefährlich ist?«, fragte sie ängstlich.

»Ich bin die ganze Zeit in seiner Nähe.«

»Dann findet er nichts heraus. Darum geht es Euch doch. Er soll unbeobachtet belauschen, was in der Werkstatt geschieht.«

»Das stimmt, aber …«

»Kann ich auch mal was sagen?«, piepste Eberlin dazwischen. Er war nicht mehr so blass wie vorhin, und seine Augen leuchteten unternehmungslustig.

»Ich mach's. Klar mach ich's. Ihr habt mir geholfen, jetzt helf ich euch. Dann sind wir quitt, oder?«

»Dann sind wir quitt. Schlag ein, Soldat«, nickte Roosen. Er hielt ihm die Hand hin und Eberlin drosch mit seiner kleinen, schmutzigen hinein wie ein Mann.

»Ihr wartet hier«, hatte er befohlen und war erstaunt, als sie Folge leisteten, sogar Sabina. Am Ende sogar Meister Lochner, denn der war mit gefurchter Stirn, aber anstandslos mitgekommen, als Adrian ihn gebeten hatte, ihn in die Küche zu begleiten.

Die Falten wurden noch tiefer, als sein Blick von Sabina, die gespannt wie eine Bogensehne auf der Holzbank saß, zu Eberlin wanderte, der durch die Küche tigerte, vermutlich auf der Suche nach etwas Essbarem. Das war er immer. »Wer ist das?«

»Eberlin«, teilte Sabina ihm mit, als sei damit alles gesagt.

»Und was macht *Eberlin* hier?«

Der Junge begab sich vorsichtshalber an Sabinas Seite.

Dort fühlte er sich sicher, man erkannte es an seinem vorwitzigen Blick und der Art, wie er erwartungsvoll die Mundwinkel hob.

»Er wohnt für eine Weile bei uns«, erklärte Sabina und griff nach seiner Hand.

»Wie … irritierend.« Lochner wusste nicht, wie er sich verhalten sollte, man sah es ihm an. »In der Regel werde ich informiert, wenn mein Haushalt Zuwachs erfährt.«

»Das ging nicht. Er musste sich verstecken.« Offensichtlich fand sie das als Begründung ausreichend.

Ihr Onkel war anderer Ansicht. »Und wovor? Noch lieber als über die Anzahl der Anwesenden in meinem Haus weiß ich darüber Bescheid, ob ich mir Sorgen machen muss, weil sie hier sind. Die schlechten Erfahrungen der letzten Zeit, du verstehst schon.«

»Das will er nicht sagen«, erklärte sie unbewegt.

Damit machte sie es nicht besser und Meister Lochners Miene verfinsterte sich. Es war an der Zeit einzugreifen.

»Es tut auch nichts zur Sache«, mischte Adrian sich ein. »Eberlins Anwesenheit ist wichtig. Denn ich habe einen Plan und er ist Teil davon.«

»Aha.« Lochner hob die Brauen und sah offenbar keinen Anlass, es ihm leicht zu machen.

Adrian sammelte sich. »Ich möchte Eberlin in der Werkstatt unterbringen, eine gewisse Zeit jedenfalls«, erklärte er. »Er soll sich dort umhören, unter Euren Leuten, den Lieferanten, Besuchern, bei jedem, der kommt. Das kann er besser als ich, weil er gelernt hat, sich unsichtbar zu machen, und außerdem werden sie in seiner Nähe nicht so sehr auf der Hut sein wie in meiner. Ich kann einfach nicht glauben, dass niemand Reinhold gut genug gekannt hat, um wenigstens eine Idee zu haben, mit wem er Scherereien bekam. Aber wie gesagt, mit mir sprechen sie nicht.«

Eberlin lächelte stolz.

»Als was soll er denn bei uns anfangen?«, fragte Lochner widerstrebend. »Ich meine, ich kann ihn doch nicht als Lehrjungen einführen. Dafür ist er zu klein. Jung, meine ich«, fügte er an, als Eberlin eine beleidigte Miene zog.

Damit war die Sache im Grunde entschieden, und Adrian unterdrückte ein Grinsen, weil der Lümmel Lochner geräuschlos lenkte, ohne dass dieser es merkte. »Kündigt ihn als Hilfsjungen an«, schlug er vor. »Er kann fegen, aufräumen oder so etwas. Es ist nur für kurze Zeit, zwei, drei Tage, denke ich. Danach wird er mich begleiten, wenn ich mich noch einmal unter Euren Kollegen umhöre. Es gibt eine Menge Fragen, die zu beantworten sind.« Adrian sah Lochner eindringlich an. »Was ist zum Beispiel mit den Mitarbeitern, die unlängst ihren Abschied nehmen mussten? Ich hörte, sie sind unwillig geschieden, und ich hörte auch, dass niemand weiß, wohin sie sich aufgemacht haben. Was, wenn sie eifersüchtig auf Reinhold waren? Was, wenn sie gar nicht fortgegangen sind, sondern Rache an ihm genommen haben?«

»Das ist doch Unsinn«, widersprach Lochner, aber es klang, als müsse er sich selbst davon überzeugen. »Reinhold hatte mit meiner Entscheidung, die Männer zu entlassen, überhaupt nichts zu tun. Es wäre sehr viel plausibler, wenn sie sich an mir rächen würden als an ihm.«

Adrian blickte ihn ruhig an. »Vielleicht tun sie das ja. Durch diese Tat ist sehr viel Ungemach über Euch hereingebrochen, oder nicht?«

»Oder sie hatten irgendeine andere Rechnung mit Reinhold offen«, meldete Sabina sich zu Wort und richtete sich auf. »Wollten einen Streit mit ihm klären. Möglicherweise ist ein Wortgefecht ohne eigentliche Absicht eskaliert.«

Adrian nickte. Erleichtert, weil Sabina aus ihrer Teilnahmslosigkeit auftauchte, unterließ er es, ihr zu widersprechen. Nur hielt er es nach wie vor für wenig wahrscheinlich, dass dieser Streit ausgerechnet auf einem Dachboden begonnen hatte, auf den ohne Anlass niemand einfach stieg. Vor allem nicht, wenn er nicht im Haus wohnte. Er war überzeugt, dem Ganzen lag ein Plan zugrunde und Reinhold war genau dorthin zitiert worden.

»Sei es, wie es sei«, sagte er in einem autoritären Ton und hoffte, der würde auch einen Meister Lochner beeindrucken. »Ich will wissen, ob sich in Eurem Haus noch mehr Dinge Eurer Kenntnis entziehen.« Es war grausam, und er sah, wie Lochner zusammenzuckte. Es tat ihm auch leid, aber es ging nicht anders. »Falls dies so ist, würde es uns weiterbringen, wenn wir es herausfänden. Und ich denke, mein kleiner Freund hier kann mir dabei sehr von Nutzen sein.«

Er nickte ernst zu Eberlin hinüber, der mit stolzgeschwellter Brust dastand und über das ganze Gesicht strahlte.

Sabina war froh, aus dem Haus zu kommen, als sie sich auf den Weg machte, um Gewürzbrot zu kaufen. Heute Mittag sollte es Eierkuchen mit Mus geben, alle im Hausstand aßen es gern. Zumindest das würde ihnen guttun, wenn sie auch samt und sonders unter der schweren Last erdrückt zu werden drohten. Äpfel und Birnen nahm sie aus dem Garten, weißer Wein und Weinbeeren waren vorhanden, es fehlte nur das Gewürzbrot, das dem Ganzen Geschmack verlieh.

Es war jetzt fast eine Woche her, dass Reinhold den Tod gefunden hatte, und sie waren noch keinen Schritt weiter. Wussten immer noch nicht, was genau passiert war und warum.

Sie verbot sich, daran zu denken, denn sie benötigte dringend eine Pause von all der Düsternis, und sei sie noch so kurz. Möglichst langsam ging sie bis zum Neumarkt, wo

Zunftbäckermeister Wellem sein Geschäft an der Ecke zur Schildergasse führte. Sein Gewürzbrot war bei Weitem das Beste der Stadt. Kurz entschlossen entschied sie sich außerdem für die Feigenküchlein, weil sie so schmackhaft und saftig aussahen. Sie waren außerdem ziemlich teuer und so nahm sie mit schlechtem Gewissen nur welche für die Familie mit. Sicherheitshalber schob sie sie unter das in ein Leinentuch eingeschlagene Brot, damit sie daheim niemandem von den Mitarbeitern auffielen. Sie kramte noch in ihrem Einkaufskorb herum, als sie neben sich eine äußerst unwillkommene Stimme vernahm.

»Sieh an, Jungfer Sabina«, sagte Meister Siegbarth, und sie hätte sehr gerne so getan, als habe sie ihn nicht gehört. Das ging aber nicht, denn er verstellte ihr den Weg.

»Ich wünsche Euch einen guten Morgen«, erwiderte sie daher nach kurzem Zögern. Es war das Mindestmaß an Höflichkeit, das erforderlich war, und weder ihre Stimme noch ihr Gesichtsausdruck luden ihn zu einem längeren Gespräch ein.

Siegbarth war das egal oder er merkte es nicht. Auf jeden Fall lächelte er unangenehm und blieb viel zu nah vor ihr stehen. Sabina versagte sich energisch, ein Stück zurückzutreten, obwohl es sie sehr danach verlangte. Doch hätte das eine Unruhe verraten, von der er nicht wissen sollte, dass sie sie empfand.

»Ich begleite Euch«, sagte er, und es klang nicht nach einem Vorschlag. »Dann können wir noch einmal über unsere Eheschließung sprechen.«

»Zu dem Thema gibt es nichts Neues zu sagen«, erklärte Sabina mit Nachdruck und spürte, wie ein winziger Muskel an ihrem Augenlid zu zucken begann.

»Es gibt *immer* etwas Neues zu sagen«, bemerkte Siegbarth und griff nach ihren Einkäufen. »Darf ich?«

»Nein.« Sie riss den Korb zurück und stieß prompt unsanft damit an ihre Hüfte. Es tat weh. »Ich muss jetzt gehen. Lasst Euch nicht aufhalten, Meister Siegbarth. Ihr habt sicher Wichtiges zu tun.«

»Nichts könnte wichtiger sein, als eine schöne Frau sicher nach Hause zu geleiten.«

»Mitten in der Stadt und am helllichten Tag wird mir wohl kaum etwas passieren.« Jedenfalls hatte sie das bislang angenommen.

Er lachte, und sie erkannte seine Absicht, vertraulich aufzutreten. Sich zu verhalten wie ein Mann, der wusste, die Frau vor ihm würde genau das erwarten und begrüßen. Aber dem war nicht so. Das musste ihm doch klar sein!

»Ich bin überzeugt, Euch umstimmen zu können«, sagte er und hob in einer Verständnis heischenden Geste die Hände. »Wir würden wunderbar zusammenpassen.«

Wie konnte man nur so hartnäckig die Augen vor der Realität verschließen? Plötzlich fürchtete sie sich vor ihm. »Was muss eine Frau tun, damit Ihr begreift, dass sie sich nicht für Euch erwärmt?«, fuhr sie ihn an und seine Augen verengten sich zu Schlitzen.

»Wohlerzogene Damen sind nicht zu früh zu nachgiebig«, sagte er und trat einen Schritt näher.

Sabina wuchtete den Korb vor ihren Leib, ein Bollwerk, falls er noch näher kommen und damit eine Grenze überschreiten wollte. »Ich bin nicht wohlerzogen«, erklärte sie. »Nur aufrichtig.« Ihre Stimme war zu hoch und zu dünn, und sie hoffte, dass er zu sehr mit sich und seinen Vorstellungen beschäftigt war, um es zu bemerken.

»Nun kommt schon«, bat er, und es hörte sich nicht mehr ganz so an wie ein Befehl. »Es kann doch nicht so schlimm sein, wenn ich ein Stück neben Euch hergehe.«

Doch, das war es. Andererseits brachte sie jeder Schritt

ihrem sicheren Heim näher und jede weitere Diskussion tat dies nicht. Also schritt sie voran, ohne Siegbarth weiter zu beachten, und zum Glück war auf der Schildergasse um diese Uhrzeit einiges los. Behände schlängelte sie sich durch die Menge, fand ihren Weg zwischen Bauern mit hoch beladenen Gemüsekarren, Handwerksburschen, die Waren auslieferten, und Hausfrauen, die ihre Einkäufe erledigten, und sie achtete darauf, niemals eine zu große Lücke zwischen sich und den anderen Passanten entstehen zu lassen.

Das war jedenfalls der Plan. Wie die meisten Pläne, die sie in letzter Zeit geschmiedet hatte, ging er schief.

Siegbarth, der unentwegt auf sie einplauderte, tat ein, zwei raschere Schritte, stand plötzlich direkt vor ihr und versperrte ihr den Weg. »Ihr benehmt Euch wahrhaftig ungehörig«, beschwerte er sich und griff nach ihrem Arm. »Ihr hört mir überhaupt nicht zu. Ein gewisses Entgegenkommen kann ich doch wohl verlangen!«

Konnte er nicht, ganz im Gegenteil. Sabina riss ihren Arm zurück. »Es mag sein, dass ich ungehobelt bin«, sagte sie scharf. »Doch Ihr seid es ebenfalls. Ich hatte es Euch gesagt, Eure Begleitung ist nicht erwünscht.«

Wut loderte in seinen Augen auf. Er packte sie erneut am Arm, diesmal mit mehr Kraft, ließ nicht los, zog sie einfach mit sich. Die Schildergasse war eng bebaut, aber nicht lückenlos, im Handumdrehen stolperte sie auf ein Grundstück, das unordentlich dalag und der Bebauung harrte. Gottlob hatte der Durchgang kein Tor, das er hätte schließen können, und dennoch war ihre Angst schwindelerregend. Einen atemlosen Moment lang stand sie wie gelähmt da, dann hob sie in einer reflexhaften Bewegung ihren Korb, um ihn Siegbarth in den Magen zu stoßen, doch schaffte sie es nicht – der Korb hing ungeschickt in ihrer Armbeuge und Siegbarth stand zu nahe, viel zu nahe bei ihr. Sie roch seinen Atem, und sie hasste den Mann so sehr, ihr wurde übel davon und …

… und dann wurde er zurückgerissen. So heftig, dass sie selbst dabei nach hinten taumelte und mit dem Kopf an die Mauer prallte. Lichtblitze fuhren durch ihren Schädel, daher dauerte es einen Moment, bis sie wieder klar sehen konnte und erkannte, wie Siegbarth gegen einen Karren mit Baumaterial gepresst dastand und Roosen einen Arm quer vor seine Kehle gerammt hatte und ihn dort festnagelte.

»Komm dieser Frau noch *ein* Mal zu nahe – oder irgendeiner anderen – dann bist du dran, du Drecksack«, fauchte er.

Siegbarth war furchtbar und ein Widerling, aber feige war er nicht. »Wildere ich in deinem Revier?«, höhnte er. »Viel Spaß dabei, wenn du dir diese hässliche Giftschlange vornimmst.«

Roosen hob die Faust, holte aus, und ließ sie auf Siegbarths Nase krachen.

Blut schoss heraus, und Roosen sprang blitzschnell beiseite, um nicht davon besudelt zu werden. »Verschwinde, bevor ich mir überlege, wie ich weitermachen kann«, herrschte er Siegbarth an, und zu Sabinas Verblüffung tat dieser wie geheißen. Er zog mit unsicheren Schritten von dannen, wütende Flüche ausstoßend. Aber er ging.

Sabina wartete, bis sich ihr rasender Herzschlag halbwegs beruhigt hatte, dann räusperte sie sich. »Ihr scheint irgendwie Vergnügen daran zu finden.«

»Woran?« Missmutig massierte er seine Faust, die offenbar schmerzte. Allerdings nicht so sehr wie Siegbarths Nase, hoffte sie.

»Ihr seht verboten aus, wisst Ihr«, teilte sie ihm mit, weil sie viel zu aufgewühlt war, um etwas Angemesseneres zu sagen. »Das blaue Auge von gestern schillert inzwischen grün.«

»Passt zu Eurem Kleid.«

Das stimmte. Ihr Kleid war hübsch und lindgrün, und sie konnte es nie wieder tragen, weil es sie an Siegbarth erinnern würde.

Sie sah Roosen an.

Roosen sah sie an.

Es war ein merkwürdiger Moment. Ein sehr stiller und inniger, und er zeugte von einem Einvernehmen, das sie völlig unvorbereitet traf.

Und es machte ihr ein bisschen Angst.

Timon war von Meister Lochner aufgetragen worden, Bleiweiß aus dem Lager zu holen, und er wusste, er durfte sich nicht darüber ärgern. Was Lochner sagte, war Gesetz. Mehr noch, es war ein Evangelium. Er war trotzdem wütend. Weil es keine verantwortungsvolle Aufgabe war, die seinem Ausbildungsstand entsprach.

Auch wenn man natürlich nicht das Falsche bringen durfte. Die falsche Farbe, sogar der falsche Farb*ton* konnten ein Bild verderben oder zumindest eine aufwendige Korrektur erforderlich machen. Nur handelte es sich eben um Bleiweiß, und das war wahrlich kein Zauberwerk. Es hätte vollkommen ausgereicht, Hanß zu schicken. Das war selbst für einen Tölpel wie ihn nicht zu schwierig.

Stattdessen war dieser Handlangerdienst Timon zugefallen, obwohl er weiß Gott Besseres zu tun hatte und Besseres zu leisten imstande war.

Wenigstens hatte der Meister nicht den Neuen mit der Aufgabe geehrt. Trotz des Riesentamtams, das er um ihn veranstaltete: Eberlin hier, Eberlin da. Unglaublich, wie schnell sich dieser Zwerg Lochners Gunst erschlichen hatte. Dieser *Eierdieb*! Dabei konnte er nichts. Wirklich gar nichts.

»Was will der hier?«, hatte Timon gefragt, ehe er sich hatte zügeln können.

»Fegen, aufräumen, uns zur Hand gehen«, war die Antwort gewesen. Als ob sie so jemanden nötig hätten. Waren sie nicht bestens klargekommen auch ohne einen, der um den Meister herumstrich und in jeder Hinsicht ungerechtfertigt dessen Aufmerksamkeit auf sich zog?

»Der ist nicht rechtschaffen.« Timon war überzeugt gewesen, damit nicht hinter dem Berg halten zu dürfen. »Er ist hier im Garten herumgeschlichen, und wer weiß, was er im Sinn hatte?«

Wahrscheinlich hätte er besser den Mund gehalten, denn Lochner hatte ihn sehr kühl angesehen. »Seit wann bestimmen die Lehrlinge, wen ich einstelle?«

Es war eine deutliche Abfuhr gewesen, und Timon hatte sich beinahe die Zunge blutig gebissen, um nicht weiter darauf zu dringen, dieser Nichtsnutz habe in der Werkstatt nichts verloren.

Warum war es nie er selbst, der in der Gunst am höchsten stand? Er mit seinen unbezweifelbaren Leistungen, seinem Geschick im Umgang mit Pinsel und Farbe, seinen vielen Ideen zu den Geschichten, die auf den Gemälden zu erzählen waren, und mit eigenen Entwürfen, die diese mit einiger Kunstfertigkeit aufzeigten?

Stattdessen wurde er losgeschickt, um *Bleiweiß* zu holen!

Wütend maß Timon die erforderliche Menge ab, stellte alles wieder ordentlich hin, wie er es vorgefunden hatte, und machte sich auf den Rückweg.

Unten, am Ende der Treppe, stand Eberlin und sah ihm grinsend entgegen.

Das war zu viel. Timons Magen zog sich zusammen und ein säuerlicher Geschmack stieg ihm in den Mund. »Was willst du hier? Hast du nichts zu tun?«, herrschte er den Jungen an und hoffte, er müsse sich nicht auf der Stelle erbrechen.

»Was 'n mit dir los?« Der unverschämte Winzling sah ihn herablassend an. Ausgerechnet. Er war kaum halb so groß wie Timon und hatte von nichts, worauf es ankam, eine Ahnung. Oder konnte er vielleicht eine Verkündigung von einer Anbetung unterscheiden? Gebrannte von ungebrannter Sieneser Erde? Ganz sicher nicht.

»Du hast hier nichts zu suchen«, sagte Timon leise und drohend und nahm die letzten Stufen im Sprung, er hätte den Jungen fast getroffen, und ihm gefiel, wie er erschrocken zurückwich. Das wollte er nutzen, drängte nach, und im Handumdrehen hatte er ihn da, wo er ihn haben wollte. Mit dem Rücken zur Wand. »Du bist völlig überflüssig«, zischte er. »Verschwinde einfach. Niemand wird dir eine Träne hinterherweinen, auch der Meister nicht.«

»Pah.« Eberlins Stimme klang herausfordernd, sein Blick war es nicht. »Ich mach, was ich will, du hast mir gar nichts zu sagen.«

»Ich hab dir jede Menge zu sagen, denn ich bin im letzten Lehrjahr und du bist *nichts*.«

Hinter ihnen klappte die Tür zur Werkstatt, doch war es zu spät, zurückzuweichen. Er hätte es auch gar nicht gekonnt, weil er diesen Eberlin nicht so einfach aus der Bedrängnis entlassen durfte. Wie sollte er wissen, wo er hingehörte, wenn es ihm niemand klarmachte?

»Was ist denn hier los?«, brummte Mathias, und Timon war erleichtert, weil es nicht der Meister war, der zu ihnen trat. Er hatte die vage Ahnung, dass diesem nicht gefallen hätte, wie er seinem neuen Schützling auf die Pelle rückte.

»Nix«, sagte er und trat einen widerwilligen Schritt zurück.

»Fast nix«, bestätigte Eberlin.

Mathias war nicht besonders groß, aber reichlich breit, und wenn er sich straffte, einigermaßen imposant. »Der Junge ist viel kleiner als du, ist dir das aufgefallen?«, fragte er Timon mit übellaunig zusammengezogenen Brauen.

»Kann sein. Aber unverschämt ist er für zwei.«

»Biste selber.« Eberlin grinste frech, er hatte wieder Oberwasser. Nun, da er nicht mehr allein war auf der dämmrigen Diele.

»Da, siehst du? Er kann seine dumme Klappe nicht halten.« Timon wies anklagend mit dem Finger auf ihn.

»Herrgott, Jungens, das darf doch wohl nicht wahr sein!« Mathias schüttelte entnervt den Kopf, dass seine schütteren Haare flogen.

»Der kommt hier einfach her und drängt sich rein!« Timon gelang es nicht, seine Empörung zu unterdrücken. »Dabei schleicht er seit Tagen auf dem Grundstück herum, wo er nicht hingehört, und …«

»Halt den Mund!«, unterbrach ihn Mathias mit Nachdruck. »Er darf hier sein, denn der Meister hat ihn dazu eingeladen. Jetzt gib Ruhe, verdammt noch mal. Und bring endlich das Bleiweiß in die Werkstatt. Oder soll ich es mir selbst holen?«

18

Adrian hatte sich das Blut abgewaschen und sein Veilchen gekühlt – zu spät, um die Verfärbung in Grenzen zu halten, aber es pochte und kaltes Brunnenwasser tat gut. Er wollte sich gerade zu Rosalinde aufmachen, als er in der Diele auf Meister Lochner stieß, der in Richtung Treppe unterwegs war. Dicht an seine Fersen geheftet stapfte Mathias, der noch gesträubter aussah als sonst.

Lochner winkte Adrian mit einer ungewohnt herrischen Bewegung heran, und er folgte ihm, ohne lange zu fragen. Die Hübschlerin, die Dietberts Aussage bestätigen sollte, musste erneut warten, und wenn das ewig so weiterging, hatte sie vergessen, dass es Dietbert überhaupt gab.

Sie betraten hintereinander den Besprechungsraum, und Lochner schloss sehr nachdrücklich die Tür, noch ein ganz klein wenig mehr Temperament und er hätte sie zugeknallt. Dann stieß er die Läden auf, denn in dem Raum war es stickig, der Sommer war zurückgekehrt in den letzten Tagen. Zusammen mit der frischen Luft wehte ein orangefarbener Distelfalter hinein, drehte eine gemächliche Runde und flog durch das weit geöffnete Fenster wieder hinaus.

»Setzen«, befahl Lochner.

Adrian leistete umgehend Folge. Der Meister selbst blieb mit verhärmter Miene neben dem Fenster stehen, und Mathias zog sich zwar einen Stuhl heran, war aber zu rastlos, um sich darauf niederzulassen.

»Du wolltest eine Unterredung, nun sprich«, forderte Lochner seinen Gesellen auf, und Mathias öffnete bereitwillig den Mund, kam aber nicht dazu, das Wort zu ergreifen. »Ich hoffe, es geht nicht um eine neuerliche Katastrophe«, fügte Lochner mit galligem Ausdruck an, soweit das bei seinem fein geschnittenen Gesicht überhaupt möglich war. In Wahrheit war er nicht angriffslustig, sondern verzweifelt, nahm Adrian an.

»Jetzt noch nicht«, meinte Mathias ohne jedes Erbarmen. »Kann aber zu einer werden.«

Sein Herr warf überreizt die Hände empor und wandte sich an Adrian. »Ich hab's gewusst. Es wird niemals aufhören, und ich weiß nicht, womit ich das verdient habe.«

»Hören wir uns doch erst einmal an, was Mathias zu berichten hat«, schlug Adrian in demonstrativ gemäßigtem Tonfall vor.

»Hrrmm«, kam von Lochner, aber er nickte.

»Es geht um Eberlin. Der Junge muss hier weg.« Mathias stampfte mit dem Fuß auf, als wolle er die Dringlichkeit seines Bestrebens verdeutlichen. »Unbedingt.«

Das kam für Adrian völlig überraschend. Für Lochner offenbar ebenso. Er wusste nicht, was er sagen sollte, und richtete Hilfe suchend seinen Blick auf Adrian.

Dem fiel nichts Intelligenteres ein als: »Warum?«

»Was soll der überhaupt hier?«, konterte Mathias mit einer Gegenfrage.

»Nichts Besonderes«, erklärte Adrian in möglichst harmlosem Ton. »Er wurde für Handlangerdienste eingestellt. Kommt dir doch zupass, würde ich sagen. Oder fegst du gerne die Werkstatt?«

Das war ein Fehler, wie er im selben Moment erkannte.

»Blödsinn«, erklärte Mathias wenig höflich, aber natürlich richtig. »Das machen die Lehrjungen. Da braucht's keinen, der dafür eingestellt wird. Der Junge soll verschwinden.«

In Adrians Magen bildete sich ein eiskalter Klumpen. Erst Dietbert, der seinen Herrn bestahl. Jetzt Mathias, der – ja, was eigentlich? Etwas zu verbergen hatte? Unbeobachtet bleiben wollte? »Warum?«, wiederholte er, diesmal deutlich schärfer.

»Weil er zu nichts nütze ist …«, begann Mathias erneut, aber jetzt unterbrach Lochner ihn. Offenbar war ihm ein ähnlicher Gedanke gekommen wie Adrian.

»Das kann dir doch vollkommen egal sein«, sagte er mit einer hohen, flachen Stimme, die viel weniger autoritär klang, als er vermutlich beabsichtigt hatte. »Es geht dich nichts an, wen ich einstelle und warum. Und er mag in deinen Augen verzichtbar sein, doch stört er auch niemanden.«

»Doch, das tut er«, widersprach Mathias. »Das ist es ja gerade.«

»Ich wüsste keinen hinnehmbaren Grund, warum der Kleine dir ein Dorn im Auge sein sollte«, sagte Adrian kalt.

Mathias wandte sich ihm zu und sah ihn an, als zweifele er an seinem Verstand. »Ich auch nicht« erklärte er. »Gibt auch keinen.«

Adrian betrachtete ihn kopfschüttelnd. »Dieses Gespräch ist … bizarr. Was willst du eigentlich?«

Mathias knetete seine Pranken, und Adrian ging auf, dass er sich zutiefst unwohl dabei fühlte, sein Anliegen überzeugend darbringen zu müssen. Mathias schwang den Pinsel, das reichte ihm an Kommunikation. »Nur weil's *mir* egal ist, ob der hier ist oder nicht, muss das nicht für jeden gelten«, versuchte er in Worte zu fassen, was er dachte. »Ich kann's mir nicht erklären, aber der Knirps hat hier keinen leichten Stand.« Von Haus aus eher wortkarg, verfiel er nun in ungewohnte Redseligkeit. »Heute früh in der Diele kam ich dazu, wie er ganz hässlich von Timon bedrängt wurde, als sei er kurz davor, richtig auf ihn loszugehen. Der Fratz hatte Angst, das hat man gesehen, aber er hat nicht gekniffen. Ich hab ihn vorsichtshalber den ganzen Morgen nicht aus den Augen gelassen. Ist nichts passiert, eigentlich. Aber trotzdem. Die schikanieren ihn, vor allem Timon. Hanß, diese Flasche, wollte sich bei Timon lieb Kind machen und brachte den Kleinen zu Fall. Und Dietbert fährt ihn die ganze Zeit ungerecht an, weil er in seinen Augen alles falsch macht ...« Mathias brach schwer atmend ab.

»Dietbert steht dermaßen unter Druck, der merkt kaum, was um ihn herum geschieht«, wandte Lochner ein. »Da wird er sich um den Lümmel wohl kaum ernsthafte Gedanken machen.«

»Nee, vielleicht nicht. Aber egal, wie und warum, die Anwesenheit des Jungen verstärkt die Unruhe in der Werkstatt, und ihm selbst tut's auch nicht gut«, blieb Mathias standhaft.

»Warum setzt du dich so für ihn ein?«, fragte Adrian neugierig. Er wollte es wirklich wissen. Selbst wenn er kein Interesse daran hatte, Eberlin zu piesacken, konnte Mathias doch gleichgültig sein, was aus ihm wurde.

Mathias schwieg ausgiebig, anscheinend wog er gründlich ab, was er sagen sollte und was lieber nicht. »Hab's bei meiner ersten Lehrstelle ähnlich angetroffen«, brummte er schließlich. »War keine schöne Zeit, muss ich sagen. Ich bin dann weg, bei Nacht und Nebel. War nicht leicht, woanders unterzukommen.«

»Das Problem hat der Kleine nicht, der macht ja keine Lehre«, wandte Lochner ein. »Und genau deshalb kann er auch bleiben.«

»Ich bin vollständig Eurer Meinung«, stimmte Adrian rasch zu. Mathias lieferte ihnen den Beweis, dass Eberlin unumstößlich bei der Stange bleiben musste. Führte nämlich seine Anwesenheit in der Werkstatt zu Aufruhr, war da vermutlich etwas, was sie bisher übersehen hatten. Und in diesem Fall war sein Plan gar nicht so hoffnungslos, wie er bereits geargwöhnt hatte.

»Eberlin ist hart im Nehmen, der steckt ein bisschen Schikane weg«, behauptete er und war davon tatsächlich überzeugt. Ein Leben auf der Straße führte dazu, dass man entweder abhärtete oder unterging.

Hinter ihm flog die Tür auf und Adrian fuhr herum.

Sabina betrat den Besprechungsraum ohne weitere Umstände, denn ihr Onkel hielt sich allein dort auf, seine Auftraggeber machten sich nach wie vor erschreckend rar. Ohne Begleitung war er trotzdem nicht. Drei erschrockene Augenpaare blickten ihr entgegen. Sie gehörten Onkel Stefan, Mathias und Roosen, den anzusehen sie vorerst lieber vermied. Genau wie die Frage, warum die Männer sich hier oben so verschwörerisch versammelt hatten.

»Ich soll dir eine Nachricht überbringen«, wandte sie sich an ihren Onkel. »Von Pitt Börres.«

»Was ist denn nun schon wieder?«, fragte er gereizt. »Der Mann ist zuverlässig wie das Wetter im April.«

»Die Lieferung des Terpentinöls lässt ein paar Tage auf sich warten. Er kriegt's von der Insel Chios und die neue Ware ist noch nicht eingetroffen.«

Sie warf schließlich doch einen Blick auf Roosen, der sie anlächelte und irgendwie erleichtert wirkte, auch wenn sein Gesicht bunt schillerte. Dann auf den Onkel, der grimmig schaute, und am Ende auf Mathias, der aussah, als habe sie ihn beim Schimpfen unterbrochen.

Natürlich dachte er nicht daran, sich von einem Themenwechsel irritieren zu lassen, Mathias ging seinem Ziel in der Regel schnurstracks entgegen. »Ich glaube, ich hab mich nicht klar genug ausgedrückt«, sagte er. »Die Anwesenheit von dem Bengel ist völlig überflüssig und für ihn außerdem ungemütlich. Und wenn's ganz dumm für ihn läuft, auch gefährlich.«

Onkel Stefan zog ein ungeduldiges Gesicht, aber Sabina wartete nicht ab, bis er etwas erwiderte. »Gefährlich? Weshalb gefährlich? Was ist mit Eberlin? Ist etwas passiert?«

Nicht auszudenken, er läge in einer Blutlache wie Reinhold. Noch während sie das dachte, fragte sie sich, warum sie diese Angst bislang nicht in Worte gefasst hatte. Die Furcht, Reinholds Tod bliebe nicht der Einzige, ließ sie seit Tagen schlecht schlafen.

»Ihm ist nichts geschehen«, behauptete Roosen mit besänftigender Stimme, und bei Sabina gellten sofort sämtliche Alarmglocken.

»Aber es könnte? Ist es das? Mathias, rede mit mir!«, forderte sie den Gesellen auf, weil weder Roosen noch Onkel Stefan gewillt schienen, ein offenes Wort mit ihr zu sprechen.

»Regt Euch nicht so auf, Jungfer Sabina«, brummte Mathias. »Der Bursche hat hier bloß kein schönes Leben.«

Das hatten sie alle nicht, jedenfalls nicht in letzter Zeit. »Das ist mir zu allgemein«, fuhr sie Mathias an, schier außer sich vor Sorge und im sicheren Bewusstsein drohenden Unheils. Irgendwie musste sie der Panik Herr werden, sonst wurde sie von ihr zerfressen. »Wenn ihm irgendetwas zugestoßen ist, will ich's wissen!« Niemand schien ihren zu schrillen Ton zu bemerken, niemand außer Roosen, der ihr einen fragenden Blick zuwarf.

Onkel Stefan seufzte. »Hol Eberlin«, befahl er und setzte etwas verspätet ein »Bitte« hinzu.

Sie eilte davon, so schnell sie konnte, und fischte Eberlin aus der Werkstatt, wo er sich in einer Ecke in auffälliger Nähe zu Dietbert herumdrückte und sinnlos irgendwelche Holzstücke sortierte. »Mitkommen«, befahl sie und erntete einen widerspenstigen Blick.

»Hab zu tun.«

»Stimmt. Und zwar mitzukommen.« Und auch wenn es sie ärgerte und unter ihrer Würde war, fügte sie hinzu: »Roosen und Meister Lochner wollen es so.« Es sprach nicht für ihre eigene Autorität, dass er sich daraufhin sofort erhob und ihr folgte.

Allerdings zupfte er an ihrem Gewand und zischte: »Was, wenn gerade jetzt etwas passiert?«

Wütend drehte sie sich um und sah, wie er einen bedeutungsschweren Blick zurück in den Raum warf, was bei einem so kleinen Kerl sowohl lächerlich als auch rührend wirkte. Am liebsten hätte sie den Schlingel in den Arm genommen und endlos gewiegt, aber nie im Leben hätte sie sich das anmerken lassen. Dann hätte sie jeden Anspruch auf seinen Gehorsam gleich an den Nagel hängen können.

»Beeil dich. Sie haben nicht ewig Zeit.«

Oben trafen sie auf drei Männer voller Erwartung, und Eberlin trat tapfer einen Schritt vor. »Hier ist die Frage aufgekeimt, ob die Situation dir zu viel Last aufbürdet«, informierte Roosen ihn.

»Was?«

Herrgott, Männer! Es war doch nicht verwunderlich, wenn eine derart geschraubte Ausdrucksweise bei dem Jungen auf Verständnislosigkeit stieß. »Wir fragen uns, ob unser Plan nicht zu gefährlich ist«, erklärte Sabina. »Und ob du Angst bekommen hast.«

»Angst? Ich? Quatsch. Ich doch nicht.« Eberlin warf sich in die Brust. In seine mickrige, schmale, sehr verletzliche Brust.

»Seht Ihr«, meinte Roosen in vernünftigem Ton.

»Was eigentlich für ein Plan?«, fragte Mathias, aber niemand ging darauf ein.

»Wir müssen das abbrechen«, beharrte Sabina. Nicht, weil sie eine konkrete Bedrohung als Anlass hätte benennen können, es war eher etwas ... Namenloses.

»Nix da«, widersprach Eberlin stolz. »Ich mach weiter. Hab's versprochen. Männer halten ihre Versprechen.« Trotz ihrer Anspannung gelang es Sabina kaum, ein Lächeln zu unterdrücken. Roosen ging es genauso, das erkannte sie, obwohl sie ihn nur aus den Augenwinkeln wahrnahm. »Is' nämlich spannend«, stellte Eberlin anschließend klar, und dagegen kam sie nicht an, das wusste Sabina.

Vor allem, weil Roosen ihm zunickte wie ein stolzer Vater und Eberlin das umgehend mit einem strahlenden Lächeln quittierte. Er tat das alles nur für ihn, ging Sabina auf, einzig und allein für Roosen, seinen Helden. Das Ereignis – worum auch immer es sich dabei handelte –, das ihm eine blutige Nase und Roosen ein blaues Auge eingebracht hatte, hatte darüber hinaus zu einer unverbrüchlichen Vergötterung Roosens geführt.

Auf Eberlins Wünsche kam es nicht an. »Das ganze Vorhaben ist idiotisch und gefährlich, das habe ich von Anfang an gesagt.« Sabina wollte unbedingt, dass sie begriffen, was ihr auf dem Herzen lag wie ein Felsbrocken. »Wir kommen auch ohne Eberlin klar. Und wenn die Leute ihr Mütchen an ihm kühlen, weil sie sonst kein Ventil für ihre Not finden, gerät er nur unnötig in Bedrängnis.«

»Völlig richtig«, stimmte Mathias ihr zu, obwohl – oder vielleicht gerade *weil* – er keine Ahnung hatte, um was genau es ging.

Onkel Stefan und Roosen sahen sich einen Augenblick an, dann schüttelten sie im Gleichtakt den Kopf.

»Wir bleiben dabei«, erklärte Roosen, als wenn das nötig gewesen wäre.

»Ich bete zu Gott, dass Ihr es am Ende nicht bereut«, erklärte Sabina in möglichst gemessenem Tonfall. »Denn Ihr handelt unverantwortlich. Und Ihr werdet gut auf ihn achtgeben, versprecht mir das! Ich jedenfalls werde das tun.«

Die Dunkelheit hatte sich längst über das Land gesenkt. Im Garten quiekte voller Entsetzen eine Maus, die der Stallkatze anscheinend als Abendmahlzeit diente, irgendwo muhte verschlafen eine Kuh – Adrian lauschte auf die Geräusche der Nacht und fand keine Ruhe.

Im Vorderhaus war es still, niemand außer ihm hielt sich dort auf. Die Schlafräume der anderen lagen im hinteren Gebäude, nur er war hier untergebracht, in direkter Nähe zur Werkstatt. Damals, als es noch darum gegangen war, einen Dieb zu schnappen, war das sinnvoll gewesen. Jetzt war es einsam.

Seine Kammer lag direkt neben dem Hauseingang, war eng und wenig komfortabel. Er hatte schon an besseren Orten geschlafen.

Durch die Stille drang ein leises Kratzen an der Tür. Nicht nur im Garten waren Mäuse, im Haus ebenfalls. Zu viel Arbeit für eine einzelne Katze, er würde Lochner empfehlen, eine weitere anzuschaffen.

Er knuffte sein Kissen zurecht und versuchte, eine bequemere Position zu finden. So oder so gelang es ihm nicht, die Erinnerung an den Besuch bei Dietberts Hure aus seinem Bewusstsein zu verdrängen, und nicht zuletzt jener war es, der ihm den Schlaf raubte. Rosalinde, drall, mit gelben Haaren und beinahe guten Zähnen, hatte Dietberts

Geschichte bestätigt, verführerisch mit den Augen geklimpert und ihre Finger auf Wanderschaft geschickt. Er hatte nicht das geringste Interesse verspürt, nicht einmal, als sie ihre Hand auf sein Gemächt gelegt hatte. Es hatte sich nichts geregt außer Langeweile und Widerwillen. Vielleicht war er gar kein normaler Mann.

Das Scharren und Kratzen an der Tür setzte nach einer kurzen Pause wieder ein. Es waren sehr hartnäckige Mäuse, die bei Meister Lochner wohnten.

Jedenfalls war mit Rosalindes Aussage die Theorie im Eimer, Dietbert sei nicht nur für die Diebstähle, sondern auch für den Mord verantwortlich.

Draußen war eine Maus, die *wisperte*. Adrian erhob sich lautlos von seinem Lager, schlich zur Tür und riss sie mit größtmöglichem Schwung auf.

Davor stand Eberlin und zuckte einen weiten Schritt zurück, als schlügen ihm Flammen entgegen. Selbst im schwachen Dämmerlicht war zu erkennen, dass er einen ausgesprochen elenden Eindruck machte.

»Komm rein.« Adrian drehte sich um und ging zum Fenster, durch das der Mond seinen fahlen Schein schickte. Hinter ihm fiel die Tür ins Schloss, dann vernahm er zaghafte Schrittchen, die ihm durch die Kammer folgten. Trotz des wolkenlosen Himmels, trotz Myriaden von Sternen am Firmament war es dunkel in der Kammer und vielleicht sollte er ein Talglicht anzünden. Nur fiel in der Schwärze der Nacht dem Jungen das Reden vielleicht leichter.

»Was ist los, Eberlin?«, fragte er so ruhig, wie er es vermochte. Inzwischen hatten ihn Befürchtungen überfallen, die sein Gewissen mit tausend Nadelstichen quälten. Was, wenn Sabina recht behalten sollte und er den Jungen in ernsthafte Gefahr gebracht hatte?

»Ich weiß nich.«

»Ich auch nicht«, erwiderte Adrian. »Wenn du's mir nicht erzählst.«

Ein Talglicht wäre doch eine gute Idee, denn er konnte nicht erkennen, was sich in der Miene des Jungen abspielte. Allerdings war dem Klang seiner Stimme mühelos zu entnehmen, wie sehr er sich fürchtete.

»Na ja.« Es raschelte, offenbar malte Eberlin mit der Fußspitze Kreise auf den Boden. »Ich wollt in den Stall, mich schlafen legen. Vorher habe ich noch 'n bisschen mit Blanche geredet, klingt komisch, ich weiß, weil 'ne Sau nicht spricht, aber irgendwie …«

»Seid ihr Freunde geworden?«, fragte Adrian und hielt das Lächeln sorgfältig aus seiner Stimme heraus.

»Is' wohl so. Ich kratze also gerade Blanche am Kopf, sie liebt das, müsst Ihr wissen, da is so 'ne Stelle zwischen den Ohren, die mag sie besonders.«

Es würde nichts bringen, ihn anzutreiben, aber Adrians Geduld bröckelte. »Und dann?«, fragte er.

Eberlin atmete tief ein. »Dann war da einer hinter mir, hat mich an den Haaren gepackt und zurückgerissen.«

»*Was*?«

»Es tat weh«, erklärte Eberlin kurz und bündig, aber nachdem er das Schlimmste hinter sich hatte, wurde er redseliger. »Ich konnt überhaupt nix sehen, weil der meine Haare so fest in der Faust hatte, so«, er packte seinen Schopf direkt über dem Nacken, »seht Ihr's? Und ich konnt mich nich drehen und nix. Er hat mich mit sich gezerrt, rückwärts, das war blöd, weil ich dachte, ich fall hin, und ich wusste nich, ob meine Haare das aushalten.«

Adrian hätte ihm sehr gerne tröstend darüber gestreichelt, aber vermutlich wäre das genau das Falsche gewesen. »Und dann?«, wiederholte er und blieb still stehen. »Immerhin bist du jetzt hier, oder nicht?«

»Hennes hat ’ne Schaufel stehen lassen, darüber ist der Kerl gestolpert, ich hab ihm den Ellenbogen in die Eier gerammt und bin abgehauen.«

Adrian stieß die Luft aus, die er angehalten hatte, er bemerkte es erst jetzt. »Das hast du verdammt schlau angestellt«, sagte er und legte so viel Bewunderung in die Stimme, wie Eberlin gerade noch glaubhaft finden würde.

Der war im Moment für so etwas jedoch nicht empfänglich. »Ich hab gedacht, es wär vielleicht der Hacker«, flüsterte er und räusperte sich umständlich.

Man durfte es nicht vergessen, er war ein Kind. Gewitzt zwar, mit allen Wassern gewaschen, vom Leben geschult in Dingen, von denen ein Neunjähriger nichts wissen sollte, aber immer noch ein *Kind*.

»Nun, zum Glück war er es nicht«, bemerkte Adrian im Plauderton. »Und er weiß auch nicht, wo du jetzt wohnst. Er wird dich hier nicht finden, verstehst du?«

»Kann sein«, stimmte Eberlin zögernd zu.

Garantieren konnte ihm das niemand, aber Adrian hütete sich, darauf hinzuweisen. Für heute Abend galt es wenigstens. Zumindest so lange, wie der Junge dem Stall fernblieb. »Meister Lochner hatte dir angeboten, ins Haus zu ziehen«, sagte Adrian. »Überleg’s dir. Wäre vielleicht keine schlechte Idee.«

»Is’ wohl wahr«, stimmte Eberlin niedergeschlagen zu. »Bin’s nur nicht gewohnt, in geschlossenen Räumen zu schlafen. Und ich kann nich einfach rüber ins Haus in die Kammer zu den Lehrjungen gehen. Da denken die ja Gott weiß was, wenn die mich auf der Treppe hören.«

»Stimmt. Mitten in der Nacht ist das wohl keine gute Idee«, gab Adrian zu. Die Vorstellung, wie Sabina auf die Treppe stürmte, den Nachttopf als Waffe in der Hand, erschien sehr plastisch vor ihm, und er unterdrückte mit Mühe ein Grinsen.

»In den Stall geh ich nich zurück«, erklärte Eberlin mit leise zitternder Stimme. Seine Angst war fast mit den Händen zu greifen, erfüllte wie dicker, warmer Dampf den dunklen Raum.

»Du kannst hier schlafen. Bei mir«, schlug Adrian vor.

Eberlin nickte stumm. »Leg dich da drüben hin«, wies Adrian ihn an und deutete in die am weitesten von seiner Bettstatt entfernte Ecke.

Er selbst legte sich unter größtmöglichem Geraschel auf sein Lager und bemühte sich, regelmäßig und tief zu atmen. Wenn der Junge annahm, er sei entspannt genug, um einzuschlafen, konnte er die Furcht vielleicht vergessen und fand ebenfalls zur Ruhe.

Auf diese Weise lag er lange wach und schlief erst kurz vor dem Morgengrauen ein.

Es war noch früh am Tag, die Luft frisch und klar, und Sabina machte sich daran, den Kessel zu schrubben, in dem der Morgenbrei angesetzt hatte. Sie mochte diese Arbeit nicht besonders, weil sie langweilig und schweißtreibend war, doch heute befriedigte es sie, sich mit vollem Elan der körperlichen Anstrengung hinzugeben und dadurch ihre immerfort kreiselnden Gedanken zu bändigen.

Als Timon auftauchte, war er ihr ganz und gar nicht willkommen.

»Kann ich mit Euch sprechen?«, fragte er in einem unterwürfigen Tonfall, der nicht zu ihm passte. Timon, der blond gelockte Mädchenschwarm, war sich seiner Wirkung bewusst genug, um stets unbefangen davon auszugehen, man unterhielte sich gern mit ihm. Doch nicht *zu* bewusst, was einen beträchtlichen Teil seiner Anziehungskraft ausmachte.

Die hatte indes Risse bekommen. Wie auch nicht? Unter dem Druck der Verhältnisse hatten sie alle sich verändert. Und nicht zum Guten. Timon, der seinen Meister offenherzig und glühend verehrte, litt natürlich besonders.

»Sabina?«, hakte er vorsichtig nach, weil sie vergessen hatte, ihm zu antworten.

Sabina pustete sich eine Haarsträhne aus der Stirn, verstärkte ihre Bemühungen um den Kessel, weil sie nicht den Eindruck erwecken wollte, sie sei bereit für ein ausführliches Plauderstündchen, und fragte knapp: »Was willst du?«

»Mit Euch sprechen?« Die leuchtend blauen Augen blieben unverwandt auf sie gerichtet, die schmalen Gesichtszüge waren blass, fast durchscheinend. Nur ein Unmensch hätte sich ihm verweigert.

»Worum geht's denn?«, fragte sie, obwohl sie es im selben Moment bereute. Es verursachte ihr ein schlechtes Gewissen, aber sie hätte ihn gern abgewimmelt. Vielleicht sah er engelhaft aus mit seinem fast silbern schimmernden Haar und den gefälligen Gesichtszügen, aber ihr gefiel der Ausdruck seiner Augen nicht. Nicht heute Morgen. Er war so … durchdringend, nagelte sie gewissermaßen fest. Ließ kein Ausweichen zu, dabei hätte sie das sehr gern getan.

Ohne es zu wollen, seufzte sie tief und vernehmlich. »Jetzt rede schon«, forderte sie Timon auf, der trotz seines Drängens in Sprachlosigkeit verfallen war. »Ich hab nicht ewig Zeit.«

»Ich … Also, es kann sein, dass ich etwas über die Diebstähle weiß, was noch niemand erkannt hat«, sagte er vorsichtig und erwischte sie auf dem völlig falschen Fuß.

»Glaube ich nicht«, wehrte sie deshalb sofort ab, ohne lange zu überlegen. »Mit den Diebstählen ist alles klar.« Dietbert war dafür verantwortlich, das hatte jeder hier mitbekommen. Timon auch.

»Nicht *alles*. Das sag ich doch gerade«, widersprach er und wurde aufmüpfiger, sie erkannte es an seinem Blick.

Sabina fand den Kessel sauber genug und ließ die Bürste sinken. »Jetzt lass dir nicht alles aus der Nase ziehen«, sagte sie ungeduldig. »Wenn du irgendetwas weißt, was über das Bekannte hinaus von Nutzen ist, dann sag es. *Jetzt.*«

Timon straffte die mageren Schultern, und die Sonne, die hinter ihm vom Hof in die Küche schien, umgab seinen Schopf mit einem Strahlenkranz. »Ich hab den neuen Jungen gesehen, wie der einen Silberstift eingesteckt hat. Ließ ihn einfach in seinem Kittel verschwinden.« Er atmete tief ein und aus, wie jemand, der sich einer großen Last entledigt hat.

»Na und?« Sabina wollte das nicht gelten lassen. »Jeder kann sonst was mit einem Stift vorhaben.«

»Ein Straßenjunge?«, gab Timon ungläubig zurück. »Was bitte sollte er anderes damit vorhaben, als ihn zu klauen? Der *zeichnet* nicht.«

Schreiben tat er erst recht nicht. Sabina wusste nicht, was sie sagen sollte, und suchte ratlos nach Worten, die ihr nicht einfielen.

»Deshalb bin ich mir ganz sicher. Der Junge ist der Dieb, nach dem wir so lange gefahndet haben«, trumpfte Timon auf.

»Herrgottnochmal, das war Dietbert! Das weißt du doch!«, herrschte sie ihn an, unfähig, sich noch länger zur Besonnenheit zu zwingen.

»Vielleicht hat der aber nicht *alle* Diebstähle begangen. Habt Ihr sie abgefragt? Stück für Stück?« Timon rang ohne Unterlass die Hände.

»Eberlin ist erst vor Kurzem ins Haus gekommen«, sagte sie, und ihr gelang ein vernünftiger Tonfall. »Da hatten die

Diebstähle längst stattgefunden und waren zudem bereits aufgeklärt.«

Timon ließ das nicht gelten. »Kann doch sein, dass der Zwerg gedacht hat, in diesem Fahrwasser ließe sich gut reisen und er könne auch was abstauben.«

Das ist doch lachhaft, dachte sie erbost. Eberlin hatte es hier so gut wie noch nie in seinem Leben, wieso sollte er das aufs Spiel setzen? Oder Roosen verprellen? Seinen Hüter und Beschützer?

Es sei denn, er kam nicht aus seiner Haut heraus. Eberlin war ein Straßenkind und gewohnt, seine Schäfchen ins Trockene zu bringen, sobald sich ihm eine Gelegenheit bot.

Nie im Leben, dachte sie aufgebracht. Die runden Kinderaugen, die von seiner Sehnsucht sprachen, irgendwo zu Hause zu sein, irgendwohin zu gehören, kamen ihr in den Sinn. Nie und nimmer! Es wäre auch einfach zu … schrecklich.

Sie wollte nichts damit zu tun haben, wusste nicht mehr weiter. »Warum gehst du nicht direkt zu Meister Stefan?«, fragte sie streng.

Timons Wangen wurden fahl. »Weil der so tut, als sei Eberlin der lang vermisste Sohn. Könnt Ihr nicht mit ihm reden?«

Natürlich wollte Timon nicht derjenige sein, der seinem angebeteten Herrn eine neuerliche Schreckensmeldung überbrachte. Sabina nickte schweren Herzens. »Wenn's sein muss«, sagte sie und sah Timon hinterher, als er erleichtert das Weite suchte.

Sie ließ ihrem Versprechen keine Taten folgen. Kaum war Timon verschwunden, hielt sie es nach sehr kurzem Nachdenken für grundfalsch, Eberlin anzuschwärzen, ihren

Onkel weiter aufzuregen und alles in allem den Karren noch tiefer in den Dreck zu fahren.

Nicht mit Onkel Stefan zu sprechen durfte allerdings nicht bedeuten, Timons Anschuldigungen grundsätzlich zu verschweigen. Anschuldigungen, die ihr immer verquerer vorkamen, je länger sie darüber nachsann. Sie brauchte jemanden zum Reden, eine Person mit kühlem Blick und ausgezeichnetem Denkvermögen. Also suchte sie Roosen, der nicht in der Werkstatt, aber überall und nirgends sein konnte. Genau dort suchte sie ihn, überall und nirgends, und sie fand ihn schließlich, wo sie zuletzt nachschaute. Im Stall.

»Was zur Hölle *macht* Ihr hier?«, begrüßte sie ihn ungnädig, weil sie erleichtert war, ihn gefunden zu haben, und andererseits erbost, da sie so viel Zeit damit verplempert hatte, ihn aufzutreiben.

»Ich denke nach«, erwiderte er friedlich und nahm ihr damit den Wind aus den Segeln.

»Das höre ich gern«, sagte sie fröstelnd. Der Tag versprach zwar wieder heiß zu werden, aber im Stall war es schattig und kühl. »Ich kann Euch neue Nahrung dafür liefern.« Geistesabwesend schob sie Adelheid beiseite, die sich wie üblich an ihrem Rocksaum zu schaffen machte und nicht daran dachte, davon abzulassen.

»Ist das gut oder schlecht?« Roosen zog die Brauen auf diese ihr inzwischen sattsam bekannte Art in die Höhe.

»Entscheidet selbst.« Eilig, aber so wortgetreu wie möglich, berichtete sie ihm von ihrer Unterredung mit Timon und konnte sich nicht versagen, am Ende ihr Resümee auf dem Silbertablett zu servieren, ohne ihm die Zeit zu geben, selbst seine Schlüsse zu ziehen. »Euch ist klar, dass Timons Aussage unlogisch ist, oder?«

»Selbstverständlich«, bekundete er prompt. »Dietbert

hat sämtliche Diebstähle zugegeben und danach ist nichts mehr weggekommen.«

»Erstens das«, stimmte sie zu, »und zweitens ist Eberlin viel zu erpicht darauf, Euch zu gefallen. Er würde niemals Euer Vertrauen in ihn beschädigen, indem er anfängt, Euch zu beklauen. Und in seinen Augen wäre meinen Onkel zu beklauen dasselbe«, fügte sie rasch an, bevor er sie auf die Schwachstelle in ihrer Argumentation hinweisen konnte.

Roosen nickte.

Nervös, wie sie war, konnte sie ihren Redefluss nicht stoppen. »Eberlin findet, er hat Euch gegenüber eine Schuld abzutragen, und selbst ein so kleiner Kerl wie er hat genug Ehrgefühl, um dies nicht beim ersten Silberstift zu vergessen.«

»Ich *weiß*. Ich hab's begriffen, ehrlich.« Roosen verlor die Geduld. »Nur frage ich Euch, was könnten Timons Beweggründe sein, ihn hinzuhängen?«

»Er ist eifersüchtig«, erklärte Sabina schlicht.

»Unsinn«, widersprach Roosen sofort, griff nach Adelheids ledernem Halsband und zog sie energisch außer Reichweite von Sabinas Röcken. »Eberlin ist kein Malerlehrjunge. Er könnte auch niemals einer werden, weil er kein Stadtbürger ist mit allen Rechten. Was sollte Timon gegen ihn haben?«

Sabina stöhnte frustriert auf. »Keine Ahnung! Deshalb bin ich zu Euch gekommen. Damit Ihr's mir sagt.«

»Dann ist Euer Vertrauen in mich fast noch größer als das von Eberlin«, erwiderte er sehr ernst, aber seine Augen funkelten belustigt.

»Träumt weiter«, erwiderte sie schnippisch. Er hatte leider recht.

Roosen wusste das und grinste breit. »Und was schlagt Ihr vor?«, fragte er. »Was machen wir jetzt?«

Sabina überlegte kurz. »Nichts«, erklärte sie dann. »Eberlin würd's schaden, meinem Onkel nicht nutzen und Timon auch nicht wirklich dienen. Im schlimmsten Fall bringt es Onkel Stefan gegen ihn auf, und mehr Anspannung und Durcheinander können wir zurzeit wahrhaftig nicht gebrauchen.«

»Das sehe ich genauso«, pflichtete Roosen ihr bei. »Wenn sich der Wirbel gelegt hat und wir das Ganze endlich zu einem Abschluss gebracht haben, wird Timon sich beruhigen und erkennen, dass Eberlin ihn der Gunst seines Mentors nicht beraubt. Also, ich schlage vor, wir strengen uns an, damit es bald dazu kommt.«

19

Der Vormittag war recht weit vorangeschritten und in der Werkstatt herrschte stumme Betriebsamkeit.

Dietbert konnte seit seinen Fehltritten niemandem mehr in die Augen sehen und hatte ihnen allen den Rücken zugekehrt. Timon bewunderte ihn aufrichtig, wenn auch widerwillig, denn trotz seines tiefen Falls führte der Mann den Strich so sicher wie eh und je. Völlig ruhig, beinahe gelassen hielt er den Malstock in der Linken und stützte darauf die Rechte, schuf ohne jedes Zittern mit feinstem Pinsel das brokatene Gewand einer Heiligen, das vor Detailreichtum und Farbenfreude strahlte. Egal, was er sich hatte zuschulden kommen lassen, bei der Arbeit schluderte er nicht. Die Kölner Maler waren berühmt und Stefan Lochner Primus inter Pares, von ihm und den Leuten, denen er vorstand, war stets Herausragendes zu erwarten, nicht mehr und nicht weniger.

Der Meister selbst arbeitete an Studien zu den Figuren, die das Ursula-Gemälde bevölkern sollten. Sie versprachen bewunderungswürdig zu werden, seine Frauengestalten waren und blieben unübertroffen. Niemand konnte sich darin mit ihm messen.

Mathias widmete sich andächtig dem Hintergrund, der den Innenraum einer der Ursula-Szenen abschließen würde.

Hanß rieb Pigmente, Eberlin wurschtelte herum, und beim besten Willen hätte Timon nicht zu sagen gewusst, was er eigentlich tat.

Außer Ärger verursachen. Jetzt ließ der Tölpel auch noch den Kehrbesen fallen, mit dem er lustlos hantierte. Ein scharfer Knall zerriss die Stille und alle Köpfe ruckten herum. Dietbert und Mathias wandten sich sofort wieder ihrer Arbeit zu, Meister Stefan lächelte Eberlin beruhigend an, dann tat er es seinen Gesellen nach und hob den Pinsel.

Wie immer, wenn Timon Eberlin nicht übersehen konnte, überfiel ihn beißende Verbitterung. Und Angst, denn wenn dieser Rotzlöffel Lochners Wohlwollen erlangen konnte, was blieb dann für ihn selbst? Beste Leistungen waren offenbar kein Garant für eine entsprechende Förderung, die er sich außerdem durch unermüdlichen Einsatz redlich verdient hatte.

Unversehens überfiel ihn ein Gefühl totaler Sinnlosigkeit. Und plötzlich war er es leid. So ging das nicht weiter.

Mit einer kleinen Handbewegung winkte er den Jungen heran und war nicht wenig überrascht, als der seiner Aufforderung umgehend folgte.

»Was is'?«

»Geh rüber in meine Kammer und hol meinen zweiten Kittel«, befahl er. Ihm war vorhin beim Pinselauswaschen ein Missgeschick passiert, und er hatte den durchnässt, den er trug.

Eberlin zog eine Schnute und sah ihn an, als überlege er tatsächlich, ob er diesem Befehl folgen solle. Schließlich verschränkte er die mageren Arme vor der Brust. »Hol ihn doch selbst.«

»Ich habe Besseres zu tun«, zischte Timon. Wie konnte das der Rotzgöre nicht klar sein? »Ich bin *Maler*, kein Handlanger.«

Eberlin hob störrisch das Kinn. »Hab aber keine Lust.«

»Das ist mir egal. Du wirst hier nur geduldet, klar? Tu gefälligst, was ich dir sage!«

Eberlin sah sich Hilfe suchend um, doch niemand achtete auf ihn. Das war gut, denn ganz sicher war Timon nicht, ob er ihn für eigene Zwecke einspannen durfte. Schließlich war er selbst nur Lehrjunge, stand am unteren Ende der Leiter. Nicht mehr lange. Nach der Gesellenprüfung würde er es allen zeigen und in kürzester Zeit selbst gestandene Leute wie Dietbert und Mathias weit hinter sich lassen.

»Hau schon ab.« Drohend trat Timon einen Schritt nach vorn und sah befriedigt, wie Eberlin zurückwich. Er fürchtete sich vor ihm. Genau so sollte es sein.

»Na gut, ich mach's«, sagte er, als täte er ihm damit einen Gefallen, und Timon wurde erneut von einer Woge des Zorns überschwemmt. Niemand ging auf die Weise mit ihm um, wie er es verdiente. Niemand, nicht einmal dieser dämliche Einfaltspinsel hier, der glaubte, er könne es sich erlauben, unverschämt zu ihm zu sein.

»Geh jetzt«, sagte er, und das Brausen in seinen Ohren nahm zu. »Oder soll ich dir Beine machen?«

Sabina konnte sich nicht auf ihre Arbeit konzentrieren, und im Moment hätte sie kaum zu sagen gewusst, woraus diese eigentlich bestand. Ganz bestimmt war sie nicht willens oder auch nur in der Lage, sich um das Mittagessen zu kümmern. Jedenfalls nicht, wenn sie nicht vorher überprüft hatte, wie es um Eberlin bestellt war.

Es war albern, ein Kind derart ins Herz zu schließen, das einem nicht gehörte, aber so war es nun einmal. Die Liebe hatte sie aus heiterem Himmel überfallen und sie kam nicht dagegen an.

Zur Liebe gehörte Sorge, und es schnürte ihr die Luft ab, wenn sie daran dachte, wie unkalkulierbar das Risiko war, dieses Kind als Lockmittel einzusetzen. Ohne zu wissen, wen man damit köderte oder wozu man denjenigen provozierte. Und deshalb konnten Zwiebeln Zwiebeln bleiben und Möhren Möhren, sie hatte Wichtigeres zu tun. Niemand würde verhungern, wenn er an einem Mittag Brot mit Schinken aß. Und Rührei, falls sie dazu kam.

In der Werkstatt herrschte emsige Geschäftigkeit und von Eberlin war weit und breit keine Spur zu entdecken.

Er hätte dort sein müssen.

»Dietbert, weißt du, wo der Junge ist?«, fragte sie beherrscht, denn sie wollte nicht, dass man sie für hysterisch hielt und nicht ernst nahm.

Dietbert hob die Schultern. »Ich habe leider keine Ahnung, Jungfer Sabina«, erwiderte er in dem unterwürfigen Ton, den er sich angewöhnt hatte, seitdem er seiner Missetaten überführt worden war.

Sie ließ ihn stehen. »Onkel Stefan, ich suche Eberlin«, sagte sie, und ihre Stimme klang höher als sonst, sie konnte es nicht verhindern.

»Ich habe keine Zeit«, erwiderte er zerstreut und strebte in die Diele, die gerade ein hochgewachsener Mann in einem prachtvoll mit Samt verbrämten Tappert betrat. Ein Auftraggeber. Ein *möglicher* Auftraggeber. Dies war wichtiger, sie sah es ein und wandte sich hilflos an Roosen, der Onkel Stefan auf dem Fuße folgte.

Er schüttelte den Kopf und sie sah die Frage in seinen Augen. Für eine ausführliche Antwort war keine Zeit und sie drehte sich um.

»Mathias?« Ohne sich zügeln zu können, ballte sie die Fäuste.

»Ich weiß nicht, wo er ist.« Wenigstens dachte er nach und

fuhr sich dabei unablässig durch das spärliche Haar. »Zuletzt hab ich ihn gesehen, als die Kirchuhr elf Mal schlug.«

Das war eine Weile her, es ging auf Mittag zu, eine Zeit, in der Eberlin verlässlich anwesend war. Erstens, weil er nie im Leben ohne Not das Mittagessen verpasst hätte, und zweitens, weil er eine Vereinbarung mit Roosen getroffen hatte. Er wäre nicht fortgelaufen und hätte ihn hintergangen. Nicht freiwillig.

Sabina hastete nach draußen und hob die Hand, um die Augen zu schützen; die Sonne stand beinahe senkrecht über dem Hof und tauchte ihn in grelles Licht. Sie sah ihre Tante, die mit einem Korb voller Laken unterwegs war, die sie der Weißwäscherin aushändigen wollte. Sabina lief zu ihr hinüber und fragte nach, doch Lysbeth hatte keine Ahnung, wo Eberlin sein könnte, und so wie es aussah, interessierte sie sich nicht besonders dafür.

Ein paar Schritte weiter stieß Sabina auf Hennes, der sich über die Ringelblumen im Kräuterbeet beugte und damit beschäftigt war, vorsichtig die Samen aus den Kapseln zu lösen. Offenbar wollte er im nächsten Frühjahr mehr davon aussäen. Soweit Sabina wusste, litt Hennes häufig unter Zahnschmerzen, Einreiben mit Ringelblumentinktur half dagegen.

»Nee«, beschied der Knecht sie knapp. »Im Stall isser nich, da war ich gerade.«

Gut, dass ich keine Mutter bin, dachte sie voller Zorn. Weil es mir nicht gelingt, auf ein Kind aufzupassen, obwohl ich es *versprochen* habe. Kaum zugesichert, schon gescheitert.

Wen konnte sie noch fragen? Hanß und Timon, beide waren nicht in der Werkstatt gewesen. Hanß nicht einmal im Haus, denn er war mit den Pigmenten fertig und von ihrem Onkel ausgeschickt worden, Leinöl zu besorgen.

Blieb Timon.

Unversehens fiel ihr der irrlichternde Ausdruck seiner Augen ein, als er heute Morgen bei ihr gewesen war. Kaum war der Junge fort gewesen, hatte sie nicht weiter darüber nachgedacht. Sie war zu aufgebracht gewesen, weil er Eberlin der Diebstähle bezichtigt hatte und der nichts damit zu tun haben *konnte*, weil er während der Zeit, in der die Raubzüge stattfanden, noch gar nicht bei ihnen gewesen war. Timon hatte den Einwand weggewischt und seinen Verdacht geschmeidig angepasst, und sie war wütend auf ihn gewesen, weil es ihm allein darum zu gehen schien, den Kleinen anzuschwärzen.

So wie Reinhold. Damals, als sie noch glaubten, es ginge allein um verschwundenen Besitz. Nicht um genommenes Leben.

Sie drehte sich um und rannte zurück in die Werkstatt, wo sie auf Mathias stieß, der aus dem Lagerraum ein paar blitzneue Pinsel geholt hatte. Sie packte ihn am Ärmel und schüttelte ihn ungeduldig. »Wo ist Timon?«, fragte sie und hörte selbst, wie schrill und angstvoll ihre Stimme klang.

Mathias trat instinktiv einen Schritt zurück. Niemand mochte eine Furie. »Keine Ahnung. Aber Ihr glaubt doch wohl kaum …«

Sie fiel ihm ins Wort, hatte keine Zeit für Zweifel. »Wieso denn nicht? Timon scheint … außer sich in letzter Zeit.«

Mathias ergriff tröstend ihre kalte Hand und drückte sie. »Das sind wir doch alle. Er ist *siebzehn*. In dem Alter sind alle jungen Männer ein Pulverfass.«

»Genau. Ein Pulverfass.«

Sie blickten sich an, und Sabina erkannte genau den Punkt, an dem Mathias begriff und in seinen blassen Augen Furcht aufschien.

»Ich muss ihn finden«, beschwor sie ihn. »Wo Timon ist, ist auch Eberlin.« Sie *wusste* es einfach.

Adrian stand still in der Diele vor dem Besprechungsraum und hörte zu, wie Meister Stefan Jacob van Syberch den Ursula-Zyklus anpries. Soweit er wusste, hatte Lochner dem Mann vor vier Jahren sein damaliges Haus verkauft und ging offenbar davon aus, er verfüge über genug Geld, dieses zu verschönern. Es war ein aussichtsreicher Vorstoß, Syberch hatte eine seiner Töchter auf den Namen Ursula taufen lassen.

Doch er zierte sich. »Das möchte ich erst mit Ytgin besprechen, meiner Frau«, sagte er. Es klang nach Ausflüchten. Adrian konnte ihn sogar verstehen, Gemälde aus Lochners Hand waren teuer. Großartig, aber teuer.

Seine Gedanken drifteten ab, während Lochner Syberch weiter Honig ums Maul schmierte. Sie wanderten ohne Umschweife zu Sabina, die vorhin bei ihnen im Vorderhaus aufgetaucht war. Groß, schmal und mit aufgelöster Frisur, ihr Haar schien sich jedem Versuch zu widersetzen, es zu bändigen. In Adrians Mundwinkel stahl sich ein Lächeln. Es erlosch, als ihm einfiel, wie angespannt sie gewesen war. Auffällig ruhig und höflich, aber mit kalkweißem Gesicht hatte sie drängend nach Eberlin gefragt.

Sie hatte Angst um ihn. Ernsthafte Angst.

Er auch. Sie überfiel ihn ganz unvermittelt und mit Wucht.

Was, wenn Eberlin vom Hacker aufgespürt und entführt worden war? Was, wenn der ein Exempel statuieren wollte, damit die Kinder in seinem Bannkreis wussten, was ihnen blühte, sollten sie ihm die Gefolgschaft aufkündigen? Was, wenn Eberlin längst die Hand fehlte?

Ihm wurde schlecht allein bei dem Gedanken daran.

Allerdings auch, weil er endlich mit offenen Karten spielen und Sabina von der Gefahr berichten musste, in der das Kind schwebte, das sie so sehr ins Herz geschlossen hatte. Weil er seine Befürchtungen offenlegen musste. Weil sie ihm vorwerfen würde, dass er es nicht längst getan hatte.

Adrian dehnte nervös die Schultern, lief die Treppe hinab und machte sich auf den Weg in die Küche, um zu Kreuze zu kriechen.

Sabina hetzte erneut durch das Vorderhaus, sie durfte nichts übergehen, nichts unversucht lassen. Im Garten blickte sie hinter jede Hecke, in jeden Winkel, den Holzschuppen, den Geräteverschlag, den Stall. Blanche und Adelheid kauten gelassen auf was auch immer, die Hühner scharrten und gurrten ruhig, nichts deutete darauf hin, dass die Tiere vor Kurzem von irgendeinem Geschehen aufgescheucht worden wären.

Eberlin blieb verschollen.

Wenn er nicht auf dem Gelände war, würde sie ihn kaum finden. Die Stadt war groß, hatte jede Menge verborgene Ecken und Schlupfwinkel, dunkle Verstecke, Orte, an die nie jemand kam. Sie hatte keine Ahnung, wie sie ihn dort aufspüren sollte, also machte sie hier weiter. Stehen zu bleiben kam nicht infrage. Sie lief ins Hinterhaus, zögerte keinen Wimpernschlag lang, sprang förmlich die Treppe hoch, wie von fremder Hand gelenkt. Erster Stock, zweiter Stock, vorbei an den Schlafräumen, dort konnte sie später nachschauen.

Auf dem Dachboden war es glühend heiß, die Sonne knallte aufs Haus, kein Lüftchen ging. Sabina stand keuchend inmitten tanzender Staubkörnchen und hielt sich am Stützpfeiler fest, weil die Knie unter ihr nachgaben, weich waren wie Grütze und zitterten wie Espenlaub.

Die Tür zu der Kammer, die sie nie wieder hatte betreten wollen, stand sperrangelweit auf. Die Kammer, in der sie Reinhold gefunden hatte.

Die Kammer, in der Eberlin war. Mit Timon.

Mit Timon, der Eberlin umklammerte. Timon, der in der rechten Hand ein Messer hielt. Der den Arm hob.

Es war, als wollten ihre Augen und ihre Vorstellungskraft ihr einen Streich spielen. Als ob sie nicht Eberlin dort sähe, sondern Reinhold. Reinhold in den letzten Augenblicken seines viel zu kurzen Lebens.

Sie konnte sich nicht rühren, nicht handeln, nicht rufen, nicht einmal atmen.

Eberlin schluchzte qualvoll auf.

Der Laut erweckte sie zu neuem Leben. »*Timon, hör auf*!«, kreischte sie und stürzte quer durch den Raum, hinein in die Kammer, um Timon in den Arm zu fallen, bevor er das Unaussprechliche vollbringen konnte.

Und es gelang. Zunächst. Er stieß Eberlin mit einem heiseren Wutschrei von sich, und Sabina sah, wie der Junge böse auf den dürren Knien aufschlug und zusammensackte. Dann sah sie gar nichts mehr, denn Timon rammte ihr die geballte Faust mitten ins Gesicht. Ihr Kopf krachte gegen die Wand, so fest, dass der Dachstuhl hätte einstürzen müssen.

Sie fühlte, wie ein Tropfen ihre Wange hinablief, aber Schmerz spürte sie nicht.

Für einen Moment war es ganz still in dem Raum, furchtbar still, und trotz der Hitze verharrten sie bewegungslos wie eingefroren.

Schließlich rappelte Eberlin sich auf seine blutenden Knie und sah aus, als wolle er loskriechen. In die falsche Richtung. Nicht zur Tür. Zu ihr.

»Lauf weg«, flüsterte Sabina, die Zunge wollte ihr kaum gehorchen. In ihrem Kopf dröhnte und schepperte es.

Timon begann, wild mit dem Dolch herumzuwedeln, richtete ihn auf Sabina, dann auf Eberlin und wieder zurück. Er wusste offenbar nicht, was er tun sollte. War überfordert damit, auf zwei Gefangene aufzupassen.

Man müsste das nutzen können, dachte Sabina benommen, wusste aber nicht, wie.

Eberlin kroch unbeirrt weiter auf sie zu. Er suchte Schutz. Bei ihr, dieser Wirrkopf.

Timon hatte sich entschieden. Er trat Eberlin in die Seite. Heftig, mit all der Wut, die sich aufgestaut hatte und von der Sabina sich nicht erklären konnte, woher sie kam.

Eberlin flog quer durch den Raum, einem nassen Lumpen gleich. Und genauso fiel er hin. Wie ein unordentliches Bündel.

Sabina kniff die Augen zusammen und sah, wie Timon auf sie zukam, den Dolch in der erhobenen Hand.

Sie hatte so furchtbare Angst. Wäre gerne weggelaufen, aber es ging nicht, weil ihre Beine nicht mitspielten, schwach waren wie die eines neugeborenen Zickleins.

Er kam näher. Näher und näher, doch er stach nicht zu. Noch nicht, dachte sie verschwommen. Stattdessen lehnte er plötzlich direkt neben ihr an der Wand und rutschte daran hinab, als hätte auch ihn jede Kraft verlassen. Unten angekommen, sackte sein Kopf müde nach hinten. Dann hob er unendlich langsam die Hand und setzte die Messerspitze an Sabinas Hals.

Sie schloss die Augen und fühlte, wie sich wohltuende Ruhe ihrer bemächtigte. Wie seltsam, auf diese Weise dem irdischen Jammertal den Rücken zu kehren. Seltsam und konsequent. Nicht nur die Eltern waren auf üblem Wege heimgeholt worden, nun auch die Tochter.

Plötzlich fiel ihr auf, dass der Dolch nicht wehtat. Er schnitt sie nicht. Pikste nur.

Dann war selbst das Piksen fort.

Eberlins Röcheln und Schluchzen klang immer noch wie das Ende der Welt.

»Ich hab doch gar nichts gegen dich«, erklärte Timon in sachlichem Tonfall und berührte sanft Sabinas Schulter. »Hör schon auf zu flennen.«

Sie hatte nicht bemerkt, wie ihr die Tränen ungehindert über die Wangen flossen. Versuchsweise hob sie die Hand, um sie fortzuwischen, und war erstaunt, weil die Hand ihr gehorchte. Vielleicht durfte sie einen kühneren Schritt wagen. Mühsam und mit konfus flimmerndem Bild vor den Augen schob sie sich in eine aufrechtere Position. Sie hätte sich gern neben Timon an die Wand gelehnt, wagte es aber nicht, weil sie ihn dann nicht im Blick hätte.

Timon spielte mit der Waffe, warf sie von der rechten in die linke Hand und wieder zurück. Hin und her. Her und hin. Irgendwann würde ihm einfallen, wozu er sie mitgenommen hatte.

»Leg das Ding weg«, forderte sie ihn auf und hoffte, die Autorität in ihrer Stimme käme der nahe, die er gewohnt war und der er üblicherweise folgte.

»Das geht nicht«, informierte er sie. »Ich bin noch nicht fertig. Eberlin, verstehst du? Der muss weg.«

Eberlins Schluchzen verstummte abrupt. Vor Entsetzen, nahm sie an.

Ich verstehe *nicht!*, wollte sie ihn anschreien, aber dies wäre der falsche Weg gewesen, das wusste sie trotz des Nebels in ihrem Kopf. »Was hat er denn getan?«, fragte sie, bemüht um einen harmlosen Plauderton. Wenn sie ihn in ein Gespräch zwang, ließ sich die Situation vielleicht beruhigen.

»Er ist ein Niemand«, erklärte Timon finster.

Sie versuchte sich an einer wegwerfenden Handbewegung, doch Timon schaute gar nicht hin. »Ein Niemand kann dir doch gar nichts anhaben«, sagte sie freundlich, so freundlich es ging mit dieser flachen Stimme und dem schwankenden Boden, auf dem sie hockte, und der Angst, mit all dem hier nicht fertigzuwerden. Vielleicht war nicht gänzlich ausgeschlossen, Timon mit Vernunft beizukommen. Oder mit etwas, was er dafür hielt. Sie hoffte, Eberlin verstand, dass sie es nicht so meinte, aber auf seine zarte Seele konnte sie in diesem Augenblick keine Rücksicht nehmen.

»Das ist richtig«, pflichtete Timon ihr bei, und einen winzigen Moment lang verspürte sie Zuversicht. »Oder es *wäre* richtig, wenn die Welt vernünftig wäre. Aber das ist sie nicht.« Timons Stimme wurde schriller, lauter, durchdringender. Sabinas Hoffnung erlosch. »So läuft es nämlich nicht, nie!«, schrie Timon sie an. »Kapierst du das nicht, du dummes Weib? Auch Reinhold hat machen können, was er wollte, und der Meister hielt seine Hand über ihn. Immer über ihn, nie über mich. Dabei bin ich der bessere Maler, *ich* bin würdig, in seine Fußstapfen zu treten. *Ich*, nicht Reinhold!«

»Das stimmt«, sagte Sabina, und ihre Stimme zitterte so stark, dass sie nicht wusste, ob er sie überhaupt verstand. »Mein Onkel hält große Stücke auf dich, er hat es mir gesagt.« Das war gelogen, aber darauf kam es nicht an.

»Trotzdem hat er Reinhold vorgezogen. Sogar wenn er Fehler machte. Die ersten waren von mir«, vertraute er ihr an. »Dann hat er sie von ganz allein zuwege gebracht. Und doch hat er in Meister Lochners Augen nie etwas Falsches getan. Das war ungerecht. Das war nicht *richtig*.« Timons Wangen glühten. »Ich konnte das nicht zulassen! Das wird doch wohl jeder verstehen.«

»Ganz bestimmt.« Sabina nickte und der Raum vor ihren Augen begann wieder zu schlingern.

»Eben.« Sein Blick wanderte zu Eberlin, der reglos im Staub lag und vor Angst vielleicht längst gestorben war. »Und jetzt wiederholt sich das Ganze mit diesem Jämmerling.« Timon klang ratlos, als stünde er vor einer schweren Rätselaufgabe. »Er zieht Eberlin mir vor. Mir! Wieso, frage ich Euch? Der ist ... bloß Dreck.«

Dem konnte sie nicht zustimmen, das ging einfach nicht. »Er ist kein Malerlehrling«, wandte sie ein. »Deshalb spielt er doch gar keine Rolle.«

»Das habe ich auch gedacht«, stimmte Timon zu und erhob sich ungelenk. »Zuerst jedenfalls. Aber wie sich herausstellte, habe ich mich getäuscht. So wie Ihr, Sabina. Ihr liegt nämlich falsch. Eberlin schmeichelt sich bei Meister Lochner ein und er wird gewinnen. Wie Reinhold. Wie alle. Wieder und wieder und wieder. Das kann ich nicht dulden. Nicht noch einmal.«

Er hob seine Faust und ein Sonnenstrahl ließ den Dolch aufblitzen. Dann tat er einen entschlossenen Schritt auf Eberlin zu.

Sabina fing an zu schreien.

»Meister Stefan, ich muss Euch unterbrechen«, platzte Adrian mitten in das zäh verlaufende Gespräch mit Jakob van Syberch.

Lochner, der gerade in glühenden Farben schilderte, wie er sich den Zyklus mit Geschehnissen aus dem Leben der heiligen Ursula vorstellte – Hochzeit, Pilgerfahrt, Verkündigung des Martyriums, Tod –, brach mitten im Satz ab. »Was ist passiert?«, fragte er alarmiert und ignorierte Syberch, der anscheinend nicht gewohnt war, übergangslos in die zweite Reihe geschoben zu werden, und eine verdutzte Miene zog.

»Hoffentlich nichts«, sagte Adrian, aber es klang nicht überzeugt, er hörte es selbst. »Der Junge ist weg. Und jetzt auch Sabina.«

Lochners Gesicht verlor alle Farbe. Er erhob sich und sah Syberch nicht einmal an, als er zu ihm sagte: »Wir müssen unsere Unterhaltung auf später verschieben.«

»Nun ja ...«, begann Syberch, sah ein, dass ihm niemand zuhörte, und verstummte. Er wirkte einen Moment unschlüssig, ob er sich empören sollte, dann zuckte er die Schultern, drehte sich um und polterte gemessenen Schrittes nach unten.

Lochner nahm davon keine Notiz. »Was soll das heißen: Sie sind weg?«

»Das heißt, was es heißt. Und dass wir sie suchen müssen.« Adrian drehte sich um und lief die Treppe hinunter, an Syberch vorbei und Lochner folgte ihm ohne jedes Zögern dicht auf den Fersen. Unten rannten sie Hanß über den Haufen, der in der Diele stand und wie üblich ausgiebig zauderte, bevor er sprach.

»Was willst du?«, herrschte Adrian ihn an, weil er sich einfach nicht im Zaum halten konnte und keine Zeit hatte, sich um die Befindlichkeiten dieses Milchbartes zu kümmern.

»Ihr sucht doch Eberlin, oder?«, fragte Hanß schüchtern.

Adrian atmete tief durch und mäßigte seinen Tonfall. »Richtig. Du weißt, wo er ist?« Hinter ihm fiel die Tür ins Schloss. Syberch war fort.

»Weiß ich *nicht*. Aber«, Hanß wurde feuerrot vor Aufregung und Furcht, das Falsche zu tun, »womöglich hat Timon etwas mit seinem Verschwinden zu tun. Der ist völlig durchgedreht seit Reinholds Tod. Ich ... hab Angst vor ihm. Und er hat nie einen Hehl daraus gemacht, dass er Eberlin verabscheut.«

Timon und Reinhold. Und Eberlin.

»Seit Stunden hat ihn keiner gesehen. Sabina sucht ihn auch«, merkte Mathias an, der inzwischen dazugestoßen war. Nur Dietbert hielt sich noch in der Werkstatt auf und traute sich nicht heraus.

Timon und Reinhold. Timon und Eberlin. Adrian drehte sich kommentarlos um und rannte los. Über den Hof in die Küche, die immer noch verwaist dalag wie vorhin, als er Sabina hatte beichten wollen und sie nicht angetroffen hatte. Seine Erleichterung darüber, noch einmal davongekommen zu sein, war dumm und einfältig gewesen, das wurde ihm nun klar. Die Küche lag leer und nackt vor ihm, alles war aufgeräumt, nichts deutete darauf hin, dass Sabina je hier gewesen war, und genauso wenig, ob sie irgendwann zurückkehren würde. Ein Brot lag auf dem Schneidbrett und zeugte vom normalen Leben. Es war angeschnitten und wurde langsam trocken.

Hinter Adrian drängten sich Lochner, Mathias und sogar Hanß in die Küche, auf einmal war es brechend voll. Nur die, um die es ging, fehlte. Sabina.

Timon und Eberlin. Timon und Reinhold. Timon und Sabina?

Adrian traf die Erleuchtung wie ein Blitz. »Der Dachboden!«

Er nahm die Stufen im Sturm, immer zwei auf einmal. Auf der Stiege ganz nach oben ging es nicht so schnell, fast wäre er abgerutscht, konnte sich eben noch fangen, warf sich nach oben, fiel auf die Knie und rappelte sich im selben Moment schon wieder auf. Er sah die Tür zur Kammer offen stehen. Er sah Timon, der einen Dolch in der Hand hielt und ihn an Eberlins Kehle setzte, sah Sabina, die brüllte und fluchte und auf den Knien zu ihnen rutschen wollte, behindert von den langen Röcken, die sich um ihre Beine gewickelt hatten.

Rinnendes Blut leuchtete grell in rötlich-blondem Haar.
Adrian stieß einen entfesselten Schrei aus. Er schoss los wie der Bolzen einer Armbrust, flog über den Dachboden und warf sich mit der konzentrierten Kraft seines ganzen Körpers auf Timon.

Epilog

Plötzlich war alles anders. Das Grauen war fort, Sabina wurde von zwei eisenharten Händen emporgerissen und fand sich von Armen umfangen wieder. Sie presste ihre Nase an eine Halsbeuge, atmete den Duft nach Mann ein und fühlte sich … sicher, ganz unerwartet und ganz unbekannt.

»Es macht mich verrückt, wie unvernünftig Ihr seid«, murrte Roosen und umklammerte sie, als sei sie kurz davor, in den Wogen des Rheins unterzugehen.

Dann war auch Eberlin da, der mit seinen jämmerlichen Ärmchen ihre Taille umschlang und das Gesicht in ihr Kreuz drückte, nicht allzu weit über ihrem Steißbein. Sie hätte ihm gerne gesagt, nun würde alles gut, aber das musste warten. Vorerst kam sie nicht los.

»Geht's dir einigermaßen?«, fragte Onkel Stefan dicht neben ihr mit ängstlicher Stimme, und als er keine Antwort erhielt, nahm er wohl an, dass es so sei, und wandte sich anderen Aufgaben zu. Sabina riskierte einen kurzen Blick und erkannte Timon, der zusammengekrümmt auf dem Boden lag und sich jammernd das Handgelenk hielt. Neben ihm Mathias, der bereit schien, ihn zu zerquetschen, sollte er sich nur einen halben Zoll bewegen.

Sabina schloss die Augen und schmiegte sich an den tröstlichen, warmen Platz, der alles bot, was sie sich wünschte.

»Hanß, geh los und hol den Büttel«, hörte sie Onkel Stefan entschlossen sagen, gefolgt von eilig stolpernden Schritten, wohl die von Hanß.

Dann war auf einmal Lysbeth da und strich ihr über das zerzauste Haar, wieder und wieder, sie weinte, aber Sabina merkte es kaum. Sie lag in Armen, mit denen sie nicht gerechnet hatte, und wollte das Leben ausschöpfen, das ihr beinahe weggenommen worden wäre und ihr nun kostbarer schien denn je.

Roosen scherte sich um nichts, nur um sie. Er küsste sie auf den Kopf, die Stirn und das Ohr, überallhin, worauf er zufällig traf, nur nicht auf den Mund, denn an den kam er nicht heran. Sie presste die Nase an seinen Hals und ihren Körper an seine Brust und konnte sich beim besten Willen nicht davon lösen.

»Ich hätte es schlecht ausgehalten, wenn Euch etwas zugestoßen wäre«, murmelte Roosen in ihr Haar.

»Das klingt beinahe, als würdet Ihr mich mögen«, murmelte sie zurück.

»Ist wohl so.«

Er räusperte sich, und sie spürte, wie seine Haltung sich veränderte, angespannter wurde. »Ich bin vor ein paar Tagen von Johann Penninck gefragt worden, ob ich mich als Aufseher um seine Ländereien kümmern will«, sagte er.

Er wollte fort.

»Ich glaube, die Stelle ist noch frei. Und ich glaube, ich nehme sie an.«

Er wollte fort, und das hätte sie einkalkulieren müssen, es war ja keine Dauerstellung im Hause Lochner geplant gewesen. Trotzdem tat es weh.

Er legte seine Wange an ihre, versuchte es zumindest, und landete irgendwo über der rechten Schläfe. »Es ist nicht weit. Ich könnte Euch besuchen.«

Fort, aber nicht ganz. »Wäre nett«, gab sie zu. Zu mehr war sie nicht bereit. Am Ende merkte er noch, wie sehr sie die Vorstellung ängstigte, er würde verschwinden und niemals wiederkehren.

»Oder kommt Ihr mit?«, fragte er leise.

»Als was denn?« Die Tränen liefen und tropften und wollten einfach nicht versiegen. Inzwischen war sein Wams nass. »Als Köchin? Dafür koche ich zu schlecht, das müsst Ihr zugeben.«

Sie spürte das Lachen mehr, als dass sie es hörte, es rollte durch seine Brust. »Das Kaninchen mit getrockneten Pflaumen in Weinsoße, das Ihr neulich zubereitet habt, war recht gut gelungen«, meinte er nachdenklich.

Nun bog sie doch den Kopf ein wenig zurück, um Roosen ins Gesicht zu sehen. »Überraschend gut?«, erkundigte sie sich und klang zänkisch wie eh und je, dabei hatte sie das gar nicht beabsichtigt.

»So ungehobelt würde ich mich niemals ausdrücken.« Wieder kollerte das leise Lachen in seiner Brust.

»Ich komm auf jeden Fall mit«, erklärte Eberlin und ließ Sabinas Taille los, um seinen Arm um Roosens Oberschenkel zu schlingen.

»Klar«, sagte Roosen, als wäre es das Natürlichste der Welt. Und das war es.

»Sabina auch«, entschied Eberlin.

»Köchin zu sein bei Leuten wie den Pennincks, das ist nichts für mich«, erklärte sie und trat einen winzigen Schritt zurück, spürte den Luftzug, als wäre er kalt, dabei war es auf dem Dachboden brütend heiß.

»Das hatte ich auch nicht gemeint«, stellte Roosen klar.

»Nicht? Was schwebt Euch denn vor?« Sabina runzelte die Stirn. »Seht Ihr mich etwa als Küchenmädchen? Ich bin … gekränkt.«

»Und anstrengend«, erklärte er unumwunden. »Nichts von all dem natürlich. Als mein Eheweib, Herrgottnochmal. Nach einer angemessenen Zeit von mir aus.«

»Ihr kennt mich kaum.«

»Genug, um zu wissen, dass es eine wie Euch kein zweites Mal gibt.«

Das konnte nicht sein. Oder doch? »Ich überleg's mir«, sagte sie zweifelnd. Und als sie sah, wie sehr sie Roosen damit traf, fügte sie nach einer kurzen Pause an: »Na gut. Ich mach's ja.«

Seine Augen leuchteten auf, obwohl er die Brauen hochzog, als sei er ihres Eigensinns allmählich überdrüssig. »Ich werte das als Versprechen.«

»Ich auch«, piepste Eberlin.

»Meinetwegen«, stimmte Sabina zu und machte sich an das komplizierte Unterfangen, zwei sehr unterschiedlich große Männer fest an sich zu ziehen.

ENDE

Nachwort

KÖLN WAR IM SPÄTMITTELALTER eine Metropole, die nicht nur wirtschaftlich florierte. Die weithin berühmte Universität zog große Geister von überall her an, dazu ermöglichte die Nachbarschaft zu den Niederlanden und Frankreich einen regen Austausch, der Rhein und die Handelsstraßen verbanden die Stadt mit weiter entfernt liegenden Kunstzentren. All das waren hervorragende Voraussetzungen für eine blühende Kultur. Wenn da nicht die strengen Zunftregeln gewesen wären, die auf lange Sicht die Kreativität und am Ende auch den wirtschaftlichen Erfolg schwächten, doch ist das eine andere Geschichte …

Die Maler – Schilderer genannt – waren wie jedes Handwerk dieser Zeit zünftisch organisiert und sie hatten sich mit ihren Werkstätten in der Schildergasse niedergelassen. Die Straße heißt übrigens bis heute so und hat sich zu einer lebhaften Fußgängerzone entwickelt. Die Zunft organisierte ihr Gewerbe straff und kleinteilig mit haargenauen Bestimmungen zu allem, was den Werkstattbetrieb und den Verkauf der Erzeugnisse betraf. Unter anderem legte sie fest, dass Gemälde nicht signiert werden durften. Die Maler damals verstanden sich weniger als Künstler in unserem heutigen Sinne, sie waren Handwerker, die nicht eitel mit ihren Fertigkeiten imponieren wollten, sondern ihre Kunst demütig in den Dienst Gottes und des Glaubens stellten. Das sollte sich bald ändern, als sich mit der beginnenden Renaissance eine ganz andere Haltung zum Individuum entwickelte, doch in Köln war man Mitte des 15. Jahrhunderts noch ganz traditionell unterwegs.

Folglich wissen wir wenig über die Menschen, die im späten Mittelalter Bilder erschufen, wir kennen die Künstler nicht. Wer waren sie, was haben sie gedacht, wie gelebt? Wir wissen oft nicht einmal ihre Namen. In diesen Fällen bleibt uns nichts anderes übrig, als uns mit Notnamen zu behelfen, um die Zuordnung zu einem Gesamtwerk überhaupt benennen zu können. In der Regel wird der Einfachheit halber das jeweilige Hauptwerk als Namensgeber verwendet, und so begegnen wir dem Meister der heiligen Veronika oder dem des Heisterbacher Altares und vielen anderen.

Bei Stefan Lochner haben wir mehr Glück. Zwar blieben auch seine Werke unsigniert, doch ist eine Notiz seines berühmten Malerkollegen Albrecht Dürer überliefert, die uns einen Hinweis gibt. Dürer hält 1520 fest, während eines Aufenthaltes in Köln in der Ratskapelle den von ihm nicht näher beschriebenen »Altar des Meister Steffan« in Augenschein genommen zu haben. Auf dessen Besichtigung legte er viel Wert, besuchte ihn sogar zwei Mal und zahlte jedes Mal dafür, die Altartafel aufsperren zu lassen.

Da sich zu dieser Zeit nur der »Altar der Stadtpatrone« in der Ratskapelle befand, kann man davon ausgehen, dass Dürer in seinen Aufzeichnungen von diesem spricht. Kaum hatte man den Bezug hergestellt, suchte man in zeitgenössischen Urkunden nach einem Maler namens Stefan, fand einen mit Nachnamen Lochner und zog den naheliegenden Schluss – mit aller Vorsicht und er wird auch immer wieder infrage gestellt. Den Rest lieferte die Stilkritik: Auf der Grundlage der Ausführung dieses Gemäldes wurden Rückschlüsse auf weitere gezogen, und so kam am Ende ein Œuvre zusammen, das einem gewissen Stefan Lochner zugeschrieben wird.

Über dessen Biografie ist nicht viel bekannt, über seine Persönlichkeit, seinen Charakter, sogar sein Aussehen noch weniger, nämlich nichts. Ich habe mir die Freiheit genommen, ihn nach meinen Vorstellungen zu gestalten. Sofern ich sehr weit danebenliege, hoffe ich, er nimmt es mir nicht allzu übel.

Vermutlich zwischen 1400 und 1410 geboren, stammte Stefan Lochner ursprünglich vom Bodensee, möglicherweise aus Hagnau. Meistens jedoch wird als Herkunftsort Meersburg genannt, obwohl ein Aufenthalt seiner Familie dort nicht nachgewiesen werden kann. Dennoch hält sich das Städtchen als angenommener Geburtsort beharrlich, da ein Schriftstück existiert, in dem der Kölner Rat Lochners Erbe in Meersburg einfordert, um seine Schulden damit zu begleichen.

Wo genau er seine Lehrjahre verbracht hat, können wir nicht sagen. Aufgrund seiner künstlerischen Entwicklung ist jedoch anzunehmen, dass Lochner seine erste Ausbildung in den Malerschulen der Bodenseegegend und am Oberrhein erhielt. Anschließend mag er während der Gesellenwanderschaft in den Niederlanden gewesen sein. Vielleicht hat er seine Kenntnis der flämischen Malerei aber auch Bildern zu verdanken, die nach Köln verkauft worden waren – wir wissen es nicht.

Jedenfalls reiste er wohl bereits gegen Ende der Dreißigerjahre des fünfzehnten Jahrhunderts in die Domstadt, um sich dort niederzulassen. Sicher nachweisbar ist er allerdings erst ab 1442. Es war das Jahr, in dem König Friedrich III. die Stadt besuchte, die dafür natürlich hergerichtet und verschönert wurde. Auch ein Maler namens Stefan Lochner erhielt den Auftrag, an der Gestaltung des Festschmucks mitzuwirken, und bemalte für ein Salär von vierzig Mark und zehn Schillingen Wappenschilde und Tragestangen.

Im Jahre 1447 erwarb Lochner unter den Rentmeistern Johannes Schymelpenninck und Gotfried van dem Wasservasse das Bürgerrecht und wurde in diesem Jahr – wie auch ein zweites Mal 1450 – zum Ratsherrn der Schildergaffel gewählt.

Es gibt weitere nüchterne Daten zu seinem Leben. 1442 kaufte er sich ein eigenes Heim: Haus Roggendorp in der Budengasse im Kirchspiel Sankt Laurenz, das zuvor dem dortigen Schulmeister Johann von Kurbeke gehört hatte. Zwei Jahre später verkaufte er es an Jacob van Syberch und dessen Frau Ytgin, um im Anschluss ein imposanteres Anwesen im Kirchspiel St. Alban zu erwerben, dem vornehmsten Wohnquartier Kölns: Zwei Häuser mit den Namen »Zome alden gryne« und das direkt danebenliegende »Zome carbunckel« aus dem Besitz des Adam von Gundersdorp. Sie lagen in der Verlängerung der Schildergasse in einem Teilabschnitt mit dem schönen Namen »In der Höhle«.

Obwohl er offensichtlich eine erfolgreiche Werkstatt führte, konnte Lochner den Erwerb nicht aus eigener Tasche stemmen. Er suchte und fand Kreditgeber in Johan Hupe und dessen Frau Styngin und nahm notgedrungen eine Hypothek auf die neuen Häuser auf. Sein Ansehen war hoch und sein Auskommen vermutlich respektabel, dennoch scheint er sich mit dem Grundbesitz übernommen zu haben. Jedenfalls musste er 1448, vier Jahre nach der ersten Hypothek, ein weiteres Mal Geld aufnehmen, um über die Runden zu kommen.

Nur kurze Zeit später wurde Köln von einem Pestausbruch heimgesucht, die Seuche wütete von Pfingsten bis Weihnachten 1451 und soll zwanzigtausend Tote gefordert haben. Auch Lochner scheint erkrankt zu sein, denn Ende August hatte er in den bereits erwähnten Erbangelegenheiten nach Meersburg reisen wollen und war nicht mehr dazu imstande. Wir wissen, dass seine Frau Lisbeth der Pest zum Opfer fiel und ihr schuldenbelastetes Haus an den letzten Hypothekengeber überging: Euerhard van Egmont, Baccalaureus beider Rechte. In der Folgezeit lebten etliche weitere Künstler in Lochners ehemaligem Heim, es war offenbar hervorragend geeignet für ein Maleratelier und erfüllte die spezifischen Bedürfnisse in puncto Licht und Raum. Nach Lochner wurde es von Hans von Memmingen bewohnt, dann von Johann Voess, hundert Jahre später von Bartholomäus Bruyn, dem berühmtesten Kölner Renaissancemaler; dessen Söhne übernahmen es später von ihm, beide waren ebenfalls Maler.

Stefan Lochner stellt unzweifelhaft den künstlerischen Höhepunkt der Altkölner Malerei dar. Die Künstler der sogenannten Kölner Malerschule waren eigentlich eher konservativ und gotischer Bildtradition verpflichtet. Doch einige von ihnen weiteten ihren Geist, setzten sich mit den niederländischen und flämischen Kollegen und deren bahnbrechender Neuerung einer wirklichkeitsgetreuen Naturdarstellung auseinander. Lochner vereint das Alte und das Neue, kann als einer der Hauptvertreter des Weichen Stils gelten und ist doch einer der ersten, der die neuen Entwicklungen der Maler im Umfeld von Robert Campin und Jan van Eyck begierig aufnimmt und umsetzt.

Er wurde berühmt für seine in fließende Gewänder gehüllten Figuren, für deren großen Liebreiz und für seine brillante Farbgebung. Wir finden bei ihm klug durchdachte

Bildgeometrie, naturalistische Menschendarstellung und täuschend echte Wiedergabe unterschiedlichster Materialien. Gekonnt vereinigte er den gotischen Geist mit dem neuen Naturalismus und schuf in dieser Verbindung von Vergangenheit und Zukunft etwas ganz Eigenes. Im Streben nach Körperlichkeit gewinnen seine Figuren gegenüber seinen Vorgängern an Plastizität und Wirklichkeitsnähe, doch hat in seinen Bildern die Fläche gegenüber dem Raum noch die Vorherrschaft. Stefan Lochner will bei all seiner technischen Versiertheit und trotz der Modernität seiner Gemälde vor allem das Wesen der Frömmigkeit erfassen. Der flämische Realismus scheint ihm nicht das Hauptziel gewesen zu sein.

Seine Meisterschaft zeigt sich nicht nur im handwerklichen Können, sondern auch in der inhaltlichen Auseinandersetzung mit seinen Motiven, er versteht es scheinbar mühelos, höchst komplexe theologische Thesen künstlerisch in die Gesamtkomposition einzubringen. Wer will, kann dies an seiner bezaubernden und dabei intellektuell höchst anspruchsvollen »Madonna in der Rosenlaube« studieren.

Das erhaltene Œuvre Lochners ist klein, nur wenige, oft mehrteilige Gemälde werden ihm zugeschrieben, dazu kommen ein paar, die ganz oder teilweise seiner Werkstatt zugerechnet werden. Das einzige Lochner sicher zugewiesene Werk ist der »Altar der Stadtpatrone«, den er als Auftragsarbeit für den Kölner Rat schuf. In der Ratskapelle wurde vor den Sitzungen jeweils Andacht gehalten, und es verweist auf Lochners bedeutende Stellung innerhalb der Kölner Malerschaft, dass er mit diesem Auftrag betraut wurde. Alle seine anderen Werke wurden ihm im Vergleich mit diesem Altar zugeordnet.

Die Werke und die Orte, wo sie heute zu besichtigen sind:

Das Jüngste Gericht, Altar-Mitteltafel, Wallraf-Richartz-Museum, Köln

Madonna in der Rosenlaube, Wallraf-Richartz-Museum, Köln

Madonna mit dem Veilchen, St. Kolumba, Köln

Altar der Stadtpatrone, auch *Dreikönigsaltar* oder *Kölner Dombild* genannt, Dom, Köln

Christus am Kreuz oder *Kreuzigung mit Heiligen*, Germanisches Nationalmuseum, Nürnberg

Anbetung des Kindes oder auch *Geburt Christi*; *Maria mit Kind vor der Rasenbank*, Alte Pinakothek, München. Es handelt sich wahrscheinlich um die *Flügelaußenseiten* des Kölner Weltgerichtsaltars.

Zwei Altarflügel: Die Martyrien der Apostel, Städelsches Kunstinstitut, Frankfurt am Main

Darbringung im Tempel, Hessisches Landesmuseum, Darmstadt

Darbringung im Tempel, Calouste-Gulbenkian-Museum, Lissabon

Zwei Flügel eines Altars, National Gallery, London: Hl. Matthäus, Katharina, Johannes der Evangelist, Hieronymus, Cordula?; Wallraf-Richartz-Museum Köln: Hl. Markus, Barbara, Lukas, Ambrosius, Cäcilia? und Augustinus

Zwei Innenflügel eines Triptychons, Johannes der Evangelist und Maria Magdalena, Museum Boijmans Van Beuningen, Rotterdam

Heiliger Hieronymus im Gehäus, North Carolina Museum of Art, Raleigh, USA.

Drei Handschriften wurden von Lochner mit Buchmalereien ausgestattet. Ein Stundenbuch befindet sich heute in der Universitäts- und Landesbibliothek Darmstadt, ein weiteres im Berliner Kupferstichkabinett. Das dritte Exemplar, ein Gebetbuch des Fürsten zu Salm-Salm, ist seit einer Ausstellung 1936 verschollen.

Das eine oder andere dieser Werke wird im Roman erwähnt. Und doch habe ich mich nach reiflicher Überlegung dafür entschieden, auch fiktive Bilder ins Geschehen einfließen zu lassen. Bei nicht signierten und undokumentierten Bildern ist es schwer, eine Datierung festzulegen. Dazu kommt der langwierige Prozess des Bildaufbaus Lasurschicht um Lasurschicht – die Entstehungszeit von Stefan Lochners Bildern ist Gegenstand wissenschaftlicher Diskussion. In diese wollte ich mich nicht einmischen, denn mir schwebte ein Kriminalroman vor, keine kunsthistorische Abhandlung. Und doch sind diese fiktiven Gemälde im Geiste Stefan Lochners gedacht, wer weiß, vielleicht gibt es sie sogar, und sie warten darauf, aufgespürt zu werden …